新版 **紫式部日記**

全訳注

宮崎荘平

講談社学術文庫

まえがき

『紫式部日記』は、いわば紫式部の宮仕え日記である。紫式部は、藤原道長の娘彰子《しょうし》（一条天皇中宮）に女房として仕え、その出仕期間は七、八年間に及ぶのであるが、この日記に記されているのは、わずかにその一部にすぎない。すなわち、寛弘五年（一〇〇八）秋から翌六年正月までの記事、その発展形態とみられる消息文《しょうそこぶみ》（手紙文）的部分、それから年時不明の断続的記事に続く寛弘七年（一〇一〇）の正月の記事とから成り、通算二年にも満たない短い期間のことである。でありながらこの日記は、『源氏物語』の作者の日記であるだけに古来重視されてきたが、それに違《たが》わず看過できない重みと深みを有している。

日記の主要部をなすのは寛弘五年分で、敦成《あつひら》親王（一条天皇の第二皇子であるが、彰子所生の最初の皇子、道長にとっての初孫《ういまご》）の誕生とそれに続き繰り広げられる祝儀・賀宴の情況描写である。敦成親王の誕生は、道長とその家（御堂関白家《みどうかんぱくけ》）の権勢と繁栄とを保証するもので、待望の一大慶祝事であり、まさに栄華の「初花《はつはな》」（初めて咲いた花）であった。道長家に奉ずる女房紫式部が、主家の慶祝事を心から慶び、その情況を賛嘆的に描き出すのは、至極当然のことであって、与えられた使命でさえあったかと思われる。

ところが、この日記は主家の慶祝事を慶び讃えることに終始してはおらず、主家の繁栄ぶりを称賛しつつも、その処々に宮仕えの日常を憂《う》いものと嘆《たん》じるがゆえの底知れぬ憂愁の情が吐露されていて、そこにきわだった特色を見せている。一見乖離《かいり》的なこの現象は、「身の憂さは心のうちに慕ひきていま九重《ここのへ》ぞ思ひ乱るる」（紫式部集）の詠出に示されているように、従来つきまとっている身の憂さが、華麗な宮中に身を置くことによって、いっそうつよく意識され、確認をかさねることとなった精神的軌跡が、作品としての日記のうえに形象づけられたものと理解されてくる。このことからも分かるように、この日記はもはや単なる宮仕え日記などではないのである。

宮仕えの華麗な日常の中でさらに醸成され、深められることとなった、夫との死別以来、身について離れない「身の憂さ」の思いの吐露の場として、日記は機能している。つまり、この日記は宮仕え日記から脱し、発展して自己表出の場として作品化されている、といってよいであろう。式部の深い内省の思いは、ややもすると周囲にも鋭く向けられはするが、結局は己れの上に回帰してきて、自己の位境を冷厳に見つめることとなり、しぜんの趨勢として消息文的部分へと発展をみることとなる。この消息文的部分は、「一」という文字すら読めぬふりをして過ごしてきた現実の鬱積を解き放ち、赤裸々な己れの心内を表出するとともに、自己をきびしく凝視する場にほかなるまい。消息文的部分において「はべ（侍）り」を多用して他見を憚りながらも、自己表出を存分になすことによって、この日記作品はひとまずの完結をみたものと判断される。なお、その後に、年時不明の記事など、一概に断簡とはいえない寛弘七年の若干の記事が続いている。

以上、ここでは見取り図めいた概略にとどめ、詳細については、各節における「解説」及び巻末に掲げる「作品解説」に委ねることとしたい。

平成十四年春三月一日

宮崎荘平

凡例

一　本書の底本には、宮内庁書陵部蔵・黒川家旧蔵本『紫日記』を用いた。同本は、宮崎荘平が昭和四十一年（一九六六）秋に発見し、調査・検討のうえ、はじめて学界に報告して、広く知られるようになったものである（「黒川家旧蔵本『紫日記』について」『文学』昭和四十二年十一月）。

二　本書は、底本の本文を正確に活字化することにつとめたが、通読・読解の便宜を考慮して、次のような処置をほどこした。

1　作品理解の容易をはかり、全体を六〇の章節に分け、内容のおおよそが把握できるような見出しを付け、さらに記事のまとまりごとに段落を改めた。

2　句読を切り、濁点を加え、会話（発話）・手紙の部分は「　」にくくり、改行した。

3　漢字は原則として常用漢字表にある字体を用いた。ただし、一部旧字体のものもある。また、適宜かなを漢字に改めたり、漢字をかなに改めたところもある（猶→なほ、哉→かな、許→ばかり、など）。漢字には、できるだけ多くルビを付した。

4　かなづかいは歴史的かなづかいに統一した。ただし、いわゆる推量・意志などの助動詞「む」「らむ」などは、底本に用いられている「む」「ん」「らむ」「らん」など両用のままとした。

5　送りがなの不足しているところは補った。また、誤脱と思われる箇所に文字を補ったところがある。この場合、必要に応じて語釈欄にそのことを記した。

6　踊り字は、漢字二字の場合「々」とし、その他は同字をかさねた。

7　人名に付された傍注や割注などは、傍注・割注の方式を取らず、（　）の中に示した。

三　漢文表記の古記録類の引用に当たっては、片仮名の送り仮名を用いての書き下し文とし、（原漢文）などの付記は省略した。

四　日記中の和歌には、末尾に（　）を付して通し番号を記した。

五　本文中の「御」は、「おほん」と訓《よ》むことを原則とし、ルビは付けず、「み」「お」「ご」などと訓む場合のみルビを付した。

六　〈現代語訳〉は、平易を旨とし本文読解の助けとした。原文にないが補いを必要とする場合は、（　）にくくって示した。

七　〈語釈〉は主要なものに限定し、簡明を旨とした。本文の段落ごとに行を改めた。

八　各節の〈解説〉においては、内容把握に主眼を置き、解釈と鑑賞を含めた。

九　巻末の〈『紫式部日記』作品解説〉では、これまでの研究の成果を踏まえ、問題点を明らかにしつつ、本『日記』作品の全体像の把握に意を用いた。

一〇　なお、訳注に当たり、次の諸文献を参照した。一々断らない場合が多いが、必要な際には、各文献の下に示した略号を用いた（例　『全注釈』）。これら諸文献の学恩に深く感謝する。

『紫式部日記傍註』（壺井義知）　（『傍註』）
『紫式部日記釈』（清水宣昭・藤井高尚）　（『釈』）
『紫式部日記解』（足立稲直・田中大秀）　（『解』）
『評釈紫女手簡』（木村架空）　（『手簡』）
『紫式部日記精解』（関根正直）　（『精解』）
『紫式部日記全釈』（小室由三）　（『全釈』）
岩波文庫『紫式部日記』（池田亀鑑）　（『文庫』）
岩波文庫『紫式部日記』（池田亀鑑・秋山虔）　（『新文庫』）
『紫式部日記』（池田亀鑑）　（『紫式部日記』）
日本古典全書『紫式部日記』（玉井幸助）　（『全書』）
『評註紫式部日記全釈』（阿部秋生）　（『評註』）
日本古典文学大系『紫式部日記』（池田亀鑑・秋山虔）　（『大系』）
『紫式部日記新釈』（曾沢太吉・森重敏）　（『新釈』）
『紫式部日記全注釈』（萩谷朴）　（『全注釈』）
日本古典文学全集『紫式部日記』（中野幸一）　（『全集』）
新編日本古典文学全集『紫式部日記』（中野幸一）　（『新編全集』）

新潮日本古典集成『紫式部日記・紫式部集』（山本利達）　（『集成』）
『校注紫式部日記』（萩谷朴）　（『校注』）
『紫式部日記・譯注と評論』（今井卓爾）　（『譯注』）
新日本古典文学大系『紫式部日記』（伊藤博）　（『新大系』）

以上

目次

紫式部日記

一　秋のけはひ入り立つままに

——冒頭・秋色増す土御門殿《つちみかどどの》の風趣——

秋のけはひ入り立つままに、土御門殿《つちみかどどの》の有様、いはむかたなくをかし。池のわたりの梢《こずゑ》ども、遣水《やりみづ》のほとりの草むら、おのがじし色づきわたりつつ、おほかたの空も艶《えん》なるにもてはやされて、不断《ふだん》の御読経《みどきやう》の声々、あはれまさりけり。やうやう涼しき風のけはひに、例の絶えせぬ水のおとなひ、夜もすがら聞きまがはさる。

御前《おまへ》にも、近うさぶらふ人々はかなき物語するを聞こしめしつつ、悩ましうおはしますべかめるを、さりげなくもてかくさせ給へる御有様などの、いとさらなることなれど、憂《う》き世のなぐさめには、かかる御前《おまへ》をこそたづねまゐるべかりけれと、現《うつ》し心をばひきたがへ、たとしへなくよろづ忘らるるも、かつはあやし。

〈現代語訳〉

秋の雰囲気が次第に色濃くなるにつれて、この土御門邸のたたずまいは、いいようもなく趣がある。池の周囲の木々の梢《こずえ》や、遣水《やりみず》のほとりの草むらなど、それぞれ一面に色づいて、あたりの空一帯の様子も風情《ふぜい》があり、それに引きたてられて、聞こえてくる僧たちの不断の御読経《みどきよう》の多くの声も、いっそうしみじみとした感じである。次第に涼しさを感じる風の中で、いつもの絶え間ない遣水の音が、夜どおし読経の声と混《ま》じり合って聞こえてくる。

　中宮さまも、おそばに仕える女房たちのとりとめない会話のやりとりをお聞きになりながら、さぞ苦しくていらっしゃるであろうに、さりげないふうをしておられるご様子などが、今更おほめ申すことではないけれども、つらいことの多いこの世の心の慰めには、こういうお方を、さがしてでもお仕え申すべきであったのだと、ふだんの沈みこんだ気持ちとはうって変わって、たとえようもなくさまざまの憂《う》さが忘れられてしまうのも、考えてみると不思議な気がする。

〈語釈〉

○秋　寛弘五年（一〇〇八）秋。**○秋のけはひ入り立つ**　秋の季節が深まること。この年の立秋は六月二十七日（太陽暦八月二日）であるが、それからさらに秋が進行し、八月に入った頃とみられる。**○土御門殿《つちみかどどの》**　藤原道長の代表的邸宅。京極殿《きようごくどの》、京極亭《きようごくてい》、上東門第《じようとうもんだい》などとも称された。中宮彰子はお産のため、七月十六日からここに里下がりしている。**○遣水《やりみづ》**　庭園内に外部の川の水を引き入れて作った流れ水。**○おのがじし**　めいめい、それぞれ。**○艶《えん》**　風情ある様子。**○不断《ふだん》の御読経《みどきやう》**　昼夜間断なく大般若経《だいはんにやきやう》・最勝王経《さいしようおうきやう》・法華経《ほけきやう》を読誦《どくじゆ》する修法《すほう》。中宮の安産祈願のためになされる。**○風のけはひ**　「けはひ」は底本「気色」。

「けしき」は、目に見える自然界の様子をいい、視覚的な語であるのに対して、「けはひ」は、何となく感じられる空気・雰囲気をいい、聴覚的な語であるので、「けはひ」に改めた。**○聞きまがはさる**（読経の声と遣水の音とが）一つに合わさって聞こえてくる。**○御前《おまへ》**　貴人をさしていう語。ここは中宮彰子のこと。藤原彰子は左大臣道長の長女で、永延二年（九八八）生まれ、長保元年（九九九）十一月入内、時に十二歳。同月女御となり、同二年（一〇〇〇）二月に立后して中宮。寛弘五年時、二十一歳。以後、後一条天皇・後朱雀天皇の母となり、やがて皇太后・太皇太后と進み、一条帝崩御後出家して女院となり、上《じよう》東門院《とうもんいん》と称された。承保元年（一〇七四）八十七歳で崩御。**○近うさぶらふ人々**　中宮のおそば近くに仕える女房たち。**○悩ましうおはしますべかめるを**　さぞかし大儀でいらっしゃるであろうに。この時、中宮は懐妊九か月、その身重《みおも》のつらさを推察していう。**○いとさらなることなれど**（中宮のご立派さは）今更言うまでもないことだが。**○憂《う》き世**　つらいことの多いこの世。**○現《うつ》し心**　ふだん日常の気持ち。自身が常に抱いている「世を憂し」、と思う憂愁の念をいう。**○忘らるるも**　底本の「わすらるにも」を改めた。**○かつはあやし**「かつは」は、一方ではの意。中宮のご立派さに感服のあまり、平素の憂愁の思いをすっかり忘れてしまっていることに気づき、わが心をいぶかる。

〈**解説**〉
秋色みなぎる土御門邸の風趣を描き出すこの一文は、作品の冒頭をいろどるのにいかにもふさわしい。しかも、そればかりでなく、主家の慶祝事を賛嘆的に描くこの日記の序章として、慶事の主舞台である土御門邸の情趣あふれる様子を総括的にとらえていて、きわめて効果的である。近世以来主張し続けられてきている首欠説や残欠説（これについては巻末の「作品解説」参照）を阻《はば》む一大根拠も、ここにかかっている。

慶祝事の主舞台である道長邸の風趣を描出した筆はただちに、慶祝事を一身に担う中心人物、作者紫式部が主人として仕える中宮彰子へと及ぶ。そしてこれもまた主家・主人の栄えを賛美する作品の冒頭にふさわしく、中宮の備えているすぐれた人徳をたたえる文脈となっている。ここで「憂き世」といい、「現し心」といっても、憂き世をいとう情、憂愁に閉ざされた現実の心を前面に出しているのではない。「かつはあやし」とみずから不思議がっているように、それらの思いをふと忘れてしまうほどの中宮の立派さ・慕わしさを強調するための措辞《そじ》なのである。

二　まだ夜《よ》ぶかきほどの月さしくもり

――五壇《ごだん》の御修法《みずほう》の荘厳さ――

まだ夜《よ》ぶかきほどの月さしくもり、木《こ》の下をぐらきに、

「御格子《みかうし》まゐりなばや。」

「女官《にようくわん》はいままでさぶらはじ。」

「蔵人《くらうど》、まゐれ。」

など、いひしろふほどに、後夜《ごや》の鉦《かね》うちおどろかして、五壇《ごだん》の御修法《みずほふ》の時《じ》はじめつ。われもわれもとうち上げたる伴僧《ばんそう》の声々、遠く近く聞きわたされたるほど、おどろおどろしくたふとし。

観音院の僧正《そうじやう》、東《ひむがし》の対《たい》より、二十人の伴僧《ばんそう》をひきゐて、御加持《ごかぢ》まゐりたまふ足音、渡殿《わたどの》の橋の、とどろとどろと踏み鳴らさるるさへぞ、ことごとのけはひには似ぬ。法住寺の座主《ざす》は馬場《むまば》の御殿《おとど》、へんち寺の僧都《そうづ》は文殿《ふどの》などに、うちつれたる浄衣《じやうえ》姿《すがた》にて、ゆゑゆゑしき唐橋《からはし》どもを渡りつつ、木《こ》の間《ま》を分けて帰り入るほども、はるかに見やらるる心地して、あはれなり。さいさ阿闍梨《あざり》も、大威徳《だいゐとく》をうやまひて、腰をかがめたり。

人々まゐりつれば、夜も明けぬ。

〈現代語訳〉

まだ夜明けには間のあるころの月が雲にすこし陰《かげ》って、木《こ》の下闇《したやみ》が薄暗い時分なのに、

「御格子をお上げしてしまいたいものですね。」

「係りの女官はまだお仕えしていないでしょう。」

「女蔵人《にょくろうど》が上げなさい。」

などと、朋輩《ほうばい》女房らが口々に言い合っているうちに、後夜《ごや》を告げる鉦《かね》の音《ね》が鳴り響いて、五壇の御修法は定刻の勤行《ごんぎょう》を始めた。われもわれもと競い合うかのように唱える大勢のお付きの僧たちの読経の声が、あるいは遠く、あるいは近く絶え間なく聞こえてくるのは、まことにもって荘厳で尊い。

観音院の僧正が東の対屋《たいのや》から二十人の伴僧を伴って、御加持のため寝殿《しんでん》に渡る足音で、渡殿の反橋《そりはし》をどんどんと響かせて踏み鳴らされるのさえ、他の行事の折とは様子がまったく異なっている。法住寺の座主《ざす》は馬場殿へ、へんち寺（浄土寺）の僧都は文殿《ふどの》へと、お揃いの浄衣姿で、立派な唐風の橋を次々に渡って、木々の間を分けて帰って行く様子も、ずっといつまでも見送っていたい思いがして、しみじみと感慨深いものがある。さいさ阿闍梨も、大威徳明王を敬って、腰をかがめて拝礼している。

やがて、女官たちが出仕してくると、夜もすっかり明けた。

〈語釈〉

○夜《よ》ぶかきほど　夜半から夜明け前までの、まだ夜の明けない時分のこと。　**○御格子《みかうし》まゐ**

りなばや　「格子」は、廂《ひさしま》の間と簀子《すのこじき》敷との境を仕切るために取り付けたもので、細い角材を、一定の間隔で縦横に組んだ建具。「まゐる」は、一間ごとに取り付けられた上下二枚の格子の上部を上げ下げすること。ここは、上げる意で、上部半分を外側に吊り上げることをいう。後夜の修法に備えて、通常の時刻よりも早く、格子を上げてしまおうというもの。〇女官《にようくわん》　宮中・後宮に仕える女性のうち、上級者のことを女房というのに対して、下級者のことをいう。ここは、格子の上げ下げなど種々の雑務を担当する女孺《によじゆ》をいう。〇蔵人《くらうど》　蔵人は天皇側近の官人であるが、ここは女蔵人《によくろうど》のこと。装束や裁縫のことなどを担当する下級女官。〇いひしろふ　互いに自分の意見を言い合うこと。〇後夜《ごや》　読経・法要などを行うために昼夜をそれぞれ三分したもので、昼を晨朝《じんちよう》・日中・日没《にちもつ》、夜を初夜・中夜・後夜に区分する。後夜は、夜半から朝までの間のことで、午前四時頃。〇鉦《かね》　後夜の勤行《ごんぎよう》の開始を合図する鉦の音。〇五壇《ごだん》の御修法《みずほふ》　中央及び東西南北の五つの壇に、それぞれ五大尊（五大明王）をまつり、息災・調伏・安産などを修する大規模な加持祈禱。〇時《じ》はじめつ　「時」は、六時に区分された定刻。ここは、後夜の定刻の修法・祈禱をはじめた、の意。〇伴僧《ばんそう》　導師につき従う僧。〇おどろおどろしく　「おどろおどろし」は、音などがさわがしい意であるが、ここは耳をおどろかす大音響となって聞こえる読経の声々が、圧倒されるほどの威力を発揮して、荘厳感をかもし出し、ありがたさと尊さの思いをかき立てていることをいう。
〇観音院の僧正《そうじやう》　権僧正《ごんのそうじようしようさん》勝算とみられる。「観音院」は、山城国《やましろのくに》（京都府の一部）岩倉村にあった寺。「僧正」は、僧官の最高位。「権《ごん》」はそれに次ぐ地位。○**東《ひむがし》の対《たい》**　寝殿造では、正殿の東西及び北に渡殿《わたどの》（渡り廊下）で通じる別棟の建物があり、対屋《たいのや》（略して「対」）といった。ここは、その東の建物。○**御加持《ごかぢ》まゐり**　「加持」は、真言密教で行う、事物を清めたり、願いが叶うように仏に捧げる祈禱。それを行うことを「加持まゐる」という。○**とどろとどろ**　轟き響くことの形容。ここは渡殿の橋板を踏み鳴らす音。○**ことごと**　異事・他事の意で、通常の他の法会などの場合をいう。○**法住寺の座主《ざす》**　「法住寺」（底本は「法ちう寺」）は、「法性寺」の誤りとみて、「座主」（寺務を統括する首位の僧官）は、大僧都の慶円とみる。なお、『全注釈』は、本文を「法性寺」とする。○**馬場《むまば》の御殿《おとど》**　馬場に面した建物で、僧の休息所に当てられた。○**へんち寺の僧都《そうづ》**　底本「へんちゝ」は、諸注「浄土寺」の誤りと判断し、僧都は明救とする。「僧都」は僧正に次ぐ僧位。○**文《ふ》殿《どの》**　書物（記録文書類）を収納する建物。これも、僧の休息所に当てられた。○**浄衣姿《じやうえすがた》**　「浄衣」は、修法・法会のときに僧が着用する僧服。○**ゆゑゆゑしき唐橋《からはし》ども**　「唐橋」は、朱塗りの欄干が付いた、反《そ》りの強い唐風の橋。唐風であり、由緒があり、立派であるゆえに「ゆゑゆゑしき」と形容される。複数あるので、複数詞「ども」が付く。○**はるかに見やらるる心地して**　「るる」は自発。荘厳さのあまり、視線が自然と釘づけされてしまう情況をいう。○**さいさ阿闍梨《あざり》**　「さいさ」は、諸注「さいき」の誤写として「斎祇」とみる。「阿闍梨」は、律師に次ぐ僧位。○**大威徳《だいゐとく》**　五壇の西壇の大威徳明王。○**人々**　さきに「女官はいままでさぶらはじ」と言われていた「女官」で、下仕えの女嬬たちのこと。

〈解説〉

中宮のご安産を祈願する大規模な五壇の御修法の様子が描かれる。視覚に入ってくる様子・情況はそれとして、特に未明の静寂を破って打ち鳴らされる「後夜の鉦」の音、互いに競うがごとくに読経する「伴僧」たちの「声々」、二十人の伴僧を率いた観音院の僧正らが渡殿の唐橋を踏み鳴らして進む「足音」など、聴覚に訴えてくる情況と雰囲気の描出に主眼が置かれている。これは、「まだ夜ぶかきほど」、「後夜」といった時間的情況とも相俟《あいま》ってのことでもある。そして、それらを通して荘厳さと尊さが現出される。その盛大さ・荘厳さ・尊さは、「おどろおどろしくたふとし」、「ことごとのけはひには似ぬ」、「あはれなり」との表現により強調される。

こうした情感は、格別作者紫式部固有のものというのではなしに、前節に「近うさぶらふ人々」とあった、中宮側近の女房たち通有の情感であろう。いわば、主家と主人の、いっそうの安泰と繁栄につながる中宮の安産は、中宮近侍の女房たちのひとしく熱望する共通の思いであったはずである。紫式部のこの文章は、女房たちの熱い思いを代弁するかたちを取って、有効性を発揮している。

三　渡殿《わたどの》の戸口の局《つぼね》に見いだせば

――道長との女郎花《おみなえし》の歌の贈答――

渡殿《わたどの》の戸口の局《つぼね》に見いだせば、ほのうちきりたる朝《あした》の露もまだ落ちぬに、殿《との》ありかせたまひて、御随身《みずいじん》召して、遣水《やりみづ》払はせたまふ。橋の南なる女郎花《をみなへし》のいみじう盛りなるを一枝《ひとえだ》折らせたまひて、几帳《きちやう》の上《かみ》よりさしのぞかせたまへる御さまの、いと恥《は》づかしげなるに、わが朝顔《あさがほ》の思ひ知らるれば、「これ、遅《おそ》くてはわろからん。」とのたまはするにことつけて、硯《すずり》のもとに寄りぬ。

女郎花《をみなへし》さかりの色を見るからに露の分《わ》きける身こそ知らるれ　(1)

「あな、疾《と》。」

とほほゑみて、硯《すずりめ》召し出《い》づ。

白露は分《わ》きてもおかじ女郎花《をみなへし》心からにや色の染《そ》むらむ　(2)

〈現代語訳〉

渡殿の戸口にある部屋から外を眺めていると、うっすらと霧のかかっている朝で、草木の露もまだ落ちない時分なのに、殿はもう庭をお歩きになり、御随身《みずいじん》をお呼び寄せになって、遣水《やりみず》の手入れをおさせになる。橋廊《はしろう》の南側に咲いている女郎花の、今まっ盛りなのを一枝お折りになって、几帳の上からお覗《のぞ》かせになる、そのご様子が、こちらが恥ずかしくなるほどご立派なのに対して、自分の朝の寝起きの顔の見苦しさがひどく気になるので、「これ(女郎花)についての歌が、遅くなってはいけませんね。」とおっしゃるのをよいことにして、硯のところに身を寄せた。

女郎花が朝露の恵みを受けて、今を盛りと美しい色に咲いているのを見るとすぐに、露が分けへだてをして恵みを与えてくれないこのわが身の不遇が、思い知られることです。(1)

殿は、
「ああ、早いこと。」
とにっこりされて、硯をお取り寄せになる。

白露は分けへだてして置いているわけではありますまい。女郎花みずからの心の持ちようによって、このように色美しく花を咲かせているのだと思いますよ。（2）

〈語釈〉
○渡殿《わたどの》の戸口の局《つぼね》　土御門殿における紫式部に割り当てられた局（私室）のこと。位置は、寝殿から東の対へ通じる渡廊の、東の戸口に近い所と推定される。**○殿**　道長のこと。寛弘五年時、内覧《ないらん》・左大臣・正二位、四十三歳。**○随身《ずいじん》**　勅命により、貴人の身辺の警護にあたる舎人《とねり》。貴人の外出時には、剣を帯び、弓矢を持って随行した。随従の人数にはきまりがあり、摂政・関白は十人となっていたので、内覧の宣旨《せんじ》を受けていた道長にも、それに準じた人数の随身がいたものとみられる。**○遣水払《やりみづ》はせたまふ**　遣水に溜まった落ち葉などを随身に取り除かせて、流れをよくするのである。**○橋**　寝殿と東の対屋《たいのや》を結ぶ橋廊。**○女郎花《をみなへし》**　秋の七草の一つ。山野に自生し、枝先に黄色い小さな花を付ける。美女に見立てて歌などに詠まれる。**○几帳《きちやう》**　他人の視線を遮るために室内で用いる調度品の一つ。土居《つちい》という四角形の台に二本の細い柱を立てて横木を渡し、帳《とばり》をかけて垂らす。**○さしのぞかせたまへる**　折り取った女郎花の一枝を道長が几帳の上から覗かせるのであるが、当然に道長の顔も覗き込むこととなる。「せたまへる」は、道長の動作に付けられた敬意表現。○恥《は》づかしげ　相手の立派さに気後《きおく》れすること。道長の立派さをいう。○朝顔《あさがほ》　朝起きたばかりの、化粧をしていない顔。○遅《おそ》くてはわろからん　もとめられた歌は、即座に詠じることがよしとされていた。とくに下手で遅いのが嫌われた。○ことつけて　それをよいことにして。それにかこつけて。

○「女郎花《をみなへし》」の歌　「見るからに」は、見るとすぐに。見るや否や。「分き」は、人によって差別する意。分けへだて。道長の立派さと栄えを讃えつつ、わが身を謙遜したもの。この歌は、『紫式部集』に「朝霧のをかしきほどに、御前の花ども、色々に乱れたる中に、女郎花いと盛りなるを殿御覧じて、一枝折らせさせたまひて、几帳のかみより、『これ、ただに返すな』とて、たまはせたり」との詞書でみえる。また、『新古今集』(雑上)に「法成寺入道前太政大臣、女郎花を折りて、歌よむべきよしはべりければ／紫式部」として入集。○あな、疾《と》　紫式部がすばやく詠んだことに感心した道長の褒め言葉。「あな」は、感嘆の語、ああ。「疾」は、疾し(早い)の語幹。○硯召《すずりめ》し出《い》づ　道長が紫式部に指示して、紙筆とともに硯を差し出させたこと。

○「白露は」の歌　「分きてもおかじ」は、分けへだてして置くことはあるまい、ひとし並みに置くはずだ、の意。「心から」は、自分の心の持ち方によって。己れの心次第で。「色の染む」は、美しい色に咲く。心の持ち方ひとつで美しくもなれるのだ、と励ます。この歌も、「と書きつけたるを、いと疾く」と詞書きして、贈答歌のかたちで『紫式部集』にある。同様に、『新古今集』（雑上）に前歌に続いて、「返し、法成寺入道前摂政太政大臣」として入集。

〈解説〉

朝まだき、土御門殿の庭を、主家の当主道長が御随身を伴い、散策している。その殿が庭に咲く女郎花の一枝を折り取って、式部の局に近づき、几帳の上から覗かせ、それをめぐって歌の唱和がなされる。

これは、単なる偶発的なことではあるまい。明らかに道長によって意図されたことにちがいない。道長の意図とは何か、といえば、自家にかかえる女房に対しての信頼の意志表示にほかなるまい。紫式部は、出仕してまだ日の浅い一介の女房であるが、その令名はつとに知られている。であればこそ、召し抱えたのでもある。有能なその女房に対しての、これは道長から示された信任のサインなのだ。式部は、当主のその信任に応えて、すばやい返歌によって主家とその当主の栄えを讃えることにより、見事に応えた。書かれてはいないが、道長は確かな手応えに、さぞかし満足したはずである。

このくだりから、余計な色恋沙汰を読み取る必要はあるまい。池田亀鑑『紫式部日記』（昭和三十六年、至文堂）には、「紫式部日記は、中宮彰子讃仰の文学と云ってよかろう」とある。この適切な評言の「中宮彰子讃仰の文学」という箇所に補足させてもらうならば、「主人中宮と主家御堂関白家への賛仰と賛美の文学」となろう。本『日記』のこの原点を見落としてはなるまい。したがってこのくだりも、主家賛美の、うるわしき一環にほかならない。

四　しめやかなる夕暮に
——殿の三位《さんみ》の君《きみ》のすばらしさ——

しめやかなる夕暮に、宰相《さいしやう》の君《きみ》とふたり、物語してゐたるに、殿の三位《さんみ》の君《きみ》、簾《すだれ》のつま引き上げてゐたまふ。年のほどよりは、いとおとなしく、心にくきさまして、「人はなほ、心ばへこそ難《かた》きものなめれ。」など、世の物語しめじめとしておはするけはひ、をさなしと人のあなづりきこゆるこそ悪《あ》しけれと、恥《は》づかしげに見ゆ。うちとけぬほどにて、「多《おほ》かる野辺《のべ》に、」とうち誦《ず》じて、立ちたまひにしさまこそ、物語にほめたる男《をとこ》の心地しはべりしか。

かばかりなることの、うち思ひ出《い》でらるるもあり、そのをりはをかしきことの、過ぎぬれば忘るるもあるは、いかなるぞ。

〈現代語訳〉

しんみりとした夕暮れに、宰相の君と二人で話をしているところに、殿の子息の三位の君が、簾の端を引き上げて（局の入り口に）腰を下ろされる。お年のわりにはおとなっぽく、奥ゆかしいご様子で、

「女の人は、何といっても気立てが大切ですが、それを備《そな》えた人はめったにいないようですね。」

などと、その方面の世間話を落ち着いてなさっているご様子は、まだ稚《おさな》いなどと人々があなどってご批評申し上げるのはよくないことだと、こちらが恥ずかしくなるほどにご立派に見える。あまりうちとけた雰囲気にならないところで話を切りあげて、

「多かる野辺に、」

と口ずさんで、座をお立ちになっていかれたご様子といったら、あたかも物語の中でほめそやしている男君のような感じがしたことでした。

こんなちょっとしたことで、後《のち》になってふと思い出されることがある一方で、その時には面白いと思ったことでも、時が経《た》つと忘れてしまうこともあるのは、どうしたことなのであろうか。

〈語釈〉

○しめやかなる　しっとりとして落ち着いた雰囲気をいう。**○宰相《さいしやう》の君《きみ》**　藤原道綱の娘、

豊子。式部と最も親しい、年若い同僚女房。本『日記』に度々登場し、「宰相の君」のほか、「弁の宰相の君」、「讃岐の宰相の君」、「宰相の君讃岐」などと呼称される。**〇殿の三位《さんみ》の君《きみ》**　道長の長男、頼通《よりみち》。正三位・東宮権大夫。底本には「とのゝうち殿三位の君」とあるが、「うち殿（宇治殿）」は傍注の混入かとみられる。なお、頼通はこの年（寛弘五年）十月には、従二位に昇叙している。**〇ゐたまふ**　「ゐる」は、座るという動作をいう。ただし、ここは、簾の中に入ってお座りになったというのではなく、局の入り口に当たる下長押《しもなげし》のところの簀子《すのこ》に腰を下ろしたのである。「簾のつま引き上げて」は、片手で簾を掲げ、それを引きかぶるようにして首を部屋の中にさし入れたことをいう。**〇年のほど**　頼通は、時に十七歳。**〇心にくき**　奥ゆかしい。深みがある。**〇心ばへ**　人の性格・性情。人柄。ここでの「人」は、女性に限定されている。**〇世の物語**　単なる世間話ではなく、男女の情愛に関する話と解される。**〇をさなしと人のあなづりきこゆる**　主家の嫡男として父・道長の絶大な庇護下にあるお坊ちゃんなるがゆえに、すこしひ弱に見えたのであろうか、「をさなし」（幼稚・未熟）との世評があったものとみえる。**〇多《おほ》かる野辺《のべ》に**　「女郎花多かる野辺に宿りせばあやなくあだの名をや立ちなむ」（『古今集』秋歌上、小野美材《おののよしき》）の第二句。それを口ずさんで、下句の意味を響かせる。つまり、「女性たちが大勢いるところに長居していて、あらぬ浮名《うきな》を立てられても困るので、私はもうおいとまいたします」の意。**〇物語にほめたる男《をとこ》**　物語作品中に称賛して描かれている男性。『枕草子』において話題とされる「涼《すずし》、仲忠《なかただ》」（『うつほ物語』の主要人物）など、当時の女性たちの理想とする男性像。紫式部が創出した光源氏は、その代表格。**○はべり**　この日記に多用される、この語の初出。補助動詞の「はべり」は、一般に、丁寧の意とされるが、さらに言えば、話し相手に対する畏《かしこ》まりの気持ちを表す語。現代語の「です」「ます」に相当する。この日記では、ここでもみられるように、回想の助動詞「き・し・しか」を伴って用いられる例が多い。**○かばかりなること**　事件ともいえないような、ほんのちょっとしたこと。ある夕暮れに遭遇した頼通のことが、取るに足らないちっぽけなこと、というのではない。ふとした小さいことではあるが、時が経っても忘れることなく回想される「をかしきこと」の一つである、といっているのである。

〈**解説**〉

さきに、式部にとっての主人中宮彰子のことを叙し、次に、主家の当主道長の風姿を描き出した筆は、ここでは主家の嫡男頼通にスポットを当てる。主家の主だった人々の紹介でもある。いずれも主家の繁栄を現出せしめる文脈の一環である。世評とは異なる、頼通のすぐれた様子を、「いとおとなしく、心にくきさま」、「恥づかしげに見ゆ」、「物語にほめたる男の心地」と、最大級の賛辞をもって描くゆえんである。

また、頼通がここで口にしている「心ばへ」は、「心ばせ」「人がら」とも言い換えつつ、式部が深く関心を寄せ、すでに『源氏物語』の作品を通してさまざまに描き分けたところでもあり、この日記においてもまた追求を怠らない事象なのである。

なお、この日記の地の文に多用される「はべり」については、巻末の「作品解説」において言及する。

五　播磨《はりま》の守《かみ》、碁《ご》の負《まけ》わざしける日

――洲浜《すはま》の装飾台に書かれた歌――

播磨《はりま》の守《かみ》、碁《ご》の負《まけ》わざしける日、あからさまにまかでて、後《のち》にぞ御盤《ごばん》のさまなど見たまへしかば、華足《けそく》などゆゑゆゑしくして、洲浜《すはま》のほとりの水に書きまぜたり。

紀《き》の国のしららの浜にひろふてふこの石こそはいはほともなれ　(3)

扇どもも、をかしきを、そのころは人々持《も》たり。

〈現代語訳〉

播磨《はりま》の守《かみ》が負碁《まけご》の饗応《きょうおう》をした日に、私はちょっと里に退出したのであったが、後日にその日の御盤《ごばん》の趣向などを見ましたら、御盤の脚の装飾などが、いかにも風格を備えて作られていて、洲浜《すはま》のまわりの水面には、（次の歌が）書きまぜられていた。

紀の国の白良《しらら》の浜で拾うというこの小さな碁石こそは、長久の君が代とともに永《なが》く在《あ》って、大きな巌《いわお》にまで成長すること間違いありません。（3）

（こうした時にはつきものの）扇なども、気の利いたのを、その頃は女房たちは誰しもみな持っていた。

〈語釈〉

○播磨《はりま》の守《かみ》 誰であるか未詳。藤原有国説（『全注釈』）がある。ちなみに有国は、寛弘五年時、従二位参議勘解由《かげゆ》長官播磨権守。他に、『解』以来の説を支持しての藤原陳政《のぶまさ》（この時点、前播磨守）とする見解もある。**○碁《ご》の負《まけ》わざ** 碁に負けた側が勝った側に物品を贈ること。**○御盤《ごばん》** 負わざに用いた台盤で、洲浜の景色などが装飾されている。**○見たまへ** この「たまへ」は、自分の行為・行動に付く補助動詞で、謙譲の意。**○華足《けそく》** 花形の飾りの彫刻が施されている御盤の脚。**○洲浜《すはま》** 「洲浜」は、洲が海に張り出した浜辺のことであるが、その景色をかたどった台に、木石・花鳥などを作り付けた飾りもの。歌合《うたあわせ》や宴席に用いられた。**○書きまぜたり** 一種の装飾文字である葦手《あしで》書《が》きなどで、散らし書きされていたこと。

○「紀《き》の国の」の歌 和歌山県の「白良《しらら》の浜」は、いわゆる南紀白浜のこと。歌枕であるとともに、碁石の採取地としても有名。この歌は、相手の繁栄を祝う賀歌であり、小石が巌《いわお》に成長するまで末長く繁栄するようにと詠むのは、賀歌の類型。

○扇　御盤のかたわらに置いてあった風流な扇、負わざの席にいた人が持っていた風流な扇、負わざの席に奉仕する女房たちの持っていた扇など諸説があるが、負わざの一環として勝ち方に贈られた扇のことかとみられる。**○そのころ**　負わざが催された頃。

〈解説〉

皇子誕生の慶事の叙述に向かう日記記事のこの位置に、なぜ播磨の守の碁の負わざのことが記されるのかは、疑問とせざるを得ない。誤脱（書き誤りや脱落）・竄入《ざんにゅう》（過って他から紛れ込むこと）などが考えられる。が、一点かかわりがあるとすれば、「紀《き》の国の」の歌が、中宮あるいは御堂関白家の限りない繁栄を祝う内容であることである。

なお、この「紀の国の」の歌は、「天禄四年五月廿一日円融院資子内親王乱碁歌合」の「心あてに白良の浜に拾ふ石の巌とならむ世をしこそ待て」の歌を本歌とするとの指摘がある（『平安朝歌合大成』巻二）。

六　八月廿余日《にじふよにち》のほどよりは
——宿直《とのゐ》の人々の管弦の遊び——

八月廿余日《にじふよにち》のほどよりは、上達部《かんだちめ》・殿上人《てんじやうびと》ども、さるべきはみな宿直《とのゐ》がちにて、橋の上、対《たい》の簀子《すのこ》などに、みなうたた寝をしつつ、はかなうあそび明かす。琴・笛の音《ね》などには、たどたどしき若人《わかうど》たちの、読経《どきやう》あらそひ、今様歌《いまやううた》どもも、ところにつけてはをかしかりけり。宮《みや》の大夫《だいぶ》（斉信《ただのぶ》）・左の宰相《さいしやう》の中将（経房《つねふさ》）・兵衛《ひやうゑ》の督《かみ》・美濃《みの》の少将（済政《なりまさ》）などして、あそびたまふ夜もあり。わざとの御あそびは、殿おぼすやうやあらむ、せさせたまはず。

年ごろ里居《さとゐ》したる人々の、中絶《なかだ》えを思ひおこしつつ、まゐりつどふけはひさわがしうて、そのころはしめやかなることなし。

〈現代語訳〉

八月二十日すぎの頃からは、上達部や殿上人などのうち、しかるべき人々は、みな宿直することが多くなり、橋の上や対屋《たいのや》の縁側などに、みな仮寝をしては、何ということなく楽器を奏でて夜を明かす。琴や笛の楽器などには未熟な若い人たちが行う、読経くらべや今様歌なども、（宮中とはちがって）場所が場所だけに興趣あるものであった。中宮の大夫《だいぶ》（斉信）、左の宰相の中将（経房）、兵衛の督《かみ》、美濃の少将（済政）などが一緒に演奏なさる夜もある。（しかし）表だった管弦の催しは、殿に何かお考えがあるとみえて、おさせにならない。

ここ数年の間、里下がりをしていた人たちが、次々にご無沙汰の気持ちをふるい起こしては参り集まってくるようすがさわがしくて、その当座はしんみりとした気持ちにもなれない。

〈語釈〉

○上達部《かんだちめ》　大臣、大・中納言、参議および三位以上の人をいう。公卿《くぎやう》。**○殿上人《てんじやうびと》**　清涼殿の殿上の間に昇ることを許された人。四、五位の一部と六位の蔵人。**○さるべきは**　邸内に宿直するのが当然の、近い関係の人々。**○宿直《とのゐ》がち**　「宿直」は、緊急時に備えて、夜間、宮中や官庁に宿泊・勤務すること。「がち」は、…が多い、の意。**○橋の上**　寝殿と東の対との間の橋廊（下が水路または通路になっている廊下）の上。**○簀子《すのこ》**　廂《ひさし》の間《ま》の外側にめぐらされた濡れ縁。「簀子《すのこ》縁《えん》」ともいう。**○読経《どきやう》あらそひ**　読経の声や節まわしを競い合うこと。底本には「う経」とあるが、「と経」（読経）の誤りとみる。**○今様歌《いまやううた》**　神楽や催馬楽に対して、当世風の流行歌。**○宮《みや》の大夫《だいぶ》**　中宮職《しき》の長官、藤原斉信《ただのぶ》。太政大臣《だいじやうだいじん》為光《ためみつ》の息男。従二位権中納言右衛門督。「中宮職」は、中宮に関することをつかさどる役所。なお、底本にある「なりのぶ」（「ただのぶ」＝斉信）は注記とみられる。以下の「つねふさ（経房《つねふさ》）」、「なりまさ（済政）」も同様。〇**左の宰相《さいしやう》の中将**　従三位参議兼左近衛中将、源経房。左大臣高明《たかあきら》の息男。「宰相」は、参議の唐名。〇**兵衛《ひやうゑ》の督《かみ》**　左兵衛の督または右兵衛の督の略称。左右いずれの兵衛の督か分からず、後人も注記を付けかねたらしい。が、右兵衛督の源憲定と推定される。憲定はこの時点、非参議の従三位。〇**美濃《みの》の少将**　従四位下右近衛権少将で美濃守を兼ねていた源済政とみられる。〇**わざとの御あそび**　管弦の正式な催し。「殿おぼすやうやあらむ」とあるように、中宮の体調などを考慮して、道長が差し止めていたのであろう。

〇**中絶《なかだ》え**　里下がりしてご無沙汰を続けていた期間。〇**思ひおこし**　気持ちをふるい立たせる。気を取り直す。〇**そのころ**　前節にもみられた「そのころ」と同様に、その当座を回想する口吻《こうふん》（口ぶり）を示す語である。

〈**解説**〉

しかるべき殿方たちは宿直がちになる。緊急時への備えである。一方、ここしばらく里に下がっていた女房たちも、ご無沙汰を詫びつつ、次々に集まってくる。必要な人手の確保であり、人手の増員である。中宮の御産の予定日が次第に近づいていることを思わせる。が、それでも殿方たちは、ちょっとした管弦の遊びや読経あらそいをしたり、今様歌をうたったりしていて、まだ緊迫感はない。そんな八月下旬頃の様子である。

七　廿六日、御薫物《たきもの》あはせはてて
――弁《べん》の宰相《さいしやう》の昼寝姿――

廿六日、御薫物《たきもの》あはせはてて、人々にも配らせたまふ。まろがしゐたる人々、あまた集《つど》ひゐたり。

上《うへ》よりおるる道に、弁《べん》の宰相《さいしやう》の君の戸口をさしのぞきたれば、昼寝したまへるほどなりけり。萩《はぎ》・紫苑《しをん》、いろいろの衣《きぬ》に、濃きがうちめ心ことなるを上に着て、顔はひき入れて、硯《すずり》の筥《はこ》に枕して臥《ふ》したまへる額《ひたひ》つき、いとらうたげになまめかし。絵に描《か》きたるものの姫君の心地すれば、口おほひを引きやりて、

「物語の女の心地もしたまへるかな。」

と言ふに、見上げて、

「もの狂ほしの御さまや。寝たる人を心なくおどろかすものか。」

とて、すこし起き上がりたまへる顔の、うち赤みたまへるなど、こまかにをかしうこそはべりしか。

おほかたもよき人の、をりからに、またこよなくまさるわざなりけり。

〈現代語訳〉

（八月）二十六日、お香の調合がすっかり終わってから、（中宮さまは）それを女房たちにもお分けになる。練香《ねりこう》を丸めていた女房たちが、（それのお裾分けにあずかろうと）大勢集まって座っていた。

中宮の御前から局《つぼね》に下りる途中、弁の宰相の局の戸口をちょっとのぞいてみたら、折しも昼寝をなさっているところであった。萩や紫苑《しおん》など色とりどりの衣《きぬ》の上に、濃い紅《くれない》の光沢が格別な小袿《こうちき》を掛けて、顔は衣の中にひっこめて、硯の箱に頭をもたせて休んでいらっしゃる額のあたりが、とてもかわいらしく魅力的である。絵に描《えが》かれている何かの姫君のように感じられたので、口元をおおっている衣をひきのけて、

「（まるで）物語の中の女君のような感じでいらっしゃいますね。」

と声をかけると、目を開け私を見上げて、

「狂気じみたなさりかたですね。眠っている人を無闇に起こすなんて、ひどいですよ。」

と言って、すこし起き上がりなさったその顔が、ちょっと赤みを帯びていらっしゃるところ

など、実に上品で美しゅうございました。

ふだんから美しい人が、時によってまた一段と美しさが引き立つということなのであった。

〈語釈〉

○薫物《たきもの》あはせ　「薫物」は、各種の香木を粉にひき、蜜で練り合わせ丸めたもの。「あはせ」るとは、その調合のこと。各自の趣向を凝らした練香《ねりこう》を持ち寄って、その優劣を競う遊びのことを「薫物あはせ」というが、ここはそのことではない。**○まろがしゐたる人々**　香を丸める作業に奉仕した女房たち。

○上《うへ》　中宮の御前をいう。**○弁《べん》の宰相《さいしやう》**　前出（第四節）の「宰相の君」と同一人物。式部ときわめて親しい同輩女房の一人。**○昼寝**　昨夜の宿直のあとの仮眠であろう。**○萩《はぎ》・紫《し》苑《をん》**　ともに襲《かさね》（重ねて着る衣服と衣服の配色）の色目《いろめ》。「萩」は表が蘇芳《すおう》、裏が萌黄《もえぎ》、「紫苑」は表が薄紫、裏が青。いずれも秋の季節感にかなった色目。**○濃きがうちめ心ことなるを**　濃い紅の、打ち目（砧《きぬた》で打って出した光沢）が格別すばらしい打衣《うちぎぬ》を。**○枕して**「枕す」という動詞として用いられている。そのものに頭をのせて、の意。当時、女性は仮寝の場合など、よく硯箱を枕代わりに用いた。**○絵に描《か》きたるものの姫君**　物語絵などに描《えが》かれた何かの姫君。「ものの」は、何と限定していないが、何かすばらしい、の意が込められている。すぐあとの「物語の女の心地」に通じる語感である。なお、『源氏物語』（若紫巻）には、葵《あおい》の上《うえ》のことを「絵に描《か》きたるものの姫君のやうにし据ゑられて」と描き、端正ではあるものの、情感に乏しい人物としていて、類同の表現ではあるが、ここはニュアンスを異《こと》にしている。**○もの狂ほしの**　狂気じみた。常軌を逸した。**○心なく**　無遠慮に。無闇に。底本は「心ちなく」であるが、語義の上から改めた。**○おどろかす**　目をさまさせる。

〈解説〉

体調にまだ余裕のある中宮がされる薫物の調合のことである。女房たちも大勢それに奉仕している様子が窺える。式部もそこに加わっていたのであろうが、早めに自室に引き上げる。その途次、親しい朋輩である弁の宰相の君の昼寝姿を目にする。ふだんの美しさ・慕わしさにまさる魅力的な様子に、思わず声をかけて起こしてしまう。宰相の君が「もの狂ほしの御さまや」と、軽く抗議しているように、やや常軌を逸した行為である。が、式部としては、そうしないではいられないほどの宰相の君の魅力をたたえた美しさであったのだ。目を覚ました彼女は、「こまかにをかしう」、「またこよなくまさる」と叙されるように、いっそうの美質を示すのである。

なお、人の美質を讃えるにあたり、さきには頼通に対して「物語にほめたる男《をとこ》」といい、ここではまた、「物語の女の心地」と、物語を基準に置いて批評していることは、物語作者の筆であるだけに興味がそそられる。

八　九日、菊の綿を

――殿《との》の上《うえ》への返歌――

九日、菊の綿を、兵部《ひやうぶ》のおもとの持《も》て来て、「これ、殿《との》の上《うへ》の、とりわきて。『いとよう老《おい》のごひ捨てたまへ』と、のたまはせつる。」とあれば、

菊の露わかゆばかりに袖《そで》ふれて花のあるじに千代《ちよ》はゆづらむ　(4)

とて、返《かへ》したてまつらむとするほどに、「あなたに帰りわたらせたまひぬ。」とあれば、用《よう》なさにとどめつ。

〈現代語訳〉

（九月）九日、菊の着せ綿を、兵部の君が持って来て、「これを、殿の北の方が特別に（あなたに）。『たいそう念入りに老いを拭い捨てなさい』とおっしゃって下さいました。」

と言うので、

この菊の露に、私ごときはほんのちょっと若返る程度に袖を触れるだけにとどめまして、この露がもたらす千年もの齢《よわい》は、花の持ち主であるあなたさまにお譲り申しましょう。（4）

と歌を詠んで、ご返礼申し上げようとしているうちに、

「（殿の北の方は）あちらにお帰りになられました。」

ということなので、お返しする用がなくなって、手元にとどめておいた。

〈語釈〉

○九日、菊の綿を 旧暦九月九日は重陽《ちょうよう》の日、菊の節供《せっく》である。前夜、菊の花に綿をかぶせておき、九日当日の朝、夜露に濡れて菊の香を含んだ真綿で顔や身体を拭い、老いを除き、齢を延べる風習があった。「菊の綿」は、その綿のこと。贈られたのは、綿をかぶせた菊花

一輪であろう。**○兵部《ひやうぶ》のおもと**　中宮付きの女房であるが、素性は未詳。「おもと」は、「おもとびと」の略で、高貴な人の許《もと》に仕える侍女の称。といっても格別地位が高いわけではない。**○殿《との》の上《うへ》**　道長の北の方、倫子のこと。故一条左大臣源雅信の娘。「上」は貴人の妻の敬称。すでに、彰子・頼通・妍子・教通・威子・嬉子（以上、出生順）二男四女の母である。この年（寛弘五年）四十五歳、正二位（十月、一条天皇の土御門殿行幸に際し、従一位に昇叙）。

○「菊の露」の歌　「わかゆ」は、古語で、若返る、若やぐ、の意。「ばかり」は程度の意であるが、貴人に対する、自分ごときはとの謙遜の意が込められている。「花のあるじ」は、菊の花の贈り主である殿の上（倫子）。「千代」は、菊の綿により延寿を得るという千年の齢。

○返《かへ》し　返礼の意。歌によるお礼の言上《ごんじやう》である。**○あなたに帰りわたらせ**　中宮の所に来ていた倫子が自分の部屋にお帰りになったのである。この場合、北の方が式部の返礼をことさら待っていたというわけではないし、お礼言上がおくれてしまい、式部が格別失礼をしてしまったという状況でもあるまい。**○用《よう》なさに**　お礼言上の機を失い、不要になったので。

〈**解説**〉

重陽の節供当日、道長の北の方が式部に「とりわきて」菊の綿を贈り届けてくれるのは、目をかけている侍女に対する、格別の親愛の情の表示である。「菊の露」の歌には、光栄の念と感謝の情を示し、忝《かたじけ》ない思いを込めて、謙譲の姿勢が示されている。自撰の家集である『紫式部集』に、「九月九日、菊の綿を上《うへ》の御方より賜《たま》へるに」との詞書で入集せしめているところからしても、『日記』のこのくだりから、式部に向けられた倫子の敵意とか嫉妬とか、残余のことは読みとれまい。

そして、さきの中宮、道長、頼通に続く、北の方の登場であり、主家の人々の自分（式部）とのかかわりにおける紹介の一環として、確たる脈絡を有している。

なお、この日、内裏での重陽の節会《せちえ》は行われなかった。御産を間近にした中宮のことを考慮された措置であったかと思われる。

九　その夜さり、御前《おまへ》にまゐりたれば
——薫物《たきもの》の試みなど、御前の様子——

その夜さり、御前《おまへ》にまゐりたれば、月をかしきほどにて、端《はし》に、御簾《みす》の下《した》より裳《も》の裾《すそ》などほころび出《い》づるほどほどに、小少将《こせうしやう》の君・大納言《だいなごん》の君などさぶらひたまふ。御火取《ひとり》に、ひと日《ひ》の薫物《たきもの》とうでて、試《こころ》みさせたまふ。御前の有様のをかしさ、蔦《つた》の色の心もとなきなど、口々聞こえさするに、例よりもなやましき御《み》けしきにお

はしませば、御加持《かぢ》どももまゐるかたなり、さわがしき心地して入りぬ。

人の呼べば局《つぼね》におりて、しばしと思ひしかど寝《ね》にけり。夜中ばかりより、さわぎたちてののしる。

〈現代語訳〉

その日の夜、(中宮の)御前に参上したところ、月の美しい時分で、端近《はしぢか》の、御簾《みす》の下から裳の裾などがこぼれ出ているあたりに、小少将の君や大納言の君などが控えていらっしゃる。香炉で、先日の薫物《たきもの》を取り出し、試しに焚《た》かせてみられる。(中宮に女房たちが)庭前の情趣深い様子や、蔦のまだ色づかないじれったさなどを、口々に申し上げているうちに、(中宮は)いつもよりもお苦しそうなご様子でいらっしゃるので、ちょうどご祈禱などをなさる時刻でもあり、落ち着かない気持ちがして、(中宮に付き添って、御加持をなさる部屋に)入った。

(しばらくして)人が呼ぶので局に下がって、ちょっと休もうと思って横になったところ、つい眠ってしまった。夜中ごろから、人々が騒ぎだして大声を出している。

〈語釈〉

○夜さり　夜になった頃。夜分。「さり」は、来る、近づく、の意の動詞。ちなみに、「ようさり」は夕方になる頃、の意。**○端《はし》に**　端近《はしぢか》に出て。「端」は、部屋の中央を離れた屋外に近い縁側や入り口の所。○**ほころび出《い》づる**　花が咲いたように美しく出ていること。出《い》だし衣《きぬ》である。「ほころぶ」は、花のつぼみが開くことの比喩的表現。○**小少将《こせうしやう》の君**　源時通の娘。中宮彰子の従姉妹《いとこ》、道長の北の方倫子の姪。式部とはきわめて親しい間柄の同輩女房。○**大納言《だいなごん》の君**　源扶義《すけよし》の娘。廉子《れんし》。小少将の君とは従姉妹《いとこ》の関係にある。同じく、倫子の姪。○**火取《ひとり》**　香炉の類。○**ひと日《ひ》の薫物《たきもの》**　先日（八月二十六日）に調合した練香のこと。香りを保つために壺に入れて土中に埋めておいたそれを取り出して、調合のでき具合を試してみるのである。○**口々聞こえさする**　御帳《みちやう》の中にいて久しく外に出ることのない中宮に、女房たちがお庭の秋色の風情などを口々に説明申し上げる。○**入りぬ**　中宮に付き添って、御加持をなさる母屋の奥に入った。○**しばしと思ひしかど寝《ね》にけり**　今のうちにすこし休息をとっておこうと思い、横になったところ思わず眠ってしまったというのであろう。この行為が、式部の怠惰とか放恣《ほうし》（勝手気ままで節度がない）といった勤務態度には当たるまい。許されている範囲内の行動なのであろう。○**さわぎたちて**　先ほど「例よりもなやましき」様子であった中宮がいよいよ産気づかれ、人々がその対応のため大騒ぎしているのである。

〈解説〉

中宮に付き添うかたちで、一旦、加持を行う母屋の奥に入った式部が、同僚女房の誰かに呼ばれて自室に戻って、眠ってしまうのは、『全注釈』が説いているように、元来式部は、中宮を介抱申し上げる役向きにはなかったことと、しばしの休息をもとめてのこととみられる。

夜になった時分は、薫物の調合のでき具合を試みるなど、まだ余裕のあった中宮であるが、やがて体調が苦しくなり、御加持を受ける。そして、その夜中頃からは、産気づかれ、人々は対応に追われる。いよいよ御産近しの雰囲気が伝わってくる。

道長の漢文日記『御堂関白記《みどうかんぱくき》』（寛弘五年九月十日条）には、「子《ね》ノ時許《ばかり》、宮ノ御方従《よ》リ女方（女房＝北の方倫子）来《きた》リテ云《い》ハク、悩ム御気有リトイヘレバ、参入ス。仍《よつ》テ東宮傅《ふ》（藤原道綱）・大夫（藤原斉信《ただのぶ》）・権大夫（源俊賢《としかた》）ニ消息ヲ遣《つかは》シ、参来スベク云フ。他ノ人々モ多ク参ズ。終日、悩ミ暗《くら》シ給フ」と記されていて、人々が「さわぎたちてののしる」様子が知られる。

一〇　十日の、まだほのぼのとするに

――盛んな加持祈禱の様子――

十日の、まだほのぼのとするに、御しつらひかはる。白き御帳《みちやう》に移らせたまふ。殿よりはじめたてまつりて、君達《きんだち》・四位五位ども、たちさわぎて、御帳のかたびら

かけ、御座《おまし》ども持《も》てちがふほど、いとさわがし。

日ひと日、いと心もとなげに、起き臥《ふ》し暮らさせたまひつ。御物怪《もののけ》どもかりうつし、かぎりなくさわぎののしる。月ごろ、そこらさぶらひつる殿のうちの僧をばさらにもいはず、山々寺々をたづねて、験者《げんざ》といふかぎりは残るなくまゐり集《つど》ひ、三世《みよ》の仏もいかに翔《かけ》りたまふらんと思ひやらる。陰陽師《おんやうじ》とて、世にあるかぎり召し集めて、八百万《やほよろづ》の神も耳ふりたてぬはあらじと見えきこゆ。御誦経《みずきやう》の使《つかひ》たちさわぎくらし、その夜も明けぬ。

御帳《みちやう》の東面《ひむがしおもて》は、内裏《うち》の女房まゐり集《つど》ひてさぶらふ。西には、御物怪《もののけ》うつりたる人々、御屏風一《みびやうぶひと》よろひを引きつぼね、つぼねぐちには几帳《きちやう》を立てつつ、験者《げんざ》あづかりあづかりののしりゐたり。南には、やむごとなき僧正・僧都かさなりゐて、不動《ふどう》尊《そん》の生きたまへるかたちをも呼び出《い》であらはしつべう、たのみみ、うらみみ、声みなかれわたりにたる、いといみじう聞こゆ。

北の御障子《みさうじ》と御帳とのはざま、いとせばきほどに、四十余人ぞ、後《のち》に数《かぞ》ふればゐたりける。いささか身じろぎもせられず、気《け》あがりてものぞおぼえぬや。いま里よりまゐる人々は、なかなかゐこめられず、裳《も》の裾《すそ》・衣《きぬ》の袖《そで》、ゆくらむかたも知らず。さるべきおとななどは、しのびて泣きまどふ。

〈現代語訳〉

（九月）十日の、まだほんのりと明けそめる頃に、御座所の設備が模様替えになる。（中宮さまは）白い御帳台にお移りになる。殿をはじめとして、ご子息たちや四位・五位の人々が、慌《あわ》ただしく御帳台の垂れ絹をかけたり、筵《むしろ》や茵《しとね》などを持ち運んだりする間は、ひどく落ち着かない。

（中宮さまは）その日一日中、とても不安そうなご様子で、起きたり臥《ふ》せったりしてお過ごしになった。（その間、中宮さまに）とり憑《つ》いている物怪《もののけ》を追い出し憑坐《よりまし》に駆《か》り移したりして、（修験僧は）この上ない大声をはり上げる。ここ数か月来、邸内に詰めている大勢の僧たちはいうまでもなく、諸方の山々・寺々を探し尋ねて、修験僧はすべて残る者なく参り集まり（祈禱をする）、三世《さんぜ》の諸仏もこれを聞き、どのように天空を翔《か》けて来るだろうかと、（その姿が）思いやられる。陰陽師《おんみょうじ》という陰陽師はことごとく呼び集めて、（その唱《とな》える祈禱の声は）八百万《やおよろず》の神々も耳を立てて聞かないはずはないと、頼もしく感じられた。（それらに加えて、また）寺々に御誦経の使者が次々に発せられる騒がしさが終日続き、その夜も明けた。

御帳台の東面《ひがしおもて》の間は、内裏の女房たちが大勢参上して控えている。西の間には、物怪を駆り移された憑坐たちが（いて）、めいめい一双のお屏風で囲まれ、囲みの入り口にはそれぞれ几帳を立て、修験僧が一人一人を担当して大声で祈禱していた。南の間には、高貴な僧正や僧都が幾重にも座っていて、不動明王の生きながらのお姿を眼前に呼び出しても見せかねない様子で、繰り返し祈願し、また愁訴《しゅうそ》したりして、声がみな一様に嗄《か》れてしまっているのが、ほんとうに尊く聞こえる。

北側の襖と御帳台との間の、ひどく狭い所に、四十人余りもの人々が、あとで数えてみて分かったのだが、座っていたのであった。少しの身動きもできないような状態で、のぼせ上がってしまい、何が何だかわからない始末である。今頃、里から参上してくる女房たちは、入り込む余地がなく、とても中には入れてもらえず、裳の裾や着物の袖など、どこへ置いたらよいか分からないあり様である。（そんな中で）しかるべき年配の女房などは、（中宮のご容体が気がかりなあまりか）声をしのばせて泣きながら、どうしてよいか分からずうろたえている。

〈語釈〉

○十日の、まだほのぼのとするに　九月十日、前節の「夜中ばかり」から一続きの時間の中にある。**○御しつらひかはる**　調度類を御産所向きの白一色に替えること。**○君達**《きんだち》　道長の子息たちをいう。頼通、教通。**○日ひと日、いと心もとなげに**　中宮の不安げな様子。前掲の「終日、悩ミ暗《くら》シ給フ」（『御堂関白記』）に相当する。**○そこら**　多く、はなはだ、の意。ここは人数の多いこと。○

験者《げんざ》　加持祈禱により験《げん》（祈りの効果）をあらわす密教の行者。修験者。**○三世**《みよ》**の仏**　三世（前世・現世・来世）にわたる諸仏。**○翔**《かけ》**り**　天空を飛びかける。**○陰陽師**《おんやうじ》　陰陽寮に属し、陰陽道の術に携わった職員をいうが、一般には、それに限定せず、卜筮《ぼくぜい》・呪詛《じゆそ》・除《じよ》祓《ばつ》・暦数《れきすう》などを行う者を総称していう。「おんみょうじ」とも発音する。**○八百万**《やほよろづ》**の神**　「八百万」は、数がきわめて多いこと。ありとあらゆる神々。さきの「三世の仏」と対《つい》をなしている。**○耳ふりたて**　聞き耳を立てる。熱心に聞く。中宮の安産祈願のため陰陽師らが唱えている祭文《さいもん》（祝詞《のりと》）の中にある「八百万《やほよろづ》の神々たちは、……御耳を振り立てて」の表現を引用した叙述とみられる。**○御誦経**《みずきやう》**の使**《つかひ》　御誦経を行う寺社へ奉納する布施を持参する使者。ここの「誦経」は、安産祈願の祈禱を行うこと。

○内裏《うち》**の女房**　内裏《だいり》から派遣された天皇づきの女房。「上《うえ》の女房」ともいう。これに対して、紫式部たちは「宮の女房」である。**○御物怪**《もののけ》**うつりたる人々**　物怪を駆り移された憑《より》坐《まし》たち。「物怪」は、人にとりつき、病気にしたり、死に至らせたりする死霊《しりよう》・生霊《いきりよう》の類。加持祈禱により調伏《ちようぶく》される。**○あづかりあづかり**　それぞれ憑坐を一人ずつ担当して。**○やむごとなき僧正・僧都かさなりゐて**　高徳の僧正や僧都たち。下の「かさなりゐて」は、おおぜいがぎっしり居並んでいる様子をいう。**○不動尊**《ふどうそん》　不動明王の異称。五大明王・八大明王の一つ。衆生を悪魔・煩悩《ぼんのう》・罪障から救うため、忿怒《ふんぬ》（いきどおること）の相を示して立つ。**○たのみみ、うらみみ**　安産を祈願したり、祈禱の効果が薄いことを恨んだり。「……み……み」は、動作の反復を表す接尾語。

○いま里よりまゐる人々　すこし遅れて今頃、里から参内した女房たち。「今参り」（新参者）の意ではあるまい。さきの第六節に「年ごろ里居《さとゐ》したる人々の、中絶《なかだ》えを思ひおこしつつ、まゐりつどふ」とあった人々の類であろう。　**○しのびて泣きまどふ**　中宮のご容態が気がかりで、いたたまれない様子。

〈解説〉

多くの験者や陰陽師たちの、あらんかぎりの声をはり上げての渾身《こんしん》の祈禱。ひっきりなしに発遣される御誦経の使い。さらには大勢の僧正や僧都たちの、声を嗄《か》らしての祈願、と一日中続けられる。いずれも中宮の安産祈願の一点に集中されている。ただならぬ情況の中での緊張感とともに悲壮感さえ感じられる。

平静を取り戻した後に数えてみると、四十人余りもの女房たちが、ぎっしり身じろぎもせずに詰めていたのである。張り詰めた雰囲気の中で、女房たちはみなものごとの判断も付かないほどに上気してしまっている。女房一同の取りまとめ役の「さるべきおとななど」にして、しのび泣きつつ前後を失っている始末。ただならぬ緊迫の情況、不安な空気が、式部の筆によって、きわめてリアルに写し出されている。

一一　十一日の暁に、北の御障子《みさうじ》、二間《ふたま》はなちて

——続く加持祈禱と人々の様子——

十一日の暁に、北の御障子《みさうじ》、二間《ふたま》はなちて、廂《ひさし》に移らせたまふ。御簾《みす》などもえかけあへねば、御几帳《みきちやう》をおし重ねておはします。僧正・きやうてふ僧都《そうづ》・法務僧都などさぶらひて加持まゐる。院源僧都《ゐんげん》、きのふ書かせたまひし御願書《ごぐわんしよ》に、いみじきことども書き加へて、読み上げ続けたる言《こと》の葉《は》の、あはれに尊《たふと》く、頼もしげなることかぎりなきに、殿のうちそへて、仏念じきこえたまふほどの頼もしく、さりともとは思ひながら、いみじう悲しきに、みな人涙をえおし入れず、

「ゆゆしう。かうな。」

など、かたみに言ひながらぞ、えせきあへざりける。

人げ多くこみては、いとど御心地《みここち》も苦しうおはしますらむとて、南《みなみ》・東面《ひむがしおもて》に出《い》ださせたまうて、さるべきかぎり、この二間《ふたま》のもとにはさぶらふ。殿の上・讃岐《さぬき》の宰

相の君・内蔵《くら》の命婦《みやうぶ》、御几帳《みきちやう》のうちに、仁和寺《にんなじ》の僧都の君・三井寺の内供《ないぐ》の君も召し入れたり。殿のよろづにののしらせたまふ御声《みこゑ》に、僧も消《け》たれて音せぬやうなり。いま一間《ひとま》にゐたる人々、大納言の君・小少将の君・宮の内侍《ないし》・弁の内侍・中務の君・大輔《たいふ》の命婦・大式部《おほしきぶ》のおもと、殿の宣旨《せんじ》よ。いと年経《としへ》たる人々のかぎりにて、心をまどはしたるけしきどもの、いとことわりなるに、まだ見たてまつりなるるほどなけれど、たぐひなくいみじと、心ひとつにおぼゆ。

また、この後《うし》ろの際《きは》に立てたる几帳の外《と》に、尚侍《ないしのかみ》の中務の乳母《めのと》・姫君の少納言の乳母・いと姫君の小式部《こしきぶ》の乳母などおし入り来て、御帳《みちやう》二つが後《うし》ろの細道を、え人も通らず。行きちがひみじろく人ごとは、その顔なども見分《みわ》かれず。殿の君達《きんだち》・宰相の中将（兼隆《かねたか》）・四位の少将（雅通《まさみち》）などをばさらにもいはず、左の宰相の中将（経房）・宮の大夫《だいぶ》など、例はけ遠き人々さへ、御几帳の上《かみ》よりともすればのぞきつつ、はれたる目どもを見ゆるも、よろづの恥《はぢ》忘れたり。いただきには、うちまきを雪のやうに降りかかり、おししぼみたる衣《きぬ》のいかに見苦しかりけんと、後《のち》にぞをかしき。

〈現代語訳〉

（九月）十一日の明け方に、北のお襖《ふすま》を二間取り払って、北廂《きたびさし》の間にお移りになる。御簾などもかけるいとまがないので、御几帳を二重に立て回して（その中に）いらっしゃる。僧正やきやうてふ僧都や法務僧都などがお側《そば》に仕え、加持申し上げる。院源僧都が、（殿が）きのうお書きになった御願文《がんもん》に、さらに有難い文言《もんごん》をいろいろ書き加えて、読み上げ続けているその整った文章が、この上なく身にしみて尊く感じられて頼もしいかぎりであるのに加えて、殿が声を合わせて仏を祈念申し上げていらっしゃるご様子が心強く、いくら何でも（効《こう》験《げん》のないことはあるまい）、とは思うものの、ひどく悲しくて、（女房たちは）誰も涙を押しとどめることができないで、

「縁起でもない。このように泣くのはやめましょう。」

などと、互いに戒《いまし》め合いながらも、（不安でたまらず）涙を抑えることができないのであった。

（こんなに）人が大勢たて混んでいては、（中宮さまは）いっそうご気分も悪くいらっしゃるであろうということで、（殿は女房たちを）南面の間や東面の間にお出しになられて、どうしてもお側《そば》にいなければならない人だけが、この二間（の中宮さまの近く）に控えている。殿の北の方と讃岐《さぬき》の宰相の君と内蔵《くら》の命婦とが御几帳の中に入り、さらに仁和寺の僧都の君と三井寺の内供《ないぐ》の君も（御几帳の中に）お呼び入れになった。殿が万事にわたって大声で指図されるお声に、僧たちの念誦《ねんず》の声も圧倒されて、聞こえないほどである。

もう一間に控えていた人々は、大納言の君、小少将の君、宮の内侍、弁の内侍、中務の君、大輔の命婦、それに大式部のおもと、これは殿の宣旨女房です。これらはすべて長年お仕えしている方々ばかりで、(中宮さまの身が)心配のあまり気が動転している様子はまことにもっともなことであるのだが、(この人たちと比べたら、私など新参者で)まだ中宮さまにお仕え馴れるほどの間もないのだが、たとえようもなく大変なことだと、つくづくと心の中で思われた。

また、この北廂《きたびさし》の間の後ろの境目《さかいめ》に立ててある几帳の外には、尚侍《ないしのかみ》付きの中務の乳母《めのと》、姫君付きの少納言の乳母、幼い姫君付きの小式部の乳母などが、割り込んできてしまい、二つの御帳台の後ろの狭い通路を、人も容易には通れない。行き来したり身動きしたりする人々は、顔も見分けがつかない。殿のご子息たちや宰相の中将、四位の少将などは勿論のこと、左の宰相の中将や宮の大夫など、普段は親しくない人々までが、御几帳の上からどうかするとのぞきこんだりして、泣き腫《は》らした目などを見られることも(あまり気にせず)、すべて恥ずかしさを忘れていた。頭の上には散米《うちまき》が雪のように降りかかっているし、しわだらけになった着物がどんなにかみっともなかったことかと、あとで思い出すとおかしかった。

〈語釈〉

○暁に　「暁」は、夜が明けようとする、まだ暗い時分。「に」は、底本の「も」を改める。
○廂《ひさし》に移らせたまふ　北廂の間に中宮を移されるのは、方位・禁忌などを考えた緊急の措置であろう。**○僧正**　雅慶(北の方倫子の叔父に当たる)とみられる。権僧正の勝算とみる説もある。○**きやうてふ僧都《そうづ》**　底本の「きやうてふ」は、「ちやうてふ」の誤りとして、定澄（権大僧都・興福寺別当）とみられる。○**法務僧都**　「法務」は、諸大寺で庶務を総理する僧職の一つ。正《せい》・権《ごん》の二人がいて、「正」は前出の雅慶で、法務僧正。法務僧都は「権」の済信。済信は権大僧都で、倫子の異母兄、雅慶の甥に当たる。○**院源《ゐんげん》僧都**　法性寺座《ざ》主《す》。後に天台座主。「座主」は大寺の住職の称で、学識のある高徳の僧。○**きのふ書かせたまひし御願書《ごぐわんしよ》**　道長が昨日書いておいた安産祈願の願文《がんもん》。草稿に筆をさらに加え、宗教的な箔《はく》を付けるのである。○**読み上げ続けたる言《こと》の葉《は》**　院源僧都は音吐《おんと》朗々《ろうろう》、講説が巧みであった。○**さりともと**　いくら何でも、効験がないはずはない、つまり無事安産が実現しないはずはない、の意。○**ゆゆしう**　慶事であるべき御産に涙は不吉だ、の意。○**出《い》ださせたまうて**　さきに「四十余人」ともあった、大勢の女房たちを、道長の指図で南面、東面の間に出させたのである。○**讃岐《さぬき》の宰相の君**　前出（第四・七節）の「宰相の君」「弁の宰相」と同一人物。底本「（讃岐）と」を「の」と改める。讃岐守大江清通の妻豊子。誕生する若宮の乳母《めのと》に任ぜられる女房。○**内蔵《くら》の命婦《みやうぶ》**　道長家の女房。大中臣輔親《おおなかとみのすけちか》の妻。道長の五男教通《のりみち》の乳母。「命婦」は、五位以上の女性または五位以上の官人の妻の称。○**仁和寺《にんなじ》の僧都の君**　前出の「法務僧都」、権大僧都済信のこと。○**三井寺の内供《ないぐ》の君**　三井寺すなわち園城寺《おんじようじ》の永円少僧都（後に大僧正）。中宮の従兄弟《いとこ》に当たる。「内供」は、宮中の内道場に奉仕する内供奉僧《ないぐぶそう》の略称。○**ののしらせたまふ御声《みこゑ》**　大声で指示・指図を発する殿（道長）のお声。

○大納言の君　前出（第九節）の源扶義の娘。廉子。中宮女房。**○小少将の君**　前出（第九節）の源時通の娘。中宮女房。**○宮の内侍**《ないし》　橘良藝子。中宮女房。「内侍」は内侍司《ないしのつかさ》の女官で、掌侍《ないしのじょう》のこと。もとその職にあったか。**○弁の内侍**　中宮女房とみられるが、出自不詳。**○中務の君**　中宮女房で、源致時《むねとき》の娘、隆子かとみられる。**○大輔**《たいふ》**の命婦**　中宮女房で、大江景理の妻か。**○大式部**《おほしきぶ》**のおもと、殿の宣旨**《せんじ》**よ**　「殿の宣旨」は、大式部のおもとを説明するための挿入句。道長家の宣旨女房。「よ」は、読み手に向かっての語調で、念を押す意味の終助詞。**○いと年経**《としへ》**たる人々のかぎり**　中宮に仕えること長く、年功を積んだ女房ばかり。大納言の君から大式部のおもとまで七人を指す。つまり、これらの人々はいずれも古参の中宮女房なのである。**○まだ見たてまつりなるるほどなけれ**　自分（式部）が中宮に仕えてまだ年数の浅いこと。さきの年功を積んだ古参の女房たちに比較していう。**○心ひとつに**　自分ひとりの心に。古参の女房たちには比べものにならないが、新参者の自分もまた、の意。

○尚侍《ないしのかみ》**の中務の乳母**《めのと》　「尚侍」は、内侍司の長官。ここは道長の二女妍子。「中務の乳母」は、その乳母で、藤原惟風の妻、高子。**○姫君の少納言の乳母**　「姫君」は、道長の三女威子。この年、十歳。「少納言の乳母」は、その乳母であるが、出自不明。**○いと姫君の小式**《こしき》**部**《ぶ》**の乳母**　「いと姫君」は、道長の四女、嬉子。この年、二歳。「いと」は、幼い・年少の意。「小式部の乳母」は、その乳母で、藤原泰通《やすみち》の妻。**○御帳**《みちやう》**二つが後**《うし》**ろの細道**　中宮が平常使用している御帳台と、御産用に設けられた白木の御帳台との間の狭い通路。**○殿の君**《きん》

達《だち》　道長の息男、頼通《よりみち》と教通《のりみち》。　**○宰相の中将**　参議右近衛中将藤原兼隆《かねたか》。道兼の二男、道長の甥。本文の「兼隆」は注記（以下の「雅通」「経房」も同じ）。**○四位の少将**　従四位右近衛少将源雅通《まさみち》。前出（第九節）の小少将の君の兄。**○さらにもいはず**　言うに及ばず。勿論のこと。**○左の宰相の中将**　前出（第六節）の源経房《つねふさ》。**○宮の大夫**《だいぶ》　前出（第六節）の藤原斉信《ただのぶ》。**○見ゆる**　受け身で、見られる。**○うちまき**　邪気を払うために米を撒くこと、また、その米。散米。

〈解説〉

前節からひき続く、安産を一心に祈願する人々の様子を描く。万事、陣頭指揮に立つ殿・道長が発する大音声は、緊迫感をいやが上にもかきたてる。人々は道長の意を体《たい》する一大集団と化して、我を忘れて奉仕の一点に集中している。もとより式部も、観察的に傍観している他者ではなく、その中の一員なのである。ただただ中宮の無事・安産を献身的に願うあまり、無我夢中・茫然自失の状態の女房集団の中に同化して、ただならぬ事態を「たぐひなくいみじ」と思い、泣き腫らした顔を見られるのも恥と思わないほどの、気の揉《も》みようは、人後に落ちない。「後にぞをかしき」とあるが、これは、前節の「後に数ふれば」と同様、ことが無事すんで平静にもどった後の、状況と心情の再現であることをいうものである。

一二 御いただきの御髪《みぐし》おろしたてまつり

――中宮安産・若宮誕生――

御いただきの御髪《みぐし》おろしたてまつり、御忌《い》むこと受けさせたてまつりたまふほど、くれまどひたる心地に、こはいかなることとあさましう悲しきに、たひらかにせさせたまひて、後《のち》のことまだしきほど、さばかり広き母屋《もや》・南の廂《ひさし》・高欄《かうらん》のほどまで立ちこみたる僧も俗も、いま一《ひと》よりとよみて、額《ぬか》をつく。

東面《ひむがしおもて》なる人々は、殿上人にまじりたるやうにて、小中将の君の、左《ひだり》の頭《とう》の中将に見合せて、あきれたりしさまを、後《のち》にぞ人ごと言ひ出《い》でて笑ふ。化粧《けさう》などのたゆみなく、なまめかしき人にて、暁《あかつき》に顔づくりしたりけるを、泣きはれ、涙にところどころ濡《ぬ》れそこなはれて、あさましう、その人となん見えざりし。宰相の君の、顔がはりしたまへるさまなどこそ、いとめづらかにはべりしか。ましていかなりけん。されど、その際《きは》に見し人の有様の、かたみにおぼえざりしなむ、かしこかりし。

今とせさせたまふほど、御物怪《もののけ》のねたみののしる声などのむくつけさよ。源《げん》の蔵人《くらうど》には心誉《しんよ》阿闍梨《あざり》、兵衛《ひやうゑ》の蔵人にはそうそといふ人、右近《うこん》の蔵人には法住寺《ほふぢゆうじ》の律《り》師《し》、宮の内侍の局《つぼね》にはちそう阿闍梨をあづけたれば、物怪にひき倒されて、いといとほしかりければ、念覚《ねんがく》阿闍梨を召し加へてぞののしる。阿闍梨の験《げん》の薄きにあらず、御物怪のいみじうこはきなりけり。宰相の君のをぎ人に叡効《えいかう》を添へたるに、夜《よ》一夜《ひとよ》ののしり明かして、声もかれにけり。御物怪移れと召し出《い》でたる人々も、みな移らでさわがれけり。

〈現代語訳〉

（中宮さまの）頭頂《とうちよう》のお髪をお剃《そ》ぎ申し上げ、（殿が）御戒《ごかい》をお受けさせ申し上げる間、途方にくれた気持ちで、これはいったいどうしたことかと、驚き悲しんでいる折しも、安らかにご出産なされて、後産《あとざん》のことはこれからという時には、あれほど広い母屋《おもや》から南の廂《ひさし》の間《ま》、（さらに）高欄のあたりまでぎっしり詰めていた僧も俗人も、もう一度声をはり上げ念《ねん》誦《ず》して、額を深く下げて拝礼する。

東面の間《ま》にいる女房たちは、殿上人に入り交じった状態になって、小中将の君が左の頭の中将と顔を見合わせて、茫然としていた様子を、後になってみなそれぞれ言い出して笑う。（小中将の君は、常に）お化粧などきちんとして、優雅な人で、（この日も）明け方にお化粧をしたのだが、目は泣き腫れ、涙で濡れてところどころお化粧くずれして、あきれるほどの変わりようで、とてもその人とは見えなかった。宰相の君の顔が変わってしまっている様子などは、ほんとうに珍しいことでした。まして（私の顔など）どんなであったことか。それにしても、その折に顔を合わせた人の様子が（どんなであったか）、お互いに記憶していなかったことは、ありがたいことであった。

いよいよご出産なさろうとする時には、御物怪がくやしがってわめき立てる声などの気味悪さといったらなかった。源の蔵人（の憑坐《よりまし》）には心誉阿闍梨を、兵衛の蔵人（の憑坐）にはそうそという人を、右近の蔵人（の憑坐）には法住寺の律師を、宮の内侍の局にはちそう阿闍梨を、それぞれ担当にしておいたところ、（験者の阿闍梨が）物怪に引き倒され、ひどく気の毒であったので、念覚阿闍梨を呼び加えて大声に祈禱する。ちそう阿闍梨の効験《こうげん》が弱かったのではなく、御物怪がひどく頑強だったのである。宰相の君の担当の招禱人《おぎびと》として、叡効《えいこう》を付けておいたところ、（叡効は）一晩中、大声をはり上げ続け、声も嗄《か》れはててしまった。御物怪が駆《か》り移るようにと召し出された女官たちも、誰もが駆り移らないで、はたからやかましく言われたことだ。

〈語釈〉

○御いただきの御髪《みぐし》おろしたてまつり　中宮の頭頂の髪を少しばかり剃《そ》る作法をすること。難産であるため、形ばかりではあるが受戒し、仏のさらなる加護を願うのである。**○御忌《い》むこと**　受戒すること。形式的ながら剃髪し、出家する作法。**○くれまどひたる心地**　途方にくれた心地をいうが、下の「こはいかなることとあさましう悲しき」とともに、中宮が形式的とはいえ剃髪する作法まですることへの不安と悲しみである。**〇たひらかに**　安産したことをいう。**〇後《のち》のこと**　後産《あとざん》、つまり、産後間もなく、母胎に残っている胎盤などが排出されること。**〇高欄《かうらん》**　欄干。てすり。**〇いま一《ひと》より**　もう一度。「より」は、度数・回数を示す語。**〇とよみて**　「とよむ」は、声をはり上げて鳴り響かすこと。

〇小中将の君　中宮女房。出自未詳。**〇左《ひだり》の頭《とう》の中将**　正四位下左近衛中将蔵人頭の源頼《より》定《さだ》。為平親王の息男。道長の妻明子（高松の上）の甥に当たる。当年、三十二歳。**〇後《のち》にぞ人ごと言ひ出《い》でて**　後になってみな思い出して話題にし、の意。「人ごと」は、「人々」と改訂する場合が多いが、底本のままとし、人それぞれが、の意に解しておく。**〇宰相の君**　前出（第四節）。**〇ましていかなりけん**　若く美しい宰相の君でさえこうなのだから、まして自分は、と思い見られたのである。**〇かしこかりし**　この「かしこし」は、ありがたい、さいわいだ、の意。

〇今とせさせたまふほど　いよいよ御出産という時。出産前後のことに立ち返って、改めて叙述する。**〇源《げん》の蔵人《くらうど》**　中宮付きの女蔵人。「女蔵人」は、装束・裁縫などの仕事をつとめ、雑役に従事する下級の女房。以下の「兵衛の蔵人」「右近の蔵人」も同様の女蔵人である。これらの三人は、憑坐《よりまし》そのものではなく、それぞれ局を受け持ち、憑坐を差し出したのである。**〇心誉《しんよ》阿闍梨《あざり》**　天台宗の僧。藤原重輔の息男。後に権僧正、園城寺長吏《おんじようじちようり》となる。道長の信任厚く（『御堂関白記』）、加持の名人（『栄花物語』）との評価は、これより後のこととみられる。**○そうそといふ人**　諸説あるが未詳。『全注釈』は誤写・転化を推定して、延暦寺の僧妙尊《みようそん》とする。そもそも「といふ人」とあって、式部自身疎遠でよく知らない僧である。**○法住寺《ほふぢゆうじ》の律師《りし》**　権律師尋光。太政大臣藤原為光の息男。「律師」は、僧都《そうず》に次ぐ僧位。**○宮の内侍の局《つぼね》**　宮の内侍（前出、第一一節）の担当する屏風で囲んだ局、の意。**○ちそう阿闍梨**　諸説あるが未詳。『全注釈』は、延暦寺の僧千算《ちさん》を当てる。**○ひき倒されて**　物怪に憑坐が引き倒されたのではなく、験者（ちそう阿闍梨）が倒されたのである。**○念《ねん》覚《がく》阿闍梨**　天台宗の僧。大納言藤原済時の息男。後に権少僧都。**○験《げん》**　加持祈禱の効験。**○をぎ人**　招禱人すなわち験者。**○叡効《えいかう》**　天台宗の僧。阿闍梨。後に、加持の功により権律師。**○召し出《い》でたる人々**　憑坐として召し出された女官たち。

〈解説〉

中宮は難産をようやくに脱して、無事安産を果たした。式部を含む人々の安堵は並々でない。気が付いてみると、朋輩女房たちの化粧くずれの顔は、互いに見るも無残。いかに我れを忘れての献身的な奉仕であったかが知られる。

それにしても、御産間際に至っての、あの物怪どものなんと執拗にして頑強であったことか。その様子が改めて描き出される。いかに大変であったかの再現である。その時が大変であればあったほど、危機的状況を抜け出すことのできた今の安堵が、言いようもなく深いものとして実感されるのである。

一三　午《むま》の時《とき》に、空晴れて

――主家の人々の安堵と慶び――

午《むま》の時《とき》に、空晴れて朝日さし出《い》でたる心地す。たひらかにおはします嬉しさの、たぐひもなきに、男《をとこ》にさへおはしましけるよろこび、いかがはなのめならむ。昨日《きのふ》しほれくらし、今朝《けさ》のほど、秋霧におぼほれつる女房など、みな立ちあかれつつ休む。御前には、うちねびたる人々の、かかるをりふしつきづきしきさぶらふ。

殿も上も、あなたにわたらせたまひて、月ごろ御修法《みずほふ》・読経にさぶらひ、昨日《きのふ》今日《けふ》召しにてまゐり集《つど》ひつる僧の布施《ふせ》たまひ、医者《くすし》・陰陽師《おんやうじ》など、道々のしるしあらはれたる、禄《ろく》たまはせ、うちには御湯殿《ゆどの》の儀式など、かねてまうけさせたまふべし。

人の局《つぼね》々《つぼね》には、大きやかなる袋・包ども持てちがひ、唐衣《からぎぬ》のぬひ物、裳《も》、ひき結び・螺鈿《らでん》ぬひ物、けしからぬまでして、ひき隠し、

など、言ひかはしつつ化粧《けさう》じつくろふ。

「扇《あふぎ》を持てこぬかな。」

〈現代語訳〉

（十一日の）正午頃に（ご誕生が実現し）、（まるで）空が晴れて朝日がさし出たような気持ちがする。（母子ともに）ご無事でいらっしゃることの嬉しさが何よりであるうえに、男皇子《おとこみこ》でさえいらっしゃった慶《よろこ》びは、どうして並一通《なみひととお》りのことがあろうか。昨日は一日中（心配のあまり）泣きぬれて過ごし、今朝は今朝で、秋霧にむせび泣いていた女房たちは、みなそれぞれ（自室に）引き上げて休息に入る。（中宮さまの）お側には、年功を積んだ女房たちで、こうした際に適した者がお仕えしている。

殿も北の方も、あちら（のお部屋）にお移りになって、この数か月の間、御修法や読経に奉仕し、（また）昨日今日お召しによって参集した僧たちにお布施《ふせ》をくださったり、医者や陰陽師などで、それぞれの道の効験《こうげん》が顕著であった者にご褒美をお与えになり、（一方）内部では御湯殿の儀式のことなど、前もってご準備をおさせになるようである。

女房の部屋部屋には、見るからに大きな袋や包みなどを（里から）運びこむ人々が出入りし、唐衣《からぎぬ》の刺繡とか、裳の飾り付けや螺鈿《らでん》付きの刺繡とか、どうかと思われるほどに趣向を凝らし、（しかも、それらを）ひき隠しておき、

「（注文の）扇を（まだ）届けてきませんね。」

などと会話しながら、お化粧をして身づくろいをする。

〈語釈〉

○午《むま》の時《とき》　九月十一日の正午頃。「午の時」は、現在の午前十一時から午後一時までの二時間をいう。「午ノ時、平安ニ男子産《う》マレ給フ」と記す『御堂関白記』をはじめ、『権記《ごんき》』（藤原行成）など諸記録類いずれも、「午ノ時」「午ノ刻」とだけ録している。　**○空晴れて**　当時の記録によると、当日は朝から晴天であったらしいが、天候のいかんにかかわらず、これは、安堵し、晴れ晴れした気持ちを表現したもの。　**○男《をとこ》**　男皇子《おとこみこ》。敦成《あつひら》親王（後の後一条天皇）の誕生である。　**○うちねびたる人々**　勤仕の年功を積んだ、当然年配の女房たち。

○かかるをりふし　産後のこの時期。

○布施《ふせ》　僧に謝礼として施す金銭・物品。　**○道々のしるし**　その道その道の、祈禱・祈願の効果。　**○禄《ろく》**　労をねぎらって与える褒美の品。衣類や布など。　**○うちには**　布施・禄などを与える対外的なことに対する内部的なことと解される。　**○御湯殿《ゆどの》の儀式**　新生児に産《うぶ》湯《ゆ》をつかわせる儀式。

○大きやかなる袋・包　女房たちの里からそれぞれ運び込まれる大きな袋や包み。これから行われる祝いの諸儀式に奉仕するための各自の衣装類。　**○唐衣《からぎぬ》のぬひ物**　唐衣に施された刺繡。「唐衣」は、女房装束で、正装時に表着《うわぎ》の上に着用する衣服。「ぬひ物」は、絹布に五色の糸などで絵や模様を刺繡したもの。繡物《ぬいもの》。　**○裳《も》、ひき結び・螺鈿《らでん》ぬひ物**　裳に施されたひき結びや螺鈿の刺繡。「裳」は、唐衣の腰から下の後方部に着用する正装時の衣服。唐衣が省かれる時も、裳は省かない。「ひき結び」は、組み糸による花結びの装飾。「螺鈿」は、屋久貝《やくがい》などの殻の光沢のある部分を各種の形に切り、漆器等にはめ込み、装飾としたものをいうが、ここはそれを裳の裾などに縁取りした置口《おきぐち》とみられる。ちなみに『栄花物語』（はつはな巻）に、「若き人々は縫物、螺鈿など、袖口に置口をし」とある。**○けしからぬまで**　過度なまでに、の意。**○ひき隠し**　各自が着用当日まで隠して見せないでおく。かけひき、というよりは、一つの趣向・情趣の競い合いであろう。**○扇《あふぎ》**　儀式時に用いる扇。注文してあるそれの到着の遅さを話題にしている。

〈解説〉

皇子《みこ》誕生の感動的な慶びを、筆改めて叙述するのであるが、「午の時に、空晴れて朝日さし出でたる心地す」は、けだし名表現として評価されるべきであろう。紫式部の個性的にして独自の表現といってよい。それだけに、本『日記』から取材したとみられる『栄花物語』（はつはな巻）では、この個性的な表現の襲用を避けたものとみえる。続く「男にさへおはしましけるよろこび」もまた、実に言い得た表現である。このように捉えられればこそ、道長を中心とする主家の人々の胸中を忖度《そんたく》しての、「いかがはなのめならむ」という叙述が、切実感と真実味を深めるのである。

男皇子の誕生は、まさに道長家にとっての栄華の「初花《はつはな》」（はじめて咲いた花）であった。神仏に数々の祈願をし続けてこの日を迎えた道長は、その加護にいかばかり感謝の念を捧げたことか。日記に「午ノ時、平安ニ男子産マレ給フ」（『御堂関白記』）とだけ記す道長であるが、この簡潔な筆の内に彼の万感胸にこみ上げる熱い思いが託されていたはずである。

一四　例の、渡殿《わたどの》より見やれば

――殿と近侍の人々の満足げな様子――

例の、渡殿《わたどの》より見やれば、妻戸《つまど》の前に、宮《みや》の大夫《だいぶ》・春宮《とうぐう》の大夫《だいぶ》など、さらぬ上達部《かんだちめ》も、あまたさぶらひたまふ。殿出《い》でさせたまひて、日ごろうづもれつる遣水《やりみづ》つくろはせたまひ、人々の御けしきども心地よげなり。心のうちに思ふことあらむ人も、ただ今はまぎれぬべき世のけはひなるうちにも、宮の大夫、ことさらにも笑《ゑ》みほこりたまはねど、人よりまさる嬉しさの、おのづから色に出《い》づるぞことわりなる。右《みぎ》の宰相《さいしやう》の中将は、権中納言《ごんちゆうなごん》とたはぶれして、対《たい》の簀子《すのこ》にゐたまへり。

〈現代語訳〉

いつものように、渡殿にある局から眺めやると、（寝殿の）妻戸の前に、中宮の大夫や東宮の大夫など、その他の公卿《くぎよう》たちも大勢伺候《しこう》していらっしゃる。（そこへ）殿がお出ましになって、（随身《ずいじん》に命じて）何日もの間（落ち葉などで）埋もれていた遣水《やりみず》の手入れをおさせになり、公卿たちの面持《おもも》ちは、いかにも満足げな様子である。心の中に何か心配事があるような人でも、この時ばかりは、ふと忘れてしまいそうなあたりの雰囲気である中でも、中宮の大夫は、格別に得意げな笑顔をみせるわけではないが、誰よりもまさる嬉しさが、自然と表情に出るのも道理というものである。右の宰相の中将は、権中納言と冗談を言い交わして、東の対屋《たいのや》の縁側に座っていらっしゃった。

〈語釈〉

○渡殿《わたどの》　建物と建物をつなぐ渡り廊下。そこにある式部の局。前に「渡殿の戸口の局」とあった（第三節）。**○妻戸《つまど》**　建物の四隅にある、両開きの板戸。出入り口とする。**○宮《みや》の大夫《だいぶ》**　中宮職《しき》の長官、権中納言藤原斉信《ただのぶ》。前出（第六節）。**○春宮《とうぐう》の大夫《だいぶ》**　東宮坊の長官。参議・左兵衛督《さひょうえのかみ》藤原懐平《やすひら》。**○さらぬ**　そうでない。その他の。**○日ごろうづもれつる遣水**　中宮御産のことに気を取られ、この数日来、庭の手入れもままならず、遣水（邸内の流れ水）は落ち葉に埋もれていたのである。**○心のうちに思ふことあらむ人**　たとえ心の中に心配事・憂《うれ》い事《ごと》があるような人でも、の意。**○人よりまさる嬉しさ**　中宮職の長官という立場にあるゆえに、他の誰よりも喜びが深いのである。**○右《みぎ》の宰相《さいしやう》の中将**　参議・右近衛中将藤原兼隆。前出（第一一節）。なお、底本の表記は「右宰相中将」であるが、「の」を補った。他の場合も同様の措置を行った。**○権中納言《ごんちゆうなごん》**　藤原隆家。故関白道隆の息男、故皇后定子の弟。**○対《たい》の簀子《すのこ》**　東の対屋《たいのや》の縁側。

〈解説〉

この条の中心者は、「殿出でさせたまひて」と描かれる道長である。にもかかわらず、その表情の表出には筆が及ばない。写し出されるのは、満足げな「人々の御けしき」や中宮大夫の「人よりまさる嬉しさ」、また兼隆や隆家のうちとけた「たはぶれ」などである。しかしこれは、近侍の人々の満足げな表情を描くことによって、言うに及ばぬ道長の満ち足りた様子を描出する筆法とみられる。たとえ、心の内に悩み事、憂《うれ》い事《ごと》を抱《かか》えているような人であっても、今この中にあっては、ふとそんなことは忘れてしまいそうな、お邸《やしき》を包む全体の雰囲気であると描き出すのも、その中心には道長その人の、他の何人《なんぴと》も及び得ない満悦と心からの安堵の内実が基盤にあってこそのことであろう。しかもこれらの描出は、主家の一大慶祝事を心底から讃え喜ぶ奉仕者の念に裏打ちされている。

すでに式部は、中宮の心やさしい対応に接して、「憂《う》き世のなぐさめには」こういうお方をさがし出してまでもお仕えすべきであると思い、そして「現《うつ》し心をばひきたがへ、たとしへなくよろづ忘らるるも、かつはあやし」（第一節）と、日頃の憂さの一切が忘れられるほどであることを、感動的に表出していた。このことからして、式部自身、ここに叙するところの「心のうちに思ふことあらむ人」であり、それが紛れてしまうことを感得している一人であったはずである。したがってこれもまた、実感のこもった叙述であったと言わねばなるまい。

一五　内裏《うち》より御佩刀《みはかし》もてまゐれる

――若宮の守り刀、朝廷より下賜――

内裏《うち》より御佩刀《みはかし》もてまゐれる頭の中将頼定《よりさだ》、今日《けふ》、伊勢の奉幣使《みてぐらづかひ》、帰るほど昇《のぼ》るまじければ、立ちながらぞ、たひらかにおはします御有様奏《そう》せさせたまふ。禄《ろく》なども たまひける、そのことは見ず。御臍《ほぞ》の緒《を》は殿の上。御乳付《ちつけ》は橘の三位。御乳母《めのと》、もとよりさぶらひ、むつましう心よいかたとて、大左衛門《おほさゑもん》のおもとつかうまつる。備中《びっちゅう》の守《かみ》むねときの朝臣《あそん》のむすめ、蔵人の弁《べん》の妻《め》。

〈現代語訳〉

宮中からお守り刀を持参した頭の中将頼定は、今日（宮中では）伊勢神宮への奉幣使（を出発させる日）であり、宮中に帰参した時に（御産の穢《けが》れに触れた身では）昇殿はできないであろうから、（殿は頼定に庭上に）立ったままで、（母子＝中宮と皇子ともに）ご健在でいらっしゃることを奏上するようにおさせになる。（勅使に）禄などを下さった、（しかし）そのことは私は見ていない。

（若宮の）御臍の緒（を切る役）は、殿の北の方である。御乳付（の役）は、橘の三位である。御乳母《めのと》は、以前からお仕えしていて、親しみがあり気立てもよい人ということで、大左衛門のおもとが奉仕する（こととなった）。（この人は）備中《びっちゅう》の守《かみ》むねときの娘で、蔵人の弁の妻（である）。

〈語釈〉

○御佩刀《みはかし》　皇子の誕生を慶祝して宮中から下賜される守り刀。**○頭の中将頼定《よりさだ》**　源頼定。前出（第一二節）。**○伊勢の奉幣使《みてぐらづかひ》**　伊勢大神宮に幣帛を奉納するために遣わされる使い。毎年、九月十一日に発遣される。**○帰るほど**　使いの頼定が内裏に帰参した時に、の意。**○立ちながら**　奉幣使発遣の神事の日であるので、穢れを神聖な場に持ち込まないために、庭に立ったまま奏上する。道長が勅使である頼定に指示したのである。**○御臍《ほぞ》の緒《を》**　新生児である若宮の臍の緒を切る役をいう。**○御乳付《ちつけ》**　新生児にはじめて乳を含ませる役。ただし、実際の授乳ではなく、形ばかりのことであったらしい。**○橘の三位**　一条天皇の乳母で、従三位。播磨守橘仲遠《なかとお》の娘、徳子。底本に「つな子」と傍注。「つな」は、「徳」と「綱」の草書字形の相似から生じた本文転化とみられる。**○大左《おほさ》衛門《ゑもん》のおもと**　若宮（敦成親王）の御乳母という重要な役柄の人物でありながら、所伝が明らかでない。備中守橘道時の娘と推定される。**○備中《びっちゅう》の守《かみ》むねときの朝臣《あそん》のむすめ、蔵人の弁《べん》の妻《め》**　「むねとき」は、「みちとき（道時）」の誤りとみられる。「蔵人の弁」は、蔵人で弁官を兼ねた者の称で、ここは藤原広業《ひろなり》とみられる。

〈**解説**〉

御佩刀の勅使が到着したこと、御臍の緒を切る役を殿の北の方が務められたこと、御乳付《ちつけ》の役に橘の三位が当たったこと、そして御乳母が選定されたことと、手短に記される。

その中で、勅使に賜禄《しろく》のことがあったが、「そのことは見ず」と記している。この『日記』には、その他、「くはしくは見はべらず」（第二一節）、「そなたのことは見ず」（第三一節）、「くはしうは見はべらず」（同）などと、たびたび記される。実見しなくても、詳細は知らなくても、そのことがあったことの事実や概略は記しておくことが要請されていたのか、あるいは詳細にわたる事実を書き記すことなど義務づけられていたのではなく、自分の関心のおもむく範囲のことを、ある程度任意に記したものなのか、問題になるところである。この『日記』の性格にかかわる事柄である。このことについても、巻末の「作品解説」で考察を加えることとする。

一六　御湯殿《ゆどの》は酉《とり》の時とか

――御湯殿の儀式――

御湯殿《ゆどの》は酉《とり》の時とか。火ともして、宮のしもべ、緑《みどり》の衣《きぬ》の上に白き当色《たうじき》着て、御湯まゐる。その桶《をけ》すゑたる台など、みな白きおほひしたり。尾張の守近光《ちかみつ》、宮のさぶらひの長《をさ》なる仲信《なかのぶ》舁きて、御簾《みす》のもとにまゐる。みづし二人、清子《きよいこ》の命婦《みやうぶ》、播磨《はりま》、取り次ぎて、うめつつ、女房二人、大木工《おほもく》、馬《むま》、汲みわたして、御瓫《ほとぎ》十六にあまれば入る。羅《うすもの》の表着《うはぎ》、縑《かとり》の裳《も》、唐衣《からぎぬ》、釵子《さいし》さして、白き元結《もとゆひ》したり。頭《かしら》つき映《は》えて、をかしく見ゆ。御湯殿《ゆどの》は宰相《さいしやう》の君、御迎《むか》へ湯《ゆ》、大納言の君。湯巻姿《ゆまきすがた》どもの、例ならずさまことに、をかしげなり。

宮は、殿抱《いだ》きたてまつりたまひて、御佩刀《みはかし》、小少将の君、虎《とら》の頭《かしら》、宮の内侍とりて、御さきにまゐる。唐衣《からぎぬ》は松の実《み》の紋《もん》、裳《も》は海賦《かいふ》を織りて、大海《おほうみ》の摺目《すりめ》にかたどれり。腰はうすもの、唐草《からくさ》をぬひたり。少将の君は、秋の草むら、蝶、鳥などを、白銀《しろかね》してつくり輝《かかや》かしたり。織物《をりもの》はかぎりありて、人の心にしくべいやうのなければ、腰ばかりを例にたがへるなめり。

殿の君達《きんだち》二《ふた》ところ、源《げん》少将（雅通《まさみち》）など、うちまきを投げののしり、われたかうちならさむと、あらそひさわぐ。浄土寺の僧都《そうづ》、護身《ごしん》にさぶらひたまふ、頭《かしら》にも目にもあたるべければ、扇《あふぎ》をささげて、若き人に笑はる。

文読《ふみよ》む博士《はかせ》、蔵人の弁広業《ひろなり》、高欄《かうらん》のもとに立ちて、史記の一巻《いつくわん》を読む。弦《つる》うち二十人、五位十人、六位十人、二《ふた》なみに立ちわたれり。

夜《よ》さりの御湯殿《ゆどの》とても、さまばかりしきりてまゐる。儀式同じ。御文《ふみ》の博士ばかりやかはりけん。伊勢の守致時《むねとき》の博士とか。例の孝経《かうきやう》なるべし。また、挙周《たかちか》は、史記文帝《ぶんてい》の巻をぞ読むなりし。七日のほど、かはるがはる。

〈現代語訳〉

御湯殿の儀式は、酉《とり》の時（午後六時頃）とのこと。灯火《とうか》をともして、中宮職《ちゆうぐうしき》の下級の役人が、緑色の袍《ほう》の上に、下賜された白い衣服を着て、お湯を運び申し上げる。その桶や据えた台などは、みな白い覆いがしてある。尾張の守《かみ》近光と中宮職の侍長である仲信が（その桶を）担《にな》って、御簾のそばまで運び参らせる。お水取り役の二人、（すなわち）清子《きよいこ》の命婦と播磨が、（桶のお湯を）取り次いで、湯加減をみつつ水を加え、女房二人（すなわち）大木工と馬が、それを順々に（御瓫《ほとぎ》に）汲み入れて、十六の御瓫《ほとぎ》に入り切らずに余ったお湯は（湯槽《ゆぶね》に）入れる。（この女房たちは）羅《うすもの》の表着《うわぎ》に、縑《かとり》の裳・唐衣を着て、（頭には）釵子《さいし》をさし、白い元結《もとゆい》をしている。（それによって）髪の様子がひき立って、美しく見える。御湯殿（の役は）宰相の君、その介添え（役は）大納言の君（がそれぞれ務める）。（二人は）湯《ゆ》巻姿《まきすがた》で、普段と趣がちがい、格別に見栄えがする。

若宮は殿がお抱き申し上げなさり、お守り刀は小少将の君が、虎の頭《かしら》は宮の内侍が、それぞれお持ちして、（若宮の）先導をお務めになる。（宮の内侍の）唐衣は松の実の紋様で、裳は海賦《かいふ》を織り出して、大海の地摺《じず》り模様になぞらえている。（裳の）腰は羅で、（それに）唐草の刺繍がしてある。小少将の君（の裳）は、秋の草むらや蝶・鳥などが銀糸で輝くばかりに刺繍してある。織物の唐衣には（凝らす趣向にも）限度があって、各自の好みのままにもいかないので、（裳の）腰のところだけを並みのとは違えているのであろう。

殿のご子息お二人と、源少将などが、散米《うちまき》を大声を上げて撒《ま》いて、自分こそ音高く鳴り響かせようと、競い合って大騒ぎである。浄土寺の僧都が護身の法を行うために付き添っていらっしゃるのだが、その頭にも目にも（散米が）当たりそうなので、（僧都は）扇をかざして、（それを防ごうとするのを）若い女房たちに笑われる。

読書《とくしよ》に奉仕する博士は、蔵人の弁広業《ひろなり》で、高欄の下に立って、『史記』の一巻を読む。鳴《めい》弦《げん》の者は二十人、（すなわち）五位が十人、六位が十人で、二列に立ち並んでいる。

夕刻の御湯殿の儀といっても、ほんの形だけを繰り返して奉仕する。儀式（の次第）は前と同じである。読書の博士だけが交替したであろうか。伊勢の守致時《むねとき》だとか（いう）。（読んだのは）いつものとおり孝経《こうきよう》であろう。また、挙周《たかちか》は、『史記』文帝《ぶんてい》の巻を読むようであった。七日の間、（三人が）交替で奉仕した。

〈語釈〉

○酉《とり》の時　午後六時前後二時間。　**○宮のしもべ**　中宮職《しき》（中務省に属し、中宮に関することをつかさどる役所）の下級職員。　**○緑《みどり》の衣《きぬ》**　六、七位の者が着る緑色の袍《ほう》（うえのきぬ）。六位は薄緑、七位は浅緑。　**○当色《たうじき》**　儀式等の際、その役を務める者に賜った衣服。ここは、出産・誕生に関する儀式なので、白色の衣服。　**○尾張の守近光《ちかみつ》**　藤原知光《ちかみつ》（敦成親王家家司《けいし》、後に備中守）、あるいは、本文の誤写・転化を想定して、織部正親光《おりべのかみちかみつ》かともいわれる。　**○宮のさぶらひの長《をさ》なる仲信《なかのぶ》**　中宮職の下級職員で、雑事に奉仕する侍《さぶらい》のかしら。「さぶらひの長」は、底本「さふらひのをく」とあるのを改めた。　**○昇《か》きて**　底本「きて」であるが、「か」脱落とみて改めた。湯桶を担《にな》って、の意。　**○みづし**　「水仕」とみて、水の用を担当する女官と解する。他に「御厨子」とし、御厨子所（天皇の朝夕の食膳を調進する役所）の女官とみる説がある。底本は「みづし二」とあるが、「二」は「人」の脱落で、「二人」とみる。ちなみにこの部分、『栄花物語』（はつはな巻）には「（みづし）二人」とある。　**○清子《きよいこ》の命婦《みやうぶ》**　中宮の女房、橘清子《きよいこ》か。　**○播磨《はりま》**　中宮女房、大江雅致《まさむね》の娘（和泉式部の妹）か。　**○うめつつ**　水を少量ずつ加えて、適温にする。　**○大木工《おほもく》、馬《むま》**　ともに中宮女房。素姓不明。　**○御瓫《ほとぎ》**　「瓫」は、胴が太く口の小さい、湯水を入れる土器。御湯殿の儀には、これを十六個用いるのを例とした。　**○羅《うすもの》の表着《うはぎ》**　「羅」は、薄く透けた絹織物。　**○縑《かとり》の裳《も》**　「縑」は、細い糸で堅く織った絹織物。　**○釵子《さいし》**　女性の正装時の髪飾りで、簪《かんざし》の一種。　**○御湯殿《ゆどの》**　新生児に産湯を使わせる役をいう。「宰相の君」は前出（第四・七節）。**○御迎《むか》へ湯《ゆ》**　御湯殿役の介添え役。「大納言の君」は前出（第九節）。なお、底本は「大納言の君」に傍注して「源遍子」とするが、源廉子の誤りとみられる。**○湯巻姿《ゆまきすがた》**　衣服が濡れないように、腰のまわりに白い生絹《すずし》の布を巻いた姿。この「湯巻」は、貴人が入浴の際に裸身に巻く、いわゆる湯巻ではない。

○虎《とら》の頭《かしら》　虎の頭を模した造り物。その影を産湯に映して、邪気を払う。**○松の実《み》の紋《もん》**　松笠の模様。**○海賦《かいふ》**　大波・海藻・魚介など、海浜の様子をあしらった織物の紋様。**○大《おほ》海《うみ》の摺目《すりめ》**　大海の様子をあらわした摺り模様。**○かたどれり**　似せてある。大海の摺目は本来藍色であるが、ここは白の衣服に統一されているので、色摺りの裳は着用できないため、織物の模様だけを海浜の様子にして、それになぞらえたのである。**○織物《をりもの》はかぎりありて**　趣向を凝らすのにも、おのずと限度があるので、の意とみられる。なお、身分上の着用制限、つまり禁色《きんじき》とみる説もある。**○腰ばかりを例にたがへる**　腰の部分に個性を発揮した趣向を凝らして、独自性を出していることをいう。

○殿の君達《きんだち》二《ふた》ところ　頼通と教通。**○源《げん》少将（雅通《まさみち》）**　源時通の息男で、道長の北の方倫子の甥、中宮彰子の従姉弟《いとこ》に当たる。従四位下、右近衛少将。底本の「雅通」は注記。**○うちまき**　魔よけのために撒き散らす散米のこと。**○浄土寺の僧都《そうづ》**　浄土寺の明救僧都。前出（第二節）。浄土寺は、「へんちゝ」とある底本を誤りとみて改めた。**○護身《ごしん》**　護身法の略で、密教において一切の魔障を除き、心身を守るために修する加持の法。

○文読《ふみよ》む博士《はかせ》　読書博士のこと。御湯殿の儀式において、漢籍の慶祝の一節を選んで読み上げる、紀伝《きでん》・明経《みょうぎょう》の博士。**〇蔵人の弁広業《ひろなり》** 蔵人、右少弁藤原広業《ひろなり》。前出（第一五節）。**〇史記の一巻《いっくわん》** 中国の歴史書『史記』の第一巻。「五帝本紀」を読むのが通例。しかし、『御堂関白記』には、広業が読んだのは『孝経』であると記されている。**〇弦《つる》うち** 魔障を退散させる呪法として行う鳴弦《めいげん》（弓の弦《つる》を鳴らすこと）の儀。ここは鳴弦を務める人のこと。**〇夜《よ》さり** 夜。夜になる頃。御湯殿の儀式は朝夕二回行うことを通例とした。しかし、若宮の誕生の時間の関係で、朝時のそれは酉の刻（午後六時頃）となったため、夕時は子《ね》の刻（午後十二時頃）にずれこんだ。したがって、この「夜さり」は深夜のこととなる。**〇さまばかりしきりて** 形式だけを繰り返して。深夜に及んだこともあって、簡略にして形式だけを踏んだのであろう。**〇伊勢の守致時《むねとき》の博士** 従四位上、伊勢守中原致時《むねとき》。明経博士。『孝経』天子章の一節を読むことが通例である。

〇挙周《たかちか》 大江匡衡《まさひら》の息男。母は赤染衛門。正五位下・筑前権守・文章博士。

〇七日のほど、かはるがはる 九月十一日から十七日までの七日間、朝夕二度ずつの御湯殿の儀式の執行に当たり、広業・致時・挙周の三人が交替で読書博士を務めたことをいう。

〈解説〉

若宮の誕生を受けて、直ちに執《と》り行われる御湯殿の儀の模様が、精細に描かれる。それぞれ事にあたり、奉仕した人々の名前、人数、服装などが記されている。たしかに記録性が色濃くあらわれている。しかし、儀式の次第などが克明に記録されているわけではない。したがって、これは事実の記録そのものではなく、いうならば、行われた事実の情況記録である。御湯殿の役を奉仕した女房たちの湯巻姿を「例ならずさまことに、をかしげなり」と叙したり、散米をする殿の子息たちの、「われたかううちならさむと、あらそひさわぐ」様子を描いたり、護身に伺候する僧都がその散米に当たるのを避ける様子を、「頭にも目にもあたるべければ、扇をささげて、若き人に笑はる」とユーモラスに描き出したりしているところに、特徴が見て取れる。これらはいずれも、儀式の正確な次第や経過を記すのではなく、その場の雰囲気を描き出し、儀式そのものの盛大さとともに、人々の、いわば表情を現前させるものであって、いずれも情況記録の特徴を示すものといえよう。

そもそも、「御湯殿は酉の時とか」と、事実そのものからは距離を置く姿勢がとられていることに注意される。であるから、この節の終わりにみられるように、「かはりけん」、「博士とか」、「なるべし」などのごとく、推量や伝聞による叙述も許容されることとなる。

一七　よろづの物くもりなく

――御前《おまえ》の女房たちの服装――

よろづの物くもりなく白き御前《おまへ》に、人のやうだい、色合ひなどさへ、掲焉《けちえん》にあらはれたるを見わたすに、よき墨絵《すみゑ》に髪どもをおほしたるやうに見ゆ。いとどものはしたなくて、かかやかしき心地《ここち》すれば、昼はをさをさし出《い》でず。のどやかにて、東《ひむがし》の対《たい》の局《つぼね》よりまうのぼる人々を見れば、色ゆるされたるは、織物の唐衣《からぎぬ》、同じ袿《うちき》どもなれば、なかなかうるはしくて、心々も見えず。ゆるされぬ人も、すこしおとなびたるは、かたはらいたかるべきことはとて、ただえならぬ三重《みへ》五重《いつへ》の袿《うちき》に、表着《うはぎ》は織物、無紋《むもん》の唐衣《からぎぬ》すくよかにして、かさねには綾《あや》・羅《うすもの》をしたる人もあり。

扇など、みめにはおどろおどろしくかかやかさで、よしなからぬさまにしたり。心ばへある本文《ほんもん》うち書きなどして、いひあはせたるやうなるも、心々と思ひしかども、齢《よはひ》のほど同じまちのは、をかしと見かはしたり。人の心の思ひおくれぬ気色《けしき》ぞ、あらはに見えける。裳《も》、唐衣《からぎぬ》のぬひものをばさることにて、袖口におきぐちをし、裳の縫目に白銀《しろかね》の糸を伏組《ふせぐみ》のやうにし、箔《はく》をかざりて、綾《あや》の紋《もむ》にすゑ、扇どものさまなどは、ただ雪深き山を月のあかきに見わたしたる心地しつつ、きらきらと、そこはかと見わたされず、鏡をかけたるやうなり。

〈現代語訳〉

すべてのものが一点のかげりもなく白一色という（中宮さまの）御前にあって、女房たちの容姿・容貌や表情などまでが際立《きわだ》って鮮やかに見えるのを見渡すと、巧みに描かれた墨絵の人物に黒髪を描《か》き生《は》やしたように見える。（普段でさえそうなのに）いっそうきまりが悪く、恥ずかしい思いがするので、昼間はほとんど（御前に）顔を出さないでいる。（自分の局で）のんびりと過ごしていて、東の対屋《たいのや》の（各自の）局から御前へ参上する女房たちの姿を眺めていると、禁色《きんじき》をゆるされた人たちは、織物の唐衣に同じく織物の袿《うちき》などを着ているので、（一様に）端麗ではあるものの、かえって各自の趣向が分からない。禁色をゆるされていない人たちも、すこし年配の女房は、はた目にみっともないようなことは（しないでおこう）ということで、ただ何ともいえぬ美しい三枚重ね、あるいは五枚重ねの袿の上に、表着は織物で、（その上に）織模様のない唐衣をさりげなく着て、（その）重ね袿には、綾や羅を用いている人もいる。

扇なども、見た目には仰々《ぎょうぎょう》しく派手にしないものの、風情がないわけではないといった様子にしている。（その扇に）祝意のあらわれた気の利いた詩句を書き付けたりして、（まるで）申し合わせでもしたようになっているにつけても、めいめい各自の趣向だと思ってしたのだが、年恰好《としかっこう》の同じくらいの者は（同じような趣向になってしまうのは）おもしろいことだと（心に思いながら、お互いの扇を）見比べている。（こんなところにも）互いに他に劣るまいと思っている女房たちの気持ちが、はっきりと見えるのであった。裳や唐衣の刺繡はもとよりのこと、（唐衣の）袖口に縁飾《ふちかざ》りを付け、裳の縫目には銀糸を伏せ縫いにして組み紐のようにし、(銀の) 箔を細工して綾の模様に押し、めいめいの扇などは、ただ雪の深く積もった山を月の明るい夜に眺めわたしている感じで、きらきらと輝いて(まばゆく)、はっきりと見通すことができず、鏡を懸《か》けてあるようである。

〈語釈〉

○やうだい　からだつき。とくに、容姿・容貌。**○色合ひ**　顔色。表情。**○掲焉《けちえん》に**　はっきりと。顕著に。**○墨絵《すみゑ》**　墨書きの絵。墨書きとは、彩色画(作り絵)の下絵を墨で書くこと。下文は、白一色の中で、女房たちの黒髪だけが目立つ様子を、白描の墨絵に髪を生やしたようだと表現したもの。**○かかやかしき心地《ここち》**　きまり悪いと思う気持ち。**○東《ひむがし》の対《たい》の局《つぼね》**　東の対屋《たいのや》にある女房たち各自の部屋。前に「渡殿《わたどの》の戸口の局」とあった(第三節)紫式部の自室ではない。**○色ゆるされたる**　禁色《きんじき》をゆるされた上﨟の女房。禁色とは、身分により着用を制限されていた衣服の色や生地。女房の場合、青色・赤色の織物の唐衣と地摺《じず》りの裳の着用が認められることを禁色をゆるす(色ゆるす)、という。ここは、白一色の場合なので他の色は直接かかわらず、白い織物の唐衣の着用がゆるされた上﨟女房のことをいう。**○心々**　人それぞれの心。めいめいの思い。ここは、各自の個性を発揮した趣向をいう。**○無紋《むもん》の唐衣《からぎぬ》**　織模様のない平絹の唐衣。これを着るのは、色ゆるされていないからである。**○すくよかにして**　「すくよか」は、そっけないさま。無愛想なこと。ここは、あっさりと、あるいは、さりげなく着ている様子をいう。

○かかやかさで　きらびやかにしないで。派手にしないで。**○よしなからぬさま**　風情とか趣がないわけではない様子。**○本文《ほんもん》**　漢籍に典拠をもとめた文句。特に、詩文などの一句をいう。**○同じまち**　同程度。同じくらい。「まち」は、区画・区分・等級の意。**○おきぐち**　調度品の縁や衣服の袖口に、装飾のために金銀などで細く縁取りすること。置口。**○伏組《ふせぐみ》**　伏縫（縫目を表面に出さないようにして縫うこと）にして組み紐のようにしたもの。**○箔《はく》をかざりて、綾《あや》の紋《もむ》にすゑ**　「箔」は、金銀などを薄く延べたもの。ここは銀箔。それに細工を加え、綾の模様に押し付けて、の意。**○そこはかと**　はっきりとそれはそれと（見分ける）。

〈解説〉

主として、御湯殿の儀に奉仕した女房たちの服装について記している。しかし、儀の記録に伴って、女房たちの服装を記録しておこうというところに主眼が置かれているわけではなさそうである。これもまた、儀の情況記録の一環とみられる。女房たちの服装の種々相とその特徴を記すということは、とりもなおさず、儀そのものの盛大にして華麗な広がりと雰囲気を伝えるものにほかなるまい。情況記録というゆえんである。その中における、「心々も見えず」、「心々と思ひしかども」、「人の心の思ひおくれぬ気色」などのごとき、人の心・個性・独自性といったことへの関心が深く、観察を怠らない態度にも留意しておく要のあることは、言うまでもなかろう。

一八　三日にならせたまふ夜は

――誕生三日目の御産養《うぶやしない》――

三日にならせたまふ夜は、宮づかさ、大夫《だいぶ》よりはじめて、御産養《うぶやしなひ》つかうまつる。右衛門《ゑもん》の督《かみ》は御前《おまへ》のこと。沈《ぢん》の懸盤《かけばん》、白銀《しろかね》の御皿《さら》など、くはしくは見ず。源中《げん》納言、藤《とう》宰相は、御衣《ぞ》、御襁褓《むつき》。衣筥《ころもばこ》の折立《をたて》、入帷子《いれかたびら》、包《つつみ》、覆《おほひ》、下机《したづくゑ》など、同じことの、同じ白さなれど、しざま、人の心々見えつつし尽《つ》くしたり。近江《あふみ》の守《かみ》（高《たか》雅《まさ》）は、おほかたのことどもやつかうまつるらむ。東《ひむがし》の対《たい》の、西の廂《ひさし》は、上達部《かんだちめ》の座、北を上《かみ》にて二行《ふたつら》に、南の廂《ひさし》に、殿上人《てんじやうびと》の座は西を上《かみ》なり。白き綾《あや》の御屏風どもを、母屋《もや》の御簾《みす》にそへて、外《と》ざまに立てわたしたり。

〈現代語訳〉

（若宮ご誕生の）三日目におなりになる夜は、中宮職《しき》が（担当して）、大夫をはじめとして

（一同が）、ご誕生祝いの奉仕をする。（大夫の）右衛門の督《かみ》は中宮さまのご食膳のことに当たる。（調進した）沈《じん》の懸盤《かけばん》や白銀の御皿などは、（私は）詳しくは見ていない。源中納言と藤宰相は、（若宮の）御衣や御襁褓《むつき》（の調進を担当する）。衣箱の折立《おたて》、入帷子《いれかたびら》、包み、覆い、下机などは、（御産養の）いつもの例で、同じ白一色ではあるが、そのしつらいの仕方に各人それぞれの趣向があらわれ、丹精が込められていた。近江の守（高雅）は、その他の全般的なことの奉仕を担当するのであろう。

東の対屋《たいのや》の西の廂の間《ま》は公卿の席で、北を上座にして二列にしつらえ、南の廂の間には、殿上人の席が西を上座にしてある。白い綾《あや》張りの御屏風をいくつも、母屋の御簾に沿って、外向きに立て並べてある。

〈語釈〉

○三日　皇子誕生三日目。（寛弘五年）九月十三日の夜。**○宮づかさ**　中宮職《しき》の職員。**○大夫**《だいぶ》　中宮職の長官である中宮大夫。藤原斉信《ただのぶ》。**○御産　養**《うぶやしなひ》　誕生後三日・五日・七日・九日目の夜に行われる祝儀。親族・縁者から衣類・餅・調度などが贈られる。**○右衛門**《ゑもん》**の督**《かみ》　中宮大夫、藤原斉信。「宮《みや》の大夫《だいぶ》」として前出（第六節以下）。**○御前**《おまへ》**のこと**　中宮に差し上げる御食膳。**○沈**《ぢん》**の懸盤**《かけばん》　沈の香木《こうぼく》で作った、食器をのせる台。「沈」とは、熱帯地方に産する、木質の重い喬木《きょうぼく》で、香・薫物《たきもの》に用いられるほか、高級調度品の材料とされる。「懸盤」は、四脚の台に折敷《おしき》（四角の盆）をのせた食膳。晴れの儀に用いられる。**○白銀**《しろかね》**の御皿**《さら》　懸盤の上に並べられる銀製の食器。**○源**《げん》**中納言**　中宮権《ごん》大夫、源俊賢《としかた》。正三位（十月には従二位）権中納言、治部卿。当年、四十九歳。源高明の三男。道長の妻明子の兄に当たる。斉信・行成・公任とともに四納言と称せられた才人。**○藤《とう》宰相**　藤原実成《さねなり》。当時、正四位下（十月には従三位）参議、中宮権亮《ごんのすけ》、侍従。三十四歳。道長の従兄弟《いとこ》に当たる。**○御衣《ぞ》**　皇子のお召物。**○御襁褓《むつき》**　産着のことといわれるが、「御衣」との区別がつかない。新生児を覆う布帛（衾《ふすま》を兼ねる）のことか。**○衣筥《ころもばこ》**　衣類を入れる箱。**○折立《をたて》**　裏打ちした織物を箱の中に敷いて、箱の四隅で折って立てて飾りとしたもの。**○入帷子《いれかたびら》**　衣類などを箱に納めるとき、包んで入れる布帛。**○包《つつみ》**　衣箱を包む布帛。**○覆《おほひ》**　衣箱全体を覆う布帛。**○下机《したづくゑ》**　衣箱をのせる机。**○同じことの、同じ白さ**　御産養のいつもの作法に従っての白一色であることをいう。「白さ」の箇所、底本の「くろさ」を改めた。**○しざま**　仕様。作り方。**○近江《あふみ》の守《かみ》（高雅《たかまさ》）**　源高雅《たかまさ》。従四位下、中宮亮《すけ》、兼近江守。「高雅」は、注記。**○おほかたのこと**　中宮の御食膳・若宮の衣服などに直接かかわらない、その他の全般的なこと。すなわち、列席の公卿・殿上人などへの酒食の準備・饗応をはじめ、女房たちやその他、参仕の者たちへの屯食《とんじき》等の賄《まかな》い全般のこと。道長の家司《けいし》（家政をつかさどる職員）をも務める高雅は、主家の慶事に経済的な支援を惜しまない立場にあった。**○白き綾《あや》の御屏風**　廂《ひさし》の間《ま》の公卿や殿上人の席と、奥の母屋とを仕切るために立てられた白綾の御屏風。

〈解説〉

新生児誕生から数えて三日・五日・七日・九日目の夜に行われる、誕生を祝い、成長を願う儀式と祝宴である産養は、平安貴族の風習として定着していた。このことは、「庁官御産養ヲ奉仕ス、大夫御前物云々」（『御堂関白記』寛弘五年九月十三日条）、「五夜、内府《ないふ》参入被《さ》ル、大臣以下ニ物ヲ被《かづ》ク、差有リ、左大臣御産養ヲ奉仕被《さ》ル云々」（『権記』同年九月十五日条）のごとく、諸記録に記されるのはもとよりのこと、文学作品にも描き出されるところである。

・かくて、御産養の三日の夜は、右大将殿し給ふ。（中略）五日の夜、あるじのおとど、同じく、厳《いかめ》しうし給へり。（『うつほ物語』蔵開上巻）
・院をはじめたてまつりて、親王《みこ》たち、上達部《かんだちめ》残るなき産養どものめづらかにいかめしきを、夜ごとに見ののしる。男にてさへおはすれば、そのほどの作法にぎはははしくめでたし。（『源氏物語』葵巻）
・いかめしき御産養などのうちしきり、響きよそほしきありさま、（中略）七日の夜、内裏《うち》よりも御産養のことあり。（同、若菜上巻）
・御産養、三日は、例の、ただ宮の御私事《わたくしごと》にて、五日の夜は、大将殿より屯食《とんじき》五十具《ぐ》（中略）、七日の夜は、后の宮の御産養なれば、参りたまふ人々多かり。（同、宿木巻）
・三日の夜は本家、五日の夜は摂政殿より、七日の夜は后宮《きさいのみや》よりと、さまざまいみじき御産養なり。（『栄花物語』さまざまの悦び巻）

のごとくである。いずれも、新生児それぞれの誕生を厳《いかめ》しく盛大に慶祝する情況を描写し、物語の内面を有効に彩《いろど》っている。

ここで意に留めておくべきことがある。他の行事・儀式においても同様であるのだが、『日記』における産養の記事が、一見行事記録に見えはするものの、漢文による諸記録のごとく行事次第などを記述する記録とは異なることである。その儀式・祝宴がいかに盛大であったかの情況を伝えるものとなっている。いわば情況記録である。『日記』における、この情況記録的な性格は、前掲例示の文学作品（物語）のそれと通有のものなのである。このことは、巻末の「作品解説」でも触れるところであるが、本『日記』の性格を考える上での、欠くことのできない徴証として注目される。

一九　五日の夜は、殿《との》の御産養《うぶやしなひ》

——五日目、道長主催の御産養——

五日の夜は、殿《との》の御産養《うぶやしなひ》。十五日の月くもりなくおもしろきに、池のみぎは近う、篝火《かがりび》どもを木《こ》の下にともしつつ、屯食《とじき》ども立てわたす。あやしき賤《しづ》の男《を》のさへづりありくけしきどもまで、色ふしに立ち顔なり。殿守《とのもり》が立ちわたれるけはひもおこたらず、昼のやうなるに、ここかしこの岩がくれ、木《こ》のもとごとに、うち群れてをる上達部《かんだちめ》の随身《ずいじん》などやうの者どもさへ、おのがじし語らふべかめることは、かかる世の中の光の出《い》でおはしましたることを、陰《かげ》にいつしかと思ひしも、および顔にこそ、そぞろにうち笑《ゑ》み、心地よげなるや。まして、殿のうちの人は、何ばかりの数にしもあらぬ五位どもなども、そこはかとなく腰もうちかがめて行きちがひ、いそがしげなるさまして、時にあひ顔なり。

御膳《おもの》まゐるとて、女房八人、ひとつ色にさうぞきて、髪《かみ》あげ、白き元結《もとゆひ》して、白き御盤《ごばん》もてつづきまゐる。今宵《こよひ》の御まかなひは宮の内侍、いとものものしく、あざやかなるやうだいに、元結《もとゆひ》ばえしたる髪のさがりば、つねよりもあらまほしきさまして、扇にはづれたるかたはらめなど、いときよげにはべりしかな。

髪あげたる女房は、源式部《げんしきぶ》（加賀《かが》の守《かみ》景ふがむすめ）、小左衛門《こざゑもん》（故備中《びつちゆう》の守《かみ》道ときが女《むすめ》）、小兵衛《こひやうゑ》（左京《さきやう》かみあきまさ女《むすめ》）、大輔《たいふ》（伊勢のさいしゆすけちかがむすめ）、大馬《おほむま》（左衛門の大輔よりのぶがむすめ）、小馬《こむま》（左衛門佐《さゑもんのすけ》道のぶが女）、小兵部《こひやうぶ》

(蔵人なかなかちかが女)、小木工《こもく》(もくのせう平のぶよしといひけん人のむすめなり)、かたちなどをかしき若人《わかうど》のかぎりにて、さし向かひつつゐわたりたりしは、いと見るかひこそはべりしか。例は、御膳《おもの》まゐるとて、髪あぐることをぞするを、かかる折《をり》とて、さりぬべき人々をえらみたまへりしを、心憂《こころう》し、いみじと、うれへ泣きなど、ゆゆしきまでぞ見はべりし。

御帳《みちやう》の東面《ひむがしおもて》二間《ふたま》ばかりに、三十余人ゐなみたりし人々のけはひこそ見ものなりしか。威儀《ゐぎ》の御膳《おもの》は、采女《うねめ》どもまゐる。戸口のかたに、御湯殿《ゆどの》のへだての御屏風にかさねて、また南向きに立てて、白き御厨子《みづし》一《ひと》よろひにまゐりすゑたり。夜ふくるままに、月のくまなきに、采女《うねめ》、水司《もひとり》、御髪《みぐし》あげども、殿司《とのもり》、掃司《かむもり》の女官《にようくわん》、顔も知らぬをり。闈司《みかどづかさ》などやうの者にやあらむ。おろそかにさうぞきけさうじつつ、おどろの髪《かむ》ざし、おほやけおほやけしきさまして、寝殿《しんでん》の東《ひむがし》の廊《らう》、渡殿《わたどの》の戸口まで、ひまもなくおしこみてゐたれば、人もえ通《とほ》りかよはず。

御膳《おもの》まゐりはてて、女房、御簾《みす》のもとに出《い》でゐたり。火影《ほかげ》にきらきらと見えわたる中にも、大式部《おほしきぶ》のおもとの裳《も》、唐衣《からぎぬ》、小塩山《をしほやま》の小松原をぬひたるさま、いとをかし。大式部は、陸奥《みちのくに》の守《かみ》の妻《め》、殿の宣旨《せんじ》よ。大輔《たいふ》の命婦《みやうぶ》は、唐衣《からぎぬ》は手もふれず、裳《も》を白銀《しろかね》の泥《でい》して、いとあざやかに大海《おほうみ》に摺《す》りたるこそ、掲焉《けちえん》ならぬものから、めやすけれ。弁の内侍《ないし》の、裳《も》に白銀《しろかね》の洲浜《すはま》、鶴を立てたるしざま、めづらし。裳《も》のぬひものも、松《まつ》が枝《え》の齢《よはひ》をあらそはせたる心ばへ、かどかどし。少将のおもとの、これらには劣りなる白銀《しろかね》の箔《はく》を、人々つきしろふ。少将のおもとといふは、信濃《しなの》の守佐《かみすけ》光《みつ》がいもうと、殿のふる人なり。

その夜の御前《おまへ》の有様《ありさま》の、いと人に見せまほしければ、夜居《よゐ》の僧のさぶらふ御屏風を押しあけて、

「この世には、かうめでたきこと、またえ見たまはじ。」

と、言ひはべりしかば、

「あなかしこ、あなかしこ。」

と、本尊をばおきて、手を押しすりてぞよろこびはべりし。

上達部《かんだちめ》、座を立ちて、御橋《みはし》の上にまゐりたまふ。殿をはじめたてまつりて、攤《だ》うちたまふ。かみのあらそひ、いとまさなし。歌どももあり。

「女房、さかづき。」

などあるをり、いかがはいふべきなど、くちぐち思ひこころみる。

めづらしき光さしそふさかづきはもちながらこそ千代《ちよ》をめぐらめ　(5)

「四条の大納言にさし出でんほど、歌をばさるものにて、声《こわ》づかひ、用意いるべし。」

など、ささめきあらそふほどに、こと多くて、夜いたうふけぬればにや、とりわきても指《さ》さでまかでたまふ。禄《ろく》ども、上達部《かんだちめ》には、女の装束《さうぞく》に御衣《ぞ》、御襁褓《むつき》や添ひたらん。殿上《てんじやう》の四位《しゐ》は、袷一《あはせひと》かさね、袴《はかま》、五位は袿一《うちきひと》かさね、六位は袴一具《ひとぐ》ぞ見えし。

〈現代語訳〉

(ご誕生)五日目の夜は、殿の御産養《うぶやしない》である。十五日の月が雲もかかることなく美しい時分に、池の水ぎわ近くに篝火《かがりび》をいくつも木の下にともしたり、屯食《とじき》などを立て並べている身分の低い下衆《げす》の男たちがしゃべりながら歩きまわっている様子などまでが、晴れがましげである。主殿寮《とのもづかさ》の役人たちが立ち並んで松明《たいまつ》をかかげている様子もかいがいしく、昼間のように明るい中で、あちらこちらの岩蔭や木の下蔭に集まって控えている上達部の随身《ずいじん》のような者たちさえ、たがいに話し合っているらしい話題は、このような世の中の光ともいうべき皇子のご誕生のことを、陰《かげ》ながら今やおそしと待ち望んでいた自分たちの念願がかなったと言わんばかりの手柄顔で、わけもなく相好《そうごう》をくずして嬉しそうな様子であることよ。まして、このお邸《やしき》の人々は、何ほどの人数《ひとかず》にも入らぬ五位どもなどまでが、むやみに腰をかがめて会釈を交わしては、どこへともなく行ったり来たりして、忙しそうに振舞って、よい時運にめぐり合わせたというような満足げな表情である。

（中宮さまに）御食膳を差し上げるということで、女房が八人、同じ白一色に装束して、髪あげをし、白い元結をして、白銀の御盤をささげながら次々に参入する。今夜のお給仕役は宮の内侍である。（この人は）実に堂々とした態度で、きわだって美しい容姿であるが、（それに加えて）白い元結により一段と見ばえがする髪の垂《た》れぐあいは、常にも増して好ましい様子で、かざした扇からはずれて見える横顔などは、たいそう気品のある美しさでありましたよ。

髪あげした女房は、源式部、小左衛門、小兵衛、大輔、大馬、小馬、小兵部、小木工（の八人で）、みな容貌などすぐれた若い人たちばかりである。向かい合って座って並んでいた様子は、まことに見がいのあるものでありました。いつもは、（中宮さまに）御食膳を差し上げようとして、髪をあげることをしているのだが、このような（晴れがましい）折というので、しかるべきすぐれた女房たちを（殿が）お選びになったのに、（人前に出るのが）つらいとか大変だとか言って、泣いて訴えたりして、不吉なほどに思われました。

御帳台《みちょうだい》の東に面した二間《ふたま》ほどのところに、三十人余りが並んで座っていた女房たちの様子は、実にみごとな見物《みもの》でありました。威儀の御膳《おもの》は采女《うねめ》たちが差し上げる。戸口のほうに、御湯殿の仕切りの御屏風に重ねて、さらにまた（別の御屏風を）南向きに立てて、（その前に）白い御厨子棚一対に、（威儀の御膳が）供えて置いてある。夜が更《ふ》けるにつれて、月が曇りなく照っているところに、采女、水司《もいとり》、御髪《みぐし》あげの者たちや、殿司《とのもり》、掃司《かんもり》の下級女官など、顔も見知らぬ者もいる。闈司《みかどづかさ》などといった役柄の者であろうか、誰もが粗略ながら（精いっぱい）装束したり化粧したりして、大仰《おおぎょう》にさした髪飾りは、いかにも儀式ばった様子で、寝殿の東の縁や渡り廊下の妻戸口まで、隙間もないほどに詰め込んで座っているので、人が通行することもできない。

御食膳を差し上げ終わって、女房たちは御簾のそばに出て座っていた。灯火の光できらきらと見渡される中でも、大式部のおもとの裳と唐衣に、小塩山《おしおやま》の小松原（の景色）を刺繍してある様子が、たいそう趣がある。（この）大式部のおもとは、陸奥の守の妻で、殿の宣旨女房なのです。大輔の命婦は、唐衣には何の趣向もほどこさずに、裳を白銀の泥《でい》でたいそう鮮やかに大海の模様を摺り出しているのは、ことに目立つわけではないものの、見た感じがよい。弁の内侍が、裳に銀泥《ぎんでい》の洲浜（の模様を摺り、そこに）鶴を立てている趣向は、（いかにも）斬新である。裳の刺繍も松が枝で、（鶴との）長寿を競わせた趣向は、気がきいている。少将のおもと（の裳）は、これらの人たちには見劣りする白銀の箔押しであるのを、女房たちは（ひそかに）つつき合って笑う。少将のおもとというのは、信濃の守佐光の妹で、殿の古参女房である。

その夜の（中宮さまの）御前の光景が、ぜひ誰かに見せたいほどの（すばらしい）状態だったので、夜居《よい》の僧の伺候している御屏風を押し開けて、

「この世では、このようなすばらしいことは、またとご覧になれないでしょう。」

と、言いましたところ、

「ああ、もったいない、ああ、もったいない。」

と、ご本尊などはそっちのけにして、手をすり合わせて喜びました。

上達部が席を立って、渡り廊下の橋の上においでになる。殿をはじめとして（一同）、攤《だ》を打って興じていらっしゃる。上《かみ》の位の方々の紙《かみ》の争いは、とても見苦しい。（やがて）お祝いの歌などが詠まれる。

「女房よ、盃《さかずき》を（受けて、歌を詠みなさい）。」

などと言われた時には、どう詠んだらよいのかしらなどと、めいめい試作しては口ずさんでみる。

新しい光が加わったような若宮ご誕生のお祝いの盃は、今宵の満月さながらに欠けることなく、千年もの間、人々の手をめぐり続けることでありましょう。（5）

「四条の大納言に歌を差し出す時には、歌そのもの(の出来栄《できば》え)は勿論のこと、(歌を詠み上げる)声の出し方などに、気くばりが必要でしょう。」などと、ひそひそと言い合っているうちに、何かとすることが多く、(また)夜もたいそう更《ふ》けてしまったからであろうか、格別(指名して歌を詠むことをご命じになり)盃を向けることもなく、ご退出になる。禄《ろく》などは、上達部には女の装束に若宮の御衣と御襁褓《むつき》が加わっていたであろうか。殿上人の四位の者には、袷《あわせ》一揃いと袴、五位の者には、袿《うちき》一揃い、六位の者には、袴一着であったようだ。

〈語釈〉

○五日の夜　若宮ご誕生五日目の夜。底本は「五日夜」。「の」を補った。**○殿《との》の**　道長が奉仕する(御産養)。**○十五日**　九月十五日。**○篝火《かがりび》**　籠(鉄製の籠)の中で焚く火。漁業や夜警などの灯火にする。ここは、邸内の庭上を照らす明かり。**○屯食《とじき》**　強飯《こわいい》を握りかためて卵形にしたもの。今の握り飯のようなもの。身分の低い者たちに供する食事。「とじき」は、「とんじき」の「ん」の無表記の形。**○あやしき賤《しづ》の男《を》**　身分の低い下賤な男たち。「あやし」も「賤」もともに身分卑《いや》しい意。この男たちは、外回りの作業に従事している。**○さへづりありく**　下賤の者たちの、よくは聞き取れない言葉でしゃべりながら歩いている様子を形容したもの。**○色ふしに立ち顔**　晴れがましい場に立ち臨んだという、いかにも得意げな表情。**○殿守《とのもり》**　主殿寮の役人。主殿寮は、宮中の清掃・燭火・薪炭のことなどをつかさどる役所。ここでは松明《たいまつ》をかかげて、照明を加えている。**○随身《ずいじん》**　前出(第三節）。**〇世の中の光**　「世の光」と同様で、この世を明るく照らす光明。皇子誕生のことを、祝意を込め、たとえて表現したもの。**〇および顔**　自らの念願が叶ったという顔つき。**〇殿のうちの人**　道長家に直接仕える、家司《けいし》の人々。**〇腰もうちかがめ**　来客などに、誰彼となく会釈して歩く、うきうきした様子をいう。**〇時にあひ顔**　よい時のめぐり合わせに会ったという得意げな表情。

〇御膳《おもの》まゐる　（中宮さまに）お食事を差し上げること。**〇髪《かみ》あげ**　陪膳の女房は、垂髪《たれがみ》を束ねて結い上げ、釵子《さいし》を挿す。**〇御まかなひ**　御陪膳役。お給仕役としてお側に伺候する人。さきの「まゐる」は、御膳を御前に運び、並べること。**〇ものものし**　いかにも重々しい。堂々としている。**〇やうだい**　体《からだ》つき。容姿・容貌。**〇髪のさがりば**　髪の垂れ具合。

〇源式部《げんしきぶ》　本文割注《かっちゅう》（底本にある二行書きの注記。以下の八人いずれも同じ）に「加賀の守景ふがむすめ」とある。「景ふ」は不明であるが、『紫式部日記絵巻』本文（絵巻に付された詞書《ことばがき》。以下、「絵巻本文」とか「絵詞《えことば》本文」などと呼称して言及する）の「しげのぶ」から類推して、源重文を導き出し、その娘かとみる。断定はできないが、有力な一説。**〇小左《こざ》衛門《ゑもん》**　割注に「故備中《びっちゅう》の守《かみ》道ときが女《むすめ》」とある。亡くなった備中守橘道時の娘。前出（第一五節）の大左衛門の妹。**〇小兵衛《こひやうゑ》**　割注に「左京《さきやう》かみあきまさ女《むすめ》」とある。左京大夫である源明理の娘。**〇大輔《たいふ》**　割注に「伊勢のさいしゆすけちかがむすめ」とある。伊勢神宮の祭主《さいしゆ》である大中臣輔親《おおなかとみのすけちか》の娘。すなわち、歌人として有名な伊勢大輔《いせのたゆう》である。**〇大馬《おほむま》**　割注に「左衛門の大輔よりのぶがむすめ」とある。左衛門の大夫である藤原頼信《よりのぶ》の娘。**〇小馬《こむま》** 割注に「左衛門佐《さゑもんのすけ》道のぶが女」とある。左衛門佐である高階道順《みちのぶ》の娘。**〇小兵部《こひやうぶ》** 割注に「蔵人なかなかちが女」とある。「なかなかちか」は、「なか」を衍字とみて「庶政《なかちか》」とする。すなわち、蔵人藤原庶政の娘とみられる。**〇小木工《こもく》** 割注に「もくのせう平のぶよしといひけん人のむすめなり」とある。木工《もく》の允《じよう》である平のぶよしといった人の娘。「平のぶよし」は、平文義《のりよし》かともいわれるが、不詳。**〇若人《わかうど》** 「わかひと」の音便形。年の若い人。男女ともにいう。ここは、若い女房。**〇かかる折《をり》とて** このような御産養という晴れがましい場というので、の意。**〇さりぬべき人々** このような晴れがましい儀式にふさわしい女房たち。さきの「かたちなどをかしき若人のかぎり」に当たる。**〇心憂《こころう》し、いみじと、うれへ泣き** 髪あげたる女房として選ばれた若人たちの感情表現である。晴れがましい場での髪あげ姿に、まだ慣れない若い女房たちが、恥じらいや緊張のあまり苦痛に感じ、嫌がったのであろう。

〇威儀《ゐぎ》の御膳《おもの》 儀式の盛大・華麗な情況を盛り上げるための装飾的な御膳。菓子・干物・餅などを白木の盤に盛ったもの。**〇采女《うねめ》** 宮中・後宮で炊事や食事などを担当する下級の女官。**〇水司《もひとり》** 宮中の飲料水などを担当する下級女官。**〇御髪《みぐし》あげ** 理髪役の下級女官。**〇殿司《とのもり》** 宮中の清掃・灯火・薪炭などを担当する下級女官。**〇掃司《かむもり》** 宮中の掃除や舗設(座席などの設営)等を担当する下級女官。**〇女官《にようくわん》** 宮中・後宮に奉仕する女性の総称。そのうち、上級者を女房と称するのに対して、主として下級者をいう。**〇闈司《みかどづかさ》** 宮門の鍵の管理・出納を担当する下級女官。〇**おどろの髪《かむ》ざし**　「おどろ」は、荊棘《けいきよく》（いばら）などとげのある草木がひどく生い茂っているさま。「髪ざし」は、髪飾りとして挿す釵子や櫛。ここは、気張っていくつか挿した釵子や櫛が荊棘のように突き出ている、大仰な髪の様子を形容した表現。

〇**大式部《おほしきぶ》のおもと**　陸奥守藤原済家《なりいえ》の妻か。前出（第一一節）。〇**小塩山《をしほやま》の小松原をぬひたる**　「小塩山」は、京都市西京区にある大原山。歌枕として有名。これは、誕生の若宮の行く末をことほぎ、「大原や小塩の山の小松原はや小高《こだか》かれ千代《ちよ》の影《かげ》見ん」（『後撰集』慶賀・紀貫之）の歌の趣向を刺繡にしたもの。〇**かどかどし**　才気がある。利発である。〇**つきしろふ**　たがいに肩や膝などをつつき合うこと。軽侮・嘲笑のしぐさ。〇**信濃《しなの》の守佐光《かみすけみつ》**　信濃守藤原佐光。

〇**夜居《よゐ》の僧**　貴人の護身のため宿直する護持僧。〇**あなかしこ**　ああ、おそれ多い。ああ、もったいない。　〇**本尊**　僧が本来拝礼すべき仏の尊像。

〇**攤《だ》**　双六《すごろく》の一種で、賽《さい》を筒に入れて振り、出た目を競う遊び。〇**かみのあらそひ**　攤の賭物《かけもの》（勝負の際の賞品）の「紙《かみ》」と上級者の意の「上《かみ》」をかけた、お偉《えら》がたの争いごとは見苦しいという洒落。　〇**歌**　祝賀の和歌。

〇**女房、さかづき**　女房よ、盃を受けて、歌を詠みなさい、を略した表現。

〇**「めづらしき」の歌**　「光」に世の光である若宮の誕生と、満月の月光とを、「さかづき（盃）」に「栄月《さかづき》」を、「もち（持ち）」に「望《もち》（望月）」をそれぞれ掛け、「さしそふ」に「光がさす」と「盃をさす」の両用の意をきかせる。光・さしそふ・もち・めぐるは、月の縁語。「もちながら」は、下に置くことなく手に持ったままと、繁栄を続けたままの両用の意。この歌は、『紫式部集』に「宮の御産養、五日の夜、月の光さへことに隈《くま》なき水の上の橋に、上達部、殿よりはじめたてまつりて、酔《ゑ》ひ乱れののしりたまふ盃のをりに、さし出づ」と詞書して入集。また、『後拾遺集』（賀）に「後一条院生まれさせ給ひて、七夜に人々まゐりあひて、さか月いだせと侍りければ／紫式部」と詞書して入集。ただし、第五句「千代もめぐらめ」。

○四条の大納言　藤原公任《きんとう》。故太政大臣頼忠の息男。中納言従二位皇后宮大夫左衛門督。当年、四十三歳。ただし、任大納言は翌寛弘六年（一〇〇九）三月四日のこと。したがって、この条の執筆はそれ以後と推定される。**○さし出でん**　（歌を）詠み出す、発表するの意。**○声《こわ》づかひ**　声の出し方。誦詠《しょうえい》する節まわし。**○こと多くて**　何かといろいろ事が多く、取り紛れて。主語は、殿《との》（道長）をはじめ公任《きんとう》ら公卿《くぎょう》がた。**○禄《ろく》**　労をねぎらい、当日の祝儀として賜る物。主として衣類。**○袴《はかま》、五位は袿一《うちきひと》かさね**　この部分、底本にはない。絵巻本文により補った。

〈解説〉

三夜にひき続く五夜の御産養である。この夜は当主道長主催の御産養とあって、あとに続く七夜、九夜のそれらに比して最も盛大にくりひろげられたものらしく、式部の筆も詳細をきわめる。外辺の様子から内部へと筆を移していく叙法は、作品冒頭部と近似している。「あやしき賤の男」の「色ふしに立ち顔」、「上達部の随身などやうの者ども」の「および顔」、「何ばかりの数にしもあらぬ五位ども」の「時にあひ顔」などを、ややユーモラスに描くところには、失笑や皮肉、まして冷やかな侮蔑などの気持ちはまったくこもっていない。外辺・低辺に位置する者たちまでもが、こうして栄光に与《あず》かり笑《え》み誇っているほどに、このたびの慶祝事は限りなくめでたいのであり、主家の勢威は繁栄のただなかにあって、その裾野を広く大きくひろげていることの現前にほかならない。

「髪あげたる女房は」として、奉仕の女房の名を割注（後人の注記かも知れぬが）まで付けて一々記すところは、きわめて記録的である。しかし、ここでも儀式の次第や、作法そのものを記そうとはしていない。この女房名の列挙を含めて、主家の盛儀の情況の盛大さ、華麗さの現出とみられる。夜居の僧に屛風を押し開けてまで御前の様子を見せるところは、万事に控えめな、ふだんの式部には似合わぬ積極的な言動であって注目に値するが、これも祝宴の盛大・華麗さがなさしめるわざであって、情況描写の効果を一段と高めるものとなっている。

主家の要請があった場合に備えて心づもりした「めづらしき光さしそふ」の歌は、その場に即応したすぐれた賀歌であるが、「とりわきても指さでまかでたまふ」ということで披露の機会はなかった模様である。しかし、前掲の歌集には「さし出づ」（『紫式部集』）、「さか月いだせと侍りければ」（『後拾遺集』）とあり、詠出を紹介したかに見える。『栄花物語』

(はつはな巻)では、「とぞ、紫ささめき思ふに……」とはあるが、歌を披露したかどうかは分からない、曖昧な記述となっている。ところで、「歌どもあり」とあって、参集の公卿がたが賀歌を詠じ、献じたはずであるが、そのことは省略されてしまっている。前記『栄花物語』は、そのところを「歌などあり。されどもの騒がしさに紛れたる、尋ぬれど、しどけなう事しげければ、え書きつづけはべらぬ。」として、書き記してはおいたが、いまメモが見つからず、省略するとことわっている。『日本紀略《にほんきりやく》』(寛弘五年九月十五日条)には、「皇子降誕ノ後五夜也。公卿以下和歌ヲ詠ム。参議左大弁行成卿ヲシテ序ヲ作ラシム」とあって、この夜の詠出・披露の賀歌の数々は、行成の「序」が付されて献上されたことが知られる。

二〇 またの夜、月いとおもしろく

——若い女房たちの舟遊び——

またの夜、月いとおもしろく、ころさへをかしきに、若き人は舟に乗りて遊ぶ。色々なるをりよりも、同じさまにさうぞきたる、やうだい、髪のほど、くもりなく見ゆ。小大輔《こたいふ》、源式部《げんしきぶ》、宮木《みやぎ》の侍従、五節《ごせち》の弁、右近《うこん》、小兵衛《こひやうゑ》、小衛門《こゑもん》、馬《むま》、やすらひ、伊勢人《いせびと》など、端近《はしちか》くゐたるを、左の宰相の中将、殿の中将の君、いざなひ出《い》でたまひて、右の宰相の中将（兼隆《かねたか》）に棹《さを》ささせて、舟に乗せたまふ。かたへはすべりとどまりて、さすがにうらやましくやあらん、見出《みい》だしつつゐたり。いと白き庭に、月の光りあひたる、やうだいかたちもをかしきやうなる。

北の陣に車あまたありといふは、上人《うへびと》どもなりけり。藤三位《とうさんみ》をはじめにて、侍従の命婦《みやうぶ》、藤《とう》少将の命婦、馬の命婦、左近《さこん》の命婦、筑前《ちくぜむ》の命婦、少輔《せう》の命婦、近江《あふみ》の命婦などぞ聞こえはべりし。くはしく見知らぬ人々なれば、ひがごともはべらんかし。舟の人々もまどひ入りぬ。殿出《い》でゐたまひて、おぼすことなき御気色《けしき》に、もてはやしたはぶれたまふ。贈物《おくりもの》ども、しなじなにたまふ。

〈現代語訳〉

明くる日の夜、月がまことに美しく、そのうえ時候までが風情のある頃あいなので、若い女房たちは舟に乗って遊ぶ。色とりどりの衣装をめいめい着ているふだんよりも、みな同じく（白一色に）装束している容姿や髪の具合が、はっきりと美しく見える。小大輔《こたゆう》、源《げん》式部、宮木《みやぎ》の侍従、五節《ごせち》の弁、右近《うこん》、小兵衛《こひょうえ》、小衛門《こえもん》、馬《うま》、やすらい、伊勢人《いせびと》などが端《はし》近く座っていたのを、左の宰相の中将と殿の中将の君とがお誘い出しになられて、右の宰相の中将（兼隆）に棹をささせて、舟にお乗せになる。（誘われた女房のうち）一部の者はするりと抜けてあとに残ったが、やはり（乗った者たちのことが）羨ましいのであろうか、（池のほうに）視線を向けつつ座っていた。たいそう白い（砂の）庭に月の光が照り輝き、その月明《げつめい》に映《は》えた（舟中の女房たちの）容姿・容貌も、風情のある様子である。

北門の詰所あたりに牛車《ぎっしゃ》が何台もとまっているというが、それは内裏の女房たちが（参賀に）来たからであった。藤三位をはじめとして、侍従の命婦、藤少将の命婦、馬の命婦、左近の命婦、筑前の命婦、少輔の命婦、近江の命婦などであると聞きました。くわしくは顔を知らない人たちのことなので、あるいは間違いがあるかも知れません。（内裏女房たちが来たので）舟に乗っていた若い女房たちはあたふたと家の中に入ってしまいました。殿が（内裏女房たちの前に）お出ましになって、何の屈託もないご機嫌ぶりで、歓待したり冗談をおっしゃったりなさる。（内裏女房たちへの）贈物なども、それぞれ身分に応じてお与えになる。

〈語釈〉

○またの夜　翌日、すなわち九月十六日の夜。**○同じさまに**　同じ白一色に。**○小大輔《こたいふ》、源式部《げんしきぶ》、宮木《みやぎ》の侍従、五節《ごせち》の弁、右近《うこん》、小兵衛《こひやうゑ》、小衛門《こゑもん》、馬《むま》、やすらひ、伊勢人《いせびと》**　いずれも中宮付きの若い女房。このうち、源式部と小兵衛は前出（第一九節）の「髪あげたる女房」の中に見えるし、小大輔・源式部・小兵衛・宮木の侍従・五節の弁の五人は、後出（第四七節）の女房の容姿批評の条に見える。「伊勢人」は「やすらひ」の注記の混入か。**○左の宰相の中将**　参議左近衛中将源経房。前出（第六節）。**○殿の中将の君**　従四位下右近衛権中将藤原教通《のりみち》。道長の五男。当年、十三歳。「殿の君達」として前出（第一一・一六節）。**○右の宰相の中将（兼隆《かねたか》）**　参議右近衛中将藤原兼隆。前出（第一四節）。**○かたへ**　片一方。半分。一部分。**○見出《みい》だしつつ**　部屋の中から舟のほうを見ている。先ほどは「端近く」いたが、部屋の奥に逃げ込んだものとみえる。

○北の陣　土御門邸の北門に設置されている、警護のための詰所。**○上人《うへびと》**　殿上人をいう語であるが、ここは天皇付きの内裏女房のこと。**○藤三位《とうさんみ》**　右大臣藤原師輔《もろすけ》の娘、従三位典侍《ないしのすけ》繁子。冷泉天皇の御代から、内裏女房として出仕していた。**○侍従の命婦《みやうぶ》、藤《とう》少将の命婦、馬の命婦、左近《さこん》の命婦、筑前《ちくぜむ》の命婦、少輔《せう》の命婦、近江《あふみ》の命婦**　いずれも内裏女房。そのうち、藤少将の命婦は藤原能子か。なお、「少輔の命婦」は底本になく、絵巻本文により補った。**○ひがごと**　間違い。見間違い。書き間違い。**○おぼすことなき**　何ひとつ心にわだかまりなく。**○しなじなに**　身分の高下に応じて。

〈解説〉

五夜と七夜の御産養の間の九月十六日の夜である。月明《げつめい》の下《もと》、経房や教通に誘われて池の舟に乗って遊ぶ若い女房たち。行事と行事との間のくつろぎである。参賀に訪れた内裏女房たちを歓待し、しきりに冗談を言ってサービスをふりまく、ご機嫌この上ない様子の道長。ほっとひと息つくような雰囲気が漂う。儀式・行事からはなれて、繁栄の主家の側面をも描き出す、行事記録そのものではないこの『日記』の性格の一面を鮮やかにみせてくれている。

ちなみに『栄花物語』（はつはな巻）では、この内裏女房の参賀のことを七日の産養の記事として描いているが、内裏女房たちに対面する道長の様子を、「よろづ思ふ事なげなる御気色《けしき》の、笑《ゑみ》の眉《まゆ》開けさせたまへれば、見たてまつる人々、げにげにとあはれに見たてまつる」と叙し、皇子誕生の慶事に満ち足りた道長の表情を、『日記』以上に生彩に描き出しているのが印象的である。

二一　七日の夜は、おほやけの御産養《うぶやしなひ》
――朝廷主催の御産養――

七日の夜は、おほやけの御産養《うぶやしなひ》。蔵人の少将（道雅）を御つかひにて、ものの数々書きたる文《ふみ》、柳筥《やないばこ》に入れてまゐれり。やがて返したまふ。勧学院《くわんがくゐん》の衆《しゆう》ども、あゆみしてまゐれる、見参《げざむ》の文《ふみ》どもまた啓《けい》す。返したまふ。禄《ろく》どもたまふべし。今宵《こよひ》の儀式は、ことにまさりて、おどろおどろしくののしる。

御帳《みちやう》のうちをのぞきまゐらせたれば、かく国の親ともてさわがれたまひ、うるは

しき御気色《みけしき》にも見えさせたまはず、すこしうちなやみ、面《おも》やせて、おほとのごもれる御有様、常よりもあえかに若くうつくしげなり。小さき燈炉《とうろ》を御帳のうちにかけたれば、くまもなきに、いとどしき御色あひの、そこひも知らずきよらなるに、こちたき御髪《みぐし》は、結《ゆ》ひてまさらせたまふわざなりけりと思ふ。かけまくもいとさらなれば、えぞ書き続けはべらぬ。

おほかたのことどもは、一日《ひとひ》の同じこと。上達部の禄《ろく》は、御簾《みす》のうちより、女の装束《さうぞく》、宮の御衣《ぞ》など添へて出《い》だす。殿上人、頭《とう》二人をはじめて、寄りつつとる。おほやけの禄《ろく》は、大袿《おほうちき》、衾《ふすま》、腰差《こしざし》など、例のおほやけざまなるべし。御乳付《ちつけ》つかうまつりし橘の三位の贈物、例の女の装束に、織物の細長《ほそなが》添へて、白銀《しろかね》の衣筥《ころもばこ》、包《つつみ》なども、やがて白きにや。また包みたるもの添へてなどぞ聞きはべりし。くはしくは見はべらず。

八日、人々、いろいろさうぞきかへたり。

〈現代語訳〉

（ご誕生）七日目の夜は、朝廷主催の御産養《うぶやしない》である。蔵人の少将（道雅）を勅使として、ご下賜の品々を書いた目録を、柳筥《やないばこ》に入れて参入した。（中宮さまは、目録に目を通されて）すぐに（中宮職の役人に）お返しになる。勧学院の学生《がくしょう》たちが、整然と行列をつくって参入する、その参賀者の名簿などもまた（中宮さまに）ご覧に入れる。（ご覧になった上、中宮職の役人に）お返しになる。禄《ろく》などをお与えになったようだ。今夜の儀式は、（朝廷主催の御産養だけあって）格段に大がかりで、大袈裟なほどにさわぎたてている。（中宮さまの）御帳台《みちようだい》の中をおのぞき申したところ、このように国母《こくも》だといって持ち上げられていらっしゃる、そんな格式ばったご様子にはお見えにならず、少しお苦しそうで、面《おも》やつれしてお休みになっていらっしゃるご様子は、いつもよりも弱々しそうで、若く愛らしげである。小さい灯炉《とうろ》が御帳台の内側に懸けてあるので、隅々まで明るいなかで、そうでなくても清らかなお顔が、際限もなくお美しいうえに、多すぎるほどに豊かなお髪は、（こうして）結い上げなさると、いっそう見事さがひきたつものなのだなあと思われる。（こんなことを）口に出して申し上げるのも今さらめいたことなので、（これ以上はとても）書き続けることはできません。

　だいたいの儀式の模様は、先夜の（五日夜の御産養）と同様である。（中宮さまからの）公卿《くぎよう》への禄《ろく》は、御簾《みす》の中から、女の装束に若宮の御衣《ぞ》を添えて差し出す。殿上人（の禄）は、蔵人《くろうど》の頭《とう》をはじめとして、順次（御簾のそばに）寄っては受け取る。朝廷からの禄は、大袿《おおうちき》、衾《ふすま》、腰差《こしざし》など、例のごとく公式どおりであろう。御乳《ち》付《つけ》の役を奉仕した橘の三位への贈物は、例のごとく女の装束に、織物の細長《ほそなが》を添えて、白銀の衣筥《ころもばこ》に納め、その包《つつみ》なども白かったであろうか。また別に、包んだ品を添えて（賜った）などと聞きました。詳しくは見ていません。

八日目の日、女房たちは、色さまざまな衣装に着替えていた。

〈語釈〉

○おほやけの　朝廷主催の。諸記録には「今夜、公家設ケシメ給フ所ナリ」（『小右記《しょうゆうき》』）、「七夜、公家ノ御産養」（『権記』）などとある。「公家《こうか》」（「こうけ」とも）は、おおやけ。天子の家。朝廷。**○蔵人の少将（道雅）**　蔵人右近衛少将藤原道雅。「道雅」は割注。伊周《これちか》の長男。当年、十六歳。**○ものの数々書きたる文《ふみ》**　朝廷から若宮に下賜される品目を書いた目録。**○柳筥《やないばこ》**　柳の細枝を編んで作った箱。**○勧学院《くわんがくゐん》の衆《しゅう》**　「勧学院」は、藤原冬嗣《ふゆつぐ》が創立した藤原氏の子弟のための学問所。「衆」は、その学生《がくしょう》。**○あゆみ**　藤原氏の氏の長者に慶事のあった時に学生たちが参賀する、その際に一定の作法に従い練歩《れんぽ》などをする。これを「勧学院の歩《あゆ》み」という。ただし、「勧学院の歩み」のあったのは、『小右記』『権記』など諸記録によると、第七夜の九月十七日のことではなく、第三夜の九月十三日のことであったことが知られる。式部の単なる記憶違いによるものとみられる。なお、絵巻本文や『栄花物語』（はつはな巻）は、『日記』と同様に七夜のこととしている。**○見参《げざむ》の文《ふみ》**　参賀の人々の連名簿。

○国の親　天皇の意、あるいは皇后の意。ここは後者。国の母・国母と同じ。将来、天皇となるべき皇子のご生母の意として用いられている。**○あえか**　か弱いさまをいうが、単に弱々しいことをいうのではない。「すこしうちなやみ、面やせて」とともに、国母とあがめられている厳《いかめ》しさとは対照的であることの強調であろう。○燈炉《とうろ》「とうろう」の略。室内の装飾を兼ねた照明用具。竹または木などの枠に紙あるいは紗《しや》（織り目の粗《あら》い、軽くて薄い布）を張り、中に火をともす灯火。○かけまくも　言葉に出していうのも、の意。○大袿《おほうちき》　禄などに用いるために、特に大きく仕立てた袿。禄として賜った者は、各自仕立て直して着用する。○衾《ふすま》　夜具として用いる衣服の類。○腰差《こしざし》　巻絹《まきぎぬ》。軸に巻いた絹の反物。下賜された者が、これを腰に差して拝舞するところから、この名称がある。○細長《ほそなが》　女性の装束の一つで、小袿《こうちき》の上に重ねて着る、方領《ほうりよう》（方形の襟）で衽《おくみ》（前襟）のない丈の長い衣服。

○いろいろさうぞきかへたり　白一色の服装から、各自好みの色の衣服に着替えたことをいう。

〈解説〉

朝廷主催の御産養だけあって、筆は「ことにまさりて、おどろおどろしくののしる」と、格別に内容豊かで仰山《ぎようさん》なほどに盛大であったことを強調している。が、記述量は情況の詳しさとともに、五夜のそれには及ばない。それに、「聞きはべりし」、「くはしくは見はべらず」などのごとく、一部始終を直接見たわけでないことも断っている。こうしたなかで、「勧学院の歩み」の記憶違いも生じるのであろう。実は第三夜のことであったそのことを、この第七夜のこととしてしまった。そういえば、盛大な第五夜の記事と異なって第三夜の記事も、簡略であるとともに、「くはしくは見ず」とか、「つかうまつるらむ」との間接的表現がなされていた。「勧学院の歩み」のことも、単なる記憶違いによるもので、意識的になされた事実変更とか、意図的になされた脚色ないし虚構といった大袈裟なものではあるまい。やはりこれも、事実記録と情況記録のちがいとして理解されるべき性質のことであろう。

そうした中にあって、御帳台の内にお休みになっていらっしゃる中宮の美しさを描き出したくだりは、まさに出色である。国の親ともてはやされて厳《いかめ》しさがつきまとう印象とは異なる、中宮独自のあえかな美質を特筆するところは、この日の儀式の盛大さとは対照的な一面を鮮やかに現前せしめている。単なる行事記録ではない、しかもすぐれた情況記録である、この『日記』の性格を示す典型的な場面といえよう。「えぞ書き続けはべらぬ」との措辞にしても、単なる省筆ではない。「かけまくも」とはいっても、それは恐れ多いの意ではなく、むしろ逆方向の、身近な、慕わしさをおぼえる、中宮の清らかな美しさの強調表現であろう。と同時に、このくだりが中宮賛仰の筆であることは、まぎれもあるまい。事実を正確に記録することもさることながら、それ以上に、情況の記録的な現出に主眼の置かれていることが知られるのである。

二二　九日の夜は、春宮《とうぐう》の権《ごん》の大夫《だいぶ》
――頼通主催の御産養――

九日の夜は、春宮《とうぐう》の権《ごん》の大夫《だいぶ》つかうまつりたまふ。白き御厨子《みづし》一《ひと》よろひに、まゐりすゑたり。儀式、いとさまことに今めかし。白銀《しろかね》の御衣筥《ころもばこ》、海賦《かいふ》をうち出《い》でて、蓬萊《ほうらい》など例のことなれど、今めかしうこまかにをかしきを、取りはなちては、まねび尽くすべきにもあらぬこそわろけれ。

今宵《こよひ》は、おもて朽木形《くちきがた》の几帳《きちやう》、例のさまにて、人々は濃きうち物を上に着たり。めづらしくて、心にくくなまめいて見ゆ。透《す》きたる唐衣《からぎぬ》どもに、つやつやとおしわたして見えたる、また人の姿も、さやかにぞ見えなされける。

こまのおもとといふ人の、恥《はぢ》見はべりし夜なり。

〈現代語訳〉

（ご誕生）九日目の夜は、東宮の権《ごん》の大夫《だいぶ》が（御産養を）奉仕なさる。白い御厨子棚《みずしだな》一対に、（お祝いの品々が）載せて置いてある。その作法は一風変わっていて現代的である。白銀の御衣筥《ころもばこ》は、海賦《かいふ》（の模様）が打ち出してあり、（その中の）蓬萊山《ほうらいさん》（の模様）などはよくある趣向であるが、（それらが）当世風であって精巧な趣であるのを、つぶさに取り上げては、（とても）言葉で表現し尽くせそうにないのが実に残念である。

今夜は、表側に朽木形《くちきがた》の模様のある几帳などを、ふだんと同じようにしつらえ、女房たちは紅の濃い打衣《うちぎぬ》を上に着ている。（白一色を見馴れた目には）目新しくて、奥ゆかしく優美に見える。（その打衣が）透き通った（羅《うすもの》の）唐衣《からぎぬ》などの下から、つややかに一目に見わたせるのであるが、そこにまた一人一人の（個性的な）姿・形も、顕著に見てとれるのであった。

（この夜は）こまのおもとという人が、（人々の面前で）恥ずかしい思いをした夜でありました。

〈語釈〉

○九日の夜　ご誕生九日目の夜。底本「九日夜」。「の」を補った。**○春宮《とうぐう》の権《ごん》の大夫《だいぶ》**　東宮職《しき》の権《ごん》の大夫である藤原頼通《よりみち》。道長の長男。「殿の三位の君」の呼称で前出（第四節）。皇太子の異称である「とうぐう」は、春宮とも東宮とも表記される。ここは底本の表記にしたがった。「権」は、仮りに任じた官。令制で定められた正官に対していう。**○儀式**　作法、方式の意であるが、この日の御産養の儀全体をいうのではなく、御厨子棚に供えた祝儀の品々の作法を指していると解される。**○蓬萊《ほうらい》**　蓬萊山の模様。蓬萊山は、中国の伝説で、東海の中にあるとされる不老不死の地である霊山。海賦《かいふ》（海浜の光景）の中に蓬萊山がそびえている模様。○**取りはなち**　別個に取り立てる。品々の一つ一つを取り立てて、の意。
○**まねび尽くす**　物事を見たままに言葉に表現する。
○**おもて朽木形《くちきがた》の几帳《きちやう》**　垂布《たれぬの》の表側に朽木形の摺《す》り模様がある几帳。「朽木形」は、古木が腐食し、木目《もくめ》に凹凸の出ているさまを図案化した模様。○**例のさま**　七夜が過ぎたので、これまでの白一色から平常のしつらいに変わっていることをいう。○**濃きうち物**　紅の濃い打衣《うちぎぬ》。唐衣《からぎぬ》の下に着る。「うち物」は、砧《きぬた》で打って光沢を出した布。○**透《す》きたる唐衣《からぎぬ》どもに**　羅《うすもの》（薄物）の唐衣を透き通して打衣の色が見えることをいう。○**人の姿**　各人各様の趣向や個性的な容姿をいう。
○**こまのおもとといふ人**　誰であるか不明ながら、『小右記』に七夜のこととして記述のある采女《うねめ》の少高嶋《こまのたかしま》（「少」を「こま」と訓むとする）であると考証する有力な説がある。が、「おもと」という敬称が付けられていることなどから、疑問視もされている。『小右記』の記事は、この夜、博覧にして美貌の少高嶋が、公卿たちの酔余の一興の対象とされ、酔談を強いられたというもの。それを「恥」として記したと解するのである。

〈解説〉

頼通は、まだ十七歳の若さながら、九夜の御産養を奉仕する。当主道長の長男としての社会的な重みを担っている。前出（第四節）のごとく「殿の三位の君」という君達の呼称ではなしに、ここでは「春宮《とうぐう》の権の大夫」と公的な官職名で扱われるのもそのためであろう。しかも、調進した祝儀の品々の作法は、当世風にして個性的なものであって、とても一々説明もできぬほどである、というのであるから、その気配り、趣向の凝らしようが尋常でないことが分かる。これまでの白一色から改まった調度や女房らの色とりどりの服飾などのことと相俟《あいま》って、当夜の儀式の情況が、端的にして特徴的に描き出されている。

その中で、この条末にぽつりと記される「こまのおもと」の一件が、不明の部面をかかえて難解である。何らの事情説明や批評的な言辞を付さないところにも、謎めいた感じがつきまとう。〈語釈〉に記したように、有力な考証が示され、それをめぐって論の多いところでもある。「といふ人」というのだから、式部にとって日頃疎遠な人なのであろう。その人のことを記しておくところに、何ほどかの含意が見て取れる。それは、宮仕えの女房が受けた「恥」なのであろう。なお、後出（第三一節）の御五十日の祝宴における、女房に戯れる公卿たちの酔態を描く場面があり、それは『紫式部日記絵巻』に描かれるところでもあるが、そこでは格別の含意は読み取れない。これに関しては、一条天皇の土御門殿行幸の条（第二六節）における、「高きまじらひ」の感慨、あるいは童女御覧《わらわごらん》の条（第三九節）における「おもなさ」を思い見る心内表出などと、あわせ考えていくべき、紫式部の精神世界の問題かと思われる。

二三　十月十余日までも

――初孫を得た道長の満悦ぶり――

十月十余日までも御帳出《みちやうい》でさせたまはず。西のそばなる御座《おまし》に、夜も昼もさぶらふ。

殿の、夜中にも暁《あかつき》にもまゐりたまひつつ、御乳母《めのと》のふところをひきさがさせたまふに、うちとけて寝《ね》たるときなどは、何心もなくおぼほれておどろくも、いといとほしく見ゆ。心もとなき御ほどを、わが心をやりてささげうつくしみたまふも、ことわりにめでたし。

ある時は、わりなきわざしかけたてまつりたまへるを、御紐《ひも》ひきときて、御几帳《みきちやう》の後《うし》ろにてあぶらせたまふ。

「あはれ、この宮の御尿《しと》に濡《ぬ》るるは、嬉しきわざかな。この濡れたるあぶるこそ、思ふやうなる心地すれ。」

と、よろこばせたまふ。

中務《なかつかさ》の宮（具平《ともひら》親王）わたりの御ことを、御心に入れて、そなたの心よせある人とおぼして、かたらはせたまふも、まことに心のうちは、思ひゐたること多かり。

〈現代語訳〉

（中宮さまは）十月十日余りまでも、御帳台からお出ましにならない。（自分たちは、東の母屋の）西寄りにある御座《おまし》（すなわち御帳台）の所に、夜も昼も伺候している。殿が、夜中明け方を問わず絶えずいらっしゃっては、（若宮をのぞくために）御乳母《めのと》のふところをおさがしになられるのだが、（乳母が）気を許して眠っているときなどは、まるで気づかずにいて、はっとして目をさますのも、まことに気の毒に思われる。まだ何の物心とてない（若宮な）のに、（殿は）ひとり良いご機嫌になって抱き上げてかわいがられるのも、ごもっともであり、結構なことである。

ある時には、（若宮が）困ったことをおしかけになったのを、（殿は）紐を解いて（直衣《のうし》を脱がれて、それを）御几帳の後ろで（火にあぶって）お乾かしになる。（そして、）「ああ、この若宮の御尿《しと》に濡れたことは、嬉しいことだなあ。この濡れたのを火にあぶっていると、思いがかなった気分がすることだ。」と、お喜びになる。

中務の宮家あたりの御事について、（殿は）ご熱心で、（私を）その宮家に縁故のある者とお思いになって、（何やかやと）ご相談なさるにつけても、ほんとうに内心では、思いこむことがあれこれと多かった。

〈語釈〉

○御帳出《みちやうい》でさせたまはず　産後の中宮の健康回復を慎重に考えての措置であろう。**○西のそばなる御座《おまし》**　東の母屋《おもや》の西側に置かれている御帳台《みちょうだい》のことで、そこが中宮の御座なのである。なお、東側の白木の御帳台は、すでに前日（十八日）撤去されている。

○何心もなくおぼほれて　眠っている乳母《めのと》が、一瞬何が起こったかわからず、寝惑《ねまど》った様子をいう。**○心もとなき御ほどを**　生後まだ一か月そこそこの、何の反応も示すことのない若宮の状態をいう。まだ首もすわらない、危なっかしいといった身体上のことを、殊更取り立てていっているのではあるまい。

○わりなきわざ　困った仕業。すぐ後に「御尿《しと》に濡るるは」とあって分かるように、抱き上げられた若宮がおしっこをしてしまったこと。

○思ふやうなる心地　念願が成就した実感をいう。

○中務《なかつかさ》の宮　底本の傍注に「具平《ともひら》親王」とある。具平親王は、村上天皇の第七皇子。二《に》品中《ほんなか》務卿《つかさきょう》。当年、四十五歳。才人として知られ、『本朝麗藻《ほんちょうれいそう》』（漢詩集）の中心的な詩人であり、一条朝詩文壇の重鎮であった一方、『拾遺集』以下の勅撰集に四十一首も入集している歌人でもあり、公任《きんとう》と並ぶ当代歌壇の指導者でもあった。**○御ことを、御心に入れて**　当時道長は、長男頼通と具平親王の長女隆姫との婚儀を、「男《をのこ》は妻《め》がらなり」として切望していた（『栄花物語』はつはな巻）。**○そなたの心よせある人**　具平親王家に縁のある者、の意。系譜上、紫式部の従兄弟伊祐《これすけ》の養子頼成《よりしげ》は、実は具平親王のご落胤《らくいん》であった。また、式部の父為時も亡夫宣孝も具平親王家の家司《けいし》であったらしいとの推定もある。**○思ひゐたること**　ひとり心内に思っていることが何であるかは、明らかにされていない。皇室に連なる尊貴な血筋との縁組を望む、道長のあくなき上昇志向に対する、式部の複雑な思いなどが想像されるが、ましてそれが一つにとどまらず、「多かり」というのだから、その複雑な胸中は不明というほかない。

〈解説〉

夜中といわず暁といわず、たえず若宮の顔をのぞきにやってくる道長。何の物心とてない若宮を抱き上げて満足げな気分にひたる道長。式部の描き出す道長はきわめて人間味豊かで親愛感に充《み》ちた人間像である。初孫《ういまご》に目を細めていつくしむ祖父道長の姿が巧みにして鮮やかにとらえられてあまりある。そうした道長の風姿を描き出し、「ことわりにめでたし」と共感の念を寄せつつ賛美する。この『日記』は、中宮彰子の賛美もさることながら、それ以上に道長の言動や風姿のほうが、より鮮明に生き生きと描き出されていて、特徴的である。若宮の尿《しと》に濡れて「嬉しきわざかな」と手放しで喜ぶ道長の様子は、その典型例といってよいであろう。待望の外孫《がいそん》を得て満悦至極の境地にある道長の姿は、文字どおり肌身《はだみ》に実感される喜びとして現出されていて、まさに圧巻である。

中務の宮家のことを記すくだりは、若宮の尿に濡れて喜ぶ道長のこととは直接かかわらない、挿入された別件であるが、なかなか意味深長である。前節の「こまのおもと」のことなどと同様に、ぽつりと記しはするが、胸中にある思いの内実は、けっして明らかにされない特徴的な叙述である。

二四　行幸《ぎやうがう》近くなりぬとて
――華麗の中での憂苦の念――

行幸《ぎやうがう》近くなりぬとて、殿のうちをいよいよつくりみがかせたまふ。世におもしろき菊の根をたづねつつ、掘りてまゐる。色々うつろひたるも、黄《き》なるが見どころあるも、さまざまに植ゑたてたるも、朝霧の絶え間に見わたしたるは、げに老《おい》もしぞきぬべき心地するに、なぞや、まして、思ふことのすこしもなのめなる身ならましかば、すきずきしくももてなし若やぎて、常なき世をもすぐしてまし、めでたきこと、おもしろきことを見聞くにつけても、ただ思ひかけたりし心のひくかたのみつよくて、もの憂《う》く、思はずに、嘆かしきことのまさるぞ、いと苦しき。いかで、いまはなほもの忘れしなん、思ひがひもなし、罪も深《ふか》かなりなど、明けたてばうちながめて、水鳥どもの思ふことなげに遊びあへるを見る。

水鳥を水の上とやよそに見んわれも浮きたる世をすぐしつつ　(6)

かれも、さこそ心をやりて遊ぶと見ゆれど、身はいと苦しかんなりと、思ひよそへらる。

〈現代語訳〉

行幸が近くなったというので、邸内をますます手入れされて立派になさる。(人々は)またとなく美しい菊の根株を探しもとめては、掘り取って(お邸《やしき》に)持ってくる。色さまざまに色変りした菊も、黄色で見栄えのする菊も、それぞれの趣向を生かして植え込んである菊も、(すべて)朝霧の絶え間に見渡される光景は、まことに老いというものも退散してしまいそうな気持がするのだが、いったいこれはどうしたことか、——まして心に思い悩むことが、せめてもう少し人並みに軽い身の上であったならば、あえて風流めかして若々しく振舞《ふるま》いもして、この無常な世を過ごしているであろうのに、――すばらしいことやおもしろいことを、見たり聞いたりするにつけても、ただただ常日頃心に思っていることに引き寄せられるばかりで、気が重く、思うにまかせずに、嘆かわしいことが多くなるのが、実に苦しい。(それにしても)何とかして、今はやはりすべて忘れてしまおう、考えこんでみても甲斐のないことであるし、(嘆くこと自体)罪障も深いことだなどと、夜が明けると、ぼんやりと外を眺めて、(池の上の)水鳥たちが何の屈託もなさそうに遊びあっているのを見る。

あの水鳥を水の上のことで自分には無関係なことだと、よそごとに見られようか。自分もまた水鳥同様に、人目にはうわついた宮仕えの日々を過ごしているのだから。(6)

あの水鳥たちも、あれほど満足げに遊んでいるようには見えるものの、内心はさぞかし苦しいのであろうと、ついわが身にひき比べられてしまう。

〈語釈〉

○行幸《ぎやうがう》　一条天皇の土御門殿への行幸。誕生した皇子との対面のためである。なお、「行幸」は、天皇のお出かけ。みゆき。**○世に**　いかにも。ほんとうに。ことのほか。**○菊の根**　花の咲いている菊の根株。掘り取って来て移植するのである。**○色々うつろひたる**　白菊が霜などの寒気により紫紅色に変化したもの。それが賞美された。**○げに老《おい》もしぞきぬべき心地**　「げに」は、中国古来の伝説にいわれているように、の意。菊が不老長寿の仙薬であって、それにより老いが退散するという故事を踏まえる。**○なぞや**　いったいどうしたことか。自らの心の内をいぶかるもの。下文の「めでたきこと、おもしろきこと云々」に続く。**○まして**　以下「すぐしてまし」までが挿入句。「ましかば…まし」は、現実にはあり得ぬこと（反実仮想）の表現。**○思ふこと**　出家遁世の念願とする説が有力であるが、次の「思ひかけたりし心」とともに、出離の思いを含みながらも、そのこと一つに限定せずに、人生懐疑ともいうべき生きなずむ憂愁の思いと解される。**○なのめ**　人並み。平凡。**○ひくかたのみつよくて**　（そちらに）牽引されることばかりが強く。つまり、その思いにのみ傾斜しがちで、の意。**○罪も深《ふか》かなり**　「罪」は、嘆きや悩みが極楽往生の妨げになるという、仏教上の罪障。
○「水鳥を」の歌　「よそに見ん」は、上の「や」を受けて反語となり、他人ごとと見ることができようか、いやできない。「浮きたる世」は、宮仕え生活の日常をいう。「すぐしつつ」は、過ごしているのだから、の意。この歌は、『千載集』（冬）に「題しらず／紫式部」として入集。
○かれも　水鳥のこと。「かれ」は、他称の代名詞。**○思ひよそへらる**　自分の身と思い比べられる。

〈**解説**〉

一条天皇の行幸を、ここ土御門殿に奉迎することは、道長家にとってこの上なく光栄なことである。まして皇子誕生後、はじめての行幸とあっては、なおのことである。この最大行事を間近《まぢか》にして、お邸あげての準備は万端おこたりなく進められる。平生から絢爛華麗な邸の内外は、一段とつくり磨かれていっそうの輝きを増していく。その華麗きわまりない中に身を置く紫式部は、深い憂愁の思いに人知れず沈んでいかなければならなかった。その思いは苦しくわが身をさいなむ。式部は自らの心の深淵に佇立《ちょりつ》し、「なぞや」といぶかり嘆息しないではいられない。心から離れることないその思いとは、出家遁世の念願とも考えられよう。が、そうした単一なことにとどまらず、出離への思いを含みながらも、式部の処世観・人生観そのものの表出とみられる。

つまりそれは、まのあたりにする主人たる彰子中宮と主家道長家の限りない繁栄を慶び、心からそれを賛美する思いは、けっして人後に落ちることなく抱いているものの、その出仕生活が心底からはなじめないものであるからにほかなるまい。それが周囲の華麗さに触発されるかたちで、胸奥の深淵となってぽっかり口を開けるのであろう。「なぞや」と、自らいぶからざるを得ないところに、そうした事情が見て取れるのである。「いと苦しき」との嘆息は、真に迫って切実である。華麗な場に身を置く日常の中で、いっそう深まる憂愁の思いとは、『紫式部集』に詠出されている、

初めて内裏《うち》わたりを見るにも、もののあはれなれば
身の憂《う》さは心のうちに慕ひ来ていま九重《ここのへ》ぞ思ひ乱るる

との、初出仕時からの心情に直結している思いでもある。「身の憂《う》さ」はすなわち、前出の「思ふこと」、「思ひかけたりし心」と同義とみられる。

この条末の「水鳥を」の独詠歌は、無心に遊ぶ水鳥にわが身上《しんじよう》を投影して思いを表出したものであるが、ここにおける「浮きたる世」とは、取りも直さず、式部にとっての宮仕え生活の日常そのものにほかならなかったのである。

二五　小少将《こせうしやう》の君《きみ》の、文《ふみ》おこせたる
——時雨《しぐれ》の歌の贈答——

小少将《こせうしやう》の君《きみ》の、文《ふみ》おこせたる返りごと書くに、時雨《しぐれ》のさとかきくらせば、使《つかひ》も急ぐ。

「また、空の気色《けしき》も、うちさわぎてなむ。」

とて、腰《こし》折《を》れたることや書きまぜたりけん。暗うなりたるにたちかへり、いたうかすめたる濃染紙《こぜんし》に、

雲間《くもま》なくながむる空もかきくらしいかにしのぶる時雨《しぐれ》なるらむ　(7)

書きつらんこともおぼえず、

ことわりの時雨《しぐれ》の空は雲間《くもま》あれどながむる袖ぞかわくまもなき　(8)

〈現代語訳〉

小少将の君が手紙をよこしてくれた、その返事を書いていると、時雨が空を曇らせてさっと降ってきたので、使いの者も（帰りが気になり、返事を）急ぐ。「また、空の様子も（私同様に）、落ち着かない様子でして。」と（末尾に）書いて、拙い歌を中に書きまぜておいたでしょうか。暗くなってしまった頃に、折り返し（返事が寄せられ）、たいそう濃くぼかし染めにした紫の色紙に、

絶え間なくもの思いにふけって眺めている空も、雲の切れ目もなく一面にかき曇って雨が降り出しましたが、これは何を恋しく思って降る時雨なのでしょうか。（実はこの時雨は、あなたを恋い慕って流す私の涙なのです。）　(7)

（先ほど）書き送った歌も思い出せないままに、季節柄《がら》、当然降る時雨の空には、（時には）雲の絶え間もありますが、絶えずもの思いにふけりつつあなたを慕って涙する私の袖は、乾くひまとてありません。（8）

〈語釈〉

○小少将《こせうしやう》の君《きみ》　源時通《ときみち》の娘。式部と格別親しかった朋輩女房。前出（第九・一六節）。**○文《ふみ》おこせたる**　里下がりしている小少将の君から土御門邸にいる式部に手紙が届けられたのである。**○使《つかひ》**　手紙の使者。**○腰折《こしを》れ**　「腰折れ歌」のことで、和歌の第三句（腰句《ようく》という）の詠み方に欠点があり、第四句への接続に不備のあるもの。一般的には、下手な歌をいう。また、自詠の歌の謙遜表現。ここは、後者に当たる。**○いたうかすめたる濃染紙《こぜんし》**　紙の上下に雲のたなびく形を濃い紫にぼかし染めにしたものと推定される。折からの時雨の空と友を慕い涙する自分の心に合わせて用いたとみられる。**○「雲間《くもま》なく」の歌**　「雲間なく」は、「かきくらし」にかかり、雲の絶え間なくかき曇っている空全体の様子と、絶えずもの思いにふけっている心の状態との両様を表現している。「時雨」は、現実に降る時雨と自分の流す涙を掛ける。「いかに…らむ」の疑問の推量形は、実はそれは私の流す涙である、と表現するための技巧的な措辞。

○「ことわりの」の歌　「ことわりの」は、初冬の季節柄、降るのは当然の時雨をいう。以下、それに対して自分の涙は季節にかかわりなく、絶え間のないことを強調する。なお、この小少将の君との贈答歌は、『紫式部集』に「時雨する日、小少将の君、里より」「返し」として見える。また、『新勅撰集』（冬）に「里にいでて時雨しける日、紫式部につかはしける／上東門院小少将」「返し／紫式部」との詞書で入集。

〈解説〉

小少将の君は、紫式部が格別親しく心を通わす朋輩女房である。後出のごとく、上品にして優雅で（第四六節）、気弱なところがあり、しかも薄幸の身（第三五節）で、世を憂《う》いものと思っている人である。その憂き思いが共通の心情となって、とくに気心通じる間柄となっているのであろう。ここでの贈答歌も、頼りにしている相手に寄せる慕わしさの情の交流であり、確認である。『紫式部集』には、「憂きわが涙」、「憂き添はるらん」、「憂きに泣かる」などの歌句を用いての、互いの憂き思いを共感・交流させる贈答歌が何首かみられる。

同家集にはまた、小少将亡き後の、追慕の詠「暮れぬ間の身をば思はで人の世のあはれを知るぞかつは悲しき」（詞書は「小少将の君の書きたまへりしうちとけ文《ぶみ》の、物の中なるを見つけて、加賀《かが》少納言のもとに」）もみえて、式部の心内に占める小少将の君の格別の重さが窺い知られるのである。

二六　その日、あたらしく造られたる船ども

――行幸を迎えた土御門殿――

その日、あたらしく造られたる船ども、さし寄せさせて御覧ず。竜頭鷁首《れうとうげきしゆ》の生けるかたち思ひやられて、あざやかにうるはし。行幸《ぎやうがう》は辰《たつ》の時と、まだ暁より、人々けさうじ心づかひす。上達部の御座《おまし》は西の対《たい》なれば、こなたは例のやうにさわがしうもあらず。内侍《ないし》の督《かん》の殿の御かたに、なかなか人々の装束《さうぞく》なども、いみじうととのへたまふと聞こゆ。

暁《あかつき》に少将の君まゐりたまへり。もろともに頭《かしら》けづりなどす。例の、さいふとも日《ひ》闌《た》けなんと、たゆき心どもはたゆたひて、扇のいとなほなほしきを、また人にいひたる、持て来《こ》なんと待ちゐたるに、鼓《つづみ》の音を聞きつけて急ぎまゐる、さまあしき。

御輿《みこし》迎へたてまつる。船楽《ふながく》いとおもしろし。寄するを見れば、駕輿丁《かよちやう》の、さる身のほどながら、階《はし》よりのぼりて、いと苦しげにうつぶし伏《ふ》せる、なにのことごとな

る、高きまじらひも、身のほどかぎりあるに、いとやすげなしかしと見る。

御帳《みちやう》の西面《にしおもて》に御座《おまし》をしつらひて、南の廂《ひさし》の東《ひむがし》の間《ま》に、御椅子《ごいし》を立てたる、それより一間《ひとま》へだてて、東にあれたるきはに、北南《きたみなみ》のつまに御簾《みす》をかけへだてて、女房のゐたる、南の柱もとより、簾《すだれ》をすこしひき上げて、内侍二人出《い》づ。その日の髪《かみ》あげうるはしき姿、唐絵《からゑ》ををかしげに描《か》きたるやうなり。左衛門《さゑもん》の内侍、御佩刀《みはかし》とる。青色《あをいろ》の無紋《むもむ》の唐衣《からぎぬ》、裾濃《すそご》の裳《も》、領巾《ひれ》、裙帯《くんたい》は浮線綾《ふせんれう》を櫨緂《はじだん》に染めたり。表着《うはぎ》は菊の五重《いつへ》、掻練《かいねり》は紅《くれなゐ》、姿つき、もてなし、いささかはづれて見ゆるかたはらめ、はなやかにきよげなり。

弁の内侍はしるしの御筥《はこ》。紅《くれなゐ》に葡萄染《えびぞめ》の織物の袿《うちき》、裳、唐衣は、さきの同じこと。いとささやかにをかしげなる人の、つつましげにすこしつつみたるぞ、心苦しう見えける。扇よりはじめて、好みましたりと見ゆ。領巾《ひれ》は棟緂《あふちだん》。夢のやうにもこよひのだつほど、よそほひ、むかし天降《あまくだ》りけんをとめごの姿も、かくやありけんとまでおぼゆ。

近衛司《このゑづかさ》、いとつきづきしき姿して、御輿《みこし》のことどもおこなふ、いときらきらし。

藤《とう》中将、御佩刀《みはかし》などとりて、内侍《ないし》に伝ふ。

〈現代語訳〉

（行幸の）当日、新しく造られた船などを、（殿は）池の岸におさし寄せになってご覧になる。竜頭《りようとう》や鷁首《げきしゆ》の生きた姿が想像されるほど（見事な出来栄《できば》えで）、際立《きわだ》って美しい。行幸は午前八時頃ということで、まだ夜明け前から、女房たちはお化粧をし、心用意をしている。上達部《かんだちめ》のお席は、西の対屋《たいのや》なので、こちら（東の対）はいつものように騒がしくもない。（あちらの）内侍《ないし》の督《かみ》の御殿では、かえって女房たちの衣装なども、たいそう念入りに支度をおさせになるということである。

明け方に、小少将の君が（里から）帰参なさった。一緒に髪をくしけずったりなどする。例によって、そう（行幸は午前八時頃）だといっても日中になってしまうであろうと、（私たちの）怠け心はついぐずぐずしてしまい、扇がひどく平凡なので、別に人に誂《あつら》えてあるのを、（早く）持って来てほしいと待っているうちに、（行幸の行列の際に奏する）鼓の音を耳にして、急いで（御前に）参上するが、（いかにも）恰好が悪い。

御輿をお迎え申し上げる船楽《ふながく》が、たいそう趣深い。（御輿を階段に）かつぎ寄せるのを見ると、駕輿丁《かよちよう》が、あんな賤《いや》しい身分ながら、（寝殿の南面の）階段をかつぎ昇って、ひどく苦しそうに這《は》いつくばっている（その姿は）、どうして（私自身の姿と）異なっていようか、高い身分の人々にまじっての宮仕えにしても、身分には限度があることだから、まったく安らかな気持ちがしないことだと、(思いながら)見ている。

(中宮さまの)御帳台《みちようだい》の西側に(帝の)ご座所《ざしよ》を設けて、南廂《みなみびさし》の東の間《ま》に御椅子《ごいし》を据えてある、そこより一間《ひとま》を隔てて、東に離れている(部屋の)境に、北と南との端に御簾《みす》をかけて仕切り、女房たちが座っていた、(その)南の柱のもとから、簾をすこし引き上げて、内侍が二人出て来る。当日の髪あげをした端麗な姿は、唐絵《からえ》をいかにも美しく描《えが》いたようである。左衛門《さえもん》の内侍が、御剣を捧持する。青色の無紋の唐衣《からぎぬ》に、裾濃《すそご》の裳《も》(をつけ)、領巾《ひれ》と裙帯《くんたい》は浮線綾《ふせんりよう》を櫨緂《はじだん》に染めてある。表着《うわぎ》は菊の五重《いつえ》、掻練《かいねり》は紅《くれない》で、(その)姿かたちや振舞い、(そして、扇から)すこしはずれて見える横顔は、華やかで清楚である。

弁の内侍は御璽《みしるし》の筥《はこ》(を捧持する)。紅の(掻練に)葡萄染《えびぞめ》の織物の袿《うちき》、裳と唐衣は、前の(左衛門の内侍)と同じである。とても小柄で美しい人が、気恥ずかしそうで、すこし固くなっているのが、気の毒に見受けられた。扇をはじめとして、(左衛門の内侍よりも)趣向がまさっているように見受けられた。領巾は楝緂《おうちだん》である。(二人の内侍の領巾や裙帯の姿が)まるで夢のようにうねり歩く様子や衣装は、昔天から降りて来たという天女の姿も、このようであったろうかとまで思われる。

近衛府《このえふ》の役人たちが、いかにもその場に似つかわしい服装をして、御輿《みこし》のことなどを務めている、(その姿は)実にきらびやかである。藤中将が御剣などを受け取って、(左衛門の)内侍に伝え渡す。

〈語釈〉

○**その日**　行幸当日の（寛弘五年）十月十六日。○**竜頭鷁首**《れうとうげきしゅ》　船首に竜頭と鷁首をそれぞれ付けた二艘一対の装飾船。竜も鷁も空想上の動物で、竜は水を渡り、鷁は風を受けてよく飛ぶので、水難よけのまじないとした。○**内侍**《ないし》**の督**《かん》**の殿**　道長の娘の妍子。中宮彰子の同母妹。尚侍《ないしのかみ》。当年、十五歳。

○**少将の君**　前出（前節）の小少将の君。行事の奉仕に備えて里から帰参したのである。

○**例の**　例によって。行事が定刻どおりにいかないことをいう。○**さいふとも**　「さ」は、「行幸は辰の時」を指す。○**鼓**《つづみ》**の音**　行幸の行列の通過を知らせる、雅楽寮の楽人が奏する鼓の音。

○**御輿**《みこし》　天皇の乗り物である鳳輦《ほうれん》。○**船楽**《ふながく》　竜頭鷁首の船中で奏される奉迎の音楽。○**駕**《か》**輿丁**《よちやう》　貴人の輿《こし》（この場合、鳳輦）をかつぐ仕丁《じちやう》。○**さる身のほど**　下賤な身分をいう。

○**階**《はし》**よりのぼりて**　（御輿をかついで）寝殿の南面の階段を昇って。○**うつぶし伏**《ふ》**せる**　這いつくばること。南階をかつぎ昇る際、御輿の水平を保つため、前方のかつぎ手は、身を低くして這いつくばる。○**ことごと**　異事で、余所ごと、他人ごと、の意。上接の「なにの」は、反語の意をつくる副詞。○**高きまじらひ**　高貴な人々にたちまじっての宮仕え生活をいう。○**身のほどかぎりあるに**　身分には限度があって、行動が規制されることをいう。○**やすげなしかし**　（気苦労が多くて）安楽な気分でない。

○**御座**《おまし》　天皇のお席。玉座。○**御椅子**《ごいし》　天皇が着座なさる椅子。○**あれたるきは**　離れている境。「あれ」は、「離《あ》れ」。○**内侍二人**　左衛門の内侍と弁の内侍。○**唐絵**《からゑ》　中国の絵画の画材や技法で山水・人物などを描いた絵。大和絵《やまとえ》の対。**○左衛門《さいも》の内侍**　内裏女房。掌侍《ないしのじよう》橘隆子かといわれるが、未詳。**○御佩刀《みはかし》**　天皇の御剣で、三種の神器の一つ。天皇の行動に従って移動する。**○青色《あをいろ》の無《む》紋《もむ》の唐衣《からぎぬ》**　青色の無地の唐衣。青色は、禁色《きんじき》（身分によって着用に制限のある装束の色）の一つで、青緑色。**○裾濃《すそご》の裳《も》**　「裾濃」は染色法の一つで、上のほうを淡く、裾のほうを濃く、ぼかし染めにすること。**○領巾《ひれ》**　首から肩にかけて垂らす薄い絹の布。正装時の装飾。**○裙帯《くんたい》**　裳の腰の左右に長く垂らす紐。これも正装時の装飾。**○浮線綾《ふせんれう》**　文様《もんよう》の糸筋を浮き出すように織った綾の薄い絹地。**○櫨緂《はじだん》**　櫨《はじ》色《いろ》（黄味がかった赤色）と白の緂（だんだら染め）。**○菊の五重《いつへ》**　「菊」は、襲《かさね》の色目で、表が黄、裏が青など、種々の重ね方がある。「五重」は詳細は不明ながら、地紋の上に五種の色糸で模様を織り出したものとも、また、袘《ふき》（袖口や裾などに、布地を表に出して縫いつけたもの）を五重にしたものともいわれる。**○掻練《かいねり》**　表着《うわぎ》と袿《うちき》のあいだに着る、練り絹の打衣《うちぎぬ》（砧《きぬた》で打ち光沢を出したもの）。**○もてなし**　振舞い。態度。物腰。**○かたはらめ**　脇から見たところ。横顔。

○弁の内侍　内裏女房とみられるが、前出（第一節）の「弁の内侍」と同一人とすれば、中宮女房兼務か。**○しるしの御筥《はこ》**　三種の神器の一つである八尺瓊勾玉《やさかにのまがたま》の入った箱。「御佩刀」同様、天皇の移動に従う。**○さきの同じ**　「さきの」は、さきの左衛門の内侍と、の意。**○棟緂《あふちだん》**　薄紫と白（あるいは青）の緂（だんだら染め）。**○もこよひのだつ**　「もこよひ」は、ひらひらと翻《ひるがえ》るさま。「のだつ」は、すんなりと伸びやかなさま。二人の内侍が歩行する際、領巾や裙帯がひらひらと翻るさまを「夢のやうに」と形容し、その姿がすんなりと伸びやかであるのを、「むかし天降りけんをとめごの姿も、かくやありけん」と感じられたというのであろう。

〇近衛司《このゑづかさ》　近衛府の役人。宮中の警護、行幸の供奉《ぐぶ》などをつかさどる。**〇藤**《とう》**中将**　底本「頭中将」。頭中将であれば、左近衛権中将の源頼定《よりさだ》であるが、「頭」は「藤」の誤写ないし転化とみて、本文を改めた。参議右近衛権中将（宰相の中将）藤原兼隆《かねたか》のこと。前出（第一四節）。

〈解説〉

いよいよ行幸の当日、あざやかに新造成った二艘一対の竜頭鷁首《りようとうげきしゆ》の船の検分をする道長の姿、そして、払暁《ふつぎよう》より奉仕の準備に余念のない女房たちのさまを点描して、晴れの日の雰囲気を伝える。おごそかに鳳輦到着、奉迎の船楽が高らかに奏され、土御門殿をつつむ緊張と光栄の空気は一気にクライマックスに達する。人々の眼はすべて豪華厳然たる鳳輦に釘づけされる。が、ひとり紫式部の視線だけは、いかにも苦しげに身を低くしている駕輿丁の姿に注がれてしまう。そして、下賤な身を高貴な場に置いてつらそうに見える駕輿丁に同情を寄せ、そこに現実のわが姿を見る思いにかられ、「高きまじらひ」である出仕の日常の苦しさを反芻することとなる。さきに水鳥にわが身を思い比べることのあったのも、いまこうして駕輿丁の姿が「なにのことごとなる」と思われるのも、つまりは、浮ついた日常と感取される宮仕え生活と、そこに身をさらし続けねばならぬ己れの境涯がうとましく思われるがゆえにほかなるまい。

式部の視界からは一瞬、周囲の絢爛さは消え去ってしまうのだが、といって主家の晴れがましさを否定したり、それに反発を感じたりしているわけではない。「御佩刀」と「しるしの御筥」を、それぞれ捧持する二人の内侍の様子をやや詳しく記し、「むかし天降りけんをとめごの姿も、かくや」と、賛嘆的に描出するのも、主家のこの日の光栄ぶりを現出させる、有効な一環である。さらには、後文（第二八節）に見られるごとく、感涙にむせぶほどのこの日の道長の感激ぶりを描き出し、その姿を「いとめでたけれ」と賛美しているところを見れば、主家に寄せる式部の姿勢は瞭然としてくる。主家の光栄と繁栄をわがことのように喜び、心からの賛嘆を寄せる思いは、けっして人後に落ちるものではない。が、栄華きわまりない情況に触発されるかのように頭をもたげてくる憂愁の念に身をさいなまれる。それが式部にとっていかんともなしがたい固有の苦しさなのである。

二七　御簾《みす》の中を見わたせば

――この日、奉仕する女房たち――

御簾《みす》の中を見わたせば、色ゆるされたる人々は、例の青色《あをいろ》、赤色《あかいろ》の唐衣《からぎぬ》に、地摺《ぢずり》の裳《も》、表着《うはぎ》は、おしわたして蘇芳《すはう》の織物なり。ただ馬の中将ぞ葡萄染《えびぞめ》を着てはべりし。打物《うちもの》どもは、濃き薄き紅葉《もみぢ》をこきまぜたるやうにて、なかなる衣《きぬ》ども、例の、くちなしの濃き薄き、紫苑色《しをんいろ》、うら青き菊を、もしは三重《みへ》など、心々なり。

綾《あや》ゆるされぬは、例のおとなおとなしきは、無紋《むもん》の青色、もしは蘇芳など、みな五重《いつへ》にて、かさねどもはみな綾なり。大海《おほうみ》の摺裳《すりも》の、水の色はなやかに、あざあざとして、腰どもは固紋《かたもん》をぞ多くはしたる。袿《うちき》は菊の三重五重《みへいつへ》にて、織物はせず。若き人は、菊の五重の唐衣《からぎぬ》を心々にしたり。上《うへ》は白く、青きが上をば蘇芳、単衣《ひとへ》は青きもあり。上うす蘇芳、つぎつぎ濃き蘇芳、中に白きまぜたるも、すべて、しざまをかしきのみぞ、かどかどしく見ゆる。いひ知らずめづらしく、おどろおどろしき扇ども見ゆ。

うちとけたる折こそ、まほならぬかたちもうちまじりて見えわかれけれ、心を尽くしてつくろひけさうじ、劣らじとしたてたる、女絵《をんなゑ》のをかしきにいとよう似て、年のほどのおとなび、いと若きけぢめ、髪のすこしおとろへたるけしき、まだ盛りのこちたきがわきまへばかり見わたさる。さては、扇より上《かみ》の額《ひたひ》つきぞ、あやしく人のかたちを、しなじなしくも下《くだ》りてももてなすところなんめる。かかる中にすぐれたりと見ゆるこそ、かぎりなきならめ。

かねてより、上《うへ》の女房、宮にかけてさぶらふ五人は、まゐりつどひてさぶらふ。内侍二人《ふたり》、命婦二人、御まかなひの人一人《ひとり》。御膳《おもの》まゐるとて、筑前《ちくぜむ》、左京《さきやう》、ひとの髪《かみ》あげて、内侍の出《い》で入《い》るすみの柱もとより出《い》づ。これはよろしき天女なり。左京は青色に柳の無紋の唐衣《からぎぬ》、筑前は菊の五重《いつへ》の唐衣、裳は例の摺裳《すりも》なり。御まかなひ橘の三位。青色の唐衣、唐綾《からあや》の黄なる菊の袿《うちき》ぞ、表着《うはぎ》なんめる。ひともとあげたり。柱がくれにて、まほにも見えず。

殿、若宮抱《いだ》きたてまつりたまひて、御前《おまへ》にゐてたてまつりたまふ。上《うへ》、抱《いだ》きうつしたてまつらせたまふほど、いささか泣かせたまふ御声《みこゑ》、いとわかし。弁の宰相《さいしやう》の君、御佩刀《みはかし》とりてまゐりたまへり。母屋《もや》の中戸《なかど》より西に、殿の上《うへ》おはするかたにぞ、若宮はおはしまさせたまふ。上《うへ》、外《と》に出《い》でさせたまひてぞ、宰相の君はこなたに帰りて、

「いと顕証《けそう》に、はしたなき心地しつる。」と、げに面《おもて》うち赤みてゐたまへる顔、こまかにをかしげなり。衣《きぬ》の色も、人よりけに着《き》はやしたまへり。

〈現代語訳〉

御簾《みす》の中を見わたすと、禁色《きんじき》をゆるされている女房たちは、いつものように青色や赤色の唐衣《からぎぬ》に、地摺《じず》りの裳（をつけ）、表着《うわぎ》はみな一様に蘇芳色《すおういろ》の織物である。ただ馬《うま》の中将だけが、葡萄染《えびぞめ》（の表衣《うわぎ》）を着ていました。打物《うちもの》（打衣《うちぎぬ》のこと）などは、濃い、あるいは薄い、（色とりどりの）紅葉を散りまじらせたようであって、内側に着込んだ袿《うちき》などは、例によって梔子襲《くちなしかさね》の、濃い、あるいは薄いのや、紫苑色《しおんいろ》や、裏を青くした菊襲《きくがさね》、もしくは三枚重ねなど（を着たりして）、それぞれ思い思いである。

綾織物（の着用）を許されていない女房で、例の年配の者たちは、（唐衣は）無地の青色、もしくは蘇芳色など、みな五重《いつえ》で、（袘《ふき》の）重ねなどはすべて綾織《あやおり》である。大海《おおうみ》の摺《すり》模様の裳《も》の水色は、華やかでくっきりとしていて、裳の腰などは固織《かたおり》の模様を多くの人はしている。袿《うちき》は菊襲《きくがさね》の三重《みえ》や五重《いつえ》であって、織物は用いていない。（綾を許されていない者で）若い女房は、菊の五重の唐衣を思い思いにして着ている。（袘の重ねは）表は白く、青色の上を蘇芳色（にしたり）、単衣《ひとえ》は青色（にしている）のもある。（また、）表を薄い蘇芳色にして、（下へ）次々と濃い蘇芳色（にしたり）、（蘇芳色の）下に白いのをまぜているのも（あるが）、総じて仕立て方に趣のあるのだけが、気が利いて見える。何ともいいようもなく珍しく、派手に飾り立てた扇なども見える。

（ふだん）くつろいでいる時でこそ、あまり整っていない容貌も（中に）まじっていれば見分けがつくのだが、（このように、皆が）精いっぱい着飾り、化粧をして、われ劣らじと身づくろいしているのは、女絵の美しいのにそっくりで、年恰好が、ふけたのとごく若いのとの違いとか、髪が少し衰えたのと、まだ若く豊かなのとの違いぐらいが、見わたされるだけである。してみると、扇の上に出ている額の様子が、不思議と女房たちの容貌を上品にも下品にも見せるものであるらしい。こうした（区別のつきにくい）中にあって、すぐれていると見える人こそ、このうえない美人なのであろう。

（行幸）以前から、内裏の女房で、中宮付きを兼ねて仕えている五人は、（こちらに）参上して伺候している。内侍《ないし》が二人、命婦《みょうぶ》が二人、御給仕役の人が一人（である）。（帝に）御膳を差し上げるというので、筑前《ちくぜん》と左京が、髻《もとどり》を一つ結《ゆ》い上げて、内侍の出入りする隅《すみ》の柱の所から出てくる。これはちょっとした天女である。左京は、青色に柳重ねの（袍の）無地の唐衣、筑前の方は、菊の五枚重ねの唐衣、裳は（二人とも）、例によって摺裳である。御給仕役は、橘の三位（である）。青色の唐衣に、唐綾《からあや》の黄菊《きぎく》重ねの袿が表着であるらしい。（これも）髻を一つ結い上げる髪あげをしている。柱の陰になっていて、十分には見えない。殿が若宮をお抱き申し上げて、（帝の）御前にお連れ申し上げる。帝がお抱き取りになる時に、ちょっとお泣きになるお声が、とてもかわいらしい。弁の宰相の君が、（若宮の）御剣を捧持して伺候している。母屋の中の戸から西のほうの、殿の北の方のいらっしゃるほうに、若宮はお連れ申し上げなさる。帝が（御簾の）外にお出ましになってから、宰相の君がこちらに帰って来て、

「ひどく目立ってしまって、きまりの悪い思いをしました。」

と（言って）、ほんとに赤らんで座っていらっしゃる（その）顔は、端整で美しい感じがする。衣装の色合いにしても、他の女房たちよりも、一段と引き立つような着こなしであった。

〈語釈〉

○色ゆるされたる人々　禁色《きんじき》を許された女房たち。　**○青色《あをいろ》、赤色《あかいろ》**　許された禁色の青色や赤色。　**○地摺《ぢずり》の裳《も》**　白地に模様を摺り染めにした裳。　**○おしわたして**　「おしなべて」（一様に。全体にわたって）とほぼ同様の語意。　**○蘇芳《すはう》の織物**　経緯《たてよこ》ともに蘇芳（黒みを帯びた紫赤色）の染糸《そめいと》で織った布地。　**○馬の中将**　中宮女房。左馬頭《さまのかみ》藤原相尹の娘。　**○葡萄染《えびぞめ》**　葡萄染め（赤みを帯びた紫色）の織物の表着のこと。　**○なかなる衣**　打衣《うちぎぬ》と単衣《ひとえ》との間に着る袿《うちき》。　**○くちなし**　袿の襲《かさね》の色目で、表裏ともに黄色。　**○紫苑色《しをんいろ》**　同じく襲の色目で、表は薄紫、裏は青というが、諸説あって一定しない。　**○うら青き菊**　襲の色目で、裏を青くした菊襲《きくがさね》。「菊襲」には、黄菊襲（表は黄、裏は青）など各種ある。
○綾《あや》ゆるされぬ　「色ゆるされぬ」と同義。禁色の青色と赤色の綾織物の唐衣の着用を許さ

れていないこと。　**○五重《いつへ》にて**　唐衣の袘《ふき》（袖口や裾の縁どり）が五枚重ねになっていること。　**○かさねどもはみな綾なり**　この「かさね」も袘のことで、五枚重ねのうちの下の四枚をいう。「綾ゆるされぬ」女房たちが、袘だけには綾織物を用い、趣を出したものとみられる。　**○大海《おほうみ》の摺裳《すりも》**　海の大波の模様を摺り染めにした裳。　**○固紋《かたもん》**　織物の紋を糸を浮かさず固く織ったもの。　**○菊の三重《みへ》五重《いつへ》にて**　菊襲の三重五重の重ね袿。　**○若き人は**　色許《ゆる》されない者のうちの若い女房たちは、の意。　**○菊の五重の唐衣《からぎぬ》**　袖口や裾に菊重ねの五重の袘をほどこした唐衣、の意とみられる。　**○心々にしたり**　各人各様に工夫して菊重ねの五重の袘をほどこした。　**○上《うへ》は白く……中に白きまぜたるも**　袘の重ねの色目とみられる。

○かどかどし　才気がある。利発である。　**○おどろおどろし**　いかにも人目を驚かすこと。ここは、扇にほどこされた派手な装飾をいう。

○まほならぬかたち　あまり美しくない容貌。「まほ」は、よく整っていること。　**○女絵《をんなゑ》**　概念規定は一定していないが、大和絵風の画法で女性を描いた絵をいうか。　**○さては**　上述のことを受けての接続詞。そうしてみると。　**○額《ひたひ》つき**　額の様子。額ぎわの恰好。　**○しなじなし**　いかにも品格がある。

○かねてより　行幸以前から、の意。　**○五人**　下文の、「内侍二人（左衛門の内侍・弁の内侍）、命婦二人（左京の命婦・筑前の命婦）、御まかなひの人一人（橘の三位）」を指す。　**○ひともとの髪《かみ》あげて**　頭上に元結で一つ髻《もとどり》を結い上げること。もとどりを一つ結い上げて、の意。　**○よろしき天女**　まあまあの天女。さきに二人の内侍を「むかし天降《あまくだ》りけんをとめごの姿も、かくや」と評したが、それと比べて、やや年配のこの二人の命婦の様子を、軽い諧謔をこめて描いたもの。○**青色に柳の無紋の唐衣**　青色の無地の表で、柳重《やなぎがさ》ね（表白、裏青）の袘《ふき》のある唐衣。○**菊の五重の唐衣**　菊重ねの五重の色目の袘のある唐衣。○**橘の三位**　典侍《ないしのすけ》従三位橘徳子。一条天皇の御乳母《めのと》。前出（第一五・二一節）の御湯殿の儀では、若宮の御乳付《ちつけ》の役を務めた。○**黄なる菊の袿《うちき》ぞ、表着《うはぎ》**　黄菊重ね（表黄、裏青）の表衣。○**ひともとあげたり**　さきの「ひともとの髪あげ」と同じ。髻《もとどり》一本を結い上げている。○**まほに**　完全に。十分に。

○**御前《おまへ》に**　帝の御前に。ここで父子の初対面となる。○**わかし**　愛らしい、の意。○**御《み》佩刀《はかし》**　御誕生の日に、天皇から若宮に下賜されたお守り刀。○**殿の上《うへ》**　道長の正室倫子。○**若宮はおはしまさせたまふ**　道長の手から帝に抱きとられた若宮が、再び道長の手に戻され、そこから道長の北の方の所へ、道長により連れていかれることをいったもの。「おはします」は、若宮が「殿の上おはするかた」に行くことの尊敬の表現。「せ」は、若宮をお連れする道長の行為をあらわす使役の助動詞。○**上《うへ》、外《と》に出《い》でさせたまひて**　若宮との御対面を終えた帝が、御簾の外に出て、南廂の御椅子の座へ戻られたこと。○**こなた**　こちら。紫式部ら女房たちのいる席。○**顕証《けそう》に**　あらわなさま。はっきり見えること。「けそう」は、「けんしょう」の直音化した「けんそう」の「ん」を表記しない形。○**面《おもて》うち赤みて**　顔を赤らめて。○**こまかにをかしげ**　上品で美しい。「こまかに」は、端整なこと。○**人よりけに着《き》はやし**　「けに」は、格段に。ずっと。「着はやし」は、着た様子が引き立つこと。

〈解説〉

御簾の中で直接奉仕する女房たちの様子をこまかに描く。その描写は、主として装束に置かれている。女房たちが趣向を凝らした華麗な衣装でそれぞれ配置についている様子は、この日の儀式の厳《おごそ》かさ・盛大さを現出させるものであり、帝の行幸を迎えた盛栄の主家土御門殿の情況そのものということとなろう。

ここにおける主要場面は、『御堂関白記《みどうかんぱくき》』（寛弘五年十月十六日条）に「御前ニ参《さん》ジ、若宮ヲ見奉ラセ給フ。余《よ》抱《いだ》キ奉リ、上《うへ》マタ抱キ奉リ給フ」と記されている、帝が若宮に初対面するところであるが、とくに詳細に描くことはしない。むしろ詳細に叙述される女房たちの装束が、感動的なその場面を取り巻き、盛り上げている華麗な環境の役目をしているがごとき趣がある。が、簡略に描かれる主要場面の中での、「上、抱きうつしたてまつらせたまふほど、いささか泣かせたまふ御声、いとわかし」の点描は、いかにも効果的である。このあたりにも、この『日記』の描き方の特徴が窺われる。

行幸当日、『御堂関白記』にも記述されているように、若宮に親王宣下《しんのうせんげ》が行われた。『日本《にほん》紀略《きりやく》』（同日条）から転記すれば、「即《すなは》チ皇子ヲ以《もっ》テ親王ト為《な》ス。御名敦成《あつひら》。左大臣以下南庭ニ於テ拝舞ス。」となる。主家にとってこの上ない光栄であり、慶事である。しかしながら、次節において「あたらしき宮の御よろこびに」と、いささか触れられはするが、このような表向きのこと自体を、正面に据えて記すことはしない。これもこの『日記』の立場のようである。そもそも「柱がくれにて、まほにも見えず」などとの記述のあることからも、すべてを見渡せる位置が確保されていて、正確に、あるいは正式に一部始終を記し留めることが義務づけられていたわけではない。したがって、一部始終を記し留めることは、はじめから意図されていなかったものとみられる。

二八　暮れゆくままに、楽《がく》どもいとおもしろし

――御前の管弦の遊宴――

暮れゆくままに、楽《がく》どもいとおもしろし。上達部《かんだちめ》、御前《おまへ》にさぶらひたまふ。万歳《まんざい》楽《らく》、太平楽《たいへいらく》、賀殿《かてん》などいふ舞ども、長慶子《ちやうげいし》を退出音声《まかでおんじやう》にあそびて、山のさきの道をまふほど、遠くなりゆくままに、笛の音《ね》も、鼓《つづみ》の音《おと》も、松風も、木深《こぶか》く吹きあはせて、いとおもしろし。

いとよくはらはれたる遣水《やりみづ》の、心地ゆきたる気色《けしき》して、池の水波たちさわぎ、そぞろ寒きに、上《うへ》の御衵《あこめ》ただ二《ふた》つたてまつりたり。左京の命婦《みやうぶ》のおのが寒かめるまま

に、いとほしがりきこえさするを、人々はしのびて笑ふ。筑前《ちくぜん》の命婦は、

「故院《こゐん》のおはしまし時、この殿の行幸は、いとたびたびありしことなり。その折、かの折、」

など、思ひ出《い》でて言ふを、ゆゆしきこともありぬべかめれば、わづらはしとて、ことにあへしらはず、几帳《きちやう》へだててあるなめり。

「あはれ、いかなりけん。」

などだに言ふ人あらば、うちこぼしつべかめり。

　御前の御遊びはじまりて、いとおもしろきに、若宮の御声《みこゑ》うつくしう聞こえたまふ。右の大臣《おとど》、

「万歳楽《まんざいらく》、御声《みこゑ》にあひてなん聞こゆる。」

と、もてはやしきこえたまふ。左衛門《さゑもん》の督《かみ》など、

「万歳《ばんぜい》、千秋《せんしう》、」

と、諸声《もろごゑ》に誦《ず》じて、あるじの大殿《おほいどの》、

「あはれ、さきざきの行幸を、など面目《めいぼく》ありと思ひたまへけん。かかりけること

もはべりけるものを。」

と、酔《ゑ》ひ泣きしたまふ。さらなることなれど、御みづからもおぼし知るこそ、いとめでたけれ。

殿は、あなたに出《い》でさせたまふ。上《うへ》は入らせたまひて、右の大臣《おとど》を御前《おまへ》に召《め》して、筆とりて書きたまふ。宮司《みやづかさ》、殿の家司《けいし》のさるべきかぎり、加階《かかい》す。頭の弁して案内《あない》は奏せさせたまふめり。

あたらしき宮の御よろこびに、氏《うぢ》の上達部ひきつれて、拝したてまつりたまふ。藤原ながら門《かど》分かれたるは、列にも立ちざりけり。次に、別当《べたう》になりたる右衛門《ゑもん》の督《かみ》、大宮の大夫《だいぶ》よ、宮の亮《すけ》、加階したる侍従の宰相《さいしやう》、次々の人、舞踏《ぶたふ》す。

宮の御方に入らせたまひてほどもなきに、

「夜いたうふけぬ。御輿《みこし》寄す。」

と、ののしれば、出《い》でさせたまひぬ。

〈現代語訳〉

日が暮れてゆくにつれて、数々の楽《がく》の音《ね》がたいそう趣深い。上達部は（帝の）御前に伺候なさる。万歳楽《まんざいらく》、太平楽《たいへいらく》、賀殿《かてん》などという舞曲の数々（が奏され）、長慶子《ちょうげいし》を退出音声《まかでおんじょう》に演奏しながら、（楽船が）築山《つきやま》の先の水路を漕ぎめぐって行く時、（船が）遠くなって行くにつれて、笛の音も鼓の音も、（それに）松風までも、（一つになって）木立の中に深く吹き合わせて、とてもすばらしい。

たいそうよく手入れされた遣水《やりみず》が、いかにも満足げに（流れゆき）、池の水面《みのも》にたつ波はざわついて、何となく肌寒さを感じる時分なのに、帝は御衵《あこめ》をただ二枚だけお召しになっていらっしゃる。左京の命婦が、自分が寒いらしいので、（帝に）ご同情申し上げるのを、女房たちはしのび笑いをする。筑前の命婦は、

「お亡くなりになった女院さまのご在世中には、このお邸《やしき》への行幸は、ほんとうにしばしばあったことです。その折には……、あの折には……、」

などと、思い出して言うのを、縁起でもないことも起こりかねないようすであるので、（他の女房たちは）やっかいなことだと思って、格別相手にもならずに、几帳を隔てているようだ。

「まあ、（その折は）どんなだったでしょう。」

などとでも言う女房がいようものなら、（筑前は）すぐに（懐旧の）涙をこぼしてしまいそうな様子である。

（帝の）御前での管弦の御遊びが始まって、とても興が深まった頃に、若宮のお声がかわいらしく聞こえる。右大臣が、

「万歳楽が（若宮の）お声によく合って聞こえます。」

と、お褒め申し上げなさる。左衛門《さえもん》の督《かみ》などが、

「万歳《ばんぜい》、千秋《せんしゅう》」

と、声をそろえて朗詠し、（それに続いて）ご主人の大殿は、

「ああ、これまで（幾度《いくたび》か）の行幸を、どうして名誉なことだと思ったのでありましょう。（今回のような）こんなに光栄なこともありましたのに。」

と（言って）、酔い泣きをなさる。いまさら言うまでもないことであるが、（今回の行幸の格別な光栄を）ご自身でもよくお分かりであることが、実にすばらしいことである。

殿は、あちらへお出ましになる。帝は（御簾の中の御座《おまし》に）お入りになられ、右大臣を御前にお召しになり、（右大臣は）筆をとって（加階の名簿を）お書きになる。中宮職《しき》の役人や、このお邸の家司《けいし》のしかるべき者はみな、位階が上がる。頭の弁に命じて、（加階の）案は奏上させられたようだ。

（親王宣下という）新たな若宮のご慶祝のために、藤原氏の公卿《くぎょう》たちは連れだって（お礼の）拝舞をなさる。藤原氏ではあっても門流の分かれた人たちは、その列にも加わることはなかった。次には、（親王家の）別当になった右衛門の督、これは中宮の大夫です、中宮の亮《すけ》、これは今回加階した侍従の宰相、（続いて）次々に人々が（拝礼の）舞踏をする。

（帝が）中宮さまの御帳台《みちょうだい》にお入りになって間もないうちに、

「夜がたいそう更けました。御輿《みこし》を寄せます。」

と大声で言うので、（帝は御帳台から）お出ましになられた。

〈語釈〉

○万歳楽《まんざいらく》　唐楽の曲名で、平調《ひょうじょう》（雅楽の六調子の一つ）。則天武后《そくてんぶこう》の作とも伝えられる。めでたい曲として慶賀の時に奏された。**○太平楽**《たいへいらく》　唐楽の曲名で、太食調《たいしきちょう》（雅楽の六調子の一つ）。万歳楽が文の舞であるのに対して、これは武の舞。太平を祝う曲。万歳楽とともに船楽。『御堂関白記』（寛弘五年十月十六日条）に記す「次ニ諸卿《しょけい》ヲ召ス、此間ニ船楽参入ス。池ノ北頭ノ松樹ノ下ニ船ヲ留メ、各二曲ヲ奏楽ス。」に対応するものかとみられる。**○賀殿**《かてん》　唐楽の曲名で、壱越調《いちこつちょう》（雅楽の六調子の一つ）。これは階下での奏楽。ただし、この日に賀殿が奏されたことの記録は、諸記録に見えず、あるいは作者の記憶違いか。**○長慶子**《ちやうげいし》　唐楽の曲名で、太食調。曲のみで、舞はない。**○退出音声**《まかでおんじやう》　舞楽が終わって、舞人が舞台から退出する際に奏する楽。参入音声《まいりおんじょう》の対。**○山のさきの道をまふ**　この「まふ」は、まわる、めぐるの意。**○吹きあはせて**　一つに響き合って。

○そぞろ寒きに　何となく寒い時分に。この日、寛弘五年十月十六日は、太陽暦（グレゴリオ暦）に換算すると、十一月十六日に相当する。しかも夜間であり、外に面しての場所である。**○衵**《あこめ》　束帯《そくたい》・直衣《のうし》姿の時、下襲《したがさね》の下、単衣《ひとえ》の上に着る衣服。**○故院**《こゐん》　底本の表記「古院」を改めた。東三条女院詮子のこと。一条天皇の生母。長保三年（一〇〇一）閏十二月二十二日崩御。**○ゆゆしきこともありぬべかめれば**　筑前の命婦が懐旧のあまりに、涙を流しかねない様子をいう。慶賀の場での涙は、縁起が悪いゆえに、避けなければならない。

○若宮の御声《みこゑ》　生後四十日にも満たない若宮ゆえ、まだ片言の幼児語を発するのは無理であるから、この「御声」は泣き声であろう。**○右の大臣《おとど》**　正二位右大臣藤原顕光《あきみつ》。当年、六十五歳。道長の従兄弟に当たる。**○左衛門《さゑもん》の督《かみ》など**　「左衛門の督」は藤原公任。「四条の大納言」として前出（第一九節）。ただし、『栄花物語』（はつはな巻）のこの部分には「左衛門の督、右衛門の督」とある。このほうが、下文の「諸声《もろごゑ》に」（声を揃えて、の意）と緊密に対応する。「右衛門の督」は藤原斉信《ただのぶ》。**○万歳《ばんぜい》、千秋《せんしう》**　底本には「万さいらく千秋楽」とあるが、楽を奏したのではなく、詩句を朗誦したものであろうから、『栄花物語』（はつはな巻）の本文に従って改めた。詩句は、「嘉辰令月《かしんれいげつ》歓《よろこ》ビ極《きはま》リ無ク、万歳千秋楽《ばんぜいせんしうたの》シビ未《いま》ダ央《つ》キズ。」（『和漢朗詠集』下巻・祝）などが想定される。**○あるじの大殿《おほいどの》**　道長のこと。「大殿」は、大臣の敬称。**○かかりけること**　わが娘彰子中宮に皇子が誕生、その慶事に帝の行幸を迎えるという光栄をいう。**○酔《ゑ》ひ泣き**　単に酒に酔ったあまりに泣くというのではあるまい。祝い酒の酔いに紛らわせて、感涙にむせぶのである。

○殿は、あなたに出《い》でさせたまふ　御前の御遊《ぎよゆう》が終わって、道長はじめ公卿らは、西の対の公卿の席に戻ったことをいう。**○上《うへ》は入らせたまひて**　帝は御簾の中の御座《おまし》に移られて、の意。文章は逆転しているが、実際には帝が移られた後に、道長たちの移動がなされる。

○筆とりて書きたまふ　帝の指示により、右大臣が加階の名簿を書くのである。**○宮司《みやづかさ》**　中宮職《しき》の役人。**○殿の家司《けいし》**　道長家の家司。「家司」は、親王・摂関・大臣などの家の家政をつかさどる職員。**○加階《かかい》**　位階の昇進。例えば、この日、中宮大夫藤原斉信は、従二位から正二位へ、中宮権大夫源俊賢《としかた》は、正三位から従二位へと、それぞれ加階した。○頭の弁　弁官で蔵人頭を兼任している者の呼称。ここは、正四位上蔵人頭左中弁源道方《みちかた》。○案《あ》内《ない》　加階の名簿の草案。

○あたらしき宮の御よろこび　若宮に親王宣下のあった、新たな慶祝の御礼言上。親王宣下のことは、天皇が土御門邸に到着直後になされた（前引『日本紀略』）のだが、そこでは記さず、ここに間接的に触れられる。○氏《うぢ》　道長家一門。○藤原ながら門《かど》分かれたるは　同じ藤原氏でも、門流の分かれた家の方々。○列　御礼言上の拝舞の列。○別当《べたう》　本官を持つ者が兼任で別の職に当たったための称。ここは、親王家の家司の長官をいう。権中納言で右衛門督と中宮大夫を兼ねる藤原斉信が、さらに新親王家の別当を兼ねることとなったのである。○大宮の大夫《だいぶ》　右衛門の督の補足説明。中宮大夫のこと。若宮の御母となった中宮のことを「大宮」と称したもの。ただし、皇太后の意ではない。○宮の亮《すけ》　中宮亮は源高雅であるが、下文により、これは中宮権亮《ごんのすけ》の藤原実成《さねなり》のことと知られる。○加階したる侍従の宰相《さいしやう》　宮の亮の補足説明。中宮権亮の実成は、この日、正四位下から従三位に加階した。

○宮の御方に　帝が、中宮の御帳台のなかに。○ほどもなきに　いくらも時がたたないうちに。○御輿《みこし》寄す　御輿（鳳輦）を寄せます。還御（天皇のお帰り）の準備についての、報告の言葉。「ののしれば」とあるように、大声で告げられるのである。○出《い》でさせたまひぬ　帝が、中宮の御帳台からお出ましになった。

〈解説〉

行幸の夜における祝宴の様子を詳細に描く。舞楽の演奏、御前の御遊と進行するが、その中で最も感動的なのは、道長が「あはれ、さきざきの行幸を、などて面目《めいぼく》ありと思ひたまへけん。かかりけることもはべりけるものを」と言って、感涙にむせびつつ酔い泣きした場面である。これまでにも何度かこの土御門邸に帝の行幸をお迎えしたことがあり、その都度光栄の念を深くしたのであるが、今回のごとき名誉なことはなかった、というのである。そのはず、今回の行幸は、わが娘（中宮彰子）が待望久しい皇子にめでたく恵まれ、一条帝がはじめてその皇子にご対面になるためのお出ましなのである。しかも、すみやかに親王宣下があり、敦成《あつひら》と命名されたのである。当主道長の感激は、「さらなることとなれど」とあるように当然のことながら、筆舌に尽くしがたいものであったはずである。その喜びをかみしめている道長の様子を捉らえ、「いとめでたけれ」と賛嘆・賛美する。『日記』の筆の中心は、そこに据えられている。

行幸奉迎の冒頭部は、詳細かつ大がかりに描かれているのに対して、この末尾の還御の条は、竜頭蛇尾のごとくにあっさりしている。帝の中宮との久々の語らいなども、『栄花物語』（はつはな巻）では、「宮と御物語など、よろづ心のどかに聞えさせたまふほどに、むげに夜に入りぬれば」と描かれるが、この程度にも言及されていない。省略ということであろうが、取捨選択の論理ないし基準からいえば、式部の筆は、道長を中心とする行幸を迎えた主家の盛栄の情況そのものに集中していっている、といえようかと思われる。

二九　またの朝《あした》に、内裏《うち》の御使《みつかひ》

――行幸の翌日の御前――

またの朝《あした》に、内裏《うち》の御使《みつかひ》、朝霧もはれぬにまゐれり。うちやすみ過ぐして、見ずなりにけり。今日ぞはじめて剃《そ》いたてまつらせたまふ。ことさらに行幸の後《のち》とて。また、その日、宮の家司《けいし》、別当《べたう》、おもと人など、職定《しき》まりけり。かねても聞かで、ねたきこと多かり。

日ごろの御しつらひ、例ならずやつれたりしを、あらたまりて、御前《おまへ》のありさまいとあらまほし。年ごろ心もとなく見たてまつりたまひける御ことのうちあひて、明けたてば、殿の上《うへ》もまゐりたまひつつ、もてかしづききこえたまふ、にほひいと心ことなり。

〈現代語訳〉

その翌朝に、宮中からの勅使が、朝霧もまだ晴れないうちにやってこられた。うっかり寝過ごして、見ずじまいになってしまったことだ。今日はじめて（若宮の御髪を）お剃り申し上げなさる。わざと行幸の後にということで（こうしたのである）。

また、その日に、若宮の家司《けいし》、（つまり）別当《べっとう》や侍者《じしゃ》などの、職員が決まった。前もって聞かずにいて、不本意に思うことが（何かと）多い。

このところ（中宮さまの）お居間の設備は、平常と異なって簡素になっていたのであるが、（今日から）もとに復して、御前の有様はまったく申し分がない。何年もの間、待ち遠しくお思いになっておられた（皇子誕生の）ご慶事が望みどおりになって、夜が明けると、殿の北の方も（若宮の所へ）やってこられては、大切にお世話申し上げなさる、（その）華やかで盛んな趣はまた格別である。

〈語釈〉

○またの朝《あした》　行幸の翌朝。　**○内裏《うち》の御使《みつかひ》**　宮中からのこの使者は、いわゆる後朝《きぬぎぬ》の文使《ふみつか》いである。男女が逢瀬をもった翌朝に遣わされる後朝の文は、早いことが男性の情愛の深さを表すとされた。　**○朝霧もはれぬに**　帝の中宮に寄せるご情愛の深さを表す、時刻的な早さを示している。　**○ことさらに行幸の後《のち》とて**　若宮の御髪の産剃《うぶぞ》りを、わざわざ行幸の後にしたというのであるが、これは若宮の新生児としての姿そのままを帝にご覧に入れようとのはからいであったとみられる。

○宮の家司《けいし》、別当《べたう》、おもと人など　親王家の家司、つまり別当やおもと人など、の意。この

「別当」は、政所別当《まんどころのべつとう》と蔵人所別当《くろうどどころのべつとう》である。この日、任命された政所別当は、源頼定《よりさだ》以下十一名、蔵人所別当は、源道方《みちかた》以下三名、また「おもと人」(侍者)は、藤原定輔《さだすけ》以下四名である(『御堂関白記』寛弘五年十月十七日条)。**○職《しき》** 官職。職務。職員。**○ねたきこと** 残念なこと。不本意なこと。

○日ごろの御しつらひ ここ数日来の、中宮の御座所の設備・装飾。行幸を迎えるために、平素とは違って簡素にしておいたものと見える。**○年ごろ……うちあひて** 長年の宿願であった皇子の誕生が、期待どおりに適《かな》ったことをいう。「うちあふ」は、ぴったりとうまくゆく、適う、の意。**○殿の上《うへ》も** 道長の北の方、倫子。「も」とあるから、殿(道長)は勿論、の含みがある。いつも二人揃って来たという意味ではない。底本の「殿うへも」を、「殿も上も」と本文を改訂する向きもあるが、右のように解すれば、その必要はなくなる。なお、倫子は、行幸当日、正二位から従一位に加階した。**○にほひ** 盛んで華やかなさま。倫子一人の表情をいうのではなく、若宮と中宮を含めての、その場全体の雰囲気をいうのであろう。

〈解説〉

行幸の翌日の、土御門邸内のうちとけた様子を描き出す。朝まだき、勅使がやって来たのに、うっかり寝過ごして見ずじまいになったことを、残念がっているところは、公的なことにかかわりながらも、いかにも個人的な事情を明らかにしている。割り振られていた公務を、うっかり寝過ごして怠慢の結果になったというのではあるまい。「見ずなりにけり」には、個人的な関心を満たすことのできなかったことへの、残念さが見える。もとより個人的といっても、宮中からの使者が朝霧もまだ晴れやらぬ時分に到着したこと自体、中宮の栄えを示すものであり、それに関心を深めるのは、主家に奉じる女房としての意識の発動にほかなるまい。

そうした主家の栄えは、若宮をかわいがる殿の北の方の登場によって、いっそう具体的になる。長年の宿願の成就による喜びが、華やかな雰囲気の中に顕現される。そのことを「にほひいと心ことなり」と、賛美の筆で描き出す。この『日記』の特徴であり、見どころである。

ところで、親王家の家司等が決定したことについて、「かねても聞かで、ねたきこと多かり」は、例によって含みの多い発言である。「ねたきこと」の心情は表出するが、その内実は明らかにしようとしていない。親王家の家司等の職員人事において、自分はまったく部外者の扱いを受け、身内の者の推挙の機会を逸したことへの無念さと受け取られる。そのことを、こうした表現で表出する意図は奈辺にあるのか、この『日記』の性格とともに、別途考えてみなければならない事柄である。

三〇　暮れて月いとおもしろきに
――局《つぼね》を訪れる宰相たち――

暮れて月いとおもしろきに、宮の亮《すけ》、女房にあひて、とりわきたるよろこびも啓《けい》せさせむとにやあらん、妻戸《つまど》のわたりも御湯殿《ゆどの》のけはひに濡《ぬ》れ、人の音もせざりければ、この渡殿《わたどの》の東《ひむがし》のつまなる宮の内侍の局《つぼね》に立ち寄りて、

「ここにや。」

と案内《あない》したまふ。宰相《さいしやう》は中の間《ま》に寄りて、まださささぬ格子《かうし》の上《かみ》押し上げて、

「おはすや。」

などあれど、出《い》でぬに、大夫《だいぶ》の、

「ここにや。」

とのたまふにさへ、聞きしのばんもことごとしきやうなれば、はかなきいらへなどす。いと思ふことなげなる御けしきどもなり。

「わが御いらへはせず、大夫を心ことにもてなしきこゆ。ことわりながらわろし。かかる所に、上臈《じやうらふ》のけぢめ、いたうは分《わ》くものか。」

と、あはめたまふ。

「今日のたふとさ。」

など、声をかしううたふ。

夜ふくるままに、月いと明《あ》かし。

「格子《かうし》のもと取りさけよ。」

と、せめたまへど、いとくだりて上達部《かんだちめ》のゐたまはんも、かかる所といひながら、かたはらいたし、若やかなる人こそ、もののほど知らぬやうにあだへたるも罪ゆるさるれ、なにか、あざればましと思へば、放《はな》たず。


〈現代語訳〉

日が暮れて、月がとても美しい時分に、中宮の亮《すけ》が、女房に面会して、格別な（加階の）お礼を（中宮さまに）言上《ごんじやう》してもらおうというのであろうか、妻戸のあたりも御湯殿の湯気に濡れて、女房のいる様子もなかったので、こちらの渡殿《わたどの》の東の端にある宮の内侍の局《つぼね》に立ち寄って、

「こちらですか。」

と声をおかけになる。宰相は（さらに）中の間《ま》に寄って、まだ桟《さん》をさしていない格子の上半分を押し上げて、

「いらっしゃいますか。」

などと声をかけるが、出ていかないでいると、中宮大夫が、

「こちらですか。」

とおっしゃるのに対してさえ、聞こえぬふりをしているのも、もったいぶっているようなので、ほんのちょっと返事などをする。（お二人とも）まったく何の屈託《くったく》もなさそうなご様子である。

「私へのご返事はなさらないで、大夫を特別にお扱いになる。もっともなこととはいえ、感心しません。こんな所で、上役との区別をはっきりつけるなんて（よくないですよ）。」

と、おとがめになる。（そして、）

「今日の尊さ。」

などと、（催馬楽《さいばら》を）声美しく謡《うた》う。

　夜が更けるにつれて、月がとても明るい。

「格子《こうし》の下半分を取りはずしなさいよ。」

と、（お二人は）しきりにおっしゃるが、ひどく品格を下げていて上達部《かんだちめ》ともあろう方がお入りになって座りこんでおられるというのも、このような（里第《りてい》という私的な）場所とはい

え、やはりみっともない、年若い女房であったならば、ものの分別を知らないようにたわむれていても、大目に見られもしようが、どうして（私などが）そんな不謹慎なことができようか、と思われるので、（格子の下半分を）取りはずしはしない。

〈語釈〉

○宮の亮《すけ》　中宮権亮の藤原実成《さねなり》。「藤《とう》宰相」として前出（第一八節）。**○とりわきたるよろこび**　特別に加階したことのお礼言上《ごんじよう》。女房を介して中宮に言上してもらおうというのである。下の「啓《けい》す」は、中宮に申し上げること。**○この渡殿《わたどの》の東《ひむがし》のつま**　こちらの寝殿と東の対屋《たいのや》を結ぶ渡り廊下の東端。**○宰相《さいしやう》**　宮の亮と同一人物、つまり参議の実成《さねなり》のこと。前節（第二八節）に、「宮の亮《すけ》、加階したる侍従の宰相《さいしやう》」とあった。**○中の間《ま》**　東の渡廊の中の間。そこに紫式部の局《つぼね》があったとみえる。**○まださささぬ格子《かうし》の上《かみ》**　まだ桟（戸などが開かないようにかける懸《か》け金《がね》）のさしていない、格子の上半分のこと。**○大夫《だいぶ》**　中宮大夫の斉信《ただのぶ》のこと。前節（第二八節）に、「別当《べたう》になりたる右衛門《ゑもん》の督《かみ》、大宮の大夫《だいぶ》よ」とあった。**○聞きしのばん**　呼びかけを無視して、聞こえぬふりをして過ごすこと。
○わが御いらへ　私の呼びかけに対するご返事。**○かかる所に**　こうした後宮の局という私的な場所で、の意。**○上臈《じやうらふ》のけぢめ**　上臈（上役）との区別。身分の高い、低いの区別をいう。**○分《わ》くものか**　「分く」は、区別をつける。「ものか」は、…などはとんでもない。
○あはめ　たしなめる。非難する。ここは冗談めかしてのこと。
○今日のたふとさ　催馬楽《さいばら》の「安《あ》名《な》尊《とうと》」の一節「あな尊《とうと》、今日の尊《とうと》さや」。

○格子《かうし》のもと取りさけよ　格子の下半分を取りはずしなさい。「さけよ」は、「避《さ》けよ」であって、「下げよ」ではない。長押《なげし》（局の入り口）に腰を下ろして、ゆっくり話を交わそうというのである。○かかる所　さきの、局という私的な場所とはまた違って、内裏とは異なる里第（公卿の私邸）をさすとする『全注釈』の説に従う。○あだへたる　「あだふ」は、ふざける。戯《たわむ》れる。○なにか　反語の語法で、どうして…か、の意。○あざればまし　動詞「あざればむ」の未然形に形容詞活用語尾の「し」が付いて形容詞化した語。「あざれ」は、くだける。ふざける。○放《はな》たず　格子をはずさない。

〈解説〉

土御門邸の一大行事たる行幸が終わった翌日の夜、うち解けた雰囲気の月明《げつめい》の下《もと》に、中宮大夫の斉信と権亮《ごんのすけ》実成の二人は、連れだって女房の局を訪れる。特別の加階に浴した御礼の言上《ごんじょう》を中宮に取り次いでもらうためである。中宮への御礼言上は、中宮の女房を介して啓上するのが作法であった。とはいえ、中宮の女房ならば誰でもよいという訳ではあるまい。「女房にあひて」とはいうものの、目指す女房がいたはずである。あの藤原実資《さねすけ》が、中宮御所を訪れた折の「相《あ》ヒ逢《あ》フ女房」として「越後守為時女《ためときのむすめ》」（紫式部）を挙げ、「此《こ》ノ女ヲ以《もっ》テ、前々ヨリ雑事ヲ啓《けい》セシムルノミ」（『小右記』長和二年五月二十五日条）と記しているところから知られるように、公卿らは中宮に啓上する際の取り次ぎに、懇意の女房を決めていたらしいのである。

この場合も、すでに誰か取り次ぎの女房が決まっていたというのではないが、お目当てはどうやら紫式部であるらしい。宮の内侍の局に立ち寄ったとあるが、これは偶然であって、紫式部の局を探してやって来た途中経過のことにすぎまい。中宮職《しき》の主要なこの二人がめざしてきたのが紫式部であるならば、式部は中宮の信任厚い、頼り甲斐のある女房であったこととなろう。来訪の用件はそれとして、くつろいだ雰囲気の中での交流を望む二人に対して、式部は自制の勝った態度に終始し、会話の進展など開放的な場面の展開はなされない。ここには、紫式部の自抑に徹した姿勢とともに、世に処する倫理観が見て取れるのである。

なお、『日記』のこの条は、後に『紫式部日記絵巻』に描かれることとなり、それが平成十二年、二〇〇〇年を記念して発行された二千円紙幣の図柄（紫式部の顔部分）に採用されるに至って、一般的に広く知られるところとなった。

三一　御五十日《いか》は霜月《しもつき》のついたちの日

——誕生五十日目の祝儀——

御五十日《いか》は霜月のついたちの日。例の、人々のしたててまうのぼりつどひたる御《お》前《まへ》の有様、絵にかきたる物合《ものあはせ》の所にぞ、いとよう似てはべりし。

御帳《みちやう》の東《ひむがし》の御座《おまし》のきはに、御几帳《みきちやう》を奥の御障子《みさうじ》より廂《ひさし》の柱まで、ひまもあらせず立てきりて、南面《みなみおもて》に御前《おまへ》のものはまゐり据《す》ゑたり。西に寄りて、大宮の御膳《おもの》、例の沈《ぢん》の折敷《をしき》、何くれの台なりけんかし。そなたのことは見ず。御まかなひ宰相《さいしやう》の君讃岐《さぬき》、取り次ぐ女房も、釵子《さいし》、元結《もとゆひ》などしたり。若宮の御まかなひは大納言の君、東《ひむがし》に寄りてまゐり据《す》ゑたり。小さき御台、御皿《さら》ども、御箸《はし》の台、洲浜《すはま》なども、雛《ひひな》遊《あそ》びの具《ぐ》と見ゆ。それより東《ひむがし》の間《ま》の廂《ひさし》の御簾《みす》すこし上げて、弁の内侍《ないし》、中務《なかつかさ》の命婦《みやうぶ》、小中将の君など、さべいかぎりぞ、取り次ぎつつまゐる。奥にゐて、くはしうは見はべらず。

今宵《こよひ》、少輔《せふ》の乳母《めのと》、色ゆるさる。ただしきさまうちしたり。宮抱《いだ》きたてまつれり。御帳《みちやう》のうちにて、殿の上抱《うへいだ》きうつしたてまつりたまひて、ゐざり出《い》でさせたまへる火影《ほかげ》の御さま、けはひことにめでたし。赤色の唐《から》の御衣《ぞ》、地摺《ぢずり》の御裳《も》、うるはしくさうぞきたまへるも、かたじけなくもあはれに見ゆ。大宮は葡萄染《えびぞめ》の五重《いつへ》の御衣《ぞ》、蘇芳《すはう》の御小袿《こうちき》たてまつれり。殿、餅《もちひ》はまゐりたまふ。

上達部《かんだちめ》の座は、例の東《ひむがし》の対《たい》の西面《にしおもて》なり。いま二所《ふたところ》の大臣《おとど》も、まゐりたまへり。

橋の上《うへ》にまゐりて、また酔《ゑ》ひ乱れてののしりたまふ。折櫃物《をりびつもの》、籠物《こもの》どもなど、殿の御方《かた》より、まうち君たち取り続きてまゐれる、高欄《かうらん》につづけて据《す》ゑわたしたり。たちあかしの光の心もとなければ、四位の少将などを呼び寄せて、紙燭《しそく》ささせて人々は見る。内裏《うち》の台盤所《だいばんどころ》にもてまゐるべきに、明日よりは御物忌《ものいみ》とて、今宵みな急ぎて取り払ひつ。

宮の大夫《だいぶ》、御簾《みす》のもとにまゐりて、

「上達部《かんだちめ》御前に召さん。」

と、啓《けい》したまふ。

「聞こし召しつ。」

とあれば、殿よりはじめたてまつりて、みなまゐりたまふ。階《はし》の東《ひむがし》の間《ま》を上《かみ》にて、東《ひむがし》の妻戸《つまど》の前までゐたまへり。女房、二重《ふたへ》三重《みへ》づつゐわたされたり。御簾《みす》どもを、その間《ま》にあたりてゐたまへる人々、寄りつつ巻き上げたまふ。

大納言の君、宰相の君、小少将の君、宮の内侍とゐたまへり。右の大臣《おとど》寄りて、御几帳《みきちやう》のほころび引きたち、乱れたまふ。

「さだすぎたり。」

とつきしろふも知らず、扇を取り、たはぶれごとのはしたなきも多かり。大夫《だいぶ》、かはらけ取りて、そなたに出《い》でたまへり。「美濃山《みのやま》」うたひて、御遊び、さまばかりなれど、いとおもしろし。

その次の間《ま》の東《ひむがし》の柱もとに、右大将《うだいしやう》寄りて、衣《きぬ》の褄《つま》、袖口かぞへたまへるけしき、人よりことなり。酔《ゑ》ひのまぎれをあなづりきこえ、また誰とかはなど思ひはべりて、はかなきことども言ふに、いみじくざれ今めく人よりも、けにいと恥《は》づかしげにこそおはすべかめりしか。さかづきの順《ずん》のくるを、大将はおぢたまへど、例のことなしびの、「千年万年《ちとせよろづよ》」にて過ぎぬ。

左衛門《さゑもん》の督《かみ》、

「あなかしこ、このわたりに、若紫《わかむらさき》やさぶらふ。」

と、うかがひたまふ。源氏に似《に》るべき人も見えたまはぬに、かの上《うへ》は、まいていかでものしたまはんと、聞きゐたり。

「三位の亮《すけ》、かはらけ取れ。」

こしろひ、聞きにくきたはぶれ声も、殿のたまはず。大臣酔《ゑ》ひ泣きしたまふ。権中納言《ごんちゆうなごん》、すみの間《ま》の柱もとにて寄りて、兵部《ひやうぶ》のおもとひなどあるに、侍従《じじゆう》の宰相《さいしやう》立ちて、内《うち》の大臣《おとど》のおはすれば、下《しも》より出《い》でたるを見て、

〈現代語訳〉

ご誕生五十日目のお祝いは、十一月一日の日（である）。例のごとく、女房たちの着飾って参集した（中宮さまの）御前の有様は、絵に描いてある物合《ものあわせ》の場面に、たいそうよく似ていました。

御帳台《みちようだい》の東にある（中宮さまの）ご座所の際《きわ》に、御几帳《みきちよう》を奥のお襖《ふすま》（の所）から廂《ひさし》の間《ま》の柱まで、すき間もないように立て続けて、（ご座所の）南側に御膳のものはお供えしてある。（その中の）西側寄りのが大宮（中宮さま）の御膳で、例によって、沈《じん》の折敷《おしき》や、何やかやの台であったであろう。（私は）そちらのことは見ていない。お給仕役は宰相の君讃岐《さぬき》で、取り次ぎ役の女房も、（髪に）釵子《さいし》を挿し元結《もとゆい》をしている。若宮のお給仕役は、大納言の君で、東側寄りの所に御膳をお供えしてある。小さな御膳台や御皿など、御箸の台や（それを載せた）洲浜《すはま》なども、（まるで）雛《ひな》遊びの道具のように見える。そこから東にあたる廂《ひさし》の間《ま》の御簾を少し上げて、弁の内侍、中務の命婦、小中将の君といった、しかるべき女房だけが、（御膳を）それぞれ取り次いでは差し上げる。（私は）奥にいたので、詳しくは見てお

りません。

この夜、少輔《しょう》の乳母《めのと》が禁色《きんじき》の着用を許される。端正な様子をしている。若宮をお抱き申し上げている。御帳台の中で、殿の北の方がお抱き取り申し上げられて、にじり出ていらっしゃる、灯火の光に照らし出されたそのお姿は、まことにご立派なご様子である。赤色の御唐《から》衣《ぎぬ》に地摺りの御裳《も》をきちんとお召しになっているのも、もったいなくもあり、また感動的にも見受けられる。大宮（中宮さま）は、葡萄《えび》染《ぞ》めの五重《いつえ》の御袿《うちき》に、蘇芳《すおう》の御小袿《こうちき》をお召しになっていらっしゃる。殿が、（若宮への）お餅は差し上げなさる。

上達部の席は、例のように東の対の西の廂《ひさし》である。（殿のほかの）もうお二人の大臣も、参上していらっしゃる。（渡殿《わたどの》の）橋の上に来て、また酔い乱れて大騒ぎなさる。折櫃《おりびつ》に入れた物や籠に盛った物など、殿の所から、家司《けいし》の方々が次々に持ち運んで来た（献上品を）、高欄に沿ってずらりと並べて置いてある。松明《たいまつ》の光が心もとないので、四位の少将などを呼び寄せて、脂燭《しそく》をともさせて人々は（それらを）見る。宮中の台盤所へ持参いたすはずなのだが、明日からは（宮中の）御物忌《ものいみ》だというので、今夜のうちにみな取り片付けてしまう。

中宮の大夫が、御簾《みす》のそばに参上して、

「上達部《かんだちめ》を御前にお召しくださいますように。」

と（中宮さまに）申し上げなさる。

「お聞きとどけになりました。」

と（女房を通じて返答が）あったので、殿を先にお立てして、（上達部は）みな御前に参上なさる。正面の階《きざはし》の東隣の間を上座として、東の妻戸《つまど》の前までお座りになっている。女房たちは、（廂《ひさし》の間《ま》ごとに）二列あるいは三列にずらりと並んで座っていた。（そして）御簾を、その間《ま》に座っていらっしゃる女房たちが（それぞれ）、寄り合って巻き上げなさる。

　大納言の君、宰相の君、小少将の君、宮の内侍（といった順に）座っていらっしゃる。（そこに）右大臣が寄って来て、御几帳《みきちょう》の綻《ほころ》びの部分を引きちぎって、酔い乱れる。

「いいお年を召して。」

とつつき合って（笑って）いるのも知らずに、女房の扇を取り上げ、品のよくない冗談も多く出る。中宮の大夫が盃を持って、そちら（右大臣の所）へ出てこられた。（催馬楽《さいばら》の）「美《み》濃山《のやま》」を謡《うた》って、ほんのかたちだけであるが、たいそう面白い。

　その次の間の、東の柱元に、右大将が寄りかかって、（女房たちの）衣装の褄《つま》や袖口（の重ねの色具合）を観察していらっしゃる様子は、ほかの人とは（感じが）違っている。（私は）酔い乱れた席をよいことにし、また誰であるかも分かるまいと思いまして、（右大将に）ちょっと言葉をかけてみると、ひどく現代風にしゃれた人よりも、格段にご立派でいらっしゃるように見受けられるのであった。盃の順がまわって来るのを、右大将は恐れていらっしゃったが、（順がまわって来ると）いつもの無難な「千歳《ちとせ》、万代《よろずよ》（の祝い文句）」で済ましてしまった。

　左衛門の督《かみ》が、

「おそれ入りますが、このあたりに若紫《わかむらさき》はおられませんか。」と、(御几帳の)中の様子をおさぐりになる。光源氏に似ていそうな人もお見えにならないのに、ましてあの紫の上が、どうしていらっしゃるはずがあろうかと、(心に思って)聞き流していた。

「三位の亮《すけ》よ、盃を受けなさい。」

など(殿が)おっしゃるので、侍従の宰相は立って、(父の)内大臣がいらっしゃるので、(へり下って)下手《しもて》から進み出たのを見て、内大臣は(感激のあまり)酔い泣きをなさる。権中納言は、隅《すみ》の柱の元に近寄って、兵部のおもと(の袖)を無理やり引っぱり、聞くに堪えない冗談を言うのにも、殿は(何も)おっしゃらない。

〈語釈〉

○御五十日《いか》 御誕生五十日目の祝儀。**○霜月のついたちの日** 若宮(敦成親王)の誕生は九月十一日であったから、誕生五十日目は実は十月三十日である。が、『小右記《しょうゆうき》』(当日条)に「昨《さく》五十日ニ満ツ。而《しか》ルニ日宜《よろ》シカラズ。仍《よ》ツテ今日此ノ事有リ」と記されているように、五十日の儀は日柄の都合で一日延ばして、十一月一日に行われたものとみえる。**○物《もの》合《あはせ》** 左右一対に分かれ、歌などの優劣を競う遊戯。歌合《うたあわせ》のほか、前栽合《せんざいあわせ》、絵合、扇合、貝合などがある。

○御帳《みちやう》の東《ひむがし》の御座《おまし》のきは 御帳台の東にある中宮の御座所の際《きわ》。「東の」は、絵巻本文には「東なる」とあるが、そのほうが分かりやすい。**○南面《みなみおもて》** 中宮の御座所の南側。**○御《お》**

前《まへ》のもの　若宮と中宮の御食膳。〇**西に寄りて**　御座所の南側に据えられた御食膳のうち、西側に中宮の御食膳が据えられたことをいう。若宮の御食膳は、後文に「東《ひむがし》に寄りて」とあるように、東側に据えられたのである。〇**何くれの台**　「何くれ」は、何やかや。あれこれ。「台」は、折敷《おしき》（食器をのせる盆）を置く四脚の台。〇**宰相《さいしやう》の君讃岐《さぬき》**　前出（第四・七・一一節）。「宰相の君」に同じ。「讃岐」は、追加説明。〇**雛遊《ひひなあそ》びの具《ぐ》**　「雛遊び」は、紙で小さく作った人形に調度や供え物などを飾ってする女子の遊び。「具」は、道具・調度の類。若宮の御食膳の「御台《だい》」以下「洲浜《すはま》」まで、「小さき」とあるように、すべてが小作りであるので、このように形容した。〇**弁の内侍《ないし》、中務《なかつかさ》の命婦《みやうぶ》**　前出（第一一節）。〇**小中将の君**　前出（第一二節）。〇**さべいかぎり**　然《さ》るべきかぎり。それにふさわしい者（女房）だけ、の意。

〇**少輔《せふ》の乳母《めのと》**　大江清通《きよみち》の娘。橘為義《ためよし》の妻。若宮（敦成親王）の乳母《めのと》の一人。〇**色ゆるさる**　禁色《きんじき》（勅許なしでは着ることを禁じられていた衣装の色）の着用を許される。若宮の乳母として重んじられたがゆえである。〇**ただしきさま**　「ここしきさま」と意改して、おっとりするさま、と解する説が多いが、底本の「たゝしきさま」のままとして、端然とした様子、または端正な様子、の意と解される。別に「児児《たた》しきさま」（ういういしい様子）と解する説（『全注釈』）もある。〇**火影《ほかげ》の御さま**　灯火の光に照らし出された殿の北の方のご容姿。〇**唐《から》の御衣《ぞ》**　唐衣《からぎぬ》のこと。〇**餅《もちひ》**　祝の餅。五十日《いか》や百日《ももか》の誕生の祝儀に、父または祖父の手により小児の口に餅を含ませるのを恒例とした。『御堂関白記』（寛弘五年十一月一日条）に「戌《いぬ》二点、余、餅ヲ供ス」とあるが、餅を供するのは、この戌の刻（午後七時頃）を通例としたという。

○いま二所《ふたところ》の大臣《おとど》　左大臣（道長）以外の二人の大臣、すなわち右大臣（顕光）と内大臣（公季）。　**○橋の上《うへ》**　透渡殿《すきわたどの》（両側に壁や戸をいれていない、開け放しのままの渡り廊下）の、遣水《やりみず》をまたぐ橋の所。　**○折櫃物《をりびつもの》**　折櫃（檜《ひのき》や竹などの薄板を折り曲げて作った、食物を入れる箱）に入れたご馳走。　**○籠物《こもの》**　籠に入れた果物《くだもの》。　**○まうち君**　天皇の御前に伺候する身分の高い人、の意であるが、ここは道長家の家司である諸大夫《しょだいぶ》をさす。「まへつ君」ともいう。　**○たちあかし**　手で持って立つ松明《たいまつ》。「たてあかし」ともいう。　**○四位の少将**　従四位下右近衛少将の源雅通《まさみち》（道長の北の方倫子の兄時通《ときみち》の長男）。　**○紙燭《しそく》**　細く削った松の棒の先端に、油を滲ませて火がつきやすくした、携帯用照明具のひとつ。手元のところを紙で巻くので、この名がある。　**○台盤所《だいばんどころ》**　宮中や貴族の邸で、台盤（食物を盛る盤をのせる台）などを扱う、女房の詰所。　**○取り払ひつ**　取り片付けた。明日からは物忌みとなるので、今夜のうちに宮中へ運んだのである。底本は、「とりはらひつつ」であるが、下文へのつづき具合から、「とりはらひつ」と終止の形に改めた。

○聞こし召しつ　お聞き届けになりました。中宮の意志を女房が伝達しての言葉。**○階《はし》の東《ひむがし》の間《ま》を上《かみ》にて**　寝殿の南階の間の、東隣の間を上座にして。底本は、「東の間を上にて」が脱落している。絵巻本文により補った。

○大納言の君　前出（第九・一六節）。　**○小少将の君**　前出（第九・一六節）。　**○御几帳《みきちやう》の**

ほころび　「ほころび」は、几帳の帷《とばり》（垂絹《たれぎぬ》）の下方を縫い合わせずにある部分のことをいう。○**引きたち、乱れ**　「引きたち」は、引きちぎること。「乱れ」は、そのような行為をする酔態。

○**さだすぎたり**　盛りの年齢を過ぎること。ここは、いい年をしての意。酔態をはたらく右大臣（時に六十五歳の老齢）を非難する女房たちの言葉。○**そなたに出《い》でたまへり**　酔い乱れた座をととのえようとする中宮大夫斉信《ただのぶ》の行為。○**美濃山《みのやま》**　「美濃山にしじに（ぎっしりの意）生ひたる玉柏」ではじまる催馬楽《さいばら》「美濃山」。

○**右大将《うだいしやう》**　正二位権大納言右大将藤原実資《さねすけ》。当年、五十二歳。『小右記《しょうゆうき》』の筆者。○**衣《きぬ》の褄《つま》、袖口かぞへたまへる**　「褄」は、着物の襟先から下のへり、またその裾先。「かぞへる」は、着物の褄や袖口の重ね（襲《かさね》）の色目をしげしげと観察ないし鑑賞することと解される。

○**あなづりきこえ**　みくびって。たかをくくって。「きこゆ」は、実資に対する謙譲。○**けにいと恥《は》づかしげに**　「けに」は、ひどく。格段と。「恥づかしげ」は、こちらが恥ずかしく感じるほどの相手のすぐれた様子。底本は「いと恥づかしげに」が脱落。絵巻本文により補った。○**さかづきの順《ずん》**　盃が順々に廻って来ること。その時、盃を受けて祝意の歌などを詠むのが慣わしであった。○**おぢたまへど**　「おづ」は、恐れる。こわがる。実資は詠歌などに不得手なため、祝杯の廻って来るのを恐れていたのである。○**ことなしび**　何事もないように振舞うこと。ここは、実資が当たりさわりのない、無難なことで過ごしたことをいう。底本「ことならひ」を絵巻本文などにより改めた。○**千年万年《ちとせよろづよ》**　千歳《ちとせ》、万代《よろづよ》などの歌句を含む、神楽歌「千歳法《せんざいのほう》」の一部を謡《うた》ったものとみられる。**○左衛門《さゑもん》の督《かみ》** 藤原公任のこと。前出（第一九・二八節）。**○あなかしこ** 恐れ入ります。恐縮ですが。呼びかけの言葉。**○若紫《わかむらさき》** 『源氏物語』若紫巻に登場する若草の君（後の紫の上）をさし、すでに若くはない紫式部に「若い」という意味をひびかせて、お世辞を含んだ呼びかけをしたもの。「我が紫」とする説（『全注釈』）もある。**○うかがひたまふ** 「うかがふ」は、中の様子などをそれとなくさぐること。**○源氏に似るべき人** 光源氏に似ていそうな人。つまり、匹敵しそうな人、の意。底本は「似るべき人」のところ「かゝるへき人」とあるが、絵巻本文により改めた。**○かの上《うへ》は、まいて** 「上」は、紫の上。「まいて」は「まして」の音便であり、なおいっそう、の意。光源氏と比較して、紫の上の位置づけを高い所に置いている。**○聞きゐたり** 几帳の中で聞き流していた。つまり、黙殺したのである。

○三位の亮《すけ》 参議中宮権亮藤原実成《さねなり》。土御門殿行幸の日（十月十六日）、正四位下から従三位に加階したので、それによる呼称。下文の「侍従の宰相」と同一人物。**○かはらけ取れ** 盃を受けなさい。盃の順が廻って来ての、道長の呼びかけ。**○内《うち》の大臣《おとど》** 内大臣の公季。実成の父。当年、五十二歳。**○下《しも》より出《い》でたる** 下手《しもて》から道長の前に進み出た。父の前を通ることをはばかった敬譲の行為。「下より」は、詳しく言えば、いったん寝殿の東階から階下に降り、南庭を通って、南階（正面の階段）から再び簀子《すのこ》敷《じき》に昇り、道長の前に進み出た（『全注釈』）、ということになろう。**○酔《ゑ》ひ泣き** わが子が殿から祝杯を賜る光栄と、子が父に対して敬譲の行為を取ってくれたことの感激によるもの。**○権中納言《ごんちゆうなごん》**　藤原隆家《たかいえ》。故関白道隆の息男、故皇后定子の弟。前出（第一四節）。**○兵部《ひやうぶ》のおもと**　中宮の女房。前出（第八節）。**○ひこしろひ**　無理にひっぱる。**○殿のたまはず**　上文の「聞きにくきたはぶれ声」は、権中納言隆家の発するもの。それを耳にしても、殿は何もおっしゃらない、つまり制止しない、の意。

〈解説〉

五十日《いか》の儀について、中宮・若宮の御前の様子を「絵にかきたる物合《ものあはせ》の所」によく似ていたと、総括的に描いた後、細部に入っていく叙法を、例によって用いている。「そなたのことは見ず」、「くはしうは見はべらず」とあることにより、これも例によって、すべてを観て、つぶさに記していく立場にはないことが分かる。描かれる中心は、「雛遊《ひひなあそ》びの具《ぐ》」と見えるような、若宮の小さくかわいらしい御膳の類である。その中で、中宮には、若宮の母君として「大宮《おおみや》」の呼称が用いられる。が、その中宮以上に、殿の北の方に照明が当てられ、「けはひことにめでたし」、「かたじけなくもあはれに見ゆ」と、賛美の筆で描かれる。

祝宴の情況が描かれる中では、まず右大将実資《さねすけ》にスポット・ライトが当てられる。『小右記《しようゆうき》』の著者実資は、道長に対する体制批判の人物として、後代の人々に知られているが、その批判的姿勢を日常の中で、ましてやこの祝宴の場であらわにしているとは考えにくい。ここに描き出される実資の姿は、社交下手の、目立たない、やぼったい人物像である。万事消極的な紫式部が、宴席の乱れをよいことに、すすんで声をかけてみたり、「いみじくざれ今めく人よりも」はるかに立派であるとの評価を下すのも、そうした実資の地味な人柄に共感を寄せるがゆえであろう。

一方、当代きっての才人たる公任《きんとう》の呼びかけには、黙殺して応《こた》えない。とはいえ、単に実資との人物比較を試みているわけではない。ここは自作の『源氏物語』にかかわってのことである。「若紫《わかむらさき》」との呼びかけは、若干のからかいを含みながらも、式部の歓心を買おうとする演出であり、サービスであろう。が、式部はいっさい応答しない。公任は、『枕草子』に描かれるところによれば、『白氏文集』(南秦《なんしん》ノ雪)を背景とした問答により、清少納言の見事な機知を引き出した人物でもある。だからといって式部は、清少納言ごときと同一視されたくないと、反発を示しているというわけでもあるまい。ことはすべて、式部の創作活動に淵源があろう。式部が創出した『源氏物語』の世界は、現実とは次元を異にする、はるか超越した崇高な理想の時空であったのであろう。式部からすれば、一知半解とでもいうほかない公任など、遠く及ばぬ彼方の世界を抱懐する『源氏物語』の作者としては、聞き捨てにして置くほかなかったのかも知れない。

三二　おそろしかるべき夜の御酔《ゑ》ひ

——当主道長の満悦ぶり——

おそろしかるべき夜の御酔《ゑ》ひなめりと見て、ことはつるままに、宰相の君にいひあはせて、隠れなんとするに、東面《ひむがしおもて》に殿の君達《きんだち》、宰相の中将など入《い》りて、さわがしければ、二人御帳《ふたりみちやう》の後《うし》ろにゐ隠れたるを、取り払はせたまひて、二人ながらとらへ据《す》ゑさせたまへり。

「和歌一《ひと》つづつ仕《つか》うまつれ。さらば許さむ。」

と、のたまはす。いとわびしくおそろしければ、聞こゆ。

いかにいかがかぞへやるべき八千歳《やちとせ》のあまり久しき君が御代《みよ》をば　(9)

「あはれ、仕《つか》うまつれるかな。」

と、ふたたびばかり誦《ず》ぜさせたまひて、いと疾《と》うのたまはせたる、

あしたづのよはひしあらば君が代の千歳《ちとせ》の数《かず》もかぞへとりてん (10)

さばかり酔《ゑ》ひたまへる御心地《みここち》にも、おぼしけることのさまなれば、いとあはれにことわりなり。げにかくもてはやしきこえたまふにこそは、よろづのかざりもまさらせたまふめれ。千代もあくまじき御ゆくするの、数ならぬ心地にだに思ひ続けらる。

「宮の御前《おまへ》、聞こしめすや。仕《つか》うまつれり。」

と、われぼめしたまひて、

「宮の御父《てて》にてまろわろからず、まろがむすめにて宮わろくおはしまさず。母《はは》もまた幸《さいは》ひありと思ひて、笑ひたまふめり。よい夫《をとこ》は持たりかし、と思ひたんめり。」

と、たはぶれきこえたまふも、こよなき御酔《ゑ》ひのまぎれなりと見ゆ。さることもなければ、さわがしき心地はしながら、めでたくのみ聞きゐさせたまふ。殿の上《うへ》、聞

きにくしとおぼすにや、わたらせたまひぬるけしきなれば、

「送りせずとて、母うらみたまはんものぞ。」

とて、急ぎて御帳《みちやう》のうちを通《とほ》らせたまふ。

「宮なめしとおぼすらん。親のあればこそ子もかしこけれ。」

と、うちつぶやきたまふを、人々笑ひきこゆ。


〈現代語訳〉


何やらおそろしいことになりそうな今夜の（宴席全体の）ご酔態《すいたい》ぶりのようだと見て取って、祝宴が終わるとすぐに、宰相の君と示し合わせて、（どこかに）隠れようとしていると、東面《ひがしおもて》の間《ま》に、殿のご子息たちや宰相《さいしょう》の中将などが入り込んでいて、騒がしいので、（抜け出すことができないままに）二人で御帳台の後ろに座り込んで隠れているところを、（殿が隔ての几帳を）お取り除きになられて、二人とも（袖を）つかまえて、（その場に）お引き据えになった。

「（お祝いの）和歌を一首ずつ詠んで差し出しなさい。そうしたら許して上げよう。」

とおっしゃる。実に困ってしまうし、恐ろしくもあるので、（次のように）申し上げる。


いったいどのようにして数え尽くすことができるでしょうか。幾千年ものあまりに久し

い若宮のお齢《よわい》を。（9）

「ああ、見事に詠みましたねえ。」

と（おっしゃって）、二度ばかり声に出してお読み上げになって、実にすばやく仰せになった（その歌は）、

この私に鶴のような千年もの寿命があったならば、若宮の千年のお齢《よわい》をも数え取ってしまうのだが。（10）

あれほどご酩酊《めいてい》なさっているお気持ちにも、いつもお心にかけていらっしゃる（若宮の）ことの趣なので、とてもしみじみとした感じがし、ごもっともなことだと思われる。まことにこのように（若宮のことを）大切にお扱いになられるからこそ、すべての栄光もいっそう盛んにおなりになるのであろう。千年のお齢も物足りないほどの（若宮の）ご将来の栄えが、（私ごとき）人数《ひとかず》にも入らぬような者の気持ちにさえも、思い続けられるのである。

「中宮さま、お聞きですか。（和歌を）見事に詠みましたよ。」

と、自慢なさって、

「中宮さまのお父《とう》さまとして私は遜色《そんしょく》ありませんし、私の娘として中宮さまはご遜色なくていらっしゃいます。お母《かあ》さまもまた幸《しあわ》せだと思って、にこにこしていらっしゃるようです。

(さぞかし) よい夫を持ったものだ、と思っているのでありましょう。」

と、冗談を申し上げなさるのも、このうえないご酩酊がなせるわざなのだと思われる。(とはいえ) それほどのご酔態でもないので、落ち着かない気持ちはしながらも、(中宮さまは) ご機嫌よく聞いていらっしゃる。殿の北の方は、聞きづらいと思われたのか、退出なさろうとするご様子なので (殿は)、

「お見送りをしないといって、お母さまはお恨みなさるでしょう。」

とおっしゃって、急いで御帳台の中をお通り抜けになる。

「中宮さまは (さぞかし) 無礼なこととお思いでありましょう。(しかし) 親がいればこそ子も安泰なのです。」

と、独《ひと》りごとをおっしゃるのを、女房たちはお笑い申し上げる。


〈語釈〉

○おそろしかるべき夜の御酔《ゑ》ひ　殿 (道長) 一人の酩酊ぶりをいうのではなく、宴席全体の恐ろしいほどの乱れをいうものと解される。**○ことはつるままに**　祝宴が終わるとすぐに。この夜、祝宴の終了したのは、『小右記《しょうゆうき》』によれば「子《ね》の刻」(午前零時頃) であったという。**○殿の君達《きんだち》**　道長の子息、頼通《よりみち》や教通《のりみち》など。**○宰相の中将**　道長の甥の兼隆《かねたか》。前出 (第一一・一四節)。
○和歌一《ひと》つづつ　お祝いの和歌を一首ずつ。絵巻本文などにより「和歌一つ」と改訂する向きがあるが、和歌を詠進したのは結果的に式部一人であるものの、宰相の君と式部の二人に

向かって言った道長の言葉なので、底本の「わかひとつゝつ」を尊重するのがよいと判断される。**○いとわびしく**　とても困ってしまう。底本は「いとはしく」であるが、絵巻本文により改めた。「いとはしく」では、嫌である、煩わしいの意となるが、ここには、道長に対する式部の嫌悪感や拒絶の意志は読み取れない。

○「いかにいかが」の歌　「いかに」に「五十日《いか》」をかける。「君」は、若君。「御代《みよ》」は、ご治世の意にもとれるが、御齢《よわい》の意と解する。若宮の幾久しい前途とその繁栄を祝福した歌。この歌は、『紫式部集』に、「御五十《いか》日の夜、殿の『歌詠め』と、のたまはすれば」と詞書して収められている。また、『続古今集』（賀歌）に、「後一条院むまれさせ給ひての御五十日の時、法成寺入道摂政、歌よめと申し侍りければ／紫式部」と詞書して入集。

○あはれ、仕《つか》うまつれるかな　「あはれ」は、ああ、という称賛・賛嘆を表明する感嘆詞。「仕うまつる」は、ここは歌を詠むことで、それを見事に行ったことをいう。**○誦《ず》ぜさせたまひて**　「誦ず」は、声を出して読むこと。「ずんず」ともいう。

○「あしたづの」の歌　「あしたづ」は、葦の生えている水辺に住む鶴。「たづ」は、鶴《つる》の歌語。紫式部が若宮の幾久しい将来をことほいでくれたのを受けて、自分もまた鶴の千年もの寿命にあやかって、若宮の幾久しい将来を見届けたいものだという願いを詠んだ道長の歌。この歌も『紫式部集』に、「殿の御」（殿の御歌、の意）と詞書して、さきの紫式部の歌に続いて収められている。また、『続拾遺集』（賀歌）に、「題しらず／法成寺入道前摂政太政大臣」との詞書で入集。

○酔《ゑ》ひたまへる御心地《みここち》にも　「心地にも」は、心地にあっても、の意。**○おぼしけることのさま**　日ごろからお心に思っていらっしゃる筋のこと、つまり、若宮のこと。**○よろづのかざり**　（若宮の）すべての栄光。**○数ならぬ心地にだに**　自分のような、ものの数でもないような者の気持ちにさえ。屈折した卑屈な気持ちではなく、素直な卑下の気持ちの表示。**○宮の御前《おまへ》**　中宮さま。「御前」は、敬称。**○われぼめ**　自分で自分をほめること。自慢。自賛。**○御父《てて》**　「てて」は、「ちち」より、くだけた平俗な表現。**○まろ**　親愛の情をこめた自称の代名詞。男女ともに用いる。**○わろからず**　不相応でない。遜色ない。「わろし」は、みっともない、劣っている、の意。**○よい夫《をとこ》**　「をとこ」は、夫の意。**○さることもなければ**　それほどのことでもないので。上文の「こよなき御酔ひのまぎれ」を受けて、それほどの酩酊ぶりではないので、というもの。**○めでたくのみ聞きゐさせたまふ**　主語は中宮。「めでたく」（すばらしい。ご立派）は、中宮の態度であり、「のみ」で強調されているので、中宮さまは終始ご機嫌よろしく、の意となる。他に、「めでたくのみ」で句点を打ち、酩酊した道長のわれぼめぶりを、すばらしいことだと式部が思っていた、とし、さらに「聞きゐさせたまふ」は、下の「殿の上」を説明する語とする解もある。

○なめし　無礼。無作法。**○人々笑ひきこゆ**　女房たちのこの「笑ひ」は、むろん冷笑や嘲笑などではなく、ほほえましく見える道長の言動に向けられた、賛美の意を帯びた笑いである。

〈解説〉

五十日《いか》の祝宴が果てた後の様子が描かれる。描かれることの中心は、酪酊の中にあって賀の歌を詠み、さらにはわればめして冗談をしきりに発する道長の様子である。若宮のことを心にかけ続け、その将来の幾久しい栄えをことほぐ道長の様子を写し出し、それを「いとあはれにことわりなり」、「数ならぬ心地にだだに思ひ続けらる」と、嘆賞している。われぼめをし、冗談をふりまく後半部においては、人間味あふれる道長の人間像を現出せしめている。参集の客人たちが引き上げた後の、いわば身内だけのうち解けた雰囲気の中での、道長の率直な喜びの表出が活写されている。殿の北の方は少々閉口気味のようではあるものの、道長の満足この上ないこの姿は、奉仕者である式部からすれば、主家の繁栄そのものであり、その具現にほかならないのである。主家の繁栄を賛美・賛仰してやまない紫式部の面目が躍如としている。

三三　入らせたまふべきことも

――物語の本の作製作業――

入らせたまふべきことも近うなりぬれど、人々はうちつぎつつ心のどかならぬに、御前《おまへ》には、御冊子《みさうし》つくりいとなませたまふとて、明けたてば、まづ向かひさぶらひて、いろいろの紙選《え》りととのへて、物語の本ども添《そ》へつつ、ところどころに文《ふみ》書き配る。かつは綴《と》ぢ集めしたたむるを役《やく》にて、明かし暮らす。

「なぞの子持ちか、つめたきにかかるわざはせさせたまふ。」

と、聞こえたまふものから、よき薄様《うすやう》ども、筆、墨など、持てまゐりたまひつつ、御硯《すずり》をさへ持てまゐりたまへれば、取らせたまへるを、惜しみののしりて、

「もののくにて向かひさぶらひて、かかるわざし出《い》づ。」

と、さいなむ。されど、よきつぎ、墨、筆などたまはせたり。

局《つぼね》に、物語の本ども取りにやりて隠しおきたるを、御前《おまへ》にあるほどに、やをらおはしまいて、あさらせたまひて、みな内侍《ないし》の督《かん》の殿《との》にたてまつりたまひてけり。よろしう書きかへたりしはみなひき失《うしな》ひて、心もとなき名をぞとりはべりけんかし。

若宮は、御ものがたりなどせさせたまふ。内裏《うち》に心もとなくおぼしめす、ことわりなりかし。

〈現代語訳〉

（中宮さまが）宮中へ還御《かんぎょ》なさるはずのことも近づいたけれども、女房たちは（行事が）次から次へと続いて気も休まらないのに、中宮さまには、御冊子《みそうし》をお作りになられるというので、（ご指示を受けた私は）夜が明けると、すぐに（中宮さまの）御前に伺候申し上げて、色とりどりの紙を選び整えて、物語の（書写する）もとの本を添えては、あちこちに（依頼の）手紙を書いて配る。その一方では、（書写されてきたものを）綴じ集めて整理するのを仕事として、毎日を過ごす。（殿は、）

「いったいどういう子持ちが、この寒い時分に、こんなことをなさるのか。」

と、申し上げなさるものの、上等の薄様《うすよう》の紙や筆、墨などを持参なさっては、お硯《すずり》までも持って来られたので、（中宮さまがその硯を私に）くださったところ、（殿は）大袈裟に惜しがって、

「奥まったところにお仕えして、こんな仕事を始めるとは。」

と（私を）責めなさる。そう言いながらも（殿は私に）上等な墨挟《すみばさ》みや墨、筆などをくださった。

（自分の）局《つぼね》に、物語の本などを（里へ）取りにやって（持って来たのを）隠しておいたところ、（私が）中宮さまの御前にいる間に、（殿が）こっそりおいでになって、お探しになって、全部内侍《ないし》の督《かみ》さまに差し上げてしまわれた。まずまずという程度に書き直しておいた本は、みな紛失してしまったし、（手直ししていない本が内侍の督さまに渡ってしまい）きっ

とよくない評判を取ることになってしまったことでありましょう。

若宮は、（片言の）お話しなどをなさる。帝におかれましては（還御を）待ち遠しくお思いになられるのも、もっともなことである。

〈語釈〉

○入らせたまふべきこと　中宮の内裏還御のこと。中宮が若宮とともに宮中にお帰りになるのである。その日は、すでに十一月十七日と定められていた（『御堂関白記』寛弘五年九月二十五日条）。**○うちつぎつつ**　御産以来、行事が次から次へとうち続いていたこと。**○御冊子《みさうし》つくり**　巻物形式の巻子《かんす》本《ぼん》に対して、冊子は綴じ本のこと。中宮が内裏還御の際に土産品として持参なさる『源氏物語』の書写・製本作業のこととみられる。**○向かひさぶらひて**　中宮の御前に参上して、指示にしたがい、お仕えすること。**○物語の本**　物語を書写する際の元の本。これも『源氏物語』の本。**○文《ふみ》書き配る**　この「文」は、書写依頼の手紙。**○綴《と》ぢ集めしたたむる**　書写の終わったものを製本すること。「したたむ」は、整える。**○役《やく》**　仕事。役目。

○なぞの子持ちか　「なぞの」は、いったいどういう。「子持ち」は、子を産んだ女性。「か」は、下の動作を受けての疑問。**○つめたきに**　この冷たい時季に。産後の冷えを心配しての語。**○よき薄様《うすやう》**　上質の薄様。「薄様」は、薄く漉《す》いた鳥の子紙。**○持てまゐりたまへれば**　道長の行為。薄様、筆、墨のほか、硯まで持って来て、中宮に献上なさること。「なぞの子持ちか云々」と言って注意を促すものの、始めてしまっている物語の書写・製本作業を黙認しつつ、支援の姿勢を示すのである。**○取らせたまへる** 中宮が紫式部に与えること。**○惜しみののしりて** 敬語が省かれているが、道長の言動と解される。中宮が紫式部に与えるのを、なかば冗談に、ああ、もったいないと、大げさに惜しむふりをする。**○もののく** 奥のほう。奥まったところ。中宮の御前をさす。**○かかるわざ** このようなこと。物語の書写・製本の作業をいう。**○さいなむ** 責める、の意であるが、叱責するというニュアンスではなく、これもなかば冗談である。だから、筆、墨などを直接供与してくれるのである。**○つぎ、墨** 「つぎ」または「つきすみ」で墨挟みか。**○取りにやりて** 里（実家）に使いをやって持って来させて、の意。**○やをらおはしまいて** 道長の行為。「やをら」は、静かに物音をたてないように動作するさま。そっと。こっそりと。**○内侍《ないし》の督《かん》の殿《との》** 道長の二女妍子のこと。「内侍の督」は、尚侍《ないしのかみ》。前出（第二六節）。**○みなひき失《うしな》ひて** すべて紛失してしまって。書写依頼の際に先方に渡した元本が、返却のないままに紛失状態になったものか。**○心もとなき名** 手を入れないままの草稿本が、妍子の手を経て流布することとなった結果、受けることとなった気がかりな評判。**○御ものがたり** 若宮が発する片言の幼児語。**○心もとなくおぼしめす** 中宮の還御とともに参内なさる若宮のことを、帝が待ち遠しく思われるのである。

〈解説〉

五十日《いか》の祝儀も盛大裡にめでたく終わり、若宮（敦成《あつひら》親王）はすくすくと成長を重ねて、

となる。その日も十一月十七日と定まり、すでに諸準備が進行している。近く中宮は若宮ともども内裏還御の運びとなる。その日も十一月十七日と定まり、すでに諸準備が進行している。これもその一つ、中宮の采配のもとに紫式部が主任格で、物語の書写依頼発注、製本と、かなり大がかりな作業が展開されている。中宮が内裏に持参なさるお土産品としての物語の造本作業と見られるが、この物語は、ほかならぬ『源氏物語』であろうと古来考えられている。自作の物語が、中宮ご指定の土産物に選ばれ、道長の後援もあって、料紙を選りすぐ《え》って豪華な本に仕立てられていく、このことは作者紫式部にとって得意もさることながら、光栄この上ないことであったろう。

局《つぼね》に隠しておいた物語の本を道長が探し出して、娘の妍子（内侍《ないし》の督《かみ》）に与えてしまったこととともあわせて、式部の創作した物語が主家において高い評価を得て、大きな存在となっていたことを示している。道長が冗談まじりに、寒冷の時節の作業に疑問を投げかけながらも、料紙、墨、筆などを供与し、支援の姿勢をみせるのも、紫式部とその物語に期待を寄せ、それを評価していればこそのことにほかなるまい。後文（第五三節）に、「内裏《うち》の上《うへ》の、源氏の物語、人に読ませたまひつつ」とあることにより知られるように、『源氏物語』の評判と評価は、一条天皇にまで達していたのであってみれば、紫式部の声望はほぼすでに定まったものと理解されるのである。とはいえ、下文にあるように、この日の正式な持参品（道長から中宮への贈物）は、『古今集』『後撰集』『拾遺集』などの勅撰和歌集、および『能《よし》宣《のぶ》集』『元輔《もとすけ》集』などの私家集であったというから、『源氏物語』といえども、歌集類に比しての物語の当代的評価は、さして高くはなかったことも、また知られるところである。

なお、この節末の、若宮のご成長ぶりを点描し、その若宮の参内を心待ちにしていらっしゃる帝の心内を描く条は、「入らせたまふべきことも近うなりぬれど」とする、本節の発端とよく照応していて、実に効果的である。

三四　御前《おまへ》の池に、水鳥どもの
——里下がりしての述懐——

御前《おまへ》の池に、水鳥どもの日々に多くなりゆくを見つつ、入らせたまはぬさきに雪降らなん、この御前の有様《ありさま》、いかにをかしからんと思ふに、あからさまにまかでたるほど、二日ばかりありてしも雪は降るものか。見どころもなきふるさとの木立《こだち》を見るにも、ものむつかしう思ひ乱れて、年ごろつれづれにながめ明かし暮らしつつ、花鳥《はなとり》の色《いろ》をも音《ね》をも、春秋《はるあき》に行きかふ空のけしき、月の影、霜、雪を見て、その時来にけりとばかり思ひ分《わ》きつつ、いかにやいかにとばかり、行末《ゆくすゑ》の心細さはやるかたなきものから、はかなき物語などにつけて、うち語らふ人、同じ心なるは、あはれに書きかはし、すこし遠《どほ》き、たよりどもをたづねてもいひけるを、ただこれをさまざまにあへしらひ、そぞろごとにつれづれをば慰《なぐさ》めつつ、世にあるべき人《ひと》数《かず》とは思はずながら、さしあたりて恥《は》づかし、いみじと思ひ知るかたばかりのがれたりしを、さも残ることなく思ひ知る身の憂《う》さかな。

こころみに、物語を取りて見れど、見しやうにもおぼえず、あさましく、あはれなりし人の語らひしあたりも、われをいかに面《おも》なく心浅きものと思ひおとすらむと、おしはかるに、それさへいと恥《は》づかしくて、えおとづれやらず、心にくからむと思ひたる人は、おほぞうにては文《ふみ》や散《ち》らすらんなど、疑《うたが》はるべかめれば、いかでかは、わが心のうち、あるさまをも深《ふか》うおしはからんと、ことわりにて、いとあいなければ、中絶《なかだ》ゆとなけれど、おのづからかき絶ゆるもあまた。住み定まらずなりにたりとも思ひやりつつ、おとなひ来る人も、かたうなどしつつ、すべて、はかなきことにふれても、あらぬ世に来たる心地ぞ、ここにてしもうちまさり、ものあはれなりける。

ただ、えさらずうち語らひ、すこしも心とめて思ふ、こまやかにものを言ひかよふ、さしあたりておのづからむつび語らふ人ばかりを、すこしもなつかしく思ふぞ、ものはかなきや。

大納言の君の、夜々《よるよる》は御前にいと近う臥《ふ》したまひつつ、物語したまひしけはひの恋しきも、なほ世にしたがひぬる心か。

浮《う》き寝《ね》せし水の上《うへ》のみ恋しくて鴨《かも》の上毛《うはげ》にさへぞ劣らぬ　(11)

かへし、

うちはらふ友なきころの寝覚《ねざ》めにはつがひし鴛鴦《をし》ぞ夜半《よは》に恋しき　(12)

書きざまなどさへいとをかしきを、まほにもおはする人かなと見る。

「雪を御覧《ごらん》じて、折《をり》しもまかでたることをなん、いみじくにくませたまふ。」と、人々ものたまへり。殿の上《うへ》の御消息《みせうそこ》には、

「まろがとどめし旅《たび》なれば、ことさらに急ぎまかでて、『疾《と》くまゐらん』とありしもそらごとにて、ほど経《ふ》るなめり。」

と、のたまはせたれば、たはぶれにても、さ聞こえさせ、たまはせしことなれば、かたじけなくてまゐりぬ。

〈現代語訳〉

御前の池に、水鳥たちが日ごとに数を増してゆくのを見ながら、（中宮さまが）宮中へ還御なさらない前に雪が降ってほしい、この御前の（庭の雪の）様子は、どんなにか美しいことだろうと思っているうちに、ついちょっと里下がりした間、二日ほどしてなんと雪が降るではないか。何の見どころとてない実家の（庭の）木立を見るにつけても、気がふさぎ心が乱れて、ここ何年もの間、所在ないままにぼんやりとして日を送りながら、花の色、鳥の声を見聞きするにつけても、（また）春秋に移り変わる空の様子や、月の光、霜、雪を見ても、ただそんな時節がめぐって来たのだなあと意識する程度で、（わが身は）いったいどうなることだろうと思うばかりで、行く末の心細さは晴らしようもないものの（それでも）、取り柄のない物語などについて、ちょっと話を交わす人の中で、気持ちの通じ合う人とは、しみじみと手紙をやりとりしたり、少し疎遠な人には、（あらたに）手づるを探してまでも文通したものだが、ただこの物語を仲立ちとして応答をし、とりとめない言葉のやりとりで無聊《ぶりよう》を慰めながら、（自分など）この世に生きながらえる価値のある人間とは思わないものの、当面は、恥ずかしいとか、つらいとかと思い知らされることだけはまぬがれて来たのに、（宮仕えする身となって）こんなにまで（恥ずかしさ、つらさを）ありったけ味わわねばならないわが身の嘆かわしさである。

（その嘆かわしい気持ちが慰められるかと）ためしに、物語の本を取り出して目をやってみても、かつてのようには感興を催すこともなく（そんな自分に、あきれるばかりで）、かつてしみじみと心を通わして（物語について）話を交わした人も、（今では）私をどんなに恥知らずで浅薄な者と、軽蔑していることであろうと推量すると、そのような気をまわすことさえ恥ずかしく思われて、手紙を出すこともできない。（また）奥ゆかしくありたいと思っている人は、（宮仕えに出るような）大ざっぱな人間では（受け取った）手紙も取り散らすであろうなどと、疑ってしまうであろうから、（そういう人が）どうして私の心の内実を深く推察してくれようか（と思うと）、それももっともなことで、ひどく味気ない気分になり、交際を断つというわけではないが、自然と文通が絶えてしまう人も多い。（また、出仕以来、私が）居所《いどころ》が一定でなくなってしまったとも推量して、訪れて来る人も来にくくなったりして、万事ちょっとしたことにつけても、別の世界に来ているような気持ちが、この里（実家）においていっそう強く感じられて、何とももの悲しい思いになるのであった。

（今は）ただ、（宮仕え先で）いつも親しく話を交わし、多少なりとも心にとまる人とか、懇意に言葉を交わす人とか、当面、自然と親密に対話する人だけを、ほんの少し懐かしく思われるのが、いかにも頼りないことである。

大納言の君が、毎夜、中宮さまのおそば近くにお休みになっては、お話ししてくださったご様子が恋しく思われるのも、やはり世間の慣わしに順応してしまっている心というものであろうか。

あなたとご一緒に仮寝《かりね》をした（中宮さまの）御前ばかりが無性《むしょう》に恋しく思われて、ひとり寝する里居《さとい》の夜の冷たさは、霜の置く鴨《かも》の上毛《うわげ》のそれにも劣りません。⑾

（大納言の君の）返歌、

上毛に置く霜を互いに払い合うような友のいないこの頃、ふと目覚めた夜中には、鴛鴦《おし》のようにいつも一緒であったあなたのことが、恋しく思われてなりません。⑿

その書きぶりまでが実にすばらしいのを、ほんとうに申し分のないお方だなあと思って見る。

「（中宮さまが）雪をご覧になられて、（あなたが）よりによってこんな折に（里に）退出したことを、ひどくお咎《とが》めでいらっしゃいますよ。」

と、女房たちも（手紙で）おっしゃる。殿の北の方からのお手紙では、

「私がひきとめた里下がりなものだから、格別に急いで退出して、『すぐに帰参いたします』と言ったのも嘘であって、里にいつまでも滞在しているのでしょう。」と、おっしゃってよこされるので、たとえご冗談にせよ、私も確かに早く帰参すると申したことでもあるし、（何よりも、こうして）お手紙を（直々《じきじき》に）くださったことでもあるので、恐れ多いことと思い、（予定を繰り上げて）参上した。

〈語釈〉

○雪降らなん　雪が降ってほしい。「なん（む）」は、希望・誂えの終助詞。土御門邸のすばらしいであろう雪景《せっけい》を期待しているのである。**○あからさまにまかでたるほど**　ついちょっと退出した間に。「あからさまに」は、一時的とか短期間などの意。**○雪は降るものか**　なんと雪が降ったではないか。「ものか」は、意外性を含んだ、驚きとか詠嘆をあらわす語。**○年ごろ**　ここ何年もの間。以下「のがれたりしを」まで、夫との死別から出仕に至る間の寡居の頃の回想。**○花鳥《はなとり》の色《いろ》をも音《ね》をも**　春の花の色、鳥の鳴く声をも、の意。**○その時来にけりとばかり**　その季節がめぐって来たなあとだけ。その時々の時節の到来にも、ただ無感動で過ごしたことをいう。**○いかにやいかに**　いったいどうなるのか、の意。『拾遺集』（雑上、哀傷にも重出）入集の「題しらず／よみ人しらず」の歌、「世の中をかくいひひのはてはていかにやいかにならむとすらむ」（この世の中のことを、あれこれと言い続けて来たあげくの果ては、いったいどのようになろうとするのだろう）の第四句を引いて、自分の行く末の不安を表出したもの。**○はかなき物語**　「はかなき」は、取るに足らない。

取り柄のない。この「物語」も、自作の『源氏物語』とみられるので、「はかなき」には謙遜の意が含まれている。**〇すこしけ遠《どほ》き、たよりどもをたづねても**　少し疎遠になっている人には、（あらたに）伝手《つて》を探してまでも。「け遠き」は、け遠き（人）には、の意と解する。「け遠きたより」（疎遠になっている人に伝手になってもらう、の意）ではなかろう。**〇ただこれをさまざまにあへしらひ**　「これ」は、さきの「はかなき物語」つまり『源氏物語』をさす。「あへしらひ」は、応対する意であるが、ここは『源氏物語』をめぐっての話題を交わしたり、さらには批評を受けたりすることをいうのであろう。**〇そぞろごと**　とりとめのないこと。これも謙遜を含んで用いている。**〇残ることなく思ひ知る身の憂《う》さ**　宮仕え生活の中で深めた我が身の憂さ、つらさ、をいう。**〇物語を取りて**　この「物語」も、自作の『源氏物語』であろう。**〇見しやうにもおぼえず、あさましく**　かつてのような感興が湧いてこないことをいう。「あさましく」は、そんな状態を、われながらあきれてしまう、との意。**〇あはれなりし人**　かつては親密に物語をめぐって話を交わした人。さきの「うち語らふ人、同じ心なるは、あはれに書きかはし」とあった人のこと。**〇面《おも》なく心浅きものと**　恥知らずで浅薄な者と。宮仕えに出たがゆえに受けるであろう非難。**〇心にくからむと思ひたる人**　奥ゆかしくありたいと思っている人。さきの「すこしけ遠き（人）」をさしているとは限らない。**〇おほぞうにては**　「おほぞう」は、いい加減、ぞんざい、通りいっぺん、の意。宮仕え女性に向けられた世人《せじん》の先入観としての印象をいう。**〇文《ふみ》や散《ち》らすらん**　手紙を取り散らすであろう。宮仕え女性は大ざっぱな生活感覚の持主と思われ、こちらから遣《や》った手紙が他人の目にさらされるようなことになりはしないかと疑われる、というのである。**○わが心のうち、あるさま**　私の心内、その内実。**○中絶《なかだ》ゆ**　交際がとだえること。**○あまた**　あまたあり、の意。「あり」を省略した形とみられる。**○住み定まらずなりにたり**　出仕以来、どこにいるか居所が一定しなくなってしまった、の意。**○あらぬ世**　別世界。**○ここにてしも**　里（実家）にいて却って、の意。「しも」は、強意の助詞。**○えさらず**　絶えず、いつも、の意と解する。**○すこしもなつかしく**　少しばかり懐かしく。「も」は、軽い詠嘆の助詞。**○ものはかなきや**　なんと頼りないことよ。この程度の交友関係に懐かしさを感じている、わが現状への慨嘆。**○大納言の君**　源扶義《すけよし》の娘、廉子。前出（第九・一六節）。**○物語したまひし**　この「物語」は、世間話の類。**○世にしたがひぬる心**　宮仕えを厭《いと》いながらも、その環境に順応してしまったわが心、をいう。**○「浮《う》き寝《ね》せし」の歌**　紫式部が里（実家）から宮仕え先の大納言の君に贈った歌。「浮き寝」は、宮仕え先での仮寝。「水の上《うへ》」は、宮仕え先での起居。「鴨《かも》の上毛《うはげ》」は、鴨の羽毛の表面。夜、そこに霜が置くことをいう。「浮き寝」「水の上」「鴨の上毛」は、ともに縁語。「浮き」に「憂き」をかける。**○「うちはらふ」の歌**　大納言の君の返歌。「うちはらふ」は、式部の歌を受けて、鴨の上毛に置く霜を互いに払い合うこと。「寝覚《ねざ》め」は、眠りの途中、特に夜中に目を覚ますこと。「つがひし鴛鴦《をし》」は、雌雄一対の鴛鴦。大納言の君が式部との仲のよさを強調してたとえたもの。この大納言との贈答歌は、『紫式部集』に、「里に出《い》でて、大納言の君、文《ふみ》たまへるついでに」「返し」と詞書して所収。また、『新勅撰集』(雑一)に、「冬ころ、里に出でて、大納言三位につかはしける／紫式部」「返し／従三位廉子」との詞書で入集。**○まほ**　完全であること。よく整っていること。**○折《をり》しも**　よりによってこんな時に。**○にくませたまふ**　「にくむ」は、非難する、咎《とが》める、の意だが、冗談まじりの強調である。**○まろがとどめし旅《たび》**　「まろ」は、殿の北の方が用いている自称の人称代名詞。男女ともに用いる。「とどめし」は、里下がりするのを引きとめたこと。「旅」は、住みかを離れて他に行くこと。必ずしも遠方とは限らない。この場合は、里(実家)への退出をいう。**○ほど経《ふ》る**　日数が経つ。何日も里に滞在していることを言っている。**○さ聞こえさせ**　そのように申し上げて。「さ」は、「疾《と》くまゐらん」をさす。**○たまはせし**　殿の北の方からお手紙を直々《じきじき》にいただいたことをいう。

〈**解説**〉

里下がりした実家での感慨を深々と述べる。季節の推移にも無感動で過ごした、夫宣孝との死別――それは長保三年(一〇〇一)のことであった――以来の寂寥《せきりよう》やるかたない無聊《ぶりよう》の幾歳月を振り返りつつ、暗澹《あんたん》とした心境におちいる。自作の『源氏物語』は「はかなき」ものとはいえ、それでも出仕以前には何人かの心通わす友がいて、『物語』を媒介として交流が展開されたものだ。が、出仕後の今はそうした友もみな去り、宮仕え生活を通じて深めることとなった身の憂さをひとり嚙みしめるほかない。試みに『源氏物語』を手に取ってみても、かつてのごとき感興はよみがえって来はしない。さきの御冊子《みそうし》づくりの条との落差は、あまりにも大きい。

中宮からの直接の指示により、そして道長のさりげない支援も得ての、あの御冊子づくりの場面は、個人的な光栄の念はありはするものの、紫式部の公的な顔であり、姿ということになろうか。そしてここは、私的内面世界の問題ということになるのかもしれない。あれほど宮仕え生活が憂きものであったはずなのに、この里が却って「あらぬ世」に思われて来る。わが魂の安息地は、もはやどこにもなくなってしまったことを実感しないではいられない。わずかに、心通わすことのできるのは、大納言の君をはじめとする出仕先の朋輩女房の誰彼しかいない。それはそれで、「はかなきや」と思い、「なほ世にしたがひぬる心か」と思い見る、慨嘆しなければならないような現況なのである。

だが、紫式部は、里下がりした先に、女房をして中宮のお言葉が届けられたり、殿の北の方から直接のお手紙がよこされたりするほどに、主家から信任厚い女房でもあるのだ。これもまぎれもない、紫式部をとりまく現実である。中宮が「いみじくにくませたまふ」のも、殿の北の方が「まろがとどめし旅《たび》なれば、ことさらに急ぎまかでて……」と、不興《ふきよう》がってみせるのも、いずれも厚い信頼を寄せている自家の有能な女房に、あれほど待望していた、お邸《やしき》の庭のすばらしい雪景《せっけい》を見せてやりたかったという、いわば親心の発現ということになろう。「かたじけなくて」急ぎ帰参する紫式部は、また公的な顔にもどって、その現実の中に帰って行くこととなる。

こうした主家の厚い信頼に応えて、女房としての式部の日常は、模範的かつ献身的なものであったはずである。が、彼女は幸か不幸か、繁栄する主家の栄華に没我的に陶酔しきれない、深々とした己れの心の世界を持していたのである。

三五　入らせたまふは十七日なり

――中宮の内裏還啓《かんけい》――

入らせたまふは十七日なり。戌《いぬ》の時など聞きつれど、やうやう夜ふけぬ。みな髪《かみ》あげつつゐたる人、三十余《よ》人、その顔ども見え分《わ》かず。母屋《もや》の東面《ひむがしおもて》、東の廂《ひさし》に、内裏《うち》の女房も十余人、南の廂《ひさし》の妻戸《つまど》へだててゐたり。

御輿《みこし》には、宮の宣旨《せんじ》乗る。糸毛《いとげ》の御車《くるま》に殿の上《うへ》、少輔《せふ》の乳母《めのと》若宮抱《いだ》きたてまつりて乗る。大納言、宰相の君、黄金造《こがねづく》りに、次の車に小少将、宮の内侍、次に馬《むま》の中将と乗りたるを、わろき人と乗りたりと思ひたりしこそ、あなことごとしと、いとどかかる有様《ありさま》むつかしう思ひはべりしか。殿司《とのもり》の侍従の君、弁の内侍、次に左衛門の内侍、殿《との》の宣旨《せんじ》式部とまでは次第《しだい》知りて、次々は、例の心々にぞ乗りける。月のくまなきに、いみじのわざやと思ひつつ、足をそらなり。馬の中将の君を先にたてたれば、行方《ゆくへ》も知らずたどたどしきさまこそ、わが後《うし》ろを見る人、恥《は》づかしくも思ひ知らるれ。

細殿《ほそどの》の三の口に入りて臥《ふ》したれば、小少将の君もおはして、なほかかる有様《ありさま》の憂《う》きことを語らひつつ、すくみたる衣《きぬ》ども押しやり、厚ごえたる着重《きかさ》ねて、火取《ひとり》に火をかき入れて、身も冷えにける、もののはしたなさを言ふに、侍従の宰相、左の宰相の中将、公信《きんのぶ》の中将など、次々に寄り来つつとぶらふも、いとなかなかなり。今《こ》宵《よひ》はなきものと思はれてやみなばやと思ふを、人に問ひ聞きたまへるなるべし。「いと朝《あした》にまゐりはべらん。今宵《こよひ》は耐《た》へがたく、身もすくみてはべり。」など、ことなしびつつ、こなたの陣《ぢん》のかたより出《い》づ。おのがじし家路《いへぢ》と急《いそ》ぐも、何ばかりの里人《さとびと》ぞはと思ひ送らる。わが身に寄せてははべらず、おほかたの世の有《あり》様《さま》、小少将の君の、いとあてにをかしげにて、世を憂《う》しと思ひしみてゐたまへるを見はべるなり。父君《ちちぎみ》よりことはじまりて、人のほどよりは、幸《さいは》ひのこよなくおくれたまへるなめりかし。

〈現代語訳〉

（中宮さまが）宮中へ還御《かんぎょ》なさるのは（十一月）十七日である。（ご出発は）午後八時頃などと聞いていたが、だんだん（遅延して）夜も更けてしまった。みな髪あげをして控えている女房は三十人余りで、その顔などは見分けがつかない。母屋《もや》の東面の間《ま》や東の廂《ひさし》に、内裏の女房も十人余り、（私たちとは）南の廂の妻戸《つまど》を隔てて座っていた。

（中宮さまの）御輿《みこし》には、宮の宣旨《せんじ》が乗る。糸毛《いとげ》のお車に、殿の北の方と、少輔《しょう》の乳母《めのと》が若宮をお抱き申し上げて乗る。大納言の君と宰相の君は、黄金《こがね》づくりの車に、次の車に小少将の君と宮の内侍、次に（私が）馬の中将と乗ったのだが、（馬の中将が）いやな人と乗り合わせたと思っている様子だったのは、まあ何ともったいぶったことかと、ますますこういう（宮仕えの）対人関係が煩わしく思われたことでした。殿司《とのもり》の侍従の君と弁の内侍、次に左衛門の内侍と殿の宣旨の式部というところまでは乗車順が決まっていて、（その後の）次々の（女房たち）は、例によって思い思いに乗った。（内裏に到着して、車を降りる時）月の光が明るく照らし出していて、何ともきまりの悪いことと思いながら、足も地につかない（ほどであった）。馬の中将の君を先に立てて歩かせたので、進む方向も分からずたどたどしく歩く（馬の中将の）様子は（それを後ろから見るにつけ）、私の後ろ姿を見る人も（どのように思うことかと気になり)、実に恥ずかしく思われた。

細殿《ほそどの》の三つ目の戸口の局《つぼね》に入って横になっていると、小少将の君もいらっしゃって、やはりこういう出仕生活のつらいことなどを語り合いながら、寒さでこわばった衣装を(脱いで、隅のほうに)押しやり、厚ぼったい(綿入れの)衣装を着重ねて、香炉に火を入れて、体も冷えきってしまった、その不恰好さを話していると、侍従の宰相、左の宰相の中将、公《きん》信《のぶ》の中将などが、次々と立ち寄ってては言葉をかけるのも、かえって煩わしい。今夜はいないものと思われて過ごしたいと思っているのに、(ここにいることを)誰かにお聞きになったのであろう。

「明朝早く参りましょう。今夜は(寒さが)がまんできないで、体もこわばっています。」などと、当たりさわりのない挨拶をしては、こちらの詰所のほうから出てゆく。めいめいが家路《いえじ》を急ぐにつけても、(そこに)どれほどの家妻《かさい》が待っているというのかと、ついそんな思いで見送る。(とはいえ、これは)わが身の上に引き寄せて言うのではありません、世間一般のありさま(そのなかでも特に)、小少将の君が、とても上品で美しいのに、この世の中をつらいものと思いつめていらっしゃるのを見ているからなのです。父君の(出家の)不幸からはじまって、その人柄の割合には、幸せにはひどく縁遠くていらっしゃるようなのです。


〈語釈〉

○入らせたまふは　中宮さまが宮中にお入りになるのは。還御、還啓のこと。**○戌《いぬ》の時**

午後八時頃。土御門殿を出発予定の時刻である。**○御輿《みこし》**　中宮の御乗輿《じょうよ》。葱花輦《そうかれん》。**○宮の宣旨《せんじ》**　中宮付きの宣旨役の女房。中納言源伊陟《いちょく》の娘陟子かといわれる。**○糸毛《いとげ》の御車《くるま》**　屋形の外部を絹の色糸で装飾した牛車。青糸毛、紫糸毛、赤糸毛などがある。『御堂関白記』（同日条）には「若宮ハ金造リノ御車」とあり、糸毛車をさらに金銅などで装飾した黄金造《こがねづく》りのものであったかとみられる。**○少輔《せふ》の乳母《めのと》**　若宮（敦成親王）の乳母。前出（第三一節）。**○馬《むま》の中将**　中宮女房。藤原相尹の娘。前出（第二七節）。**○わろき人と乗りたり**　いやな人と同車した。馬の中将が紫式部を「わろき人」と思っている理由は不明だが、日頃から何かとそりが合わなかったのであろう。**○あなことごとし**　何ともったいぶっていることか。不快の念を示す馬の中将への心内での批判。**○かかる有様《ありさま》**　宮仕え生活での人間関係と解される。**○殿司《とのもり》の侍従の君、弁の内侍**　ともに内裏女房とみられる。**○殿《との》の宣旨《せんじ》式部**　道長家女房。前出の「大式部《おほしきぶ》のおもと、殿の宣旨《せんじ》よ」（第一一節）、「大式部は陸奥《みちのく》の守《かみ》の妻《め》、殿の宣旨《せんじ》よ」（第一九節）と同一人物。**○次第《しだい》知りて**　乗車の順序が決まっていて、の意。**○心々に**　めいめい思い思いに。**○いみじのわざや**　月明の中を人目にさらされて歩くのは、ずいぶんときまりの悪い思いがすること。**○先にたてたれば**　煩わしい相手なので、顔を立てて先を譲ったのであろう。**○行《ゆく》方《へ》も知らずたどたどしきさま**　馬の中将の、方向もさだまらないたどたどしい歩きざまをいう。**○わが後《うし》ろを見る人**　いかにもぶざまな馬の中将の後ろ姿を見て、自分の後ろ姿も気がかりに思われるのである。

○細殿《ほそどの》の三の口　「細殿」は、殿舎の廂《ひさし》の間《ま》で、細長い部屋。「三の口」は、その三番目の戸口。**○小少将の君**　中宮女房。源時通の娘。前出（第九・一六節）。**○かかる有様《ありさま》**　つらいことの多いこうした宮仕えの生活。**○すくみたる衣《きぬ》**　こわばった衣装。「すくみ」は、寒さなどで柔軟性をなくし、ごわごわすること。**○厚ごえたる着《き》重《かさ》ねて**　「厚ごえたる」は、厚ぼったい衣装。綿入れの衣服とみられる。「着重ねて」は、上に重《かさ》ね着《ぎ》して。何枚も重ねて着るのではない。**○火取《ひとり》**　香炉のこと。衣服に香を薫《た》きしめるのに用いる。ここでは火《ひ》桶《おけ》（木製の丸火鉢）などの代わりとして暖《だん》をとるのに用いた。**○身も冷えにける、もののはしたなさ**　「ものの」をどう解するかで、説が分かれる箇所であるが、「はしたなさ」に上接する、軽い強調と解して置く。「はしたなさ」は、厚ぼったい綿入れなどを着込んでいる不恰好さをいう。**○侍従の宰相**　中宮権亮藤原実成《さねなり》。前出（第一八・三〇節）。**○左の宰相の中将**　左近衛中将源経房。前出（第六・一二・二〇節）。**○公信《きんのぶ》の中将**　従四位上右近衛権中将。太政大臣藤原為光《ためみつ》の息男。敦成親王家司。当年、三十二歳。**○とぶらふ**　訪ねて来て声をかける。格別用件があってのことではなく、軽い挨拶程度のことと解される。**○なかなかなり**　かえって迷惑だ。ありがた迷惑である。来訪してくれる好意には感謝するものの、の意を含む。**○人に問ひ聞きたまへるなるべし**　私の所在を、誰かにたずね聞いたのであろう、の意。**○ことなしびつつ**　「ことなしぶ」は、何事もないように振舞う。ここは、こちらの迷惑そうな様子を察知して、何げなさそうにして帰って行くことをいう。底本の「ことならひつつ」を改めた。○**陣**《ぢん》　警護の者が詰めている場所。詰所。○**家路**《いへぢ》**と急**《いそ》**ぐ**　わが家をめざして急いで帰って行く。「家路」は、わが家への道。○**何ばかりの里人**《さとびと》**ぞは**　いったいどれほどの里人が待っているというのか。「里人」は、「宮人」の対。里にいる人、つまり家妻（妻、奥さん）。○**わが身に寄せてははべらず**　「わが身」は、宮仕えをしている、しかも寡婦のわが身の上。つまり、寡婦の宮人であるわが身に引き寄せて里人を批判的に見るというのではない、との弁解。○**父君**《ちちぎみ》**よりことはじまりて**　小少将の君の父源時通は、永延元年（九八七）四月に出家した。そのことから始まって、いろいろ不運続きであったというのであろう。

〈解説〉

十一月十七日の夜に行われた中宮の内裏還啓当日のことが記される。若宮（敦成親王）とともに中宮がお乗りになる御輿（葱花輦《そうかれん》）に、女房たちは車列をつくって続くのであるが、その乗車の順が記されている。紫式部は馬の中将と同車したのであるが、馬の中将は同乗の相手が気に入らないとみえて不快の念をあらわにしたらしく、式部はそれにつけても宮仕えの煩わしさを改めて感じさせられた模様である。しかしながら、このことと『栄花物語』（はつはな巻）に記されている「女房の車軋《くるまきし》ろひ」（女房の車をめぐる争い）と結び付けて考える向きがあるが、いかがなものか。それは不問に付されたものの、道長のもとにまで報告が行くほどの事件であったとするのは、『日記』のこの記事からすると、いささか大袈裟で、違和感なしとしない。式部が記しているのは、にぎにぎしい還啓の慶事の中における、些細な人間関係のあつれきなのであろう。もちろん、些細なことにせよ、それは式部をして出仕生活における煩わしさをいっそう深めさせるものであったのであり、そのことは押さえておかねばならないものの、それ以上の広がりをもつ、ましてや事件というほどのものではないのではないか、と思われる。

とすれば、侍従の宰相実成《さねなり》らの訪問のことも、馬の中将との一件とは何らかかわりないこととなろう。これは、身もすくむほどの寒気の時季なので、やや情況は異なるが、土御門殿行幸の翌夜の月明に、中宮大夫斉信《ただのぶ》らが局を訪れたのと、同工異曲のこととみられよう。その時は、格別の加階《かかい》の御礼言上《ごんじょう》の取り次ぎ依頼という用件は確かにあったが、それは一つのきっかけであって、ねらいは夜の後宮における風情ある交流であろう。であれば、何かときっかけをとらえては局を訪れるのである。この場合もほぼ同様の事情であったとみてよいのではあるまいか。

それにしても、実成・経房《つねふさ》・公信《きんのぶ》らの家路を急ぐ後ろ姿を、「何ばかりの里人《さとびと》ぞは」と思いつつ見送った、というところには注意がひかれる。式部自身「わが身に寄せてははべらず」と弁明しているように、宮人である式部から里人に向けられた疑念というわけではなさそうである。むろん、寡婦《かふ》の身なるがゆえのひがみなどというものではあり得まい。となれば、これは式部の抱く人生観から発せられたものとみられよう。つまり、男女を中心とした家とか家庭（現在とは概念も実態もだいぶ異なるが）の中に形成されるかもしれない幸せというものへの懐疑の念であろう。期せずしてこれは、清少納言がいう「えせざいはひ」（似《に》て非《ひ》なる幸《しあわ》せ。『枕草子』「生《お》ひさきなく、まめやかに」の段）と近似した認識となろう。とはいえ、何も清少納言を意識してのことではあるまい。宮人がもつ共通の意識であり、認識ということになろう。

三六　よべの御贈物《おくりもの》、今朝《けさ》ぞこまかに

――殿から中宮への贈物――

よべの御贈物《おくりもの》、今朝《けさ》ぞこまかに御覧ずる。御櫛《くし》の筥《はこ》のうちの具《ぐ》ども、いひ尽くし見やらむかたもなし。手《て》筥一《ばこひと》よろひ、かたつかたには白き色紙《しきし》、つくりたる御冊子《みさうし》ども、古今、後撰集、拾遺抄、その部どものは五帖《でふ》につくりつつ、侍従の中納言、延幹《えんかん》と、おのおの冊子《さうし》ひとつに四巻《よくわん》をあてつつ、書かせたまへり。表紙は羅《ら》、紐《ひも》同じ唐《から》の組《くみ》、懸子《かけご》の上《うへ》に入れたり。下《した》には、能宣《よしのぶ》、元輔《もとすけ》やうの、いにしへいまの歌よみどもの家々《いへいへ》の集《しふ》書きたり。延幹《えんかん》とちかずみの君と書きたるは、さるものにて、これはただけ近《ぢか》うもてつかはせたまふべき、見知らぬものどもにしなさせたまへる、

今めかしうさまことなり。

〈現代語訳〉

昨夜の（殿からの）御贈物を、（中宮さまは）今朝になってつぶさにご覧になる。御櫛箱の中の道具類は、何とも言いあらわしようもなく（見事であって）、いつまで見ていてもきりがない。手箱が一対（あって）、その一方には白い色紙を綴じたご本など、（すなわち）古今集、後撰集、拾遺抄（などが納めてあり）、それらはそれぞれ五帖に仕立てて、侍従の中納言と延幹《えんかん》とに、めいめい冊子一帖に四巻を割り当てて、お書かせになってある。表紙は羅《ら》で、紐も同じ（羅の）唐様《からよう》の組紐で、懸子《かけご》の上段に入れてある。下段には能宣《よしのぶ》や元輔《もとすけ》といった、昔や現代の歌人たちの私家集を書いて（入れて）ある。延幹と近澄《ちかずみ》の君とが書いたもの（勅撰集）は、いうまでもなく立派で、これら（私家集）はもっぱら、身近に置いてお使いになるようなものとして、見知らぬ人たちにお書かせになったもので、当世風で様子が変わっている。

〈語釈〉

○よべの御贈物《おくりもの》 昨夜の殿から中宮への贈物、の意。道長が、土御門邸滞在を終えて参内なさる中宮に贈ったお土産の品。 **○御櫛《くし》の筥《はこ》のうちの具《ぐ》ども** 御櫛箱の中の櫛・笄《こうがい》・鋏《はさみ》など、さまざまの道具類。 **○手筥《てばこ》** 手回りの小道具類を入れる箱。 **○古今** 最初の勅撰和歌集である『古今和歌集』のこと。「集」が省略されている。 **○後撰集** 第二勅撰和歌集の

『後撰和歌集』。○**拾遺抄**　第三勅撰和歌集の『拾遺和歌集』のこととみられる。『拾遺抄』は十巻なので、下文の仕立てに合わない。『拾遺抄』は私撰集であるが、これが増補改訂されて『拾遺和歌集』になったと言われる。また、藤原定家が『拾遺集』に高い評価をくだすまでは、むしろ『拾遺抄』のほうが重んじられ、平安時代末期頃までは、両集とも勅撰集として扱われていたらしい。○**その部どもは五帖**《でふ》**につくり**　「その部」は、それぞれの歌集。「五帖」は、五冊。「帖」は、綴じ本を数える単位。○**侍従の中納言**　藤原行成。能書家で、三蹟《さんせき》の一人として知られる。この時点では、従二位参議左大弁皇太后宮大夫侍従。当年、三十七歳。権中納言に任じたのは、翌寛弘六年（一〇〇九）三月四日のことで、この呼称はそれ以後のこと。執筆時期にかかわっているとみられる。底本に「行成その時大弁」と傍記がある。○**延幹**《えんかん》　能書家の僧。大納言源清蔭《きよかげ》の孫。○**おのおの冊子**《さうし》**ひとつに四巻**《よくわん》**をあてつつ**　五帖に仕立てた各歌集の一帖（冊子ひとつ）に、それぞれ四巻をあてて書写された。このことから、各歌集とも二十巻であることが知られる。○**表紙は羅**《ら》**、紐**《ひも》**同じ唐**《から》**の組**《くみ》　「羅」は、薄絹。「紐」は、表紙にかける紐。「同じ唐の組」は、薄絹で作った唐様《からよう》（中国ふう）の組紐。○**懸子**《かけご》**の上**《うへ》　「懸子」は、箱の内部を二重にするため、外箱の縁にかけて、その中にはまるように作った平たい箱。「上」は、それの上段。○**能宣**《よしのぶ》　大中臣能宣《おおなかとみのよしのぶ》。『後撰集』の撰者の一人。梨壺《なしつぼ》の五人の一人。三十六歌仙の一人。家集に『能宣集』がある。○**元輔**《もとすけ》　清原元輔《きよはらのもとすけ》。同じく、『後撰集』の撰者の一人。梨壺の五人の一人。三十六歌仙の一人。清少納言の父。家集に『元輔集』がある。○**家々**《いへいへ》**の集**《しふ》　「家《いえ》の集《しゅう》」は、個人歌集。私家《しか》集《しゅう》。家集《かしゅう》。**○ちかずみの君**　清原近澄《ちかずみ》か、あるいは行成の別名かともいわれるが、不明。「ちかすみ（近澄）」は「しゝう（侍従）」の誤写とみると、「侍従」は行成となろう。**○見知らぬものどもにしなさせたまへる**　行成や延幹など著名な能書家に書かせた勅撰集（三代集）とはちがい、私家集は新進書家に書写させたのであろう。

〈解説〉

昨夜の還御は、時間的に遅かったこともあって、今朝（十一月十八日朝）になって昨夜の贈物を、中宮はつぶさにご覧になる。紫式部たち近侍の女房らもお相伴《しょうばん》にあずかるのである。この贈物は、内裏還啓に当たり、道長から中宮に献上された品々である。御櫛箱の類もさることながら、冊子の数々が目を引く。行成と延幹とによって書写され、豪華に造本された古今・後撰・拾遺の勅撰三代集、無名の能書家によって書写され、当世風に仕立てられた能宣・元輔などの私家集などである。道長は、『源氏物語』の造本作業の場に姿をあらわし、冗談まじりにたしなめつつも、それとなく支援を与えていたのであるが、自身はこれとは別に勅撰集や私家集の造本を計画的に進めていたものとみえる。

内裏還啓の中宮が持参するものとして『源氏物語』が選ばれたほか、こうして道長によって選定された勅撰集や私家集が携えられて行くというところには、一条内裏と彰子後宮の文化的環境とその雰囲気が知られて興味深い。勅撰三代集にしてもそうであろうが、特に私家集は中宮が身近《みぢか》に置いてお使いになるものだというから、その文化的情況がおのずと知られるのである。

三七　五節《ごせち》は廿日《はつか》にまゐる

――五節の舞姫――

五節《ごせち》は廿日《はつか》にまゐる。侍従の宰相《さいしやう》に、舞姫の装束《さうぞく》などつかはす。右の宰相の中将の、五節にかづら申されたる、つかはすついでに、筥一《はこひと》よろひに薫物《たきもの》入れて、心葉《こころば》、梅《むめ》の枝《えだ》をして、いどみきこえたり。

にはかにいとなむ常《つね》の年よりも、いどみましたる聞こえあれば、東《ひむがし》の、御前《おまへ》の向かひなる立蔀《たてじとみ》に、ひまもなくうちわたしつつともしたる燈《ひ》の光、昼よりもはしたなげなるに、歩《あゆ》み入《い》るさまども、あさましうつれなのわざやとのみ思へど、人の上《うへ》とのみおぼえず。ただかう、殿上人《てんじやうびと》のひたおもてにさし向かひ、脂燭《しそく》ささぬばかりぞかし。屏幔《へいまん》ひき、おひやるとすれど、おほかたのけしきは、同じごとぞ見るらんと思ひ出《い》づるも、まづ胸ふたがる。

業遠《なりとほ》の朝臣《あそん》のかしづき、錦《にしき》の唐衣《からぎぬ》、闇《やみ》の夜《よ》にものに紛《まぎ》れず、めづらしう見ゆ。衣《きぬ》がちに、身じろぎもたをやかならずぞ見ゆる。殿上人、心ことにもてかしづく。こなたに上《うへ》もわたらせたまひて御覧ず。殿もしのびて遣戸《やりど》より北におはしませば、心にまかせたらずうるさし。

中清《なかきよ》のは、丈《たけ》どもひとしくととのひ、いとみやびかに心にくきけはひ、人に劣らずとさだめらる。右の宰相の中将の、あるべきかぎりはみなしたり。樋洗《ひすまし》の二人とのひたるさまぞ、さとびたりと人ほほ笑《ゑ》むなりし。はてに、藤《とう》宰相の、思ひなしに今めかしく心ことなり。かしづき十人あり。又廂《またびさし》の御簾《みす》おろして、こぼれ出《い》でたる衣《きぬ》の褄《つま》ども、したり顔に思へるさまどもよりは、見どころまさりて、火影《ほかげ》に見えわたさる。

〈現代語訳〉

五節（の舞姫）は（十一月）二十日に参入する。（中宮さまから）侍従の宰相に、舞姫の装束などをお与えになる。右の宰相の中将が、五節（の舞姫）に（日陰《ひかげ》の）鬘《かずら》の（ご下賜を）お願い申し上げたのを、（中宮さまから）お与えになるついでに、筥《はこ》一対に薫物《たきもの》を入れて、心葉《こころば》として梅花の枝を造って（添えて）、（二人が互いに）風流を競《きそ》い合うように仕向けてお贈りした。

（間近になってから）急いで準備がなされる例年よりも、（今年は前々から準備して）一段と競い合っているという評判なので、（当日は、中宮さまの）ご座所の向かいにある東の（対の）立蔀《たてじとみ》に（沿って）、隙間もなくずらりと続けてともされた灯火のあかりが、昼間よりも（明るくて）きまりが悪いほどの所に、（舞姫たちが次々に）歩いて入ってくる様子などは、何とまあ、平然としていられることよ、としきりに思われるが、（それは）他人事《ひとごと》とはとても思えない。（私たちにしても）ただこのように、殿上人が直接顔をつきあわせたり、紙燭《しそく》をつけて明るく照らし出されないだけのことなのだ。幔幕《まんまく》を引きまわし、人目を遮断してゆくとはいえ、大体の様子は（私たちもこの舞姫たちも）同じように見えることであろうと、（先夜の内裏還啓の折のことを）思い出すにつけても、ただちに胸がつまる思いがする。

業遠《なりとお》の朝臣《あそん》の（舞姫の）介添役は、錦の唐衣《からぎぬ》で、暗闇《くらやみ》の夜でもほかのものと紛れないで、珍しく立派に見える。（だが）あまり何枚も重ね着していて、身動きも不自由そうに見える。（そのため）殿上人が、格別に気を配って世話をしている。こちら（＝中宮さまのご座所）に、帝もお渡りになって（舞姫を）ご覧になる。殿もこっそりと（お越しになって）遣戸《やりど》の北にいらっしゃるので、気ままにもできず気づかいされる。

中清《なかきよ》の（舞姫の介添役）は、背丈が同じ程度に揃っていて、とても優雅で奥ゆかしい様子は、けっして他にひけはとらないと評価を受ける。右の宰相の中将の（舞姫の介添役）は、なすべきことはすべて手を尽くしてあった。（その中の）樋洗童《ひすましわらわ》の二人の畏《かしこ》まっている様子が、何となく鄙《ひな》びていると、人々はほほ笑《え》んで見ているようであった。最後に、藤《とう》宰相の（舞姫の介添役）は、そう思って見るせいか現代風で格別な趣がある。介添役は十人いる。孫廂《まごびさし》の御簾《みす》をおろして、（その下から）こぼれ出ている衣装の褄《つま》なども、得意然として自慢げなものよりは、ずっと見ばえがして、灯《ひ》の光の中に（美しく）見わたされる。

〈語釈〉

○五節《ごせち》　五節の舞姫のこと。「五節」は、新嘗会《しんじようえ》と大嘗会《だいじようえ》に行われる少女楽《おとめがく》の宮中行事。十一月中旬の四日間にわたる公事《くじ》で、丑《うし》の日は帳台《ちようだい》の試《こころ》み、寅《とら》の日は御前《ごぜん》の試み、卯《う》の日は童女御覧《わらわごらん》、辰《たつ》の日は豊明節会《とよのあかりのせちえ》が催される。舞姫は、豊明節会において舞を献上する少女で、通常は公卿《くぎよう》から二人（大嘗会の年は三人）、受領《ずりよう》から二人が差し出される。**○廿日《はつか》にまゐる**　二十日は丑の日。毎年十一月の中《なか》の卯《う》の日が新嘗祭であり、それに先立つ丑の日に舞姫が内裏に参入して、帳台《ちようだい》の試みが行われる。**○侍従の宰相《さいしやう》**　藤原実成《さねなり》。前出（第一八・三〇節など）。中宮職《しき》の権亮《ごんのすけ》である実成に、中宮がとくに肩入れして、舞姫の衣装を下賜されたものとみられる。**○右の宰相の中将**　藤原兼隆《かねたか》。前出（第一一・二〇節など）。**○五節にかづら申されたる**　兼隆が舞姫の日蔭《ひかげ》の鬘《かずら》の下賜を中宮に願い出たことをいう。「日蔭の鬘」とは、舞姫の冠の左右に垂らす飾りの組紐。**○つかはすついでに**　中宮が兼隆に日蔭の鬘を下賜されるついでに、の意であるが、上文の「侍従の宰相に……つかはす」をも受けての「ついでに」であり、以下のことが女房らにより実成・兼隆双方になされたと解される。**○心葉《こころば》、梅《むめ》の枝《えだ》をして**　「心葉」は、贈物の際に筥《はこ》や折敷《おしき》に梅や松をかたどって飾りとして添える物。ここは、梅花の枝の造り物を、薫物《たきもの》を入れた筥に添えたのである。なお、底本は「梅枝」。「の」を補った。「梅枝《うめがえ》」とも訓《よ》めるが、それは歌語。**○いどみきこえたり**　「いどみきこゆ」は、互いに風流を競うように仕向けたこと。行為の主体は女房たちである。底本「いどみきえたり」。「こ」を補った。

○にはかにいとなむ常《つね》の年よりも　天皇の即位のあった年に行われる大嘗会とはちがい、通例の新嘗会の場合は期日が差し迫ってから、準備されていたらしい。宮中の慶事（親王誕生）のあった今年は、格別に早くから用意がなされていたものとみえる。**○東《ひむがし》の、御前《おまへ》の向かひなる立蔀《たてじとみ》**　「東の」は、東の対の意で、「立蔀」にかかる。御前（中宮の御座所）の向かいにある東の対の立蔀の意となる。「立蔀」は、細い木を格子状にして衝立《ついたて》のように作ったもの。室内への視線をさえぎるために庭上に立てる。**○燈《ひ》の光**　松明《たいまつ》や紙燭《しそく》の明かり。**○あさましうつれなのわざや**　何とまあ、とあきれるほど、平然としていることよ。人前に臆《おく》せずに歩み入る舞姫たちの様子に対する驚きの気持ち。**○ただかう**　ただこうした舞姫のように、の意。**○ひたおもて**　まともに顔を合わせること。**○屛幔《へいまん》ひき、おひやる**　「屛幔」は、まわりに張りめぐらす幕（幔幕《まんまく》）。「ひき、おひやる」は難解。『傍註』以下の諸注が推測するように「ひき、おほひやる」の「ほ」の一字誤脱かとみて、幔幕を舞姫たちのまわりに張りめぐらし、人目を遮断したことと解しておく。**○同じごとぞ見るらんと思ひ出《い》づる**　「同じごと」は、自分たちの姿もこの舞姫たちと同じように、の意。「思ひ出づる」は、内裏還啓の夜の、衆目にさらされて歩いた経験を思い出すこと。あのような経験があるから、「人の上《うへ》」（他人事《ひとごと》）とは思われず、身につまされるのである。

○**業遠《なりとほ》の朝臣《あそん》**　高階業遠《たかしなのなりとお》。春宮権亮《とうぐうごんのすけ》兼丹波《たんば》の守《かみ》。受領として舞姫を差し出した一人。底本の「なりうを」を改めた。　○**かしづき**　舞姫の世話をする介添役の女房。底本の「よしつき」を改めた。　○**錦《にしき》の唐衣《からぎぬ》、闇《やみ》の夜《よ》にも**　「富貴《ふうき》ニシテ故郷ニ帰ラザルハ、錦ヲ衣《き》テ夜行クガ如シ」（『漢書《かんじょ》』項籍伝《こうせきでん》）を踏まえ、それを逆にしたユーモラスな表現。つまり、錦を着ていても夜では目立たないというが、これは闇夜にもはっきりと人目をひく、というのである。

○**衣《きぬ》がち**　衣装を重ね着した状態をいう。　○**こなた**　中宮の御座所。紫式部らもここにいる。　○**遣戸《やりど》より北**　東北の対の遣戸の北側。「遣戸」は、引き戸。　○**うるさし**　いやだ、厄介だ、という嫌悪感ではあるまい。気づかいがされることをいう。

○**中清《なかきよ》のは**　中清の舞姫の介添役は、の意。「中清」は、尾張の守藤原中清。受領として舞姫を差し出した一人。　○**人に劣らずとさだめらる**　他に勝《まさ》るとも劣ることはないと、大方の評価が定まったことをいう。底本「おとらずと」の「と」なし。欠脱と判断して補った。

○**右の宰相の中将の**　「の」は、「の舞姫の介添役」の省略。「右の宰相の中将」は、前出の藤原兼隆《かねたか》。公卿《くぎょう》として舞姫を差し出した一人。　○**あるべきかぎり**　なすべきこと（整えるべきこと）はすべて。　○**樋洗《ひすまし》**　「樋洗童《ひすましわらわ》」の略。便器の掃除など、雑事をする童女。　○**さとびたり**　鄙《ひな》びている。「さとび」は、雅《みや》びの対。　○**藤《とう》宰相**　前出の藤原実成《さねなり》。公卿として舞姫を差し出した一人。　○**思ひなしに**　そう思ってみるせいか。実成は中宮権亮《ごんのすけ》であるため、中宮付き女房としてひいき目に見るからか、の意。　○**又廂《またびさし》**　孫廂《まごびさし》のこと。母屋《おもや》の廂《ひさし》の外側に、さらに差し出した小廂《こびさし》。**○したり顔に思へるさまどもよりは**　いかにも得意然として誇らしげにしているよりは。特定の相手をさしてのことではなく、一般的な比較であろう。

〈**解説**〉

五節の舞姫の内裏参入の様子、特にその介添役の女房のことを中心に描くが、その中で、衆人環視のなかに身をさらす舞姫たちの立場に目をみはる。このくだりは、舞姫たちへの同情を越えて、慨嘆の披瀝となっている。そして、それは他人事《ひとごと》ではなくして、ただちにわが身の上と同然のことと思い見る。土御門邸行幸の折に、駕輿丁《かよちょう》の姿にわが身をひき比べずにはいられなかったのと、類同の反応であり、紫式部特有の思考を示している。舞姫の姿から触発される式部の慨嘆は、次々節（第三九節）に至り、いっそうの深まりを見せるが、表出されるこの感懐は、いわば通奏低音のごとくに響き、『日記』を特徴づけるものとなっている。

三八　寅《とら》の日の朝《あした》、殿上人まゐる

――殿上の淵酔《えんずい》のこと――

寅《とら》の日の朝《あした》、殿上人まゐる。つねのことなれど、月ごろにさとびにけるにや、若人《わかうど》たちの、めづらしと思へるけしきなり。さるは、摺《す》れる衣《ころも》も見えずかし。

その夜《よ》さり、春宮《とうぐう》の亮《すけ》召して、薫物《たきもの》たまふ。大きやかなる筥《はこ》一《ひと》つに、高《たか》う入れさせたまへり。尾張《をはり》へは、殿の上《うへ》ぞつかはしける。その夜は御前《おまへ》の試みとか、上《うへ》にわたらせたまひて御覧ず。若宮おはしませば、うちまきし、ののしる。つねに異なる心地す。

もの憂《う》ければしばしやすらひて、有様《ありさま》にしたがひてまゐらんと思ひてゐたるに、小兵衛、小兵部なども、炭櫃《すびつ》にゐて、

「いとせばければ、はかばかしうものも見えはべらず。」

など言ふほどに、殿おはしまして、

「などて、かうて過ぐしてはゐたる。いざもろともに。」と、せめたてさせたまひて、心にもあらずまうのぼりたり。舞姫どもの、いかに苦しからんと見ゆるに、尾張の守のぞ、心地あしがりて往《い》ぬる、夢のやうに見ゆるものかな。こと果てて下《お》りさせたまひぬ。

このごろの君達《きんだち》は、ただ五節所《ごせちどころ》のをかしきことを語る。「簾《すだれ》のはし、帽額《もかう》さへ心々にかはりて、出《い》でゐたる頭《かしら》つき、もてなすけはひなどさへ、さらにかよはず、さまざまになんある。」と、聞きにくく語る。

〈現代語訳〉

寅《とら》の日（二十一日）の朝、殿上人が（中宮さまの御所に）参上する。例年のことなのだが、何か月もの間の里住まいに馴れてしまったせいか、若い女房たちは、（殿上人の参上を）物珍しいと思っている様子である。とはいっても、（今日はまだ、あの）青摺《あおず》り衣《ごろも》も見えないことだ。

その夜に、（中宮さまは）春宮《とうぐう》の亮《すけ》を御前にお召しになって、薫物《たきもの》を下賜なさる。大きめの筥《はこ》一つに、山盛《やまも》りにお入れになられた。尾張の守へは、殿の北の方がおつかわしになった。その夜は、御前《おまえ》の試みとかで、（中宮さまは）清涼殿にお渡りになってご覧になる。若宮がいらっしゃるので、（魔よけのため）散米《うちまき》をして大声を上げるのが、例年とは違った気持がする。

何となく気が進まないので、しばらく（局《つぼね》で）休息して、状況によっては御前に参上しようと思っていたところ、小兵衛、小兵部なども囲炉裏《いろり》のまわりに（やって来て）すわって、

「とても狭いので、思うようによくは見えません。」

などと言っているところに、殿がいらっしゃって、

「どうして、このように過ごしているのですか、さあいっしょに（行きましょう）。」

と、せきたてなさるので、不本意ながら（御前に）参上した。舞姫たちが、どんなにか苦しいことだろうと（思いやって）見ていると、尾張の守の（舞姫）が、気分が悪くなって退出していく、（それが、まるで）夢の中のできごとのように見えることだ。儀式が終わって（中宮さまは）お下《さ》がりになった。

この時分の君達《きんだち》は、もっぱら五節所《ごせちどころ》の趣深いことばかりを話題にしている。

「簾《すだれ》のはしや帽額《もこう》までもが、それぞれ（局ごとに）趣向が変わっていて、端近《はしちか》くに出ている（女房たちの）髪の格好《かっこう》や、立《た》ち居《い》の物腰までも、まったく同じではなく、めいめい趣を備えている。」

などと、聞きづらいことを話している。

〈語釈〉

○寅《とら》の日　十一月中《なか》の寅の日である。この日は、殿上《てんじよう》の淵酔《えんずい》（天皇が殿上人を清涼殿に召して催す酒宴）があり、夜、清涼殿で五節《ごせち》の舞が行われる。これを御前《おまえ》の試みという。**○殿上人まゐる**　殿上の淵酔に参加する殿上人が参内し、中宮の御前にもご挨拶に参上するのであろう。**○月ごろにさとびにけるにや**　この数か月間に里の習慣に馴染《なじ》んでしまったのか。中宮の御産に伴い、数か月間（七月から十一月まで）宮中を離れて土御門邸で過ごし、里住まいに馴れてしまったことをいう。**○摺《す》れる衣《ころも》**　神事に奉仕する人が着る、草木鳥の紋様を青く摺《す》り出した小忌《おみ》の衣《ころも》。明日、卯の日の新嘗会《しんじようえ》、明後日、辰の日の豊明節会《とよのあかりのせちえ》には、これが着用される。そこで、寅の日の今日はまだ「見えずかし」と言うのである。**○夜《よ》さり**　夜になる頃。夜。**○春宮《とうぐう》の亮《すけ》**　東宮権亮《ごんのすけ》の高階業遠《なりとお》。前節の「業遠の朝臣」。**○尾張《をはり》**　尾張の守藤原中清《なかきよ》。前節「中清」。**○御前《おまへ》の試み**　寅の日の夜、天皇が清涼殿（一条院では中殿）において舞姫の舞をご覧になる儀式。**○上《うへ》にわたらせたまひて**　中宮が清涼殿（中殿）へお渡りになって。**○うちまきし**　若宮の魔よけのために米を撒き散らすのである。散米《うちまき》。**○もの憂《う》ければ**　気がすすまないので。「もの憂し」は、何となく大儀、おっくう、の意。**○有様《ありさま》にしたがひて**　状況によっては。気がすすまないので、様子をみて判断しようとしているのである。**○小兵衛、小兵部**　ともに中宮女房。五日の御産養《うぶやしない》の条（第一九節）の髪あげした女房の中に名が見えた。**○炭櫃《すびつ》**　囲炉裏、または角火鉢。**○などて、かうて**　どうしてこのようにして。「かうて」は、御前に行かずに、炭櫃にへばりついてなどしていて、の意。　**○もろともに**　下に続く「参らむ」などが省略されている。　**○いかに苦しからん**　どんなにか苦しいことであろう。衆目にさらされている舞姫たちの心内を察しての思い。　**○尾張の守の**　尾張の守が差し出した舞姫のこと。　**○夢のやうに見ゆるものかな**　まるで夢の中のできごとのように思われたことだ。衆人環視の中の舞姫が、緊張のあまりか気分が悪くなり、退出していったことなどが、過酷なことで、現実にはあり得ないことのように思われるのである。

○このごろ　この時分。五節を迎えた今日この頃をいう。　**○五節所**《ごせちどころ》　五節の舞姫の控室。五節局《ごせちのつぼね》ともいう。底本「せち所」。「五」を補った。　**○帽額**《もかう》　御簾の上辺に引きまわす細長い布。　**○さらにかよはず**　一向に似通っていない。　**○聞きにくく**　率直な、あるいは辛辣な批評であるため、聞きにくいのであろう。批評される側に立っての表現。底本「きくにつゝ」を改めた。

〈解説〉

主として御前《おまえ》の試みのことが叙述されている。しかし、その儀式の盛大さ・華麗さなどが描かれるのではないところに、特徴がある。まず、「その夜は御前の試みとか」と、儀式そのものとの距離を置き、関心の低さを示す。だから、御前の試みの場である清涼殿（ここは一条院内裏の中殿）に行こうとはしない。「もの憂ければ」とあるように、何となく気が進まないのである。道長に「いざもろともに」とせめたてられて、「心にもあらず」しぶしぶ行ってみる始末である。そして、「いかに苦しからん」と、衆目にさらされる舞姫の身に同情を禁じえない。この流れからすれば、気分が悪くなって退出する舞姫の姿に接しての、「夢のやうに見ゆるものかな」との心情は、現実のこととはとても思えない、舞姫の過酷な現実に寄せる慨嘆と解するほかあるまい。舞姫の消え入るように退出していく様子を、幻想的な気分にふけって見ていた、などと解する余地はおそらくなかろう。

本節末尾の「聞きにくく語る」というのも、衆目にさらされるだけではなく、言葉による批評をも浴びせられる存在の舞姫への同情の思いの披瀝とみられる。

かくして、舞姫の姿をまのあたりにして他人事《ひとごと》とも思えない同情と慨嘆を表出した前節を受け、その思いが継続されている本節を経て、いっそうの深まりをみせる次節へと進んでいくこととなる。

三九　かからぬ年だに、御覧《ごらん》の日の童女《わらは》

――童女御覧の儀――

かからぬ年だに、御覧《ごらん》の日の童女《わらは》の心地どもは、おろかならざるものを、ましていかならむなど、心もとなくゆかしきに、歩《あゆ》み並びつつ出《い》で来たるは、あいなく胸

つぶれて、いとほしくこそあれ。さるは、とりわきて深《ふか》う心寄《こころよ》すべきあたりもなしかし。われもわれもと、さばかりの人の思ひてさし出《い》でたることとなればにや、目うつりつつ、劣りまさりけざやかにも見え分《わ》かず。今めかしき人の目にこそ、ふとものけぢめも見とるべかめれ。ただかくもりなき昼中《ひるなか》に、扇《あふぎ》もはかばかしくも持たせず、そこらの君達《きんだち》の立ちまじりたるに、さてもありぬべき身のほど、心もちゐといひながら、人に劣らじとあらそふ心地も、いかに臆《おく》すらんと、あいなくかたはらいたきぞ、かたくなしきや。

丹波《たんば》の守の童女《わらは》の青い白橡《しらつるばみ》の汗衫《かざみ》、をかしと思ひたるに、藤宰相《とうさいしやう》の童女《わらは》は、赤《あか》色《いろ》を着せて、下仕《しもづか》への唐衣《からぎぬ》に青色《あをいろ》をおしかへしたる、ねたげなり。童女《わらは》のかたちも、一人はいとまほにには見えず。宰相の中将は、童女《わらは》いとそびやかに、髪どもをかし。馴れすぎたる一人をぞ、いかにぞや、人のいひし。みな濃き衵《あこめ》に、表着《うはぎ》は心々なり。汗衫《かざみ》は五重《いつへ》なる中に、尾張《をはり》はただ葡萄染《えびぞめ》を着せたり。なかなかゆゑゆゑしく心あるさまして、ものの色合ひ、つやなど、いとすぐれたり。下仕《しもづか》への中にいと顔すぐれたる、扇《あふぎ》取るとて六位の蔵人ども寄るに、心と投げやりたるこそ、やさしきものから、あまり女にはあらぬかと見ゆれ。われらを、かれがやうにて出《い》でゐよとあらば、またさてもさまよひありくばかりぞかし。

かうまで立ち出《い》でんとは思ひかけきやは。されど、目にみすみすあさましきものは、人の心なりければ、今より後《のち》のおもなさは、ただなれになれすぎ、ひたおもてにならむやすしかしと、身の有様《ありさま》の夢のやうに思ひ続けられて、あるまじきことにさへ思ひかかりて、ゆゆしくおぼゆれば、目とまることも例のなかりけり。

〈現代語訳〉

これほどでもない普通の年でさえ、御覧《ごらん》の日の童女《わらわ》たちの気持などは、なみたいていのことではないのに、まして（今年は）どんなであろうなどと、気がかりで早く見たいと思っていると、（下仕えの女房と）次々に並んで歩み出てきた様子は、（見ると）わけもなく胸がしめつけられる思いで、気の毒な感じになってしまう。とはいっても、格別深くひいきにしなければならない相手がいるというわけでもないのである。われもわれもと、あれほど人々が思いを込めて差し出したことであるからか、目移りがして、（童女たちの）優劣もはっきりとは見分けがつかない。現代風な人の目には、すぐに優劣が見分けられるのであろう。ただこのように明るい昼日中《ひるひなか》に、（顔を隠す）扇もきちんと持たせないで、大勢の君達《きんだち》が（見物に）立ちまじっているなかで、それ相当の身分や心構えを備えているとはいっても、人に劣るまいと競いあう気持も、どんなにか気おくれがすることだろうと、むしょうに気がかりに思われるのは、われながら堅苦《かたくる》しい考えであることだ。

丹波の守の童女《わらわ》の（着ている）青色の白橡《しらつるばみ》の汗衫《かざみ》を美しいと思っていたところ、藤宰相《とうさいしょう》の童女《わらわ》には赤色の（白橡《しらつるばみ》の汗衫《かざみ》）を着せて、下仕《しもづか》えの（者には）唐衣《からぎぬ》に青色の白橡《しらつるばみ》を対照的に着せているのが、羨ましいほどである。童女の容貌も、（丹波の守の）一人はそれほど整っているとは見えない。宰相の中将（の）は、童女がとてもすらりとしていて、髪なども美しい。（その中の）物馴れしすぎている一人を、あまり感心しないと、人々は言っていた。（童女たちは）みな濃い紅《くれない》の袙《あこめ》を着て、表着《うわぎ》はそれぞれ思い思いである。汗衫《かざみ》はみな（袘《ふき》が）五重がさねである中で、尾張の守のは（童女に）葡萄染《えびぞ》めの（汗衫《かざみ》）を着せている。（それが）かえって奥ゆかしく趣ある様子で、色あいや光沢などが、ずいぶんすぐれている。下仕えの中でたいそう容貌のすぐれた（者がいて、その）扇を置かせようと六位の蔵人たちが近寄ると、自らすすんで（扇を）投げてよこしたのは、殊勝なこととは思うものの、あまりに女らしからぬことと思われる。（もし）私たちに、あの人たちと同じように（衆目の中に）出なさいと言われたら、やはりあのようにうろうろと歩きまわるばかりであろう。

（それにしても）こんなにまで人前に立ち出ようとは、（以前には）まったく想像もしなかったことである。でも（考えてみると）、目にはっきりと見えて、あきれるほどに変わっていくのが人の心なので、これから先の恥知らずなのは、（宮仕えに）まったく馴れすぎてしまい、人中《ひとなか》に直接顔を出すことも平気になってしまうのであろうと、わが身のなりゆきが夢のように思い続けられて、あってはならないことにまで想像が及んでいき、不吉にまで思われるので、（眼前の儀式にも）例によって目をやる気がしなくなってしまった。

〈語釈〉

○かからぬ年　親王誕生の慶事があって盛大に行われる今年とは違う、いつもの年をさす。**○御覧《ごらん》の日**　卯《う》の日の新嘗祭《しんじようさい》当日、舞姫付き添いの童女らを清涼殿に召し、帝がご覧になる童女御覧《わらわごらん》の儀。ここは、十一月二十二日。**○おろかならざるもの**　緊張感高まり、並大抵《なみたいてい》でないこと。**○まして**　今年は特に。**○心もとなくゆかしき**　気がかりであるため、はたしてどんなであるか早く自分の目で確認したいのである。**○歩《あゆ》み並びつつ**　（下仕えの女房と）次々に並んで歩いて。**○心寄《こころよ》すべきあたり**　ひいきにするような童女。**○今めかしき人の目に**　現代的な感覚を備えた人の目から見ると。自身の旧弊で時代おくれの感覚を卑下して対比している。**○ただかくくもりなき昼中《ひるなか》に**　ただこのように明るい日中に。帳台《ちようだい》の試みや御前《ごぜん》の試みの儀式は夜間に行われたのに対して、この童女御覧《わらわごらん》は昼間に行われたので、式部の目からすると、その状況はいっそう過酷に見えるのである。**○そこらの君達《きんだち》**　大勢の君達。「君達」は、貴族のむすこ・むすめの意であるが、ここは貴族の若い男性たちをいう。**○さてもありぬべき**　そのようなことに十分対処できるはずの。下接する「身のほど」（身分）、「心もちゐ」（心がまえ）についていう。**○かたくなしきや**　何と堅苦しく融通のきかないことか。童女に寄せる自身の同情の気持に対する弁明であると同時に、分析でもある。**○丹波《たんば》の守**　高階業遠《たかしなのなりとお》。**○青い白橡《しらつるばみ》**　橡《つるばみ》（櫟《くぬぎ》の実・団栗《どんぐり》）の煮汁で染めた黒色や、その色の衣服のことをいい、白みがかったものを「白橡」という。色名に青白橡・赤白橡の二種がある。ここは前者。下文の「赤色」は後者のこと。**○汗衫《かざみ》**　童女が表着《うわぎ》の上に着る礼装用の衣服。**○藤宰相《とうさいしやう》**　藤原実成《さねなり》。**○下仕《しもづか》へ**　舞姫付きの下仕え。童女とともに下仕えも「御覧」の対象となる。**○おしかへし**　童女の赤色と下仕えの青色を対照させていることをいう。**○ねたげなり**　（相手が）ねたましげに感じるほどすぐれている、の意。**○童女《わらは》のかたちも、一人は**　文脈からみて、丹波の守の童女のことである。「一人」は、童女二人のうちの一人のこと。**○宰相の中将**　藤原兼隆《かねたか》。**○そびやか**　背丈《せたけ》がすらりと高いこと。**○馴れすぎたる一人をぞ、いかにぞや、人のいひし**　この部分、底本にない。諸注にしたがい、絵巻本文により補った。「馴れすぎたる」は、世間ずれしすぎた態度を批判していう。「一人」は、宰相の中将の童女で、背丈がすらりとして、髪も美しい童女の一人。したがって、同一の童女のこと。容姿を褒められた一方で、態度が批判されているのである。**○みな濃き袙《あこめ》**　「みな」は、四人の童女すべて、の意。「袙」は、男女ともに着用する衣服であるが、ここは童女の場合で、汗衫《かざみ》の下に着る衣服。「濃き」は、濃い紅色《くれないいろ》。したがって、下接の「表着《うはぎ》」は汗衫《かざみ》のことである。**○五重《いつへ》**　五重《いつえ》がさねのことで、袖口・裾・褄《つま》の袘《ふき》を五重にしたもの。**○葡萄染《えびぞめ》**　汗衫《かざみ》の襲《かさね》の色目で、表紫、裏赤。**○扇《あふぎ》取る**　顔にかざしている扇を取り置く。「御覧」のためである。**○六位の蔵人**　下仕えの介添役。童女には殿上人が、下仕えには六位の蔵人が、それぞれ介添えを担当している。**○心と** 自分からすすんで。自発的に。**○投げやりたる** 実際に投げたのではなく、六位の蔵人が近寄るや否や、扇をさっと顔からはずして渡したことをいうのであろう。**○やさしきものから** 優美ではあるものの。ここは、扇を取りはずした仕草《しぐさ》の優美さを評したのであろう。**○あまり女にはあらぬか** あまりに女らしからぬ行為ではないか。羞恥心の欠如をいう。**○かうまで立ち出《い》でんとは** ここから、自分の宮仕え生活について、かつては想像もしていなかった現実をいう。**○目にみすみすあさましきものは** 「目にみすみす」は、目にはっきりと見えて。「あさましきものは」は、変わっていってしまうがゆえに、あきれたものは、の意。**○おもなさ** あつかましい。厚顔無恥《こうがんむち》。**○ひたおもて** じかに顔を見せること。まともに顔を合わせること。ここは、とくに男性との場合をいう。**○やすしかし** たやすいことであろう。馴れすぎた宮仕えの日常の中で、自然、そのように流されてしまうであろうことをいう。**○あるまじきこと** あってはならないこと。男女間の不倫な関係などをさすかと推される。**○目とまることも例のなかりけり** 眼前の御覧の儀に目がゆくこともなくなってしまったことをいう。「例の」は、いつものように。例によって。すでに、行幸近い頃の土御門邸におけるもの思い（第二四節）、行幸当日の駕輿丁《かよちよう》に寄せる思い（第二六節）などに、類似の状況がみられた。

〈解説〉

童女御覧《わらわごらん》の日の様子を記しているが、儀そのものの記録でないことは一目瞭然としている。衆目に姿をさらさねばならない童女たちの気持を「いかならむ」と心から思いやり、その姿に接しては「あいなく胸つぶれて、いとほしくこそあれ」と深い同情を禁じ得ない。顔にかざす扇もろくに持たせてもらえぬままに、男性貴族らに立ちまじることを余儀なくされている彼女らの心内を思いみて、「いかに臆《おく》すらん」と忖度《そんたく》しつつも、同時に「かたくなしきや」と自分の旧弊さを内省してもみる。それほどに、展開される周囲の情況と自身の境地とには落差があるのである。

しばらくは、童女の衣装や容姿の描写を進めていくかに見えるものの、顔にかざしていた扇を投げ捨てるように取りはずす童女の仕草を見るに及んでは、ただちに宮仕えのわが現況へと思いが重ね合わせられてくる。土御門《つちみかど》邸行幸の当日、駕輿丁の姿にわが現況を見る思いがした（第二六節）のと同様な慨嘆が披瀝される。そしてこの慨嘆は、「目にみすみすあさましきものは、人の心なりければ」と、驚くべき表現で表出されることとなる。目にはっきりと見えるかたちで、あきれるほどに変化を示すのが、ほかならぬ人の心だというのだが、知らず知らず宮仕えに馴れてしまい、恥を恥とも思わぬ態度が身についていくことを嫌悪する心情の吐露でもある。内省から発せられたこの言葉は、もはや慨嘆にとどまらず、紫式部が内面に形成している人性批評であり、人生観そのものの端的な披瀝と理解される。

してみると、華麗な情況を繰り広げたはずの宮中儀式たる童女御覧《わらわごらん》は、式部にとってはかくのごとき暗澹《あんたん》たるものであったのである。

四〇　侍従《じじゆう》の宰相《さいしやう》の五節局《ごせちつぼね》
――左京《さきよう》の君へのからかい――

侍従《じじゆう》の宰相《さいしやう》の五節局《ごせちつぼね》、宮の御前《おまへ》のただ見わたすばかりなり。立蔀《たてじとみ》の上《かみ》より、音《おと》に聞く簾《すだれ》の端《はし》も見ゆ。人のもの言ふ声もほの聞こゆ。

「かの女御《にようご》の御かたに、左京《さきやう》の馬《むま》といふ人なん、いと馴《な》れてまじりたる。」

と、宰相の中将、むかし見知りて語りたまふを、

「一夜《ひとよ》かのかひつくろひにてゐたりし、東《ひんがし》なりしなん左京。」

と、源《げん》少将も見知りたりしを、もののよすがありて伝へ聞きたる人々、

「をかしうもありけるかな。」

と、言ひつつ、いざ、知らず顔にはあらじ、むかし心にくだちて見ならしけん内裏《うち》わたりを、かかるさまにてやは出《い》で立つべき。しのぶと思ふらんを、あらはさんの

心にて、御前《おまへ》に扇どもあまたさぶらふ中に、蓬萊《ほうらい》つくりたるをしも選《え》りたる、心ばへあるべし、見知りけんやは。筥《はこ》の蓋《ふた》にひろげて、日蔭《ひかげ》をまろめて、反《そ》らいたる櫛《くし》ども、白き物忌《ものいみ》して、つまづまを結《ゆ》ひ添《そ》へたり。

「すこしさだすぎたまひにたるわたりにて、櫛《くし》の反《そ》りざまなんなほなほしき。」と、君達《きんだち》のたまへば、今様《いまやう》のさまあしきまでつまもあはせたる反らしざまして、黒《くろ》方《ばう》をおしまろがして、ふつつかにしりさき切りて、白き紙一重《ひとかさ》ねに、立文《たてぶみ》にしたり。大輔《たいふ》のおもとして書きつけさす。

おほかりし豊《とよ》の宮人《みやびと》さしわきてしるき日蔭《ひかげ》をあはれとぞ見し（13）

御前《おまへ》には、

「同じくは、をかしきさまにしなして、扇などもあまたこそ。」

と、のたまはすれど、

「おどろおどろしからんも、事《こと》のさまにあはざるべし。わざとつかはすにては、しのびやかにけしきばませたまふべきにもはべらず。これはかかるわたくしごとにこそ。」

と、聞こえさせて、顔しるかるまじき局《つぼね》の人して、

「これ中納言の君の御文《ふみ》、女御殿《にようご》より左京の君にたてまつらん。」

と、高やかにさしおきつ。ひきとどめられたらんこそ見苦《みぐる》しけれと思ふに、走り来《き》たり。女の声にて、

「いづこより入《い》り来《き》つる。」

と、問ふなりつるは、女御殿のと、疑ひなく思ふなるべし。

〈現代語訳〉

侍従の宰相の舞姫の控え室は、中宮さまの御座所からすぐ見渡されるほどの近さである。立蔀《たてじとみ》の上から、評判の高い簾《すだれ》の端《はし》も見える。人の話す声もかすかながら聞こえる。

「あの（弘徽殿《こきでん》の）女御さまの所で、左京の馬という人が、ずいぶんもの馴れた様子でまじっています。」

と、宰相《さいしよう》の中将が、かつてのその人を見覚えていてお話しになると、

「先夜、あの（侍従の舞姫の）介添役として座っていた（女房のうち）、東側にいたのが左

京ですよ。」

と（言って）、源少将も見覚えていたのを、ふとしたついでがあって伝え聞いた（中宮の）女房たちは、

「それはまたおもしろいことだわ。」

と口々に言って、さあ、知らないふりをしているわけにはいかない、以前はいかにもお上品ぶって自在に振舞っていたであろうこの宮中に、こんな（介添役などの）様子で出てくるなんて（何と恥知らずのことか）。人目を忍んでいるつもりらしいが、暴《あば》き出してやろうということで、（中宮さまの）御前に扇が沢山あるなかで、蓬萊山《ほうらいさん》の絵が彩色して描いてあるのをことさら選び出したのには、何かわけがあるにちがいないが、（左京はそれを）おそらく察知できなかったであろう。硯箱《すずりばこ》のふたに（その扇を）ひろげて、日蔭《ひかげ》の鬘《かずら》をまるめて載《の》せ、反《そ》りをつけた櫛などを、白い物忌みで両端を結んで添えた。

「すこしお年を召した方なので、櫛の反《そ》り具合など、平凡すぎる（かも知れない）。」

と、君達《きんだち》がおっしゃるので、当世風の（櫛を）不恰好《ぶかっこう》なほどに端と端が合わさるばかり反《そ》らし具合にして、黒方《くろぼう》をおし丸めて、ぞんざいに両端を切って、白い紙二枚に（それを包み）立文《たてぶみ》の形にした。（これに）大輔《たゆう》のおもとに（次の歌を）書きつけさせる。

大勢奉仕していた豊明節会《とよのあかりのせちえ》の人々の中で、とりわけ目立つ存在であった日蔭《ひかげ》の鬘《かずら》のあなたを、印象深くお見受けしましたよ。(13)

中宮さまは、

「同じ贈るというのなら、もっと趣深くして、扇なども沢山にしたら（どうですか）。」

と、おっしゃるけれど、

「あまり大げさにしますのも、ただいまの趣旨に合わないと思います。特別にご下賜なされるというのでありましたら、（このように）人目を避けてわけありげになさるべきではございません。これは、ほんの私的な事なのです。」

と申し上げて、（先方に）顔の知られていないはずの局《つぼね》の下仕《しもづか》えの者をやって、

「これは、中納言の君のお手紙で、女御《にようご》さまから左京の君に差し上げたい（とのことです）。」

と、声高らかに言って置いてきた。（使いの者が）引きとどめられるようなことになったら、みっともないことになると思っていたところ、（使いは）走って戻ってきた。（先方では）女の声で（それを受け取った者に）、

「（使いは）どこから入って来たのか。」

と尋ねているらしいのは、女御さまからの（お手紙）と、疑うことなく信じているようである。

〈語釈〉

○侍従《じじゆう》の宰相《さいしやう》の五節局《ごせちつぼね》　侍従の宰相藤原実成《さねなり》の舞姫の控室。**○立蔀《たてじとみ》**　細い木を縦横に組ん

だ格子状の衝立《ついたて》。室内が見えないように目隠しとして庭上に立てる。屋内にも用いる。〇**音《おと》に聞く簾《すだれ》の端《はし》**　「音に聞く」は、評判が高い。実成の舞姫の控室は、簾の下から見える出《いだ》し衣《ぎぬ》の美しさが評判であったらしい。

〇**かの女御《にようご》の御かたに**　あの女御の所に。「女御」は、弘徽殿《こきでん》の女御《にようご》藤原義子。内大臣公季《きんすえ》の娘で、実成《さねなり》と同腹。定子皇后の崩御後にあっては、彰子中宮の最大のライバル的存在。

〇**左京《さきやう》の馬《むま》**　もと弘徽殿女御に仕えた女房かとみられる。底本には「左京むま」とあるが、もと「左京君」とあったものが「左京馬」と、字形の類似から転化したかと推定する説がある（『全注釈』）。〇**宰相の中将**　前出（第一一節など）の藤原兼隆《かねたか》。〇**一夜《ひとよ》**　先日の夜。丑《うし》の日の舞姫参入の夜のことか。〇**かひつくろひ**　舞姫の介添役。〇**源《げん》少将**　前出（第一六節）の源雅通《まさみち》。〇**伝へ聞きたる人々**　伝え聞いた中宮の女房たち。〇**をかしうもありけるかな**　それはまたおもしろいことだわ。揶揄《やゆ》の恰好の対象として感興を示している。〇**心にくだちて**　いかにもお上品ぶって。形容詞「心にくし」の語幹に、接尾語「だつ」がついた語。〇**かかるさま**　このような姿。五節の舞姫の介添役などに身を落として、の意。〇**あらはさんの心**　素性をすっぱ抜いてやろうとして。「心」は、意図・つもり。〇**蓬莱《ほうらい》つくりたる**　蓬莱山を描いた彩色画（の扇）。この「つくる」は、彩色するの意。蓬莱山は、中国東方の海上にあって不老不死の仙人が住むという伝説上の山。下文の「をしも選《え》りたる」は、わざわざそれを選んだことをいう。〇**心ばへあるべし**　何か趣向があるにちがいない。この趣向は、左京の馬を揶揄する意図をいう。不老不死の仙境である蓬莱山の鮮やかな彩色画を示し、かつての華やかさを失い老醜にも似た姿をさらしている左京の馬への皮肉を込める。**○筥《はこ》の蓋《ふた》**　贈物を載せる際に盆として用いる硯箱《すずりばこ》の蓋《ふた》とみられる。**○日蔭《ひかげ》**　日蔭の鬘《かずら》。日蔭の鬘は、神事に用いるつる草を形式化して青い組み紐で作った冠《かんむり》の飾り。**○反《そ》らいたる櫛《くし》**　反《そ》らした櫛。「い」は「し」の音便。この櫛は、五節《ごせち》の童女《わらわ》が頭髪に挿す櫛で、これをさだ過ぎた左京の馬に贈るところに皮肉の意味が込められているらしい。**○白き物忌《ものいみ》して**　薄様《うすよう》の白い紙を重ねて小幅に切り、五節《ごせち》の童女《わらわ》が櫛とともに頭髪に挿した。**○つまづまを結《ゆ》ひ添《そ》へたり**　櫛の端と端とを物忌《ものいみ》で結んで添えた。**○すこしさだすぎたまひにたるわたり**　少しお年を召されたお方。左京の馬のことであるが、「たまひにたる」など敬語を用いているのも、揶揄《やゆ》の意味を含んでのことである。**○反《そ》りざまなんなほなほしき**　櫛の反《そ》り方が平凡すぎる。つまり、もっと反りをつよめたほうがよい、との意。反りのつよいのは若向きなので、それを贈ってからかいの度合いをつよめよう、というもの。**○君達《きんだち》**　とくに貴族の若い男性たちをいう。ここは、左京の馬を見知っている宰相《さいしょう》の中将（藤原兼隆《かねたか》）や源《げん》少将（源雅通《まさみち》）らとみられる。**○今様《いまやう》の**　現代的な。若者向きの。**○黒《くろ》方《ぼう》**　薫物《たきもの》の名。六種の香料を調合したもの。**○おしまろがして**　丸めて棒状にして。**○ふつつかにしりさき切りて**　「ふつつかに」は、不恰好に。粗雑に。「しりさき」は後先《しりさき》で、棒状にした黒方《くろぼう》の両端。**○白き紙一重《ひとかさ》ねに、立文《たてぶみ》にしたり**　白い紙一重《ひとかさ》ね（二枚）に黒方《くろぼう》を包んで、それを立文《たてぶみ》にした。「立文」は、書状の形式の一つで、包紙で縦に包み、上下を裏側に折り返す。**○大輔《たいふ》のおもと**　前出（第一一節）の「大輔《たいふ》の命婦」とは別人の、伊勢《いせの》大輔《たゆう》（歌人・中古三十六歌仙の一人）とみられる。
○**「おほかりし」の歌**　「豊《とよ》の宮人《みやびと》」は豊明節会《とよのあかりのせちえ》（辰《たつ》の日に紫宸殿《ししんでん》で行われる儀式）に奉仕する人々で、五節の舞姫やその介添役など。「さしわきてしるき日蔭《ひかげ》」は、他とことさら区別して目だった存在の日蔭《ひかげ》の鬘《かずら》。左京の馬をさす。「あはれと」は、しみじみと感慨深く。「おほかり」と「豊」、「さし」と「日蔭」は、それぞれ縁語。この歌は、『後拾遺集』（雑五）に「読み人しらず」として入集しているが、『紫式部集』（定家本系）には、「侍従宰相《じじゆうさい》の五節《ごせち》の局《つぼね》、宮の御前《おまへ》いとけ近きに、弘徽殿《こきでん》の右京が一夜《ひとよ》しるきさまにてありし事など、人々言ひ立てて、日蔭《ひかげ》をやる。さしまぎらはすべき扇など添へて」と詞書《ことばがき》して入集せしめているところからすれば、紫式部自詠の歌と認定できよう。とすれば、「書きつけさす（書き付けさせる）」の主語は紫式部自身となろう。
○**御前《おまへ》には**　中宮さまにおかれては。もとより、左京の馬に対する女房らの揶揄《やゆ》的行為に、中宮も加担したわけではない。好意的な指図であり、助言である。○**わざとつかはすにては**　特別に中宮さまからご下賜なさる場合でしたら。○**わたくしごとにこそ**　自分たち女房らの私的なことです。「こそ」の下に「はべれ」などが省略されている。○**顔しるかるまじき局の人**　顔がはっきりしない、つまり先方に知られていない、局の下仕《しもづか》えの者。○**中納言の君の御文《ふみ》、女御殿《にようご》より**　中納言の君から託された女御さまからのお手紙、の意。「中納言の君」は、女御に仕える女房の名であろう。「女御」は、弘徽殿の女御義子。○**女の声にて**　声の主は左京の馬らしい。○**女御殿のと**　女御さまからのお手紙と、の意。

〈解説〉

かつて弘徽殿《こきでん》の女御《にょうご》付きの女房として内裏（後宮）に出仕していた華やかな過去をもつ左京の馬という人物が、このたび侍従《じじゅう》の宰相実成《さいしょうさねなり》が差し出した五節の舞姫の介添役に身を落として、老醜をさらしているのを見つけて、「これはおもしろい」とばかりに、中宮方の女房らが集団でからかいの行為に出たことの一部始終を記している。きわめて嗜虐性《しぎゃくせい》に富む、この集団的な行為に紫式部が何の抵抗も見せずに参画していることは、不思議といえば不思議である。衆目にさらされる五節の舞姫や童女《わらわ》に、あれほど全身的な同情を寄せ、そこからわが身上に思いを及ぼし、宮仕えがいかに過酷でつらいものかをかこっている本人の仕業とは思えないものがある。

もっとも、あと（第四二節）で、「はかなかりしたはぶれわざ（ほんのちょっとした戯《たわむ》れごと）」と言っているところからすれば、たいして悪気《わるぎ》はないし、ましてや嗜虐性など意識もしていなかったであろう。

それに、定子皇后亡き後の現在は、弘徽殿《こきでん》の女御《にょうご》義子が、彰子中宮の最大のライバルであったことを考慮に入れると、いくらか事情が理解できそうである。つまり、敵対する相手側に発する女房としての反発である。そんなこととはつゆ知らずに、贈物をするならきちんとしなさい、などと助言を惜しまない心優《やさ》しい彰子中宮なのであるが、女房らにしてみれば、残虐とも言えるこの行為は、ほかならぬわが中宮への忠誠心から出たものなのであろう。このレベルのことにあっては、紫式部も所詮は女房である。首謀者とは言えないまでも、かなり率先してことに当たっているふしが見られる。自詠のものかとみられる「おほかりし」の歌を伊勢大輔《いせのたゆう》に書きつけさせたというところなどでは、部分的ながら中心的な役割を演じている。上述のごとき、中宮への忠誠の姿勢を示す女房としての紫式部の一面を、くっきりと見せてくれている。

四一 何ばかりの耳とどむることも
——五節《ごせち》過ぎのさびしさ——

何ばかりの耳とどむることもなかりつる日ごろなれど、五節《ごせち》過ぎぬと思ふ内裏《うち》わたりのけはひ、うちつけにさうざうしきを、巳《み》の日の夜の調楽《てうがく》は、げにをかしかりけり。若やかなる殿上人など、いかになごりつれづれならむ。高松《たかまつ》の小君達《こきんだち》さへ、こたみ入らせたまひし夜《よ》よりは、女房ゆるされて、間《ま》のみなくとほりありきたまへば、いとどはしたなげなりや。さだすぎぬるを豪家《かうけ》にてぞかくろふる。五節《ごせち》恋ひしなどもことに思ひたらず、やすらひ、小兵衛《こひやうゑ》などや、その裳《も》の裾《すそ》、汗衫《かざみ》にまつはれてぞ、小鳥のやうにさへづりざれおはさうずめる。

〈現代語訳〉

格別に耳をとどめるようなこともなかったこの数日間ではあるが、五節《ごせち》がもう終わってしまったと思う宮中の様子は、すっかり寂しい感じがするものの、（それでも）巳《み》の日の夜の調楽《ちょうがく》は、実におもしろかった。若々しい殿上人などは、どんなにか名残惜《なごりお》しく所在ない思いであろう。

高松殿の小さな若君たちまでが、今回（中宮さまが）内裏へお入りになられた夜からは、女房の部屋への出入りが許されて、たえず（近くを）通り抜けなさるので、（女房たちは）ひどくきまりの悪い思いがするようだ。（私は）盛りの年を過ぎているのを頼みにして隠れている。（若君たちは）五節が恋しいなどと格別思ってもおらず、やすらいや小兵衛など（若い女房たち）の裳《も》の裾《すそ》や汗衫《かざみ》にまつわりつかれて、小鳥のようにきゃっきゃとふざけあっておいでのようである。

〈語釈〉

○何ばかりの耳とどむることもなかりつる　五節の数日間のことを総括して言っている。とくに式部にとってのこの数日間は、舞姫や童女《わらわ》の姿に心を痛めるばかりで、格別の感興を催すことはなかった。　**○五節《ごせち》過ぎぬ**　五節の一連の儀式が終わってしまったことともに、その時節がすぎてしまったことの双方が合した感慨である。　**○巳《み》の日の夜の調楽《てうがく》**　賀茂の臨時祭に備えての雅楽のための総仕上げの練習。五節後の巳《み》の日に行うのが恒例。「調楽」は試楽《しがく》ともいう。

○高松《たかまつ》の小君達《こきんだち》　高松の上、すなわち道長の妻明子を母とする子息たち。明子は源高明《たかあきら》の娘。「高松」は、父高明から伝領した邸宅にちなむ呼称。その子息には、頼宗《よりむね》（寛弘五年時、左近衛権少将《さこのえごん》、十六歳、のち右大臣）、顕信《あきのぶ》（十五歳、のち出家）、能信《よしのぶ》（右兵衛督《うひょうえのかみ》、十四歳、のち権大納言《ごんだいなごん》）、長家《ながいえ》（三歳、のち権大納言）などがいた。**○女房ゆるされて**　女房の局への出入りが許されて。ここの「女房」は、女房の局の意。中宮が土御門殿に滞在中は、腹違いの君達らは遠慮して出入りをしないでいたのであろう。**○間《ま》のみなく**　語義不明ながら、たえず、しょっちゅう、などの意と解しておく。**○豪家《かうけ》にて**　頼みとして。「豪家」は「高家」とも表記して、頼みどころ、権威をたのむこと、などの意。**○やすらひ、小兵衛《こひやうゑ》など**　中宮付きの童女《わらわ》や若女房。いずれも前出。やすらひ（第二〇節）、小兵衛（第一九節）。**○おはさうずめる**　「おはさうず」は、みな…していらっしゃる。「める」は、隠れていた式部はいつも見ていたわけではないので、推量の語を用いる。

〈解説〉

丑の日から辰の日までの四日間、盛大かつ華麗に宮中に繰り広げられた五節の行事は終わった。式部は舞姫や童女《わらわ》の気の毒さに気を奪われ、何の感興《かんきょう》も覚えることはなかった。しかし、その時節が過ぎ去ってしまうことには、一抹《いちまつ》の寂しさが伴う。この寂寥感《せきりょうかん》は、式部自身のものであると同時に、宮中の人々全体の思いを代弁するものであろう。「うちつけにさうざうしきを」という叙述は、急にひっそりとして寂しくなってしまった雰囲気をよく表現している。その中でも、とくに若い殿上人たちはいかばかりであろうと、思いやる。「このごろの君達《きんだち》は、ただ五節所《ごせちどころ》のをかしきことを語る」（第三八節）と描かれ、五節《ごせち》に興《きよう》の限りを傾けていた人たちであればこそ、寂寥感いかばかりと、その胸中が察せられるのである。

後段は、そうした寂寥感に関係のない、高松《たかまつ》の若君達《わかきんだち》らのことを描き、対照的であるが、そこにとくに他意はないであろう。

四二　臨時の祭の使《つかひ》は、殿《との》の権《ごん》中将の君

——奉幣使《みてぐらづかい》の儀式のこと——

臨時の祭の使《つかひ》は、殿《との》の権《ごん》中将の君なり。その日は御物忌《ものいみ》なれば、殿、御宿直《とのゐ》せさせたまへり。上達部《かんだちめ》も舞人《まひびと》の君達《きんだち》もこもりて、夜一夜《よひとよ》、細殿《ほそどの》わたり、いともの騒《さわ》がしきけはひしたり。

つとめて、内《うち》の大殿《おほいどの》の御随身《みずいじん》、この殿の御随身にさしとらせていにける、ありし筥《はこ》の蓋《ふた》に、白銀《しろかね》の冊子《さうし》筥《ばこ》を据《す》ゑたり。鏡おし入れて、沈《ぢん》の櫛、白銀《しろかね》の笄《かうがい》など、使《つかひ》

の君の鬢《びん》かかせたまふべきけしきをしたり。筥《はこ》の蓋に葦手《あしで》に浮き出《い》でたるは、「日《ひ》蔭《かげ》」の返《かへ》りごとなめり。文字二《ふた》つ落ちて、あやしうことの心たがひてもあるかなと見えしは、かの大臣《おとど》の、宮よりと心得たまひて、かうことごとしくしなしたまへるなりけり、とぞ聞きはべりし。はかなかりしたはぶれわざを、いとほしう、ことごとしうこそ。

殿の上《うへ》も、まうのぼりてもの御覧ず。使《つかひ》の君の藤《ふぢ》かざして、いとものものしくおとなびたまへるを、内蔵《くら》の命婦《みやうぶ》は、舞人《まひびと》には目も見やらず、うちまもりうちまもりぞ泣きける。

御物忌《ものいみ》なれば、御社《みやしろ》より丑《うし》の時にぞ帰りまゐれば、御神楽《みかぐら》などもさまばかりなり。兼時《かねとき》が、去年《こぞ》まではいとつきづきしげなりしを、こよなく衰へたるふるまひぞ、見知るまじき人の上《うへ》なれど、あはれに思ひよそへらるること多くはべる。

〈現代語訳〉

（賀茂の）臨時の祭の奉幣使《ほうへいし》は、殿の（ご子息の）権《ごん》中将の君である。当日は（宮中の）御物忌《ものいみ》なので、殿は、御宿直《とのい》をなさっていた。上達部《かんだちめ》も舞人《まいびと》をつとめる若君たちも、（宮中に）泊まりこんで（いるので）、一晩じゅう、（女房の局のある）細殿のあたりは、何やらひ

ど く騒がしい雰囲気であった。

（当日の）早朝、内大臣の御随身《みずいじん》が、こちらの殿の御随身に手渡していった、（それは）先日の筥《はこ》の蓋《ふた》に、白銀《しろかね》の冊子筥《そうしばこ》が載《の》せてある（ものであった）。（それには）鏡を嵌《は》めこんで、沈《じん》の櫛《くし》や白銀《しろかね》の笄《こうがい》など（を添えて）、使いの権《ごん》中将の君が鬢《びん》の手入れをさせなさるようにとの体裁にしてある。筥《はこ》の蓋《ふた》に葦手書《あしでが》きで浮き出ているのは、（あの）「日蔭《ひかげ》」の歌の返歌であるらしい。文字が二つ欠け落ちて（いるうえ）、何やら変にことの次第がくい違っているなと思われたのは、あちらの内大臣が中宮さまからの（贈物）と思いこまれて、このように仰々《ぎょうぎょう》しく構《かま》えられたのであったと、（後に）聞きました。ほんのちょっとした戯《たわむ》れごとであったのに、お気の毒に、（こんな）大袈裟《おおげさ》になさるなんて。

殿の北の方も、参上して（奉幣使《ほうへいし》の出立の儀式を）ご覧になる。使いの若君が藤の造花を冠《かんむり》に挿《さ》して、たいそう堂々と大人《おとな》びていらっしゃるのを、（乳母《めのと》の）内蔵《くら》の命婦《みょうぶ》は、舞人には目もくれずに、繰り返し見つめては泣いていた。

（宮中の）物忌《ものいみ》なので、（賀茂の）お社《やしろ》から（使いの一行が）午前二時頃に帰参したので、（還立《かえりだち》の）御神楽《みかぐら》などもほんのかたちばかりである。兼時《かねとき》が、去年まではいかにもふさわしい役向《やくむ》きであったのに、（今年は）すっかり衰えてしまったその動作は、私にはかかわりのない他人の身の上のことではあるが、しみじみと同情され、ついわが身の上にひき比べられることが多いのです。

〈語釈〉

○臨時の祭の使《つかひ》　賀茂の臨時祭に、天皇のご名代《みようだい》として賀茂神社に参詣して、御幣を奉り宣《せん》命《みよう》を読む奉幣使《ほうへいし》（みてぐらづかい）。賀茂の臨時祭は毎年、十一月下《しも》の酉《とり》の日に行われる。この年（寛弘五年）は、十一月二十八日であった。「臨時」は、四月に行われる例祭（葵《あおい》祭《まつり》）に対しての称。**○殿《との》の権《ごん》中将の君**　道長の子息、右近衛権中将《うこんのえのごんちゆうじようのりみち》教通。前出（第二〇節）。**○御物忌**《ものいみ》　内裏の物忌。「物忌」とは、陰陽道《おんみようどう》の習俗で、吉凶などによる禁忌《きんき》。**○御宿直**《とのゐ》　臨時祭の当日、内裏が物忌に当たり、出入りが不可能となるので、道長はじめ主だった公卿《くぎよう》たちは、前日から参内して宿直《とのい》していた。**○舞人の君達**《まひびときんだち》　臨時祭の舞人《まいびと》を務める若君たち。**○こもりて**　宮中に泊まりこんで。**○細殿**《ほそどの》　廂《ひさし》の間《ま》にある女房の局《つぼね》。**○いともの騒《さわ》がしきけはひ**　物忌にこもっている殿上人のうち若い者たちが、女房の局におしかけて、深夜まで話をはずませる騒がしさをいう。**○つとめて**　祭当日の早朝。**○内《うち》の大殿**《おほいどの》　内大臣藤原公季《きんすえ》。侍従宰相実成《さねなり》や弘徽殿《こきでん》女御義子の父。**○御随身**《みずいじん》　「随身」は、勅命により貴人の身辺の警護にあたる舎人《とねり》。貴人の外出時には、剣を帯び、弓矢を持って随行した。その人数は、摂政・関白十人、大臣・大将八人等と定められていた。**○ありし筥《はこ》の蓋**《ふた》　先日、左京の馬あてに扇を入れて贈った例の箱の蓋。**○白銀《しろかね》の冊子筥**《さうしばこ》　冊子（綴じた本）を入れるための銀製の箱。**○沈《ぢん》の櫛**　沈《じん》の香木製の櫛。「沈《ぢん》」は、香・薫物《たきもの》に用いるほか、高級調度品の材料となる。木質が重く、水に沈むところから出た呼称。**○白銀《しろかね》の　笄**《かうがい》　銀製の　笄《こうがい》（髪をかき上げたりする特殊な櫛）。**○使《つかひ》の**

君　臨時祭の奉幣使《ほうへいし》・右近衛権《うこんのえのごん》中将教通《のりみち》。○**鬢《びん》かかせたまふ**　「鬢」は、頭の側面、耳の上あたりの髪。「かかせ」の「せ」は使役と解される。『栄花物語』（はつはな巻）では、これに該当する部分は「使《つかひ》の君の鬢《びん》かきたまふべき具《ぐ》」となっている。○**葦手《あしで》**　葦の葉の乱れた曲線を模した、絵画化した文字。○**「日蔭《ひかげ》」の返《かへ》りごと**　先日、左京の馬あてに贈った「おほかりし」の歌の返歌。『栄花物語』（はつはな巻）には、「かの返《かへ》しなるべし」として、「日蔭草《ひかげぐさ》かかやくほどやまがひけんますみの鏡曇《くも》らぬものを」の歌を掲げている。また、この歌は『後拾遺集』（雑五）に、藤原長能《ながとう》の歌として入集している。○**文字二《ふた》つ落ちて**　『日記』は返歌を掲げていないので、どの二文字が欠け落ちたか不明。○**ことの心たがひて**　ことの事情がくいちがって。中宮方の女房が、左京《さきょう》を揶揄《やゆ》して私的に贈ったものを、先方では中宮からの贈物と早合点して、たいへん仰々《ぎょうぎょう》しく対応してきたことをいう。○**かの大臣《おとど》の、宮よりと**　内大臣公季《きんすえ》が中宮からの贈物と理解して、の意。○**はかなかりしたはぶれわざ**　ほんのちょっとした戯《たわむ》れとしてやったこと。左京の馬にたいする揶揄的な行為をさしていう。

○**藤《ふぢ》かざして**　藤の造花を冠に挿して。奉幣使《ほうへいし》としての所作。○**内蔵《くら》の命婦《みやうぶ》**　教通《のりみち》の乳母《めのと》。前出（第一一節）。○**うちまもりうちまもりぞ泣きける**　何度も何度も見つめては泣いていた。教通《のりみち》の立派ないでたちを見ての乳母《めのと》としての感涙である。

○**丑《うし》の時にぞ**　奉幣使《ほうへいし》の一行は、宮中の物忌のために時間を遅らせて、午前二時頃に帰参したのである。○**御神楽《みかぐら》**　祭の使いが内裏に帰参した後、清涼殿の東庭で奏する御神楽のこと。「還立《かえりだち》の御神楽」という。○**兼時《かねとき》**　左近将監尾張兼時《さこんのしょうげんおわりのかねとき》。神楽の舞の名手として知られ、人長《にんじょう》（神楽の舞人の長）を務めた。この時、かなりの老齢であったらしい。○**見知るまじき人の上《うへ》**　直接かかわりのなさそうな他人の身の上。○**思ひよそへらるる**　わが身にひき比べられる。

〈解説〉

臨時祭の奉幣使《ほうへいし》発遣のことを主として記しているが、その中で、先日の左京の馬にあてたからかいの後日譚《ごじつたん》が語られる。内大臣側からの仰々《ぎょうぎょう》しい返礼に接して困惑《こんわく》しつつも、「いとほしう、ことごとしうこそ」と、同情を寄せている。が、左京の馬に対する揶揄の行為そのものについては、「はかなかりしたはぶれわざ」としていて、反省の色などはない。もとより罪の意識など感じてはいない。紫式部らによるこの所為そのものは、意識レベルにおいて、その程度のものであったのである。

奉幣使の役を務めるのは、殿の権《ごん》中将教通《のりみち》である。時に十三歳、この年（寛弘五年）正月、従四位下に叙されている。奉幣使《ほうへいし》としての晴《はれ》のいでたちの教通《のりみち》の姿をまのあたりにして、そのみごとなまでの成長ぶりに乳母《めのと》は感涙にむせぶ。これは、主要な主家の人物を賛嘆的に描き出す一環として、実に効果的な叙述となっている。

点描される兼時《かねとき》の衰えのことは、晴《はれ》の行事の中にふと見いだしたことへの私的な感慨である。が、たくまずしてそれは、教通《のりみち》の立派な成長ぶりから反転して思われる、「壮」と

「老」の対照となっている。人の身分差はあっても、それぞれの一生にとって盛衰はのがれることのできぬさだめである。去年まで元気であった兼時が、今年はすっかり衰えを見せている。しかも去年の御神楽で教通《のりみち》は、壮健な兼時《かねとき》が人長《にんじよう》として采配《さいはい》をふるう下《もと》で舞人《まいびと》を務めたのであった（『御堂関白記』寛弘四年十一月二十二日条等）。眼前の兼時の衰老の姿に哀感を覚えつつ、式部はわが身にひき比べつつ、人生に対する感慨をもよおすのである。そしてこれは、次節の「年くれてわが世ふけゆく」の独詠《どくえい》の世界にただちにつながっていく内面を有している。

四三　師走《しはす》の二十九日にまゐる
――初出仕時に思いを馳せる――

師走《しはす》の二十九日にまゐる。はじめてまゐりしも今宵《こよひ》のことぞかし。いみじくも夢路《ゆめぢ》にまどはれしかなと思ひ出《い》づれば、こよなくたち馴《な》れにけるも、うとましの身のほどやとおぼゆ。

夜いたう更《ふ》けにけり。御物忌《ものいみ》におはしましければ、御前《おまへ》にもまゐらず、心細くてうちふしたるに、前なる人々の、

「内裏《うち》わたりはなほけはひ異なりけり。里にては、今は寝《ね》なましものを。さもいざとき沓《くつ》のしげさかな。」

と、色めかしく言ひゐたるを聞く。

年くれてわが世ふけゆく風の音《おと》に心のうちのすさまじきかな　(14)

とぞ独《ひと》りごたれし。

〈現代語訳〉

十二月の二十九日に（里から）帰参する。はじめて参内したのも、今夜（十二月二十九日の夜）のことであった。（あの時は）まったく夢の中をさまよい歩いていたような感じであったことだと思い出すにつけて、（今では）すっかり（宮仕えに）慣れてしまっているのも、いとわしい身の上であることよと思われる。

夜がすっかり更《ふ》けてしまった。（中宮さまは）御物忌《ものいみ》でいらっしゃったので、（帰参のご挨拶に）御前《おまえ》にも参上せずに、心細い気持で横になっていると、同室の女房たちが、「宮中となるとやはり様子が違っていますねえ。里であったら、今ごろはもう寝てしまっているのに。実にうとうとともできないほどの沓音《くつおと》の頻繁なこと。」

と、好色がましく話しているのを聞く。

今年も暮れてゆき、私の齢《よわい》もまた一つ老《お》いていく。夜更《よふ》けの風の音を聞いていると、わが心の内《うち》を寒々《さむざむ》としたものが吹き抜けていくように感じられることだ。（14）

と、思わず独《ひと》りつぶやいてしまった。

〈語釈〉

○はじめてまゐりしも今宵《こよひ》のこと　初出仕したのも今夜（十二月二十九日の夜）のこと。**○うとましの身のほど**　嫌悪《けんお》すべき身の上。宮仕え生活にすっかり馴れてしまったわが身のことが、そう思われるのである。**○御物忌《ものいみ》**　中宮さまの物忌。**○御前《おまへ》にもまゐらず**　中宮さまへ帰参のご挨拶にも参上しない。物忌中であるため、遠慮してのこと。**○前なる人々**　同室の朋輩《ほうばい》女房たち。**○いざとき**（ちょっとしたことでも）目を覚ましやすいこと。**○沓《くつ》のしげさ**　女房の局《つぼね》を訪れる男性たちの頻繁な沓《くつ》の音。**○色めかしく**　好色めかしく。女房の局を訪れる男性たちの頻繁な沓音《くつおと》に関心を寄せ、期待感を抱いての話題であるだけに、色めかしくなるのである。**○「年くれて」の歌**　歳末に老いゆくわが身を慨嘆する独詠歌《どくえいか》。「年」と「世」は縁語。「世（齢）」に「夜」を懸け、「ふけゆく」に、夜が更《ふ》けることと、年（齢）が老《ふ》ける意とを掛ける。この歌は、『玉葉集』（冬）に、「里にはべりけるが、師走のつごもりに内裏《うち》にまゐりて、御物忌《ものいみ》なりければ局《つぼね》にうちふしたるに、人のいそがしげに行《ゆ》き交《か》ふ音を聞きて思ひつづけける／紫式部」と詞書《ことばがき》して入集している。○独《ひと》りごたれし　「独《ひと》りごつ」は、一人でつぶやく。ひとりごとを言う。「れ」は自発の語で、思わず、のニュアンスをもつ。

〈解説〉
里下《さとさ》がりしていた式部が帰参したのは、師走の二十九日であった。いつから里に下がっていたのか不明であるが、十二月二十日に行われた敦成親王の百日《ももか》の儀のことの日記記事のないことなどからすると、あるいは賀茂臨時祭のあと、一か月近い期間の里下がりであったかと推される。元日から始まる正月行事に備えての帰参とみられるが、初出仕の日も、ちょうど今宵のことであったと回想される。

紫式部の初出仕の年時については、古来諸説のあるところだが、ほぼ寛弘二年（一〇〇五）、または三年にしぼられる。「今宵のことぞかし」という思いが、同所・同日の感慨と解されることからすれば、現在と同じ一条院内裏であった寛弘三年（一〇〇六）のほうが可能性が高い。ちなみに、寛弘二年時の中宮のご在所は東三条院内裏であった。その上、寛弘二年の十二月は小の月で、二十九日は大晦日《おおみそか》であって、元日を明日にしていて、いかにもせわしない。それに対して、寛弘三年十二月は大の月なので、一日おいて元日という余裕がある。しかもまた、この寛弘五年の十二月も大の月で、条件が合致する。寛弘三年初出仕とみることにより、同所・同日の感慨を誘い出す状況が揃うこととなろう。

ところで、「今宵のことぞかし」と初出仕時に思いをはせるのであるが、式部にとってそれはけっして懐かしい思い出ではない。往時の回想も結局は、宮仕えの生活に馴れきってしまっているわが身へのうとましさに尽きる。朋輩女房らと会話をはずませて、久しぶりの夜の後宮の雰囲気を楽しむなどということからは、隔絶した位置に身を置いている。

夜の後宮をいろどる殿上人らの頻繁な沓音《くつおと》。それに耳を傾け、いかにも色めかしく話題にして、その情趣を満喫している「前なる人々」とは、心の距離をはるかに置いて、ひとり身の憂さにひきこまれる。そして、荒涼たる精神の深淵を見る思いにかられる式部は、その孤絶の思いを独詠歌にして口ずさむほかない。

四四　つごもりの夜、追儺《ついな》は
——夜の宮中の引きはぎ事件——

つごもりの夜、追儺《ついな》はいと疾《と》く果てぬれば、歯ぐろめつけなど、はかなきつくろひどもすとて、うちとけゐたるに、弁《べん》の内侍《ないし》来て、物語して、臥《ふ》したまへり。内匠《たくみ》の蔵人《くらうど》は長押《なげし》の下《しも》にゐて、あてきが縫ふものの、重《かさ》ねひねり教《をし》へなど、つくづくとしゐたるに、御前《おまへ》のかたにいみじくののしる。内侍《ないし》起こせど、とみにも起きず。人の泣き騒ぐ音の聞こゆるに、いとゆゆしく、ものもおぼえず。火《ひ》かと思へど、さにはあらず。

「内匠《たくみ》の君、いざいざ。」

と、さきにおしたてて、

「ともかうも、宮下《しも》におはします。まづまゐりて見たてまつらん。」

と、内侍をあららかにつきおどろかして、三人《みたり》ふるふふるふ、足も空《そら》にてまゐりたれば、はだかなる人二人《ふたり》ゐたる。靫負《ゆげひ》、小《こ》兵部《ひやうぶ》なりけり。かくなりけりと見るに、いよいよむくつけし。

御厨子所《みづしどころ》の人もみな出《い》で、宮のさぶらひも、滝口《たきぐち》も、儺《な》やらひ果てけるままに、みなまかでにけり。手をたたきののしれど、いらへする人もなし。御膳宿《おものやどり》の刀自《とじ》を呼び出《い》でたるに、

「殿上《てんじやう》に兵部《ひやうぶ》の丞《じよう》といふ蔵人《くらうど》、呼べ呼べ。」

と、恥も忘れて口《くち》づから言ひたれば、たづねけれど、まかでにけり。つらきことかぎりなし。

式部の丞資業《じようすけなり》ぞまゐりて、ところどころのさし油《あぶら》ども、ただ一人《ひとり》さし入れられてありく。人々、ものおぼえず、向かひゐたるもあり。上《うへ》より御使《みつかひ》などあり。いみじうおそろしうこそはべりしか。納殿《をさめどの》にある御衣《おんぞ》を取り出《い》でさせて、この人々にたまふ。朔日《ついたち》の装束《さうぞく》はとらざりければ、さりげもなくてあれど、はだか姿は忘られず、おそろしきものから、をかしうとも言はず。

〈現代語訳〉

大晦日《おおみそか》の夜、追儺《ついな》（の行事）はずいぶん早くすんでしまったので、お歯黒《はぐろ》をつけたり、ちょっとしたお化粧などをしようとして、のんびりとしているところに、弁《べん》の内侍《ないし》がやってきて、世間話をしていて、（そのまま）眠ってしまわれた。内匠《たくみ》の蔵人《くろうど》は長押《なげし》の下座に座って、あてきが縫っている仕立物の、重ねやひねりの仕立て方を教えたりなどして、しんみりとしていたところ、（中宮さまの）御座所の方角でひどく大声がする。（弁の）内侍を起こしたけれども、すぐには起きない。人が泣きさわぐ声が聞こえるので、たいそう気味が悪く、途方にくれてしまう。火事かと思ったが、そうではない。

「内匠《たくみ》の君、さあさあ。」

と、（内匠《たくみ》の蔵人《くろうど》を）前に押し立てて、

「何はともあれ、中宮さまが下《しも》のお部屋にいらっしゃいます、まずは（そちらに）参上してお見届けいたしましょう。」

と、(弁の)内侍《ないし》を手荒《てあら》に突き起こして、三人ともわなわなふるえながら、足も地につかない有様《ありさま》で参上したところ、裸《はだか》の人が二人うずくまっていた。(それは)靫負《ゆげい》と小兵部《こひょうぶ》であった。(騒ぎは)こういうことであったのかと思うにつけても、いっそう気味が悪い。

御厨子所《みずしどころ》の人々もみな退出してしまっていて、中宮付きの侍《さぶらい》も、滝口(の侍)も、儺《な》の鬼《おに》やらいが終わるとすぐに、みな退出してしまっていた。手をたたき大声を出しても、返事する人とてない。御膳宿《おものやどり》の刀自《とじ》を呼び出して(それに)、

「殿上《てんじょう》の間《ま》に(いる)兵部《ひょうぶ》の丞《じょう》という蔵人《くろうど》を、呼びなさい、呼びなさい。」

と、恥ずかしさも忘れて自分から直接言ったので、(刀自《とじ》はすぐに)探したが、退出してしまっていた。情けないことこのうえない。

式部の丞資業《じょうすけなり》がやってきて、あちらこちらの灯台のさし油をただ一人で注いでまわっている。(明かりがついて見ると)女房たちの中には、ただ茫然として向かい合ったまま座りこんでいる者もいる。帝から(中宮さまへのお見舞いの)ご使者がつかわされる。何とも実に恐ろしいことでありました。納殿《おさめどの》にある衣装を取り出させて、(被害に遭《あ》った)この女房たちに下さる。元日用の衣装は盗《と》っていかなかったので、(二人とも)何事もなかったようにしているものの、(あの)裸姿《はだかすがた》は忘れられず、恐ろしくはあるが(今となっては滑稽にも思われるが)、そんなことは言わない。

〈語釈〉

○つごもりの夜　寛弘五年十二月三十日の夜である。「つごもり」は、晦日。月末、または月の最終日。ここは後者。**○追儺《ついな》**　大晦日《おおみそか》に行われる、悪鬼を追い出す宮中行事。鬼やらい。後には、節分の行事となった。**○歯ぐろめ**　鉄片を酒または酢で酸化させて作った、歯を黒く染める液。主として女性に、歯を黒く染める風習があった。お歯ぐろ。**○弁《べん》の内《ない》侍《し》**　中宮の女房。前出（第一一節）。**○内匠《たくみ》の蔵人《くらうど》**　中宮の女房で、女蔵人《にょくろうど》（雑役に従事する下級の女房）。**○長押《なげし》の下《しも》**　「長押」は、母屋《もや》・廂《ひさし》・簀子《すのこ》の間仕切りとして柱から柱へ渡した横木。上部と下部にあるが、これは下部の下長押《しもなげし》。「下《しも》」は、長押あたりの下座《しもざ》。**○あてき**　童女《わらわ》（雑役に従事する少女）の名。**○重《かさ》ねひねり**　衣服の仕立て方の一技法。布地を重ねて袖口や褄《つま》を縫い合わせず、糊でつけてひねっておくこと。**○つくづくと**　多様な意味があるが、ここは、しんみりと、ぐらいの意。**○火《ひ》**　火事のこと。

○ともかうも　とにもかくにも。何をさし置いても。**○下《しも》に**　「下《しも》」とは、上《うえ》の御局《みつぼね》に対して中宮の常の御座所をいう。**○つきおどろかして**　つついて目を覚まさせて。**○三人《みたり》**　弁《べん》の内侍《ないし》と内匠《たくみ》の君と自分（式部）の三人。**○靫負《ゆげひ》、小兵部《こひやうぶ》**　中宮の女房で女蔵人《にょくろうど》。小兵部は前出（第一九・三八節）。**○かくなりけり**　こういう事態だったのか。女房の二人が引きはぎの被害に遭ったこと。

○御厨子所《みづしどころ》の人　食膳を調進する所の男性官人。**○宮のさぶらひ**　中宮職《しき》の職員で、雑務や警護を担当する。**○滝口《たきぐち》**　蔵人所の職員で、清涼殿の滝口に詰めて宮中の警護に当たる武士。**○御膳宿《おものやどり》の刀自《とじ》**　宮中の食膳を納めておく所の女官。「刀自《とじ》」は、元来は老女のことであるが、年齢に関係なく御厨子所《みずしどころ》や御膳宿《おものやどり》などに勤める下級の女官をいう。**○兵部《ひやうぶ》の丞《じよう》といふ蔵人《くらうど》** 兵部丞《ひようぶのじよう》（兵部省の三等官）で六位の蔵人を兼ねる者。ここは、紫式部の弟惟《のぶ》規《のり》。**○恥も忘れて口《くち》づから** 通常では紫式部たちクラスの女房が下級女官に指示を与える場合、人を介して行うのに、直接言ってしまったことが「恥も忘れて」ということになる。「口づから」は、自分自身の口で（直接に）、の意。**○式部の丞資業《じようすけなり》** 式部丞《しきぶのじよう》（式部省の三等官）で、六位の蔵人の藤原資業《すけなり》。父は参議有国《ありくに》、母は、橘の三位徳子。**○さし油《あぶら》** 灯台《とうだい》や燭台《しよくだい》の油皿に注ぐ油。**○さし入れられてありく** 注いでまわっている。「られ」は、敬意を必要としない人物であるので、やや不審。『全注釈』は受身と説く。**○納殿《をさめどの》** 宮中の累代《るいだい》の御物《ぎよぶつ》や衣服・調度などを収納しておく蔵。**○朔日《ついたち》の装束《さうぞく》** 元日の奉仕に着用する晴れ着。**○をかしうとも言はず** 落ち着いた今となっては、二人の裸姿《はだかすがた》は滑稽であったと思いはするものの、不謹慎におかしかったなどとは口に出さない、の意。

〈解説〉

里から帰参した翌日の大晦日の夜の引きはぎ事件である。明日の元日をひかえて、静かに過ごしていたところに、突如発生した事件。その大変さ、怖《こわ》さが、「いとゆゆしく、ものもおぼえず」、「三人《みたり》ふるふふるふ、足も空《そら》にてまゐりたれば」、「いよいよむくつけし」などと描かれ、不安と恐怖のさまが、きわめてリアルに現出されている。そんな中にあっても、まず気づかわれるのは中宮の安否である。「ともかうも、宮下《しも》におはします。まづまゐりて見たてまつらん」と、他の者たちをうながして主導する式部の言動に、女房としての忠実さの発揮とともに、責任感・忠誠心の発露がみられる。

そして、しばらく時を置いての、「いみじうおそろしうこそはべりしか」、「おそろしきものから、をかしうとも言はず」と、改めて実感される恐ろしさと、一抹のおかしさなど、切実感がにじみ出た叙述となっている。

四五　正月一日、言忌《ことい み》もしあへず
――若宮の御 戴 餅《いただきもちい》の儀――

正月一日、言忌《ことい み》もしあへず。坎日《かんにち》なりければ、若宮の御 戴 餅《いただきもちひ》のこと、とまりぬ。三日ぞまうのぼらせたまふ。

ことしの御まかなひは大納言の君。装束《さうぞく》、朔日《ついたち》の日は、紅《くれなゐ》、葡萄《え び》染《ぞめ》、唐衣《からぎぬ》は赤《あか》色《いろ》、地摺《ぢずり》の裳《も》。二日《ふつか》、紅梅の織物《おりもの》、掻練《かいねり》は濃き、青色の唐衣《からぎぬ》、色摺《いろずり》の裳《も》。三日は、唐綾《からあや》の桜がさね、唐衣《からぎぬ》は蘇芳《すはう》の織物。掻練《かいねり》は濃きを着る日は 紅《くれなゐ》 は中に、紅を着る

日は濃きを中になど、例のことなり。萌黄《もえぎ》、蘇芳《すはう》、山吹の濃き薄き、紅梅、薄色《うすいろ》など、つねの色々をひとたびに六《む》つばかりと、表着《うはぎ》とぞ、いとさまよきほどにはべる。

宰相《さいしやう》の君の、御佩刀《みはかし》とりて、殿の抱《いだ》きたてまつらせたまへるに続きて、まうのぼりたまふ。紅の三重五重《みへいつへ》、三重五重《みへいつへ》とまぜつつ、同じ色のうちたる七重《ななへ》に、単衣《ひとへ》を縫ひ重ね、かさねまぜつつ、上《うへ》に同じ色の固紋《かたもん》の五重《いつへ》、袿《うちき》、葡萄染《えびぞめ》の浮紋《うきもん》のかたぎの紋《もん》を織《お》りたる、縫ひざまさへかどかどし。三重《みへ》がさねの裳《も》、赤色の唐衣《からぎぬ》、ひしの紋《もん》を織《お》りて、しざまもいと唐《から》めいたり。いとをかしげに、髪などもつねよりつくろひまして、やうだい、もてなし、らうらうじくをかし。丈《たけ》だちよきほどに、ふくらかなる人の、顔いとこまかに、にほひをかしげなり。

大納言の君は、いとささやかに、小さしといふべきかたなる人の、白ううつくしげに、つぶつぶと肥《こ》えたるが、うはべはいとそびやかに、髪《かみ》、丈《たけ》に三寸ばかりあまりたる裾《すそ》つき、かんざしなどぞ、すべて似るものなく、こまかにうつくしき。顔もいとらうらうじく、もてなしなど、らうたげになよびかなり。

宣旨《せんじ》の君は、ささやけ人の、いとほそやかにそびえて、髪のすぢこまかにきよらにて、生《お》ひさがりのするより一尺《いっさく》ばかり余《あま》りたまへり。いと心恥《は》づかしげに、きはもなくあてなるさましたまへり。ものよりさし歩《あゆ》みて出《い》でおはしたるも、わづらはしう心づかひせらるる心地す。あてなる人はかうこそあらめと、心ざま、ものうちのたまへるも、おぼゆ。

〈現代語訳〉

（寛弘六年）正月一日、（昨夜の事件があって）言忌《こといみ》もすることができない。坎日《かんにち》であったので、若宮の御戴餅《いただきもちい》の儀式はとりやめになった。（そこで若宮は）三日に（清涼殿に）参上になられる。

今年のお給仕役は大納言の君である。（その）服装は、元日の日は紅《くれない》（の打衣《うちぎぬ》）に葡萄染《えびぞめ》（の表着《うわぎ》）、唐衣《からぎぬ》は赤色で、地摺《じずり》の裳《も》である。二日は、紅梅の織物（の表着《うわぎ》）に、掻練《かいねり》（の打衣《うちぎぬ》）は濃い紅で、青色の唐衣《からぎぬ》に色摺《いろずり》の裳《も》である。三日は、唐綾《からあや》の桜重《さくらがさね》（の表着《うわぎ》）に、唐衣《からぎぬ》は蘇芳《すおう》の織物である。掻練《かいねり》（の打衣《うちぎぬ》）は濃い紅を着る日は紅（の袿《うちき》）は中に着て、紅（の掻練《かいねり》）を着る日は濃い紅を中に着るなど、いつものとおりである。（重《かさ》ね袿《うちき》は）萌黄《もえぎ》、蘇芳《すおう》、山吹の濃いのや薄いの、紅梅、淡紫色など、ふだん用いるそれぞれの色目を一度に六種ほど、表着《うわぎ》を着て、実に体裁のよい着こなしでお仕えしている。

宰相《さいしょう》の君が、（若宮の）お守刀《まもりがたな》を持って、殿が（若宮を）お抱き申し上げていらっしゃるのに続いて、（清涼殿に）参上なさる。（宰相の君の服装は）紅の（袿《うちき》）三重《みえ》がさね五重《いつえ》がさね、（また）三重《みえ》がさね五重《いつえ》がさねと交ぜ重ねたり、同じ（紅の）色の（砧《きぬた》で）打って艶出した七重《ななえ》がさね（の袿《うちき》）に、単衣《ひとえ》を縫い重ね、（それらを）重ね交ぜたりして、その上に同じ（紅の）色の固紋《かたもん》の五重《いつえ》（を着て）、袿《うちき》は葡萄染《えびぞめ》の浮紋《うきもん》で、固木《かたぎ》の文様《もんよう》を織り出してあるのは、仕立て方までが気が利いている。三重《みえ》がさねの裳《も》に、赤色《あかいろ》の唐衣《からぎぬ》は、菱形文様《ひしがたもんよう》を織り出してあって、趣向もずいぶん唐風《とうふう》である。たいそう美しく髪などもいつもより念入りに手入れしてあり、容姿や物腰なども、洗練されていてすばらしい。背丈もちょうどよいほどで、ふくよかな人で、顔はとても上品で、色つやがあり美しい。

大納言《だいなごん》の君は、たいそう小柄で、小さいといってよいほどの人で、色が白くかわいらしげで、まるまると肥《こ》えていながら、見た目にはたいそうすらりとしていて、髪は背丈に三寸ほど余っている毛先の様子や、生えぎわの感じなど、どれも比べるものがないほど、よく整っていて愛らしい。顔もとても美しく、物腰などもかわいらしげでもの柔らかである。

宣旨《せんじ》の君は、小柄な感じの人で、とてもほっそりとしてすんなりしていて、髪の毛筋はよく整って美しく、（その髪の）垂《た》れさがり具合は（着物の）裾《すそ》より一尺ほど余っていらっしゃる。実に恥ずかしくなるほど、このうえなく気品のある様子をしていらっしゃる。物蔭《ものかげ》からふと歩いて出ていらっしゃったような場合でも、ついあれこれと気づかいさせられる気持がする。上品な人というのはこのようにあるものなのだと、その気だてや、ちょっと何かおっしゃる口つきにも、感じられる。

〈語釈〉

○正月一日　寛弘六年（一〇〇九）一月一日。**○言忌《こといみ》もしあへず**　言忌《ことい み》もちゃんとできない。「言忌《こといみ》」は、不吉な言葉を慎むこと。ここは、昨夜の引きはぎ事件の恐怖などを、元日なのについ口にしてしまうことをいう。**○坎日《かんにち》**　万事に凶であるとして、外出その他の諸行事を見合わせる、陰陽道《おんみようどう》にいう凶日《きようじつ》。正月の坎日《かんにち》は辰《たつ》の日であるが、立春（この年の立春は、正月三日）以前なので、まだ十二月の節に属し、この日（正月一日）は巳《み》の日であるため坎日《かんにち》に当たる。**○御戴餅《いただきもちひ》**　年の始めに幼児の前途を祝福し、その頭上に餅を載《の》せて祝言を唱える儀式。**○三日ぞ**　正月一日が坎日《かんにち》のため停止になっていた御戴餅《いただきもちい》が、三日に行われるのである。なお、この日は立春に当たる。

○御まかなひ　中宮に御薬（屠蘇酒）を供するお給仕の役。**○大納言の君**　中宮の女房、源扶義の娘、廉子《れんし》。前出（第九・一一・一六・三一・三四節など）。**○装束《さうぞく》**　以下、陪膳《ばいぜん》に奉仕した大納言の君の三が日の服飾。**○紅《くれなゐ》、葡萄染《えびぞめ》**　紅の打衣《うちぎぬ》（砧で打って光沢を出した衣）に葡萄染《えびぞ》めの表着《うわぎ》。**○地摺《ぢずり》の裳《も》**　「地摺《ぢずり》」は、型木を用いて模様を摺染《すりぞ》めしたもの。**○紅梅の織物《おりもの》**　紅梅の織物の表着《うわぎ》。「紅梅」は、織物の色名で、経《たて》（縦糸）を紅、緯《ぬき》（横糸）を白で織ったもの。**○掻練《かいねり》は濃き**　掻練は濃い紅。「掻練《かいねり》」は、練り絹の打衣《うちぎぬ》。**○色《いろ》摺《ずり》の裳《も》**　「色摺」は、前出の「地摺」の一種で、多色染めにしたもの。**○唐綾《からあや》の桜がさね**　唐綾《からあや》の桜がさねの表衣《うわぎ》。「唐綾《からあや》」は、中国渡来の綾織物。「桜がさね」は、襲《かさね》の色名で、表が白、裏が濃い紫（または赤花）。**○蘇芳《すはう》の織物**　経緯《たてぬき》ともに蘇芳（紫赤色）の糸で織ったもの。○萌黄《もえぎ》、蘇芳《すはう》、山吹の濃き薄き、紅梅、薄色《うすいろ》など　以下、大納言の君が着用した三が日の袿《うちき》の重ねの色目。重ねの色目には諸説があって一定しないが、一説を挙げておく。「萌黄《もえぎ》」は、表が薄青、裏が縹《はなだ》（薄い藍色）。「蘇芳《すはう》」は、表が薄茶、裏が濃赤。「山吹」は、表が薄朽葉《うすくちば》（薄い赤みがかった黄色）、裏が黄。「紅梅」は、表が紅、裏が紫。「薄色《うすいろ》」は、表が薄縹《うすはなだ》、裏が薄紫。　○ひとたびに六《む》つばかり　一度に六種ほどをとり合わせて、の意か。○宰相《さいしやう》の君　中宮の女房。藤原道綱《みちつな》の娘、豊子。敦成《あつひら》親王の乳母《めのと》。前出（第四・一二・一六・二七・三一・三二・三五節など）。　○御佩刀《みはかし》とりて　親王のお守刀を持って。　○紅の三重《みへ》五重《いつへ》、三重《みへ》五重《いつへ》とまぜつつ　以下、宰相《さいしょう》の君の服装である。紅の袿《うちき》の三重《みえ》がさね五重《いつえ》がさね、また三重《みえ》がさね五重《いつえ》がさねと交《ま》ぜ重ねたりして、の意とみられるが、難解で正解とはなしがたい。なお「三重がさね五重がさね」は、袘《ふき》（袖口や裾のふきかえし）の重ねのことであろう。　○うちたる七重《ななへ》に、単衣《ひとへ》を縫ひ重ね、かさねまぜつつ　砧《きぬた》で打って艶出しした七重がさねの袿に、単衣を縫い重ね、それらを重ね交ぜたりして、の意かとみられるが、やはり難解である。この「重ね」も袘《ふき》のことであろう。　○固紋《かたもん》の五重《いつへ》　織物の模様を、糸を浮かさず、固くしめて織ったもの。下文の「浮紋《うきもん》」は、これと逆に、糸を浮かせて織ったもの。　○かたぎの紋《もん》　「かたぎ」は、「堅木《かたぎ》」のことで、樫《かし》や柏《かしわ》など堅《かた》い材質の木の葉をかたどった模様かとみられる。　○ひしの紋《もん》　底本「ひえ」を「ひし」と改め、菱形《ひしがた》の模様と解した。　○らうらうじく　洗練されていてすばらしい。下文の大納言の君に用いた「らうらうじく」は愛らしく美しい、意とみられる。

○こまかにうつくしき　よく整っていて愛らしい。**○なよびか**　しなやか。もの柔らか。**○宣旨《せんじ》の君**　中宮の女房。前出（第三五節）、宮の宣旨に同じ。源伊陟《いちょく》の娘。**○ささやけ人**　「ささやか」は小柄。小さくてこぢんまりしている。**○生《お》ひさがりのすゑより**　髪の垂れさがっている先が着物の裾より、の意と解される。**○心恥《は》づかしげ**　「心恥づかし」は、こちらが気後《きおく》れするほど相手が立派な。**○あてなる**　上品。高貴に感じられる。**○わづらはしう**　「わづらはし」は、気を使わせられる。宣旨の君があまりに立派であるためにこちらが気遣いさせられる、の意。

〈解説〉

寛弘六年正月一日の若宮の御戴餅《いただきもちい》の儀は坎日《かんにち》のため停止となり、三日に行われたらしいのだが、儀式のことは記されていない。それに代わるがごとくに、陪膳給仕役に当たった大納言の君の三《さん》が日《にち》の服装について、詳細に記す。次に御佩刀《みはかし》捧持役の宰相《さいしょう》の君の、同じく服飾について記す。が、その記述は次第に容姿の描写に移行していっている。容姿描写はすぐれた特徴を摘出し、それを称揚する方向で進められる。その筆は、大納言の君に再びもどり、容姿描写とそれの称揚に及ぶこととなる。

このあたりで式部の関心は、正月三が日の行事に奉仕した主だった女房の、それも容姿の描写へと移ってきている。そしてさらに、宣旨の君のすぐれた容姿の賛嘆的な描写へと進んでいる。

この関心の移行は、次の「このついでに、人のかたちを語りきこえさせせば」とのくだりに、きわめて自然に、しかもなだらかに接続し、展開していくこととなる。

四六　このついでに、人のかたちを

——女房たちの容姿批評——

このついでに、人のかたちを語りきこえさせせば、もの言ひさがなくやはべるべき。ただいまをや。さしあたりたる人のことは、わづらはし、いかにぞやなど、すこしもかたほなるは、言ひはべらじ。

宰相《さいしやう》の君は、北野の三位のよ、ふくらかに、いとやうだいこまめかしう、かどかどしきかたちしたる人の、うちゐたるよりも、見もてゆくにこよなくうちまさり、らうらうじくて、口つきに、恥づかしげさも、にほひやかなることも添ひたり。もてなしなどいと美々《びび》しく、はなやかにぞ見えたまへる。心ざまもいとめやすく、心うつくしきものから、またいと恥づかしきところ添ひたり。

小少将《こせうしやう》の君は、そこはかとなくあてになまめかしう、二月《きさらぎ》ばかりのしだり柳のさましたり。やうだいいとうつくしげに、もてなし心にくく、心ばへなども、わが心とは思ひとるかたもなきやうにものづつみをし、いと世を恥ぢらひ、あまり見苦しきまで児《こ》めいたまへり。腹ぎたなき人、悪《あ》しざまにもてなしいひつくる人あらば、やがてそれに思ひ入りて、身をも失ひつべく、あえかにわりなきところついたまへるぞ、あまり後《うし》ろめたげなる。

宮の内侍《ないし》ぞ、またいときよげなる人。丈《たけ》だちいとよきほどなるが、ゐたるさま、姿つき、いとものものしく、今めいたるやうだいにて、こまかにとりたててをかしげにも見えぬものから、いとものきよげに、そびそびしく、なか高き顔して、色のあはひ、白さなど、人にすぐれたり。頭《かしら》つき、髪《かん》ざし、額《ひたひ》つきなどぞ、あなものきよげと見えて、はなやかに愛敬《あいぎやう》づきたる。ただありにもてなして、心ざまなどもめやすく、つゆばかりいづかたざまにも後《うし》ろめたいかたなく、すべてさこそあらめと、人の例《ためし》にしつべき人がらなり。艶《えん》がりよしめくかたはなし。

式部のおもとはおとうとなり。いとふくらけさ過ぎて肥《こ》えたる人の、色いと白くにほひて、顔ぞいとこまかによくはべる。髪もいみじくうるはしくて、長くはあらざるべし、つくろひたるわざして、宮にはまゐる。ふとりたるやうだいの、いとをかしげにもはべりしかな。まみ、額《ひたひ》つきなど、まことにきよげなる、うち笑《ゑ》みたる、愛敬《あいぎやう》も多かり。

〈現代語訳〉

このついでに、人々の容姿についてお話し申し上げるとしたら、口さがないということになりましょうか。(それも)現にいる人のことであったらなおさらでしょう。当面顔を合わせる人のことは憚《はばか》られるし、(また)これはどうかと、少しでも欠点のある(人の)ことは、言いますまい。

宰相《さいしょう》の君は、(これは)北野の三位(の娘さん)のほうですよ、ふっくらとして、とても容姿が整っていて、才気に富んだ容貌の人で、ちょっと対座している時よりも、だんだん付き合いを深めていくにつれて、格段と見栄《みば》えがし、洗練されていて、口もとに気品も、つややかな美しさも備わっている(ことが分かります)。物腰《ものごし》などもとても立派で、華やかにお見えです。気立てなどもとてもやさしく、心が素直でかわいらしい人なのですが、またこちらがとても気後《きおく》れするような(凜《りん》とした)気品も備わっています。

小少将《こしょうしょう》の君は、どことなく上品にして優雅で、二月頃の枝垂《しだ》れ柳といった風情を

していています。容姿はとても愛らしげで、物腰は奥ゆかしく、気性なども、自分自身では何ご

とも判断しかねるといったふうに遠慮をして、ひどく人目を憚《はばか》り、あまりにも見るに忍びな

いほど子供っぽくていらっしゃいます。意地の悪い人で、ひどい扱いをしたり、いいかげん

な噂を流す人があったりすると、すぐにそのことを思い悩んで、命を断ってしまいそうなほ

ど、弱々しくてどうしようもないところを持っていらっしゃるのが、あまりにも気がかりな感じがします。

宮の内侍《ないし》は、またまことに清楚な人です。背《せ》丈《たけ》は実にちょうどよいほどで、座っている様子や姿恰好《かっこう》は、とても重々しく、当世風な容姿であって、細《こま》かに取りたてて、とくに趣があるというようには見えないものの、とても清楚ですらりとしていて、中高《なかだか》な（美しい）顔だちで、（黒髪との）色のつりあいの取れた（顔の）白さなどは、断然すぐれています。頭髪の形や前髪の具合や額の感じなど、まあなんと美しいことかと思われて、華やかで魅力的です。さりげなく自然に振舞っていて、気立てなども穏やかで、ほんの少しばかりも、どの点においても気がかりなところがなく、万事につけてそうありたいものだと、人の模範とするにふさわしい人柄であります。風流ぶったり気取ったりするようなところはありません。

式部のおもとは（その）妹のほうです。ずいぶんふっくらしすぎて太っている人で、色は白くつややかで、顔はたいそう整っていて美しいです。髪も実に端麗で、（しかし）長くはないとみえて、（髢《かもじ》などで）つくろいをして、出仕しています。（その）太った容姿はたいそう美しくもありましたことです。目もとや額のあたりなどが、実に美しく、ちょっとほほ笑《え》

んだところなど、魅力にも富んでいました。

〈語釈〉

○このついでに　宰相《さいしよう》の君以下、女房の容姿批評をしてきた、そのついでに、の意。　**○人のかたち**　女房たちの容姿・容貌。　**○もの言ひさがなく**　いかにも口うるさく。　**○さしあたりたる人**　当面顔を合わせるような人。　**○かたほなる**　至らぬ点がある。

○宰相《さいしやう》の君は、北野の三位のよ　宰相の君、これは北野の三位の娘さんのほうです、の意。「北野の三位」は、藤原師輔《もろすけ》の息男、参議遠度《とおのり》。「のよ」の「の」の下に「女《むすめ》」が省略されている。「よ」は、念を押して話しかける語調。　**○うちゐたるよりも**　ちょっと対座している時の感じよりも。底本「みたる」を、語義上「ゐたる」に改める。　**○見もてゆくに**　次第に交際を深めていくと。　**○美々《びび》しく**　華やかである、の語義もあるが、下に「はなやかにぞ」とあるので、これは、立派である、見事である、などの意と解される。

○小少将《こせうしやう》の君　中宮の女房。源時通《ときみち》の娘。前出（第九・一一・一六・二五・三一・三五節など）。　**○二月《きさらぎ》ばかりのしだり柳のさま**　春二月頃の枝《し》垂《だ》れ柳のような様子。小少将の君の、初々しくしなやかに美しいが、どこかあえかな（弱々しい）感じを形容したもの。『源氏物語』（若菜下巻）に、女三宮《おんなさんのみや》の描写として「ただいとあてやかにをかしく、二月《きさらぎ》の中の十日ばかりの青柳《あをやぎ》の、わづかにしだりはじめたらむ心地して」とあり、酷似の表現であることが知られている。　**○わが心とは**　自分自身の意志では、の意。　**○思ひとる**　判断する。決心する。　**○世を恥ぢらひ**　世間の人目を憚《はばか》ること。内向的な性格をいう。　**⊙腹ぎたなき人**

意地の悪い人。「腹ぎたなし」は、気持がすなおでなく、ひねくれていること。○**いひつくる**　言いふらす。噂する。○**あえかにわりなきところ**　弱々しくてどうしようもないところ。「あえか」は、さわれば壊《こわ》れそうなさま。かよわいさま。○**宮の内侍**《ないし》　中宮の女房。前出（第一一・一二・一六・一九・三〇・三一・三五節など）。○**ゐたるさま**　座っている様子。○**とりたてて**　ことさらに取り上げて。○**そびそびしく**　すらりと背《せ》丈《たけ》の高いこと。「そび」は、そびやか、そびゆ、などの語幹と同じ。○**なか高き顔**　鼻筋の通った美しい顔だちをいう。○**色のあはひ、白さ**　「白さ」は、顔の色をいう。「色のあはひ」は、色の配合・取り合わせの意。次に叙述することとの関係で、髪の黒さとの対照をいったものと解される。○**愛敬**《あいぎやう》**づきたる**　「愛敬づく」は、表情や態度に魅力があること。○**ただありに**　ごく自然に。○**艶**《えん》**がり**　ことさら風流ぶった態度をとること。○**よしめく**　由緒ありげに振舞うこと。

○**式部のおもとはおとうとなり**　「式部のおもと」は、中宮の女房。上野介《こうずけのすけ》橘忠範《ただのり》の妻かとみられる。「おもと」は、女性の敬称。「おとうと」は、男女とも年下のきょうだい、つまり弟妹をいう。ここは妹。○**ふくらけさ**　肉づきなどがふっくらとしているさま。「さ」は接尾語。

〈解説〉

寛弘六年正月三が日の記事から関連して、宰相《さいしょう》の君以下、女房たちの容姿批評をしてきたことを受けて、「このついでに」女房たちの「かたち」へと話題を発展してみたい、というのである。これまでも行事記録に徹してきたわけではないことは、見てきたとおりである。が、一応、進行する儀式・行事に沿って見聞したこと、心に思うことなどを叙してきた。それが、ここで明らかに転回をみせて、人物批評へと移行している。

はやくから、このあたり以降の『日記』の変容が注目され、その文体の変化なども根拠となって、消息文《しょうそこぶみ》（手紙文）が竄入《ざんにゅう》（誤ってまぎれ込むこと）したのではないか、などとみられてきた。しかし、「このついでに」と接続も滑らかであるし、次第に人の「かたち」から、その「人がら」（心ざま・心ばへ）へと深化・発展していっているところからみて、手紙文の竄入などではなくして、巻末の「作品解説」でも述べるように、むしろ意図的かつ積極的に選び取った方法であったのではないか、とみられる。つまり、批判的な言及を深化させていく上で必要なものとして、選び取った一つの技法であったのではないか、と思われるのである。

また、「このついでに」以降、相手に語りかける口調となっていることを考慮して、「はべり」の語の有無にかかわらず、〈現代語訳〉の文体を「です・ます」調に統一した。

なお、人物の容姿描写において、「ふくらかなる人・ふくらかに」（宰相の君）、「いとふくらけさ過ぎて肥《こ》えたる人」（式部のおもと）、「つぶつぶと肥《こ》えたる」（大納言の君）などと、太り気味の容姿が目立つ。『新編全集』頭注も指摘しているように、肥満は当時の美人の条件として、けっしてマイナス要素ではなかったらしい。むしろ、健康的な愛らしさとして魅力に富んだものであったのかもしれない。

四七　若人《わかうど》の中にかたちよしと思へるは

――若い女房たちの容姿――

若人《わかうど》の中にかたちよしと思へるは、小大輔《こたいふ》、源《げん》式部など。大輔《たいふ》はささやかなる人の、やうだいいと今めかしきさまして、髪うるはしく、もとはいとこちたくて、丈《たけ》に一尺余《いつさくよ》あまりたりけるを、落《お》ち細《ほそ》りてはべり。顔もかどかどしう、あなをかしの人やとぞ見えてはべる。かたちは直《なほ》すべきところなし。源《げん》式部は、丈《たけ》よきほどにそびやかなるほどにて、顔こまやかに、見るままにいとをかしく、らうたげなるけはひ、ものきよくかはらかに、人のむすめとおぼゆるさましたり。小《こ》兵衛《ひやうゑ》、少弐《せうに》なども、いときよげにはべり。それらは、殿上人《てんじやうびと》の見残《みのこ》す、少《すく》なかなり。たれも、とりはづしては隠《かく》れなけれど、人ぐまをも用意するに、隠《かく》れてぞはべるかし。宮木《みやぎ》の侍従《じじゆう》こそ、いとこまかにをかしげなりし人。いと小さく細く、なほ童女《わらは》にてあらせまほしきさまを、心と老《お》いつき、やつしてやみはべりにし。髪の、袿《うちき》にすこし余りて、末をいとはなやかにそぎてまゐりはべりしぞ、果ての度《たび》なりける。顔もいとよかりき。

五節《ごせち》の弁《べん》といふ人はべり。平《へい》中納言の、むすめにしてかしづくと聞きはべりし人。絵に描《か》いたる顔して、額いたうはれたる人の、目尻《まじり》いたうひきて、顔もここはやと見ゆるところなく、色白う、手つき腕《かひな》つきいとをかしげに、髪は、見はじめはべりし春は、丈《たけ》に一尺ばかり余りて、こちたく多かりげなりしが、あさましう分けたるやうに落ちて、裾《すそ》もさすがに細《ほそ》らず、長さはすこし余りてはべるめり。

小馬《こま》といふ人、髪いと長くはべりし。むかしはよき若人《わかうど》、今は琴柱《ことぢ》に膠《にかは》さすやうにてこそ、里居《さとゐ》してはべるなれ。

かういひひて、心ばせぞかたうはべるかし。それもとりどりに、いとわろきもなし。また、すぐれてをかしう、心おもく、かどゆゑも、よしも、後《うし》ろやすさも、みな具《ぐ》することはかたし。さまざま、いづれをかとるべきとおぼゆるぞ、多くはべる。さもけしからずもはべることどもかな。

〈現代語訳〉

若い女房の中において容貌がすぐれていると思われるのは、小大輔《こたゆう》、源《げん》式部などです）。大輔は小柄な人で、容姿はとても現代的な様子であって、髪が端麗であり、（その髪は）かつてはたいそう豊かで、背丈に一尺以上も余っていたのに、（今では）抜け落ちて少なくなっています。顔だちも才気が溢れていて、ああ実に美しい人だことと目がひかれます。容貌は何ひとつ欠点がありません。源《げん》式部は、背丈がちょうどよい具合ですらりとしていて、顔だちはよく整っていて、見るにつれてますます美しく見え、可愛らしげな感じで、実に清らかでさっぱりしていて、どこか良家の娘さんと思われるような様子をしています。小兵衛《こひょうえ》、少弐《しょうに》なども、とても美しいです。これら（美しい女房たち）は、殿上人たちが見過ごしていることは、稀《まれ》なようです。誰でも、うっかりしていると知れ渡ってしまうのですが、人目のないところでも用心しているので、知られないでいるのです。

（なかでも）宮木《みやぎ》の侍従《じじゅう》は実に整った美しい人（でありました）。とても小柄でほっそりとしていて、いつまでも童女姿《わらわすがた》のままでおきたいような様子でありましたのに、自分から老《ふ》けこんでしまい、尼姿になって宮仕えを退いてしまいました。髪が袿《うちき》の丈《たけ》よりすこし余っていたのに、それをずいぶんさっぱりと切り揃えて参上したのが、出仕の最後の時でありました。顔もたいそう美しくありました。

五節《ごせち》の弁《べん》という人がいます。平《へい》中納言が、養女にして大切にしていると聞いておりました人（です）。絵に描《か》いたような（無表情な）顔をして、額《ひたい》がたいそう広い人で、目尻がとても長く、顔だちもここはまあと思われるような難点はなく、色白で、手つきや腕《かいな》さばきはとても趣があって、髪は、はじめて見ました春には、背丈より一尺ほど余って、豊かすぎるほど多かったようでしたが、あきれるほど取り分けたように抜け落ちたものの、（髪の）裾《すそ》のほうも、さすがに細くならずに、長さは（背丈に）すこし余っているようです。

小馬《こま》という人は、髪がたいそう長うございました。かつてはすぐれた若女房（でありましたが）、今は琴柱《ことじ》を膠《にかわ》で貼りつけたようにして里にひきこもっているようです。

このように（女房たちの容姿について）あれこれと批評してきて、気だてとなるとなかなか難しいことであります。それもそれぞれに個性があって、ひどく劣っている人もいません。（といって）また、格別にすばらしく、思慮深く、才気やたしなみも、（そして）情趣や信頼性も、すべてを兼ね備えることは至難のわざです。各人各様で、どの点を評価したらよいかと迷うことが多いものです。まあなんとも大それた物言いでありますことよ（と、われながら思われます）。

〈語釈〉

○若人《わかうど》　年若い女房。**○かたち**　顔だち。容貌。**○小大輔《こたいふ》、源《げん》式部**　中宮の女房。前出（第一九・二〇節など）。**○こちたくて**　「こちたし」は、あまりにも多いこと。**○かどかどしう**　「かどかどし」は、才気が溢れていること。利発であること。**○見るままに**　見ているといっそう。見れば見るほど。**○かはらか**　こざっぱりとして綺麗であること。**○人のむすめ**　良家の子女、の意。**○小兵衛《こひやうゑ》、少弐《せうに》**　中宮の女房。小兵衛は、前出（第一九・

二〇・三八節）。少弐は、素姓未詳。**○それら**　それらの若い女房たち。小大輔《こたゆう》、源《げん》式部、小兵衛《こひょうえ》、少弐《しょうに》の四人をさす。**○殿上人《てんじやうびと》の見残《みのこ》す、少《すく》なかなり**　殿上人たちが見過ごしていることは、稀であるようです。これは単に、殿上人たちの情事の対象となることをいっているのではなく、真面目なプロポーズの対象となることをいっているものと解される。**○とりはづしては**　うっかり注意を怠っていると。**○人ぐま**　人目のないところ。**○隠《かく》れてぞはべるかし**　知られることなくいるのですよ。「かし」は、相手につよく念を押す意を表す終助詞。

○宮木《みやぎ》の侍従《じじゅう》　中宮の女房。前出（第二〇節）。**○童女《わらは》**　女の子。少女。**○心と**　自分の心から。「わが心と」と同じ。**○やつして**　髪をおろして出家する。**○やみはべりにし**　「やむ」は、そのままとなる、の意。死去した、消息を絶った、などの意ともみられるが、ここは宮仕え生活に終止符を打った意と解される。**○果ての度《たび》**　宮仕えの最後の時。退任のご挨拶に中宮御所に参上した折のことかとみられる。

○五節《ごせち》の弁《べん》　中宮の女房。前出（第二〇節）。**○平《へい》中納言**　従二位中納言平惟仲《たいらのこれなか》。すでに寛弘二年（一〇〇五）三月に薨去。**○むすめにして**　養女にして。**○絵に描《か》いたる顔**　大和絵に描かれている、いわゆる引目《ひきめ》鉤鼻《かぎばな》の表情乏しい顔をいうらしい。「絵に描《か》きたるものの姫君」（第七節）のような美しい容貌の形容とは異なる。**○ここはやと見ゆるところなく**　ここはどうかと思われるところ、つまり格別の欠点・難点がなく、の意と解される。**○裾《すそ》もさすがに細《ほそ》らず**　髪の裾も、かつて髪が豊かであっただけに、細まることなく。「細らず」、底本は「ほめられす」。文意の上から改めた。**○小馬《こま》といふ人**　中宮の女房。前出（第一九節）。**○よき若人《わかうど》**　美しく若い女房。**○琴柱《ことぢ》に膠《にかは》さすやうにて**　琴柱《ことじ》を膠《にかわ》で固定したような。琴柱は、琴の胴の上に立てたもので、その位置を移動することによって調律するのであるから、それを膠で固定してしまっては、音律を変化させることができない。そのことから、臨機応変の行動がとれない、融通のきかぬことのたとえとされる。ここは里に下がったまま、そこを動こうとせず、再び出仕してこないことを言ったもの。なお、この表現の出典として、『史記《しき》』（藺相如伝《りんしょうじょでん》）の「藺相如曰《りんしやうじよいは》ク、王名ヲ以《もっ》テ括《かつ》（趙括《ちょうかつ》という人物のこと）ヲ使フハ、柱《ことぢ》ニ膠《にかは》シテ瑟《しつ》ヲ鼓《こ》スルガゴトキノミ。括《かつ》徒《いたづ》ラニ能《よ》ク其《そ》ノ父ノ書伝《しょでん》ヲ読メド、変《へん》ニ合フコトヲ知ラザルナリ。」などをはじめ、その他、二、三の文献が指摘されている。

○かういひいひて　このように次々に人の容姿を批評してきたが、の意。**○心ばせ**　気だて。性質。**○かたうはべるかし**　難しいことだ。批評することの難しさと同時に、すぐれた「心ばせ」を備えていることの難しさを言っているかとみられる。**○心おもく**　思慮深く。落ち着きがあって。**○かどゆゑも、よしも**　「かど」は、才気。才能。「ゆゑ」は、風情。情趣。「よし」は、「ゆゑ」とほぼ同義。**○後《うし》ろやすさ**　安定感。信頼性。**○いづれをかとるべき**　どの点を長所として挙げたらよいか、の意。**○さもけしからずもはべることどもかな**　まあなんとも大それた物言いでありますことよ、の意。自分の述べてきた言辞に対する反省と弁解。

〈解説〉

ここでは若い女房に限定して、その容姿批評を行ってきた。前節において、「このついでに、人のかたちを」としてはじめた批評の続きであり、発展である。が、ここで式部の批評意欲は、「かういひいひて、心ばせぞかたうはべるかし」と言いつつも、人の「かたち」から、その「心ばせ」へと進展をみせようとしている。ここは明らかに、その予告となっている。

四八　斎院《さいゐん》に、中将の君といふ人はべるなり

——斎院と中宮御所との気風の比較（1）——

斎院《さいゐん》に、中将の君といふ人はべるなりと聞きはべる、たよりありて、人のもとに書きかはしたる文《ふみ》を、みそかに人の取りて見せはべりし。いとこそ艶《えん》に、われのみ世にはもののゆゑ知り、心深き、たぐひはあらじ、すべて世の人は、心も肝《きも》もなきやうに思ひてはべるべかめる、見はべりしに、すずろに心やましう、おほやけ腹《ばら》とか、よからぬ人の言ふやうに、にくくこそ思うたまへられしか。文書《ふみが》きにもあれ、

「歌などのをかしからんは、わが院よりほかに、たれか見知りたまふ人のあらん。世にをかしき人の生《お》ひ出《い》でば、わが院のみこそ御覧じ知るべけれ。」

などぞはべる。

げにことわりなれど、わが方《かた》ざまのことをさしも言はば、斎院より出《い》できたる歌の、すぐれてよしと見ゆるもことにはんべらず。ただいとをかしう、よしよしうはおはすべかめる所のやうなり。さぶらふ人を比べていどまんには、この見たまふるわたりの人に、かならずしもかれはまさらじを。

つねに入り立ちて見る人もなし。をかしき夕月夜《ゆふづくよ》、ゆゑある有明《ありあけ》、花のたより、ほととぎすのたづねどころにまゐりたれば、院はいと御心のゆゑおはして、所のさまはいと世はなれ神《かん》さびたり。またまぎるることもなし。上《うへ》にまうのぼらせたまふ、もしは、殿なんまゐりたまふ、御宿直《とのゐ》なるなど、ものさわがしき折もまじらず。もてつけ、おのづからしか好む所となりぬれば、艶《えん》なることどもをつくさん中に、なにの奥《あう》なき言ひすぐしをかはしはべらむ。

かういと埋《うも》れ木《ぎ》を折り入れたる心ばせにて、かの院にまじらひはべらば、そこにて知らぬ男《をとこ》に出《い》であひ、もの言ふとも、人の奥《あう》なき名を言ひおほすべきならずなど、心ゆるがしておのづからなまめきならひはべりなむをや。まして若き人の、かたちにつけて、としよはひに、つつましきことなきが、おのおの心に入りて懸想《けさう》だち、ものをも言はんと好みだちたらんは、こよなう人に劣るもはべるまじ。

されど、内裏《うち》わたりにて明け暮れ見ならし、きしろひたまふ女御《にようご》、后《きさい》おはせず、その御方《かた》、かの細殿《ほそどの》と、いひならぶる御あたりもなく、男も女も、いどましきこともなきにうちとけ、宮のやうとして、色めかしきをば、いとあはあはしとおぼしめいたれば、すこしよろしからんと思ふ人は、おぼろけにて出《い》でゐはべらず。心やすく、もの恥《は》ぢせず、とあらんかからんの名をも惜しまぬ人、はたことなる心ばせのぶるもなくやは。ただささやうの人のやすきままに、立ち寄りてうち語らへば、中宮の人埋《うも》れたり、もしは用意《ようい》なしなども言ひはべるなるべし。上﨟《じやうらふ》、中﨟《ちゆうらふ》のほどぞ、あまりひき入り上衆《ざうず》めきてのみはべめる。さのみして、宮の御ため、ものの飾《かざ》りにはあらず、見苦《みぐる》しとも見はべり。

これらをかく知りてはべるやうなれど、人はみなとりどりにて、こよなう劣りまさることもはべらず。そのことよければ、かのことおくれなどぞはべるめるかし。されど、若人《わかうど》だに重《おも》りかならむとまめだちはべるめる世に、見苦しうざれはべらんも、いとかたはならむ。ただおほかたを、いとかく情《なさけ》なからずもがなと見はべり。

〈現代語訳〉

斎院《さいいん》に、中将の君という人がお仕えしていると聞いておりましたが、伝手《つて》があって、（この人が）他の人のもとに書き送った手紙を、こっそりと人が取り出して（私に）見せてくれました。（その手紙は）たいそう派手やかで、自分だけがこの世にあっては分別があって、情趣深いものは、ほかにはあるまい、すべて世間の人は、思慮も分別も持ち合わせていないかのように思い込んでいるらしいのを、見ましたところ、むしょうに癪《しやく》にさわってきて、向《む》かっ腹《ぱら》が立つとか、下賤《げせん》な者が言うように、憎らしく思えてきたことでした。手紙の文面であったにせよ、

「歌などの趣のあるのは、こちらの斎院さまよりほかに、誰がお見分けできる方がいらっしゃるでしょうか。この上なく（歌に）すぐれた女性が出現するならば、わが斎院さまが（真っ先に）お見分けなさることでしょう。」

などと（書いて）あるのです。

なるほどもっともなようですが、自分の側のことをそこまで言うのならば、（こちらも一

言いわせてもらうと）斎院方から発表された歌が、格別すぐれた歌だとみられるものも格別ありません。ただ（斎院という所は）実にすばらしく、情趣に富んでいらっしゃる所のようです。（だが）お仕えしている女房たちを比較して優劣を競うとしたならば、私が拝見している中宮さま周辺の女房たちに、必ずしも斎院側が勝《まさ》っているとは言えないでしょうに。（斎院がたは）いつも内部に立ち入って見る人もいません。情趣深い夕月夜や風情のある有明の朝、あるいは花見の時季や、ほととぎすの声を聞く折などに（たまに）出かけてみましたら、斎院さまはたいそう情趣ゆたかでいらっしゃるし、御所の様子はまことに俗界を離れて神々《こうごう》しい感じです。また俗事に煩わされることも（何一つ）ありません。（こちらの中宮さまのように）清涼殿に参上なさるとか、あるいは殿（道長）がこちらに参上なさったり、御宿直《とのい》なさるなどのもの騒がしい折もまじりません。その上、自然とそのように（風情を）好む環境となっているので、趣深いことの限りを尽くして歌を詠んだとしても、その中にどうして軽々しい言いすごしなどするでしょうか。

（私のように）まるで埋れ木《うもぎ》をさらに土中深く折り入れたような引きこもりがちな性格でも、あの斎院にお仕えしたならば、そこで見知らぬ男性に応対して、歌を詠みかわす場合でも、まわりの人たちが（私を）浅薄な人間だとの評判を浴びせるはずはないなどと、気をふるいたたせて（歌を詠むので）、自然と優雅な振舞《ふるま》いが身についていくのでありましょう。まして若い女房が、容貌につけても、年齢の点からも、難点のない人が、それぞれ本気になって色めかしく振舞い、歌を詠もうと趣向を凝らしたならば、それほどひどく（斎院がたの人たち）に劣る者もありますまい。

しかし、宮中において朝夕顔を合わせ、競い合う女御《にょうご》や后《きさき》はいらっしゃらず、そちらの御方（の女房）、あちらの細殿《ほそどの》（の女房）と、比べるようなお方もなく、男性も女性も、争い合うようなこともないことに慣れて、（さらに）中宮さまの風儀として色めかしいことは、ひどく軽薄だと思《おぼ》し召《め》していらっしゃいますので、少しでも人並みでありたいと思う女房は、めったなことでは人前に出るようなことはしません。気軽で、恥ずかしがることなく、どうのこうのという評判を気にかけない女房は、（中宮御所の気風とは）また異なった、色めかしい考えを示すことがないわけではありません。ただ、そのような女房が気楽だからといって、（男性たちが）立ち寄って話をかわすので、（人前に出ることをしない女房については）中宮がたの女房は活気がないとか、あるいは（人前に出て応対する女房については）思慮に欠けるなどとも批判するのでしょう。（たしかに）上臈《じょうろう》・中臈《ちゅうろう》あたりの女房たちは、あまりにも引っ込みがちで、お上品ぶってばかりいるようです。そのようにばかりしていては、中宮さまのために、何のお引き立て役にもならないばかりか、みっともないとも思われます。

これら（上臈《じょうろう》・中臈《ちゅうろう》の人たちのこと）を、このようにすっかり知っているように見えますが、人というものは各人各様で、ひどく優劣があるわけではありません。ある面が優《すぐ》れていれば、他の面が劣っているといった具合のようです。けれども、若い女房たちでさえ重々しく振舞《ふるま》おうと真面目に取り組んでいる時に、（上臈《じょうろう》・中臈《ちゅうろう》の人たちが）みっともなくはめをはずしたようなことをするのも、実に不体裁なことでしょう。ただ全体の様子として、これほどひどく風情に乏しい雰囲気ではないようにしたいと思うのです。

〈語釈〉

○**斎院**《さいゐん》　賀茂の斎院のこと。天皇の即位の年に選ばれて賀茂神社に仕える斎王《さいおう》、またはその御所の称。ここは後者。当時の斎院は、村上天皇の第十皇女選子《せんし》内親王。円融・花山・一条・三条・後一条各天皇の五代にわたって斎王をつとめ、「大斎院《だいさいいん》」と称せられた。寛弘六年（一〇〇九）当時、四十六歳。○**中将の君**　斎院の女房。斎院長官源為理《ためまさ》の娘で、母は大江雅致《まさむね》の娘（和泉式部の姉妹）。紫式部の弟惟規《のぶのり》の恋人であったらしい。○**人のもとに**　他の人のところへ。「人」は、弟の惟規かとみられる。下文の「みそかに人の取りて」の「人」も、同様であろう。○**みそかに**　人に知られぬようにするさま。こっそりと。○**心も肝《きも》も**　「心肝《こころぎも》」を分けた言い方。思慮とか分別、の意。○**心やましう**　不快に思う。癪《しやく》にさわる。○**おほやけ腹《ばら》**　人が悪いことをしたのを見聞きして、第三者の自分が立腹すること。公憤・義憤。向《む》かっ腹《ぱら》がたつ。○**よからぬ人**　下賤な者。○**文書き**《ふみがき》　（私信としての）手紙の文章。○**わが院よりほかに**　この「院」は、斎院をさす。○**生ひ出《お》でば**《い》　出現するならば。○**げにことわりなれど**　なるほどもっともなことではあるが。相手の言い分を一応ゆるやかに肯定しておいて、以下に反論を繰り広げる。○**よしよししう**　いかにも風情がある。上品な趣がある。○**さぶらふ人**　お仕えしている女房。○**かれはまさらじを**　「かれ」は、斎院がたの女房をさす。「を」は、感動・詠嘆の間投助詞。**○まゐりたれば**　（斎院に）出向いて見たところ。式部も花やほととぎすの時季に斎院を訪れた経験があり、それを言っているのである。**○いと世はなれ神《かん》さびたり**　まったく俗世間を離れて神々《こうごう》しい感じである。京都の北郊に位置し、人里離れた神域であることをいう。**○まぎるることもなし**　世俗の雑事に煩わされることもない。**○上《うへ》にまうのぼらせたまふ**　中宮が天皇のお召しによって清涼殿に参上なさること。**○殿なんまゐりたまふ**　殿（道長）が中宮御所にいらっしゃる。そんな折には女房たちは、たいへん気づかいを必要とされるのである。**○御宿直《とのゐ》なる**　殿が中宮御所に宿直《とのい》なさること。「なる」は、動作をする主体（この場合、「殿」）に対する尊敬を表す。**○もてつけ**　身のもてなし、とする解があるが、『全注釈』が説くように、文脈上、接続詞的用法の語と解される。しかも。その上。**○しか好む所**　そのように情趣を好む所・環境。「しか」は、上文に「をかしき夕月夜《ゆふづくよ》、ゆゑある有明《ありあけ》、花のたより、ほととぎすのたづねどころ」とあったような、季節的情趣をいう。**○奥《あう》なき言ひすぐし**　思慮の浅い言いすごし。浅薄な表現の詠歌などをいう。「奥なし」は、深い考えのないこと。

○かういと埋《うも》れ木《ぎ》を折り入れたる心ばせ　自分自身の性格を卑下《ひげ》していったもの。内向的で、融通の利かない、古風な性格をいう。「埋れ木」は、土中に長い間埋《うず》もれて固くなり、役に立たない木。それを、へし折って奥に入れるというのであるから、そのような状態をさらに強調したもの。**○知らぬ男《をとこ》に出《い》であひ**　訪れた見知らぬ男性客に応対して。**○もの言**

ふ　会話をしたり、あるいは歌を詠みかわしたりすること。**○奥《あう》なき名**　軽薄だという評判。**○心ゆるがして**　気持を緊張・高揚させる意（『新釈』）。気を引きたてて。**○つつましきことなきが**　上文を受けて、「かたち（容貌）」や「としよはひ（年齢）」からいっても、引け目を感じることのない女房が、の意。

○きしろひたまふ女御《にようご》、后《きさい》おはせず　競い合いなさる女御や后はいらっしゃらない。皇后定子の崩御（長保二年＝一〇〇〇、十二月）以後の一条後宮は、女御として義子（内大臣藤原公季《きんすえ》の娘）、元子（右大臣藤原顕光《あきみつ》の娘）、尊子（元関白藤原道兼《みちかね》の娘）等がいたが、いずれも拮抗《きつこう》する勢力ではなかった。「きしろふ」は、揉《も》み合い争うこと。**○細殿《ほそどの》**　上文の「その御方《かた》」からして、細殿にいらっしゃる御方、の意となろうが、「細殿」は、形の細長い廂《ひさし》の間《ま》のことで、仕切って女房の局《つぼね》とするのが通例なので、そこに住まいする「御方」は不審である。細殿の女房のことかとみられる。**○宮のやうとして**　中宮の風儀として。「やう」は、やり方・方針・方法・風儀（しつけ・作法）。**○おぼろけにて**　並みたいていには。めったなことでは。**○中宮の人埋《うも》れたり**　中宮御所の女房は引っ込み思案《じあん》だ。「すこしよろしからんと思ふ」中宮がたの大部分の女房たちに対する世評。**○用意《ようい》なし**　浅薄である。思慮に欠ける。「心やすく、もの恥《は》ぢせず、（中略）名をも惜しまぬ」中宮がたのごく少数の女房たちに対する世評。**○上臈《じやうらふ》、中臈《ちゆうらふ》のほど**　身分の上級・中級あたりの女房。**○上衆《ざうず》めきて**　貴人ぶって。お高くとまって。**○さのみして**　そのようにばかりしていては、の意。「さ」は、「あまりひき入り上衆《ざうず》めきて」ばかりいることをさす。**○宮の御ため、ものの飾《かざ》**

りにはあらず　中宮の御ために、何の役にも立たない。「ものの飾《かざ》り」は、中宮さまのお引き立て役ほどの意。**○これらを**　上臈《じょうろう》・中臈《ちゅうろう》たちのことを。**○かく知りて**　このように上臈《じょうろう》・中臈《ちゅうろう》たち（の欠点）を私がよく知っていて、の意。**○重《おも》りかならむとまめだちはべるめる世に**　できるだけ慎重にしようと真面目に振舞っておりますような時に。「世」は、この時、折柄などの意。**○おほかたを**　中宮がたの女房全体の気風をいう。**○かく情《なさけ》なからずもがな**　このように風情に乏しい状態であってほしくない。「もがな」は、願望・希求の終助詞。

〈**解説**〉

たまたま「みそかに」見せてもらった、斎院の中将の君の手紙。その独善的な内容に触発された「おほやけ腹《ばら》」（義憤）を披瀝することからはじめて、斎院がたと中宮がたの女房たちの気風の比較へと、はからずも踏み込むこととなった。端緒はあくまでも、ひとりよがりな中将の君の「心ばせ」に批判を加えるところにあったはずであるが、筆はそこにとどまらずに、勢いを増して、両御所の女房たちが形成している風情や雰囲気の比較と論評へと展開した模様である。

人界を離れた「神《かん》さびた」環境で、優雅一点ばりに過ごすことのできる斎院側と、拮抗《きっこう》して並び立つ後宮の存在はないとはいえ、日常的に臨機な動向のある中宮側との、基本的な差異を指摘しながらも、それにしても活気と風情に欠けると言わねばならない中宮がたの現状が明らかにされている。その中で、自分自身の性格を「かういと埋《うも》れ木《ぎ》を折り入れたる心ばせ」と、いかにも古風なものと自己規定している。その上、中宮の「やう」（気風・方針）として、色めかしいことは軽薄なこととされていることにも言及している。とはいえ、式部自身の性格はそれはそれとして、中宮の気風が影響して御所の女房全体が、引きこもりがちで沈滞しているなどとは、もちろん言ってはいない。むしろ、そのようであっては中宮のためにならない、「ものの飾《かざ》り」（お引き立て役）にならないことを指摘し、現状の改善を希求している。

　このように筆は発展しているものの、あまりに引っ込みがちで、お上品ぶっていて困りものの上臈《じょうろう》・中臈《ちゅうろう》女房に批判を加えながらも、その筆は「人はみなとりどりにて、こよなう劣りまさることもはべらず。そのことよければ、かのことおくれなどぞはべるめるかし」と、中庸に収められていて、式部の関心の行方が、人の「心ばせ」の範疇にあることが分かるのである。そして、人の性格は各人各様であり、極端な劣り優りもなく、一長一短であるとする人間把握・人間理解が示される。この有りようは、式部の人物批判・人性批判の基本的態度そのものとなって、顕現している。

　なお、「宮の御ため、ものの飾《かざ》りにはあらず」とあることにより、式部たち女房らの立場が分かる。つまり「ものの飾り」とは、〈語釈〉にも記したように、中宮さまのお引き立て役ほどの意であるが、紫式部たち女房らの主たる役目は、中宮の御前を華やかに彩り、主人たる中宮のお引き立て役として日々努めるところにあったことが明瞭となる。

四九　さるは、宮の御心あかぬところなく

——斎院と中宮御所との気風の比較（2）——

　さるは、宮の御心あかぬところなく、らうらうじく心にくくおはしますものを、あまりものづつみせさせたまへる御心に、なにとも言ひ出《い》でじ、言ひ出《い》でたらんも、後《うし》ろやすく恥《はぢ》なき人は、世にかたいものとおぼしならひたり。げに、ものの折など、なかなかなることし出《い》でたる、後《おく》れたるには劣りたるわざなりかし。ことに深き用意なき人の、所につけてわれは顔なるが、なまひがひがしきことども、ものの折に言ひ出だしたりけるを、まだいと幼きほどにおはしまして、世になうかたはなりと聞こしめしおぼししみにければ、ただことなる咎《とが》なくて過ぐすを、ただめやすきことにおぼしたる御けしきに、うち児《こ》めいたる人のむすめどもは、みないとようかなひきこえさせたるほどに、かくならひにけるとぞ心得《こころえ》てはべる。

　今はやうやうおとなびさせたまふままに、世のあべきさま、人の心のよきもあし

きも、過ぎたるも後れたるも、みな御覧《ごらん》じ知りて、この宮わたりのことを、殿上人もなにも目馴《めな》れて、ことにをかしきことなしと思ひ言ふべかめりと、みな知《し》ろしめいたり。さりとて、心にくくもありはてず、とりはづせば、いとあはつけいことも出《い》でくるものから、情《なさけ》なくひき入りたる、かうしてもあらなんとおぼしのたまはすれど、そのならひなほりがたく、また今やうの君達《きんだち》といふもの、たふるるかたにて、あるかぎりみなまめ人なり。斎院などやうの所にて、月をも見、花をも愛《め》づる、ひたぶるの艶《えん》なることは、おのづからもとめ、思ひても言ふらむ。朝夕《あさゆふ》たちまじり、ゆかしげなきわたりに、ただごとをも聞き寄せ、うち言ひ、もしは、をかしきことをも言ひかけられて、いらへ恥《はぢ》なからずすべき人なん、世にかたくなりにたるをぞ、人々は言ひはべるめる。みづからえ見はべらぬことなれば、え知らずかし。かならず、人の立ち寄り、はかなきいらへをせんからに、にくいことをひき出《い》でんぞあやしき。いとようさてもありぬべきことなり。これを、人の心ありがたしとは言ふにはべるめり。などかならずしも、面《おも》にくくひき入りたらんがかしこからむ。また、などてひたたけてさまよひさし出《い》づべきぞ。よきほどに、折々《をりをり》の有様《ありさま》にしたがひて、用《もち》ゐんことのいとかたきなるべし。

まづは、宮の大夫《だいぶ》まゐりたまひて、啓《けい》せさせたまふべきことありける折に、いとあえかに児《こ》めいたまふ上臈《じやうらふ》たちは、対面《たいめん》したまふことかたし。また会《あ》ひても、何ごとをかはかばかしくのたまふべくも見えず。言葉の足るまじきにもあらず、心の及ぶまじきにもはべらねど、つつまし、恥《は》づかしと思ふに、ひがごともせらるるを、あいなし、すべて聞かれじと、ほのかなるけはひをも見えじ。ほかの人は、さぞはべらざなる。かかるまじらひなりぬれば、こよなきあて人も、みな世に従《したが》ふなるを、ただ姫君ながらのもてなしにぞ、みなものしたまふ。下臈《げらふ》の出《い》であふをば、大納言こころよからずと思ひたまふたなれば、さるべき人々里にまかで、局《つぼね》なるも、わりなき暇《いとま》にさはる折々《をりをり》は、対面する人なくて、まかでたまふときもはべるなり。そのほかの上達部《かんだちめ》、宮の御方《かた》にまゐり馴《な》れ、ものをも啓《けい》せさせたまふは、おのおの、心寄せの人、おのづからとりどりにほの知りつつ、その人ない折は、すさまじげに思ひて、たち出《い》づる人々の、ことにふれつつ、この宮わたりのこと、「埋《うも》れたり。」

など言ふべかめるも、ことわりにはべり。

斎院わたりの人も、これをおとしめ思ふなるべし。さりとて、わが方《かた》の、見どころあり、ほかの人は目も見知らじ、ものをも聞きとどめじと、思ひあなづらむぞ、またわりなき。すべて、人をもどくかたはやすく、わが心を用《もち》ゐんことはかたかべいわざを、さは思はで、まづわれさかしに、人をなきになし、世をそしるほどに、心のきはのみこそ見えあらはるめれ。

いと御覧ぜさせまほしうはべりし文書《ふみが》きかな。人の隠しおきたりけるをぬすみて、みそかに見せて、とり返しはべりにしかば、ねたうこそ。

〈現代語訳〉

というのも実は、中宮さまのお気だては何一つ欠けたところなく、洗練されて奥ゆかしくていらっしゃるのですが、あまりに控えめになさるご気性であることから、（女房たちに）何も口出しはすまい、（たとえ）言ったところで、信頼がおけて（こちらが）恥ずかしい思いをしなくてもよいような女房は、めったにいるものではないと思い込んでいらっしゃいます。そのとおり、何かの折などに、なまじっか不十分なことをしたのでは、何もしないのより劣ることになります。格別深い思慮のない人で、この御所で得意顔でいた女房が、見当ちがいな、いい加減なことを、何かの折に言っていましたのを、(中宮さまが)まだずっとお若い頃でいらっしゃって、ひどく見苦しいこととお聞きになり、心に深く思い込まれたので、とくに目だった失敗がなく過ごすことを、ともかく安心なものであると思っていらっしゃるお気持ちであって、いささか子供っぽい良家の娘さんたちが、みなそれに適《かな》うようにお仕え申し上げているうちに、このような(気風が)慣習になってしまったのだと(私は)判断しています。

今では(中宮さまも)だんだん大人《おとな》らしくおなりになるにつれて、世間のあるべき姿も、人の心の善《よ》し悪《あ》しも、出過ぎたことも不足なことなども、すっかりご存じでいらっしゃって、この中宮御所のことを、殿上人も誰もが見慣れて、格別趣深いことはないと思ったり言ったりしているようだと、すべてご存じでいらっしゃいます。とはいえ、(中宮の女房たちが)奥ゆかしさ一点張りでいくわけにはいかないし、ややもすると、ずいぶんと軽薄なことも出てきはするものの、不風流に引きこもってばかりいるのは、(中宮さまも)このようにあってほしいとお思いになり、お口を出されたりもなさるが、その慣習は直りにくく、それに今時の若君達《わかきんだち》ときたら、その場の気風に従順で、(中宮御所に)滞在している間は誰もみな実直そのものです。(それでいて)斎院のような所では、月を眺め、花を賞美するような風流一途なことは、自分から求めもし、心がけてするのでありましょう。朝晩出入りして、口に出す何の奥ゆかしさもない(中宮の)御所では、ふだんの会話をも趣深く感じ取ったり、口に出したり、あるいは気が利いた言葉を話しかけられて、返答が恥ずかしげなくできるような女房は、実にまれになってしまったことを、殿上人たちは批評しているようです。（と言っても）直接見聞きできることではないので、よくは分かりません。

殿上人が（女房の局に）立ち寄り、（女房が）ちょっとした返事をしようとする時に、必ず相手の気分を損《そこ》ねるようなことをしでかすのは困りものです。無難に応答してそれで当りまえなのです。こうしたことから、難点のない人はめったにいないと言われるのでありましょう。どうして必ずしも、見るのも憎いほどに引っ込んでいるのが賢明と言えるでしょうか。また（その逆に）、どうして節度なくむやみに人前に出しゃばってよいでありましょうか。適度に、その時その場の様子に応じて、気配りをしていくことが、まことに難しいことなのでありましょう。

一例をとれば、中宮の大夫《だいぶ》が参上なさって、（中宮さまに）言上《ごんじょう》を取り次がせなさることがあったような折に、ひどく頼りなく子供っぽくておいでの上臈《じょうろう》たちは、応対なさることはめったにありません。また、応対に出たとしても、何一つはきはきとおっしゃれそうにも思われません。（それは）言葉が不足しているからというわけでもないし、心づかいが足りないからというわけでもないのですが、きまりが悪い、恥ずかしいと思うにつけて、つい言い損《そこ》ないもしそうなのを、見っともない、けっして聞かれたくないなどと思って、ほんのすこしの姿でも見られまい（とするのでしょう）。よその女房たちは、それほどではないでありましょう。こうした宮仕えの生活に入ってしまったからには、格別に高貴な出自の方であっても、誰も世間のしきたりに従うものなのに、（ここの上臈《じょうろう》の方々は）ただもう（宮仕え以前の）姫君のままの振舞いで、みないらっしゃいます。（というわけで）下﨟《げろう》の女房が応対に出るのを、大納言（中宮の大夫《だいぶ》）は不愉快に思っていらっしゃるようですので、しかるべき女房たちが里下がりしていたり、局にいても、やむを得ない支障があるような折々には、対応する女房がないままに退出なさってしまう時もあるようです。そのほかの上達部《かんだちめ》で、中宮御所にいつも参上し、何か中宮さまへの言上《ごんじょう》を取り次がせなさる場合には、それぞれ馴染《なじ》みの女房がいて、自然と思い思いに懇意になって（用向きを果たし）、その女房が不在の時には、興ざめの思いで立ち去っていかれる（そのような）人たちが、何かにつけて、この中宮がたのことを、

「引っ込み思案である。」

などと言うらしいのも、（考えてみれば）もっともなことなのです。

斎院側の人も、こういう点を（伝え聞いて）軽蔑しているのでありましょう。そうだからといって、自分の所だけに、すぐれた点があって、他の所の人は見るべき目も持ち合わせないであろう、きちんと聞きとどめる耳も持たないであろうと、見下げるようなのは、また筋の通らないことです。総じて他人を非難することはたやすく、自分の心を（適切に）はたらかせることは難しいことなのに、そうは思わないで、まずもって自分を賢いものとして、他人をないがしろにし、世間を非難したりしているところに、（当人の）心の程度がはっきり現れて見えてくるようです。

（それは）実にご覧に入れたいような手紙の書きぶりでありました。ある人が隠しておいた

のをそっと取り出し、こっそりと見せてくれて、（すぐに）取り返してしまったので、（お見せできないのが）とても残念です。

〈語釈〉

○さるは　それというのも実は。前述の内容に再び触れて、そのことの背景・理由などを解説するための発語。**○あかぬところなく**　何ら不足するところなく。中宮のご性格が円満具足であることをいう。**○あまりものづつみせさせたまへる御心**　あまりに控えめになさる中宮さまのご性質。「ものづつみ」は、物事に遠慮深く、控えめであること。前出（第四六節）の小少将の君の「心ばへ」を評する際にも、この語が用いられていた。**○なにとも言ひ出《い》でじ**　女房たちに指図がましいことは一切言うまい、の意。**○後《うし》ろやすく恥《はぢ》なき人**　信頼性があり、こちらが恥ずかしい思いをしなくてよい人。**○世にかたいものと**　まったくもってめったにはいないものと。「世に」は、実に、まったく、の意の副詞。**○おぼしならひたり**　「おぼしならふ」は、常にそう思っていること。**○なかなかなること**　なまじしなければよいこと。中途半端なこと。**○なまひがひがしきこと**　いい加減な間違ったこと。**○まだいと幼きほど**　中宮さまがまだお若くていらっしゃった頃。紫式部の出仕以前のことであろう。**○世になうかたはなりと聞こしめしおぼししみにければ**　ひどく見苦しいことお聞きになり、そのことを深くお心に刻み込まれているので。「世になう」は「世になく」の音便で、この上なく。**○ことなる咎《とが》**　格別の失策。目だった欠点。**○うち児《こ》めいたる人のむすめども**　ずいぶん子供っぽい娘さんたち。良家出身で、お嬢さん育ちのままの上・中﨟の女房たちをいう。**○いとようかなひきこえさせたるほどに**　中宮さまのご気風にうまく適合するようにお仕えしているうちに。**○かくならひにける**　このような気風・雰囲気になってしまった。「かく」は、消極的で地味なこと。

○ことにをかしきこととなし　格別情趣深いことはない。**○とりはづせば**　まかり間違うと。うっかりすると。分別が足りず軽率なこと。**○あはつけいこと**　「あはつけい」は、「あはつけき」の音便。浅薄なこと。**○かうしてもあらなん**　このように、つまりもうすこし積極的にあってほしい、との中宮の要望である。**○たふるるかた**　「たふる」は、気がくじけること。ここは「今やうの君達《きんだち》」(今時の貴公子たち)が、日頃の好みを節操もなく変えて、中宮がたの気風にたやすく順応してしまうことをいう。**○まめ人**　真面目な人。実直なひと。**○ひたぶるの艶《えん》なること**　一途《いちず》に風流なこと。**○ただごと**　ありふれた日常の言葉・会話。**○みづからえ見はべらぬこと**　式部自身は、殿方の批評を直接見聞したのではないが、と断っているのである。

○かならず　下の「ひき出《い》でんぞ」にかかり、必ずと言っていいほど、いつもしくじりをひき起こすことをいう。**○面《おも》にくく**　見るからに憎い。小憎《こにく》らしいほど。**○ひたたけて**　節度を欠くこと。ここは、むやみやたらに見境もなく人前に出ていくことを形容している。

○まづは　まず第一に。適切な一例として挙げる場合の発語。**○宮の大夫《だいぶ》**　中宮大夫の藤原斉信《ただのぶ》。**○啓《けい》せさせたまふべきこと**　中宮に何か言上させなさる必要な用件。「啓す」は、皇后(中宮)・東宮・上皇などに申し上げること。**○ほかの人**　「いとあえかに児《こ》めいたまふ上臈《じやうらふ》たち」以外の女房たち、ともとれるが、中宮御所以外のよその女房と解すべきであろう。○**かかるまじらひ**　このような宮仕えの生活。○**ただ姫君ながらのもてなし**　出仕以前の姫君のままの振舞い。○**大納言**　「宮の大夫《だいぶ》」のこと。「大納言」の称は、斉信《ただのぶ》が権《ごん》大納言に任じられた寛弘六年（一〇〇九）三月四日以後のこと。○**さるべき人々**　大納言が中宮に言上を取り次がせるのにふさわしいと思っている何人かの女房。○**わりなき暇《いとま》にさはる**　やむをえない事情で対面に出てこられないような、支障のある場合。○**そのほかの上達部《かんだちめ》**　大納言以外の上達部。○**心寄せの人**　日頃から懇意にしている女房。○**埋《うも》れたり**　引っ込み思案である。活気がない。前節に「中宮の人埋《うも》れたり」とあったのに照応している。

○**これをおとしめ**　こういう点を侮《あなど》って。「これ」は、中宮がたの活気のない気風をさす。○**もどく**　非難する。○**かたかべいわざ**　難《むずか》しいはずのこと。「かたかべい」は、「かたかるべき」の音便。○**心のきは**　心の程度。心のありよう。○**文書《ふみが》き**　手紙の書きぶり。手紙の特徴的な内容をいう。○**ねたうこそ**　お見せできないのが残念です。「こそ」の下に「はべれ」が省略されている。

〈**解説**〉

斎院の中将の君の他人にあてた私信の内容に端を発する、斎院がたと中宮がたの気風の比較・論評の続きである。が、ここでは自分の所属する中宮がたの気風の分析に傾斜がかかっている。中将の君の「文書き《ふみが》」は、斎院がたの優位性を強調する、いかにも独善的なものであって、それは到底容認できる代物《しろもの》ではないのだが、それにしても「埋《うも》れたり」と批評されるような、わがかたのあまりにも消極的な気風について、形成の経過と現状を分析しつつ、その改善の要を指摘する。

中宮のお心は、あくまでもご立派で、非のうちどころがなく、理想的でいらっしゃることを評価し、信頼申し上げていることを大前提としながらも、「あまりものづつみせさせたまへる御心」と、その控えめがちな性格を指摘している。しかし、それが消極的な気風形成の動因であるなどと言っているわけではない。ましてや、そのことに批判を加えてなどはいない。ただ、そうしたことが背景にありはするが、お仕えする女房たちがそれに甘んじてしまい、互いに努力することを怠ってきたところに問題があることを言い、なかでも特に「ただ姫君ながらのもてなし」しかできない、「いとあえかに児《こ》めいたまふ上臈《じやうらふ》たち」の憂《うれ》うべき現状に批判の矛先《ほこさき》を向けるのである。

それにしても、いかにも「人の心」に寄せる深い関心と省察とが展開されていて、注目させられる。「人の心ありがたし」という世評を受けての、「(人の心の)用《もち》ゐんことのいとかたきなるべし」という慨嘆にも似た感想も、その一つである。そして、このことは、そのまま一連のこのくだりの収斂へと続いていく。「人をもどくかたはやすく、わが心を用《もち》ゐんことはかたかべいわざ」とは、まさに省察を加えてきたことの結論と言ってもよい見解であるが、「さは思はで、まづわれさかしに、人をなきになし、世をそしるほどに、心のきはのみこそ見えあらはるめれ」と続くことにより諒解されるごとく、これは斎院の中将の君に対する批判の結びとなる。その中で「心のきは」と言うとき、「人の心」に深い考察を及ぼす式部の関心の所在が、明瞭に知られるのである。それと同時に、「いと御覧ぜさせまほしうはべりし文書《ふみが》きかな云々」は、「斎院《さいゐん》に、中将の君といふ人はべるなりと聞きはべる、たよりありて、人のもとに書きかはしたる文《ふみ》を、みそかに人の取りて見せはべりし」（前節冒頭）と見事に照応して、締めくくりとなっている。

五〇　和泉式部といふ人こそ
――清少納言等三人の批判――

和泉式部といふ人こそ、おもしろう書きかはしける。されど和泉は、けしからぬかたこそあれ、うちとけて文《ふみ》はしり書きたるに、そのかたの才《ざえ》ある人、はかない言葉のにほひも見えはべるめり。歌はいとをかしきこと。ものおぼえ、歌のことわり、まことの歌詠《うたよ》みざまにこそはべらざめれ、口にまかせたることどもに、かならずをかしき一《ひと》ふしの、目にとまる詠《よ》み添《そ》へはべり。それだに、人の詠みたらむ歌、難《なん》じことわりゐたらんは、いでやさまで心は得じ、口にいと歌の詠まるるなめりとぞ、見えたるすぢにはべるかし。恥《は》づかしげの歌詠《うたよ》みやとはおぼえはべらず。

丹波《たんば》の守《かみ》の北の方をば、宮、殿などのわたりには、匡衡衛門《まさひらゑもん》とぞ言ひはべる。ことにやんごとなきほどならねど、まことにゆゑゆゑしく、歌詠《うたよ》みとてよろづのことにつけて詠み散らさねど、聞こえたるかぎりは、はかなき折節《をりふし》のことも、それこそ恥《は》づかしき口つきにはべれ。ややもせば、腰はなれぬばかり折れかかりたる歌を詠《よ》み出《い》で、えもいはぬよしばみごとしても、われかしこに思ひたる人、にくくもいとほしくもおぼえはべるわざなり。

清少納言《せいせうなごん》こそ、したり顔にいみじうはべりける人。さばかりさかしだち、真名《まな》書き散らしてはべるほども、よく見れば、まだいと足《た》らぬこと多かり。かく、人に異《こと》ならんと思ひ好《この》める人は、かならず見劣《みおと》りし、行末《ゆくすゑ》うたてのみはべれば、艶《えん》になりぬる人は、いとすごうすずろなる折も、もののあはれにすすみ、をかしきことも見《み》過《す》ぐさぬほどに、おのづから、さるまじくあだなるさまにもなるにはべるべし。そのあだになりぬる人の果《は》て、いかでかはよくはべらん。

〈現代語訳〉

和泉式部という人は、実に趣深い（手紙を）やりとりしたものです。しかし、和泉式部には感心しない面があるものの、気軽に手紙をすらすらと書いた時に、その筋の才能を発揮する人で、ちょっとした表現にも色つやが見えるようです。和歌は、とても趣があります。古歌の知識や詠作の理論などからすると、本格的な歌の詠みぶりとは言えないでしょうが、口にまかせて詠んだ歌などに、必ず魅力ある一点が、目にとまるものとして詠み込まれています。それでありながら、他人の詠んだ歌などを、非難したり批評したりするところからみると、さあそれほどには分かっておりますまい、口をついて自然に歌が詠み出されるのであろうと、思われるような詠風なのです。こちらが恥ずかしさを感じるほどのすぐれた歌人とは思われません。

丹波《たんば》の守《かみ》の北の方のことを、中宮や殿の御所などでは、匡衡衛門《まさひらえもん》と言っています。（歌が）格別にすぐれているというほどではないのですが、実に（歌に）風格があって、歌人だからといって、いかなる場合でもことあるごとに歌を詠み散らすようなことはしないが、世間に知られている（彼女の）歌はすべて、ちょっとした機会に詠んだ歌でも、それこそこちらが恥ずかしくなるような立派な詠みぶりなのです。（このことからも）どうかするとすぐ、上の句と下の句の続き具合の悪い腰《こし》の折れかかったような歌を詠み出し、（それを）いかにも由緒《ゆいしょ》ありげにみせかけることをしてまでも、自分こそすぐれた歌詠みだと思っている人は、憎らしくも気の毒にも思われることです。

清少納言は、まことに得意顔もはなはだしい人です。あれほど賢《かしこ》ぶって、漢字を書き散らしていますが、その程度もよく見ると、まだまだ不足な点がたくさんあります。このように、人に格別すぐれようとばかり思っている人は、やがてきっと見劣りがし、将来悪くなってばかりいくものですから、いつも思わせぶりに風流ぶっている人は、ひどく不風流でつまらない時でも、しみじみと感動しているように振舞い、ちょっとした情趣も見逃すまいとしているうちに、自然と、感心しない軽薄な態度にもなるにちがいありません。そのように実意のない態度が身についてしまった人の行く末が、どうしてよいはずがありましょう。

〈語釈〉

○和泉式部　越前の守大江雅致《おおえまさむね》の娘。和泉の守橘道貞《みちさだ》の妻。小式部内侍《こしきぶのないし》の母。冷泉天皇の皇子為尊《ためたか》親王と恋愛。為尊親王薨去後、弟宮敦道《あつみち》親王と恋愛、その発端が『和泉式部日記』に描かれている。中宮彰子に出仕の後、丹波の守藤原保昌《やすまさ》と再婚。中古三十六歌仙の一人として知られる歌人で、家集に『和泉式部正集』『和泉式部続集』がある。『拾遺集』以下の勅撰和歌集に多数入集。**○書きかはしける**　手紙をやりとりした。上の「こそ」を受ける「人なれ」が省略された形。**○けしからぬかた**　感心しない点。奔放ともみえる恋愛遍歴をいうのであろう。**○そのかたの才《ざえ》ある人**　その方面の才能がある人。「そのかた」は、文章をすらすら書くことをいう。**○はかない言葉のにほひ**　ちょっとした言葉（表現）に見える美しさ。「にほひ」は、視覚的な美しさで、光彩・耀《かがや》き。**○ものおぼえ**　古歌についての知識。**○歌のことわり**　和歌に関する理論。**○まことの歌詠《うたよ》みざま**　本格的な歌の詠みぶり。**○それだに**　そうでありながら。必ず魅力ある一点がみられる歌を詠みながら、の意。**○いでやさまで心は得じ**　さあそれほどまでには分かっておりますまい。「いでや」は、疑問・反発を示す語。さあ。いやあ。**○恥《は》づかしげの歌詠《うたよ》み**　こちらが恥ずかしさを感じるような、すばらしい歌人。

○丹波《たんば》の守《かみ》　大江《おおえ》匡衡《まさひら》。文章博士《もんじょうのはかせ》。式部大輔《たゆう》。丹波の守に任じたのは、寛弘七年三月。

○匡衡衛門《まさひらゑもん》　赤染衛門《あかぞめえもん》のこと。大江《おおえ》匡衡《まさひら》の妻であることからの呼称。赤染時用《あかぞめときもち》の娘（父は平兼盛《かねもり》ともいわれる）。道長の北の方倫子に仕え、続いて中宮彰子に仕えた。中古三十六歌仙の一人。家集に『赤染衛門集』がある。『拾遺集』以下の勅撰和歌集に多数入集。また、『栄花物語』正編の作者として有力視される。**○やんごとなきほど**　身分ではなく、歌のことをいう。歌が格別すぐれている、の意。**○ゆゑゆゑしく**　歌に風格があること。**○よろづのことにつけて**　歌詠の機会あるごとに、の意。**○聞こえたるかぎり**　世に知られている歌はすべて。**○腰はなれぬばかり折れかかりたる歌**　「腰」は腰句《ようく》（第三句）のこと。上《かみ》の句（本《もと》の句とも。第一～三句）と下《しも》の句（末《すえ》の句とも。第四・五句）の続き具合の悪い下手な歌のこと。腰折《こしお》れ歌ともいう。**○えもいはぬよしばみごと**　何とも言いようのない気どったこと。由緒ありげに見せかけることをいう。

○清少納言《せいせうなごん》　清原元輔《もとすけ》の娘。中宮（皇后）定子に仕えた女房で、『枕草子』の作者として知られる。家集に『清少納言集』がある。底本「さい少納言」を改めた。**○したり顔にいみじうはべりける人**　「いみじうしたり顔にはべりける人」と語順を改めたほうが、分かりやすい。ひどく得意顔をした人。「いみじ」は、たいそう。はなはだ。「こそ」を受ける、結びの「なれ」が省略されている。**○真名《まな》書き散らして**　「真名」は、仮名《かな》に対して漢字のこと。「真字」とも表記する。それを書き散らすとは、『枕草子』において漢詩文の知識を度々ひけらかしていることをいうのかも知れない。**○いと足《た》らぬこと**　ずいぶん不十分なこと。ひどく未熟なところ。**○人に異《こと》ならんと思ひ好《この》める人**　人より格別すぐれようと思い、たえずそのような言動をする人。**○うたて**　状態がだんだん悪くなっていくことをいう語。ますますひどく。いよいよはなはだしく。**○艶《えん》になりぬる人**　風流ぶることが身についてしまった人。「艶《えん》に」は、底本「え心に」とあるが、文意から改めた。**○あだなるさま**　軽薄な態度。浮薄な様子。**○果《は》て**　行く末。将来。終末。

〈解説〉　前節は、斎院の中将の君の「文《ふみ》」「文書《ふみが》き」から端を発し、そのことに帰結していた。本節はそのことの関連から、和泉式部の文《ふみ》の書きぶりに移り、歌の詠みぶりの批判へと展開している。とはいえ、単に手紙のこと、歌のことにとどまらず、前節末に見られた「人をもどくかたはやすく、わが心を用《もち》ゐんこと」の難しさ、「まづわれさかしに、人をなきになし、世をそしる」ところに、その人の「心のきは」が顕著に見えること、などの人間認識の帰着点に立っての、人物批評の展開となっている。

和泉式部は、紫式部にとって一時期同僚関係にあった人である。が、「けしからぬかた」

として、感心しない倫理面に一言批判を加えるものの、多くは歌詠みとしての和泉に対する批判であり評価である。ここには、紫式部のなみなみでない歌における自信のほどが示されている。続く、赤染衛門評は、和泉式部と比べての、歌詠みとしての優位な点が引き合いにされ、同時に謙虚な点において、それとは対照的な位置関係にある清少納言像を引き出すはたらきを担っている。

それにしても、清少納言評は完膚《かんぷ》なきまでの辛辣《しんらつ》な内容となっている。「行末《ゆくすゑ》」「果《は》て」までも含んで、全面否定なのである。いったいこれはどうしたことか。

そもそも紫式部は、清少納言とは朋輩《ほうばい》関係にない。清少納言は定子皇后の女房であり、紫式部は彰子中宮の女房であった。同じ一条帝後宮《こうきゅう》とはいえ、紫式部が出仕する数年前に清少納言はすでに宮仕えを辞去していたとみられ、宮中などで二人が顔を合わせる機会などはなかった。しかも、この記事の寛弘六年（一〇〇九）頃の清少納言は、零落した身をどこか（東山山麓の月の輪説もある）に寄せていた時期でもあろう。したがって、この時点、清少納言はもはや紫式部にとって対抗意識を燃やす相手ではなかったはずである。にもかかわらず、こうした激越なまでの批評がなされるのはなぜか。

その背景や原因が探られ、具体的な事柄の指摘などもなされてはいるが、私的な怨恨などから発せられたものではあるまい。やはり、紫式部の人間認識・人生観に根差す次元のものとみられる。おそらく紫式部は、『枕草子』を通じたり、清少納言と面識のあった他の女房たちから伝聞するなどして、彼女の人となりを把握していたであろう。その清少納言像は、紫式部の生き方の尺度からして、到底相容《あいい》れないものと感じられたにちがいない。同じ宮仕え女性でありながら、清少納言は天性の女房のごとくに振舞い、その生活に無上の喜びを覚えていたのに対して、紫式部は、この『日記』に吐露しているように、宮仕えを憂《う》きものと観じ、心なごまぬ日々を送っているのであるから、相容《あいい》れないのは当然といってよい。水を得た魚よろしく嬉々《きき》として振舞い、得意然としている清少納言は、きびしい自己抑制の生き方を自分に課する紫式部からすれば、浮薄きわまりない存在であったはずである。すでに当面の対抗相手ではなくても、どうしても痛撃を加えておかずにはいられぬ代物であった、ということではなかろうか。

五一　かく、かたがたにつけて

――わが心内の披瀝――

かく、かたがたにつけて、一《ひと》ふしの思ひ出《い》でらるべきことなくて過ぐしはべりぬる人の、ことに行末《ゆくすゑ》の頼《たの》みもなきこそ、なぐさめ思ふかただにはべらねど、心すごうもてなす身ぞとだに思ひはべらじ。その心なほ失《う》せぬにや、もの思ひまさる秋の夜も、端《はし》に出《い》でゐてながめば、いとど、月やいにしへほめてけんと、見えたる有様《ありさま》をもよほすやうにはべるべし、世の人の忌《い》むといひはべる咎《とが》をも、かならずわたりはべりなんと、憚《はばか》られて、すこし奥にひき入りてぞ、さすがに心のうちには尽《つ》きせず思ひ続けられはべる。

風の涼しき夕暮、聞きよからぬひとり琴《ごと》をかき鳴らしては、「嘆き加はる」と聞き知る人やあらんと、ゆゆしくなどおぼえはべるこそ、をこにもあはれにもはべりけれ。さるは、あやしう黒みすすけたる曹司《ざうし》に、箏《さう》の琴《こと》、和琴《わごん》、調《しら》べながら心に入れて、

「雨降る日、琴柱《ことぢ》倒《たふ》せ。」

なども言ひはべらぬままに、塵《ちり》つもりて、寄せ立てたりし厨子《づし》と柱とのはざまに首さし入れつつ、琵琶《びは》も左右《さう》に立ててはべり。大きなる厨子一《ひと》よろひに、ひまもなく積《つ》みてはべるもの、一《ひと》つには古歌《ふるうた》、物語のえもいはず虫の巣になりにたる、むつかしくはひ散れば、開けて見る人もはべらず。片《かた》つ方《かた》に書《ふみ》ども、わざと置き重ねし人もはべらずなりにし後《のち》、手ふるる人もことになし。それらを、つれづれせめて余りぬるとき、一つ二つ引き出《い》でて見はべるを、女房集《あつ》まりて、

「御前《おまへ》はかくおはすれば、御幸《さいは》ひはすくなきなり。なでふ女か真名書《まなぶみ》は読む。むかしは経読《きやうよ》むをだに人は制《せい》しき。」と、しりうごち言ふを聞きはべるにも、物忌《ものい》みける人の、行末《ゆくすゑ》いのち長《なが》かめるよしども、見えぬ例《ためし》なりと、言はまほしくはべれど、思ひくまなきやうなり。ことはたさもあり。

よろづのこと、人によりてことごとなり。誇《ほこ》りかにきらきらしく、心地よげに見ゆる人あり。よろづつれづれなる人の、まぎるることなきままに、古き反古《ほんご》ひきさがし、行《おこな》ひがちに、口ひひらかし、数珠《ずず》の音高きなど、いと心づきなく見ゆるわざなりと思ひたまへて、心にまかせつべきことをさへ、ただわが使《つか》ふ人の目に憚《はばか》り、心につつむ。まして人の中にまじりては、言はまほしきこともはべれど、いでやと思ほえ、心得《こころう》まじき人には、言ひて益《やく》なかるべし。ものもどきうちし、われはと思へる人の前にては、うるさければ、もの言ふこともものも憂《う》くはべり。ことにいとしも、もののかたがた得たる人はかたし。ただ、わが心の立てつるすぢをとらへて、人をばなきになすなめり。

それ、心よりほかのわが面影《おもかげ》を恥《は》づと見れど、えさらずさし向かひまじりゐたることだにあり。しかじかさへもどかれじと、恥《は》づかしきにはあらねど、むつかしと思ひて、ほけ痴《し》れたる人にいとどなり果《は》ててはべれば、

「かうは推《お》しはからざりき。いと艶《えん》に恥《は》づかしく、人見えにくげに、そばそばしきさまして、物語このみ、よしめき、歌がちに、人を人とも思はず、ねたげに見おとさむものとなん、みな人々言ひ思ひつつにくみしを、見るには、あやしきまでおいらかに、こと人かとなんおぼゆる。」

とぞ、みな言ひはべるに、恥《は》づかしく、人にかうおいらけものと見おとされにけるとは思ひはべれど、ただこれぞわが心と、ならひもてなしはべる有様《ありさま》、宮の御前《おまへ》も、

「いとうちとけては見えじとなん思ひしかど、人よりけにむつましうなりにたるこそ。」

と、のたまはする折々《をりをり》はべり。くせぐせしく、やさしだち、恥《は》ぢられたてまつる人にも、そばめたてられではべらまし。

〈現代語訳〉

このように（他人のことをさまざま批評してきたが）、あれこれの方面から見て、何一つ思い出となるような取柄もなくて過ごしてきた自分のような人間が、ことに（夫に死別して以来）将来の頼りどころがないのは、心を慰める手だてさえない有様なのですが、（だからといって）すさんだ気持で振舞うような身の上だとだけは、せめて思いますまい（と心に期しています）。そうした思いがまだ消えないからか、物思いのつのる秋の夜などにも、縁側近くに出て座って月をながめてぼんやりしていると、以前にもまして、この月をかつて自分は賞美したのだろうかと（思われ）、今の（老いたわが身の）有様を目立つように仕向ける感じがしますし、世間の人が忌《い》み避けると言います（月を見る）咎《とが》にも、かならず該当してしまうでありましょうと、憚《はばか》られて、少し部屋の奥に引っ込んではみるものの、やはり心の中では際限《さいげん》もなく物思いが続けられるのです。

風の涼しい夕暮れに、聞きよくもない独奏の琴《こと》をかき鳴らしては、「嘆きがいっそう増す」と聞いて（私の）存在を知る人もあろうかと、忌《い》まわしく感じられなどしますのは、愚《おろ》かしくもあり、われながら哀《あわ》れでもありました。とは言え実は、みすぼらしく煤《すす》けて黒ずんだ部屋に、箏《そう》の琴《こと》と和琴《わごん》が調子をととのえたまま（あって）、気をつけて、「雨の降る日は、琴柱《ことじ》を倒しておきなさい。」などとも言いませんので、そのまま塵が積もって寄せて立てかけてあった厨子《ずし》と柱との間に首をさし入れたまま、琵琶《びわ》もその左右に立てかけてあります。（また）大きな厨子一対に、ぎっしりと積んでありますものは、一つ（の厨子）には古歌や物語の本で、言いようもなく虫の巣になってしまっていて、（手にとると）気味悪いほどに（虫が）はい散るので、（本を）開《あ》けて見る人もありません。もう片方の（厨子）には、漢籍の類（が入れてあり、それを）特に大切に所蔵していた夫も亡くなった後は、手を触れる人も別におりません。それら（の漢籍類）を、あまりの寂寥《せきりょう》に耐えられないような時に、（私が）一冊二冊と（厨子から）引き出して見ていますのを、（家の）侍女たちが寄り集まって、

「奥様はこのようでいらっしゃるから、お幸《しあわ》せが薄いのです。いったい、どういう女の人が漢文の本などを読むのでしょうか。むかしは（女性が）お経を読むのさえ、人は制止しました。」

と、蔭口を言うのを聞きますにつけても、縁起をかついだ人が、将来長命に恵まれるようだとは、あまり例が見当たらないことだと、言ってやりたいと思いましたが、（それでは）思いやりに欠けるようであるし、それに実際（侍女たちの言い分も）そのとおりなのです。

万事にわたり、各人各様です。いかにも誇らしく立派で、気分よさそうに見える人もあります。（そうかと思うと）何かにつけ物寂しく思う人が（いて）、気のまぎれることのないのにまかせて、古い書き物を探し出して（読んだり、また）仏前のお勤《つと》めに熱心で、口にお経をたえず唱《とな》え、数珠《じゅず》音《おと》高く（念仏）するなどは、（他人の目には）ひどく不快に映るだろうと思いまして、（私は）思いどおりにしてよさそうなことまでも、むやみに自分が召し使う侍女の目を遠慮して、心の内に納めています。まして（出仕して）人中《ひとなか》に出るようになって

からは、口に出して言いたいことがありましても、いやもう何も言うまいと思われ、こちらを理解してくれそうもない人には、言ったところで無駄であろうし、何かと人を非難し、我こそと思っている人の前では、煩《わずら》わしいので口をきくことも億劫《おっくう》です。特にそんなに何もかもすぐれているという人は、めったにいないものです。だいたいの場合、自分の心に作った基準をもとにして、他人を否定したりするもののようです。

そもそも、本心とは異なる自分の表情を恥ずかしいとは思うが、やむを得ずさし向かいで座っていることさえあります。これこれこうだとまでは非難されまいと、気後《きおく》れしているわけではないのだが、煩わしいと思って、すっかりぼけた人間のようにますますなりきっていますと、

「こういう（おっとりとした）方だとは推測していませんでした。ひどく風流ぶっていて、気づまりで、近寄りにくく、よそよそしい態度をして、物語好きで、思わせぶりにしていて、何かというとすぐ歌を詠み、人を人とも思わないで、憎らしげに人を見くだすような人だと、誰もみな言ったり思ったりして憎んでいたのに、お会いしてみると、不思議なほどおっとりとしていて、別人かと思われました。」

と、誰もがみな言いますので、何やら恥ずかしくて、人からこれほどおっとりした者と見くびられてしまったとは思いますけれども、ただこれこそ自分の振舞いとして進んで身につけた態度でありまして、中宮さまも、

「とてもうちとけて接することはできないだろうと思っていましたが、ほかの人よりもずっ

と親しくなってしまいましたねえ。」と、おっしゃってくださることも度々あります。個性がつよく、上品ぶっていて、（中宮さまから）一目《いちもく》おかれているような（上﨟の）人たちからも疎外されないようにしたいものです。

〈語釈〉

○かく、かたがたにつけて　このように、あれこれにつけて。第四六節以降、人物批評を展開してきたことを受けていう。以下、式部自身の内省に転じていく。**○一《ひと》ふし**　一つの特徴ある点。一つのこと。**○過ぐしはべりぬる人**　過ごしてきました私。「人」は、式部自身のこと。客観視した表現。**○ことに行末《ゆくすゑ》の頼《たの》みもなきこそ**　特に将来に何の頼《たの》みもないことが。夫宣孝《のぶたか》と死別以後の頼《たよ》りない身の上をいう。**○心すごうもてなす身**　索漠《さくばく》たる気持ちから自棄的な振舞いをするわが身。**○月やいにしへほめてけん**　この月をかつて自分は賞美したのだろうかと思われ、の意と解する。表現の背景に、「大方《おほかた》は月をもめでじこれぞこのつもれば人の老いとなるもの」（余程のことがない限り、月を賞美することなどはすまい。この月が積もって、人は老いるのだから。『古今集』雑上・在原業平、『伊勢物語』八八段）などがあろうかとみられる。**○見えたる有様《ありさま》**　今の老いたわが身の有様、の意。**○世の人の忌《い》むといひはべる咎《とが》**　世間の人が嫌って避けると言います（月を見ることにより受ける）咎《とが》。「咎」は、欠点・過《あやま》ち・罪科《ざいか》。「月の顔を見るは、忌《い》むこと」（『竹取物語』）にもみられるように、月を見るのは不吉という通念が形成されていた。**○わたりはべりなん**　「わたり」は、上の「咎」を受けて、「あたる」（該当する）と解される。**○ひとり琴《ごと》**　ひとりだけで弾奏する琴。**○「嘆き加はる」**「わび人の住むべき宿と見るなべに嘆き加はる琴の音《ね》ぞする」（『古今集』雑下・良岑宗貞《よしみねのむねさだ》）の第四句の引歌。上《かみ》の句の、世を厭う女が住むわび住まいかと見る人もあろうか、との意を響かせる。**○をこにもあはれにも**　（そんなことを考えている自分が）愚かにもまた哀《あわ》れにも、の意。**○曹司《ざうし》**　宮中や貴族の邸内にある女官・官人などの部屋。ここは里の自分の部屋。**○箏《さう》の琴《こと》**　中国伝来の十三絃の琴。「しょうのこと」ともいう。**○和琴《わごん》**　日本古来の六絃の琴。東琴《あずまごと》・倭琴《やまとごと》。**○調《しら》べながら**　琴柱《ことじ》を立て調律した状態で。下の「塵《ちり》つもりて」にかかる。**○「雨降る日、琴《こと》柱《ぢ》倒《たふ》せ」**　雨の降る日には琴柱《ことじ》を倒しておきなさい。湿気で弦がゆるみ、音が悪くなるからである。これは、式部から家の侍女たちへの指示の言葉。**○厨子《づし》**　調度や書画を載せておく置き戸棚。両開きの扉のないもの。**○大きなる厨子一《ひと》よろひ**　大きな厨子《ずし》一対。上文の厨子とはまた別の、一対二脚の大きな厨子とみえる。**○古歌《ふるうた》、物語**　古歌の集や物語の書物。**○開けて見る**　手にとって頁を開けて見る。**○片《かた》つ方《かた》に**　上文の「一つには」に対する、もう一方の厨子《ずし》。**○書《ふみ》ども**　漢籍の類。**○置き重ねし人**　亡夫宣孝《のぶたか》のこと。**○女房**　これは式部が召し使う侍女たちのこと。後文に「わが使《つか》ふ人」ともある。**○御前《おまへ》**　侍女たちからみての主人である式部に対する敬称。**○御幸《さいは》ひはすくなきなり**　夫に先立たれた薄幸をいう。**○なでふ女か真名書《まなぶみ》は読む**　いったいどのような女性が真名書《まなぶみ》など読むのでしようか。「真名書《まなぶみ》」は、漢字の本。漢籍の類。**○経読《きやうよ》むをだに人は制《せい》しき**　お経を読むことさえ制止されましたのに、の意。経典も漢字・漢文で書かれているから。**○しりうごち**　蔭口《かげぐち》を言うこと。「しりうごと」（蔭口）の漢字表記は「後言」。**○思ひくまなきやうなり**　「思ひくまなし」は、思慮が細部まで行き届いていないこと。無分別・浅慮。**○ことはたさもあり**　一方またそのとおりでもある。侍女たちの言うことの肯定でもある。**○古き反古《ほんご》**　古い手紙類。『全注釈』は、これを亡夫宣孝の手紙とし、その余白や裏面に、故人の供養のために写経するのであると説く。あるいは、そうかも知れない。和泉式部は、帥宮敦道親王《そちのみやあつみち》からの手紙を経紙に漉《す》かし、それに写経して宮の一周忌に供養したという（『和泉式部続集』）。**○口ひひらかし**　「ひひらく」は、ぺらぺらとしゃべること。ここは、絶え間なくお経を口に唱えていること。**○わが使《つか》ふ人**　自分の召し使う侍女。さきには「女房」とあった。**○人の中にまじりては**　人中《ひとなか》に出てからは。宮仕えに出てからのことをいう。**○いでやと思ほえ**　いや、言うまいと思われ。「いでや」は、自分の意志を抑制する語。いやもう。**○ことにいとしも**　「ことに」（とりわけ。とくに）は、「もののかたがた得たる人」（何もかもすべてにすぐれている人）にかかり、「いとしも」（ずいぶん。たいそう）は、「かたし」にかかっている。**○わが心の立てつるすぢ**　自分勝手に心に決め込んだ自分本位の方針・規準。**○それ**　次のことを言い出す発語。そもそも。いったい。**○心よりほかのわが面影《おもかげ》を恥《は》づと見れど**　本心とは違う自分の余所《よそ》向けの表情を、われながら恥ずかしいとは思うが、の意。この叙述は、「夢にだに見ゆとは見えじ朝な朝なわが面影に恥づる身なれば」（『古今集』恋四・伊勢、『伊勢集』、『古今六帖』）を引歌にしたものとの『解』の指摘があり、それを推進したのが『全注釈』である。容色の衰えをいう意味内容には合致していないので、引歌と言えるかどうか疑問であるが、措辞《そじ》の近似からすれば、表現の上で影響があったかとみられる。**○しかじかさへ**　これこれこうだとまでは。具体的なことに立ち至ってまで非難されることをいうのであろう。**○ほけ痴《し》れたる人**　頭が惚《ほう》けて愚かになった人間。**○人見えにくげに**　人が近づきにくい。とっつきにくい。**○そばそばしきさま**　かどばっている様子。よそよそしいさま。**○みな人々言ひ思ひつつにくみし**　紫式部の前評判がすこぶる悪かったことが知られる。これが物語作家への評価、あるいは先入観の実態であったのであろう。**○見るには**　実際に会ってみると。**○おいらけもの**　おっとりとした人間。さきに「ほけ痴《し》れたる人」とあり、すぐ前には「あやしきまでおいらかに」とあったことと一連の態度と印象。しかし、これらは評価され、尊敬される様態ではなく、下文に「見おとされにける」とあるように、軽蔑の対象となるものであった。**○わが心と、ならひもてなしはべる有様《ありさま》**　自分から選び取って身につけ、振舞いならしている態度。**○宮の御前《おまへ》**　中宮さま。**○人よりけに**　他の人以上に。「けに」は、格段に。**○くせぐせしく**　いかにも癖がある。個性が強いこと。**○やさしだち**　「やさし」は、優雅で上品の意であるが、接尾語「だち」が付いて、そのように振舞うこと。**○恥《は》ぢられたてまつる人**　一目《いちもく》おき申し上げられている人。一目おいているのは中宮とみられるので、「人」は、上臈女房の何人かをさすものとみられる。**○そばめたてられで**　疎外されずに。憎まれずに。「そばむ」は、疎《うと》んじる。横目で睨《にら》む。

〈解説〉

夫宣孝との死別により寡婦となって以後の寂寥。そのような中で余儀なくされてきた、「わが使《つか》ふ人の目に憚《はばか》」るがごとき言動の抑制。その結果、「あやしきまでおいらかに」と周囲から見られるようにさえなっている。本心とは違う、慎み、憚るその姿勢は、抑制することにより、ようやく日常のバランスを保って、すでに式部の処世の術法となり、いま宮仕えの中に身を置くこととなっている。他から「おいらけもの」と見下されることを甘受し、それを慣わしとして過ごすことは、むしろ、みずから進んで身につけた態度であるとも言う。そして、それが中宮の安定した評価にもつながっていると認識するのである。ここには慎重な現状把握と、厳しい自己認識が示されている。こうした現状把握と自己認識を経て、人(女性)のあるべき態度として、「すべて人はおいらかに、すこし心おきてのどかに」(次節)と示し得ることにもなるのである。

それにしても、これら叙述の中から、物語作者に対する評価の一方における偏見というものの存在が知られる。人はみな、式部のことを「いと艶《えん》に恥《は》づかしく、人見えにくげに、そばそばしきさまして、物語このみ、よしめき、歌がちに、人を人とも思はず、ねたげに見おとさむもの」と、思っていたというのだから、偏見と同時に、先入観、警戒心が伴っていたわけである。もとより、物語作者というものの地位が定まっていた現実ではないものの、

『源氏物語』の一部に寄せられる声価が背景にあって、式部の宮仕えは実現したと考えられるのであるが、それにもかかわらずなお、物語に対する評価というものの不安定さ、脆弱《ぜいじやく》さがここに看て取れるのである。後文（第五三節）における、『源氏物語』を人に読ませて聞いた一条天皇が「この人は、日本紀《にほんぎ》をこそ読みたるべけれ。まことに才《ざえ》あるべし」と評価した言葉を聞きかじった内裏女房が、「いみじうなん才《ざえ》がる」と非難したり揶揄《やゆ》したりしたことにも現れている、式部からすれば、まことに憂うべき現状なのである。

五二　さまよう、すべて人はおいらかに
——人の心の在りよう——

さまよう、すべて人はおいらかに、すこし心おきてのどかに、おちゐぬるをもととしてこそ、ゆゑもよしも、をかしく心やすけれ。もしは、色めかしくあだあだしけれど、本性《ほんじやう》の人がらくせなく、かたはらのため見えにくきさませずだになりぬれば、にくうははべるまじ。われはと、くすしくならひもち、けしきことごとしくなりぬる人は、立《た》ち居《ゐ》につけて、われ用意せらるるほども、その人には目とどまる。

目をしとどめつれば、かならずものを言ふ言葉の中にも、来てゐるふるまひ、立ちて行く後《うし》ろでにも、かならず癖《くせ》は見つけらるるわざにはべり。もの言ひすこしうち合はずなりぬる人と、人の上《うへ》うちおとしめつる人とは、まして耳も目もたてらるるわざにこそはべるべけれ。人の癖《くせ》なきかぎりは、いかではかなき言《こと》の葉《は》をも聞こえじとつつみ、なげの情《なさけ》つくらまほしうはべり。

人すすみて、にくいことし出《い》でつるは、わろきことを過《あやま》ちたらんも、言ひ笑はむに、憚《はばか》りなうおぼえはべり。いと心よからん人は、われをにくむとも、われはなほ人を思ひ後《うし》ろむべけれど、いとさしもえあらず。

慈悲《じひ》深《ふか》うおはする仏だに、三宝《さんぼう》そしる罪は浅しとやは説《と》いたまふなる。まいて、かばかり濁《にご》り深き世の人は、なほつらき人はつらかりぬべし。それを、われまさりて言はんと、いみじき言《こと》の葉《は》を言ひつけ、向かひてけしきあしうまもりかはすと、さはあらずもて隠し、うはべはなだらかなるとのけぢめぞ、心のほどは見えはべるかし。

〈現代語訳〉

見苦しくなく、誰でも女性は穏やかで、少し心の持ち方がゆったりとして落ち着いているいることを基本としてこそ、品格や風情も趣深く、安心というものです。あるいはまた、好色めいて浮薄（の人）であっても、生来の人柄にいやな癖がなく、周囲に見苦しい振舞いを見せるようなことをさえしなければ、気にすることはありますまい。（そうではなく）自分こそは（他と違う）と、奇異な振舞いが癖になっていて、態度が大仰《おおぎょう》になってしまっている人は、挙措動作《きょそどうさ》に自分から注意しているときでも、ついその人に周囲の目が集中することになります。人の目が集中すれば必ず、何か言う言葉の中にも、来て席に着く動作や座を立って行く後ろ姿にも、きっと欠点は見つけられるものです。（とりわけ）言うことが前後矛盾するようになってしまっている人と、他人のことをすぐにけなしてしまう人とは、なおのこと周囲の耳目《じもく》を集めることになるわけです。癖のない人であれば誰にでも、何とかして、ほんのちょっとした批判の言葉も耳に入れまいと気づかいされ、かりそめの好意でさえ見せてあげたい気持にもなります。

他人が故意に憎らしいことをしでかしたときは（勿論）、よくないことをうっかりやった場合も、嘲笑してやるのに遠慮はいらないと思います。たいそう気だてのよい人は、他人が自分を憎んでも、自分はその人のことを思いやり、世話をしてあげるかも知れませんが、（普通の人は）とてもそのようにはできないことです。

慈悲深くていらっしゃる仏さまでさえ、三宝《さんぼう》を非難する罪は軽いとはお説きになっているでしょうか。まして、これほど濁り深い世俗の人は、やはりこちらにつらく当たる人には、（こちらも）つらく当たってしまうのは当然でありましょう。（だが、）それを相手以上に言ってやろうと、ひどい言葉を発したり、面と向かって険悪な表情でにらみ合ったりするのと、そうはせずに気持を抑《おさ》え、表面は穏やかにしているのと、その違いによって人それぞれの心の程度が分かるものです。

〈語釈〉

○さまよう、すべて人はおいらかに　「すべて、人はさまようおいらかに」を倒置したもの。「さまよう」は、「さまよく」の音便で、見苦しくなくの意。「人」は、女性、特に宮仕え女性（女房）をいう。**○心おきて**　心の持ち方。心構え。**○おちゐぬるを**　落ち着いていることを。**○ゆゑもよしも**　品格も情趣も。「ゆゑ」「よし」とも、風情・趣向・情趣・品格・人品等の意であるが、「ゆゑ」を上位とされる。**○心やすけれ**　「心やすし」は、安心だ。人に気兼ねがいらない。**○本性《ほんじやう》の人がら**　「本性の」は、生来の。もともとの。「人がら」は、人の性格。人となり。人品。**○われはと**　われこそはと、他との違いを見せようとする行為。**○くすしくならひもち**　「くすし」は、神妙な。奇特な。神妙そうな行為、つまり一風変わった振舞いをすること。「ならひもち」で、それが慣わしとなっていること。**○立ちて行く後《うし》ろで**　座を起《た》って移動する後《うし》ろ姿。**○はかなき言《こと》の葉《は》**　ちょっとした言葉。ここは、その人に関して他人の言う些細な批判的な言辞であろう。**○聞こえじとつつみ**　その人の耳に入れまいと気づかいされて、の意。**○なげの情《なさけ》つくらまほしう**　かりそめの好意をさえ示してあげたい。「なげの」は、かりそめの。通りいっぺんの。かたちばかりの。

○わろきことを過《あやま》ちたらんも　過って他人に迷惑なことを仕かけた場合にも。**○いと心よからん人**　たいへん気だてがすぐれた人。**○いとさしもえあらず**　通常はとてもそのようにはしていられない。つまり、自分（式部自身）を含んで、普通はとてもそのように寛容ではいられないことをいう。

○慈悲《じひ》　仏がすべての衆生《しゅじょう》に対し、生死輪廻《しょうじりんね》の苦から解脱《げだつ》させようとする憐愍《れんみん》の心。智慧《ちえ》と並んで仏教が基本とする徳目（『岩波仏教辞典』）。**○三宝《さんぼう》そしる罪**　「三宝」は、仏教の教主（仏《ぶつ》）と、その教え（法《ほう》）と、それを奉ずる人々の集団（僧《そう》）、つまり仏・法・僧の三者を尊い宝にたとえた語。それをそしる（非難する）罪は、「謗三宝《ぼうさんぼう》」として「十重禁戒《じゅうじゅうきんかい》」の一つに数えられる重罪で、自ら犯してならないことは勿論、他人に犯させてもならないものとされていた。**○かばかり濁《にご》り深き世**　仏教思想に基づく紫式部の認識であるが、「濁《にご》り深き世」とは、仏教でいう濁世《じょくせ》のこと。清澄《せいちょう》な極楽浄土に比して、煩悩《ぼんのう》や罪悪の汚濁《おだく》に満ちている人間世界をいう。**○つらき人は**　つらき人（こちらに辛《つら》くあたる人）には、の意。**○言ひつけ**　つよく言ってやる。言葉を投げつける。**○けしきあしうまもりかはす**　険しい表情でにらみ合う。**○心のほど**　心の度合い。心の程度。

〈解説〉

ここに開陳されているのは、紫式部の処世観の総括といってよいであろう。「すべて人はおいらかに」と言って処世の基本的態度に言及するとき、その「人」とは人間一般、女性全般をさすのではなく、特に宮仕え女性（女房）を念頭に置いたものとみられる。斎院の中将の君からはじまり次節の左衛門の内侍に至るまで、批判の対象とされてきたのは、いずれも女房たちであることからして、そのことは自明と言ってよかろう。が、そうでありながらここに総括されているのは、式部の女房論であると同時に人間観と言ってよいものである。

それにしても、ここに展開されているのは、きわめて辛辣《しんらつ》であるものの、毅然《きぜん》とした対人観である。前節にもみられたように、夫との死別以来の悲況の中で人生を深く見つめるようになった式部が身につけてきた人生観が下地《したじ》にあって、そこに宮仕え後のつらい経験を積む中で身に備えてきた対人観・処世観とが加わって、ここに披瀝されているような考えが形成されたものと観察される。穏やかなまなざしではあるが、しかし厳しく周囲をみつめつつ、鋭い批判性をもち、内には深い洞察力と凜然《りんぜん》とした態度を持している、それが『源氏物語』の作者の精神世界なのである。

『源氏物語』と言えば、「少女」巻の一節で、内大臣（もとの頭中将）の口を借りて、「女はただ心ばせよりこそ、世に用ゐらるるものにはべりけれ」（女性というものはただ気だて次第で、世間に重んじられるものなのですね）と言わせてもいる。これは明石の君について言っているのであるが、身分階級などというものよりも、女性にとって何よりも大切な「心ばせ」についての強調であり、それはそのまま紫式部自身の考えとみてよいであろう。これはほんの一例に過ぎないが、『源氏物語』の中には、「心ばへ」「心ざま」「心ばせ」「人がら」などの語が数多くみられる。いずれも、人の性格・性質・気だて・人品といった意味であるが、その重要性が場面場面で有効に説かれている。

ここをはじめとして、『日記』の消息文的部分からは、紫式部の精神の内側（もとより全貌ではなく、その一部であるが）が窺い知られて興味尽きないものがある。

五三　左衛門《さいもん》の内侍《ないし》といふ人はべり
——日本紀《にほんぎ》の御局《みつぼね》のあだ名など——

左衛門《さいもん》の内侍《ないし》といふ人はべり。あやしうすずろによからず思ひけるも、え知りはべらぬ、心憂《こころう》きしりうごとの、多《おほ》う聞こえはべりし。

内裏《うち》の上《うへ》の、源氏の物語、人に読ませたまひつつ聞こしめしけるに、

「この人は、日本紀《にほんぎ》をこそ読みたるべけれ。まことに才《ざえ》あるべし。」

と、のたまはせけるを、ふと推《お》しはかりに、

「いみじうなん才《ざえ》がる。」

と、殿上人などに言ひ散らして、「日本紀《にほんぎ》の御局《みつぼね》」とぞつけたりける、いとをかしくぞはべる。このふるさとの女の前にてだに、つつみはべるものを、さる所にて才《ざえ》さかし出《い》ではべらんよ。

この式部《しきぶ》の丞《じよう》といふ人の、童《わらは》にて書読《ふみ》みはべりし時、聞きならひつつ、かの人はおそう読みとり、忘るるところをも、あやしきまでぞ聡《さと》くはべりしかば、書《ふみ》に心を入れたる親は、

「口惜《くちを》しう。男子《をのこご》にて持たらぬこそ幸《さいはひ》なかりけれ。」

とぞ、つねに嘆かれはべりし。

それを、

「男《をとこ》だに才《ざえ》がりぬる人は、いかにぞや。はなやかならずのみはべるめるよ。」

と、やうやう人の言ふも聞きとめて後、「一《いち》」といふ文字をだに書きわたしはべらず、いとてづつに、あさましくはべり。読みし書《ふみ》などいひけんもの、目にもとどめずなりてはべりしに、いよいよかかること聞きはべりしかば、いかに人も伝へ聞きてにくむらんと、恥《は》づかしさに、御屏風《びやうぶ》の上《かみ》に書きたることをだに読まぬ顔をしは

べりしを、宮の御前《おまへ》にて、『文集《もんじふ》』のところどころ読ませたまひなどして、さるさまのこと知ろしめさまほしげにおぼいたりしかば、いとしのびて、人のさぶらはぬもののひまひまに、をとどしの夏ごろより、「楽府《がふ》」といふ書二巻《ふみにくわん》をぞしどけながら教へたてきこえさせてはべる、隠しはべり。宮もしのびさせたまひしかど、殿《との》も内裏《うち》もけしきを知らせたまひて、御書《ふみ》どもをめでたう書かせたまひてぞ、殿はたてまつらせたまふ。まことにかう読ませたまひなどすること、はた、かのもの言ひの内侍《ないし》は、え聞かざるべし。知りたらば、いかにそしりはべらんものと、すべて世の中ことわざしげく、憂《う》きものにはべりけり。

〈現代語訳〉

左衛門《さいも》の内侍《ないし》という人がいます。（その人が私に）不思議にわけもなく不快感を抱いていたことも、知るよしもなく（過ごしていましたところ）、不愉快な陰口が、たくさん耳に入ってきました。

帝《みかど》が、『源氏物語』を人にお読ませになってはお聞きになっていたとき、「この人（作者紫式部）は、きっと日本紀《にほんぎ》を読んでいるにちがいない。ずいぶんと学識があるようだ。」

と、仰せになられたのを（聞きかじった内侍は）、あて推量して、

「ひどく学識を鼻にかけているんですって。」

と、殿上人《てんじょうびと》などに言いふらして、「日本紀《にほんぎ》の御局《みつぼね》」と（いうあだ名を私に）つけたのでしたが、まことに笑止《しょうし》なことです。自分の実家の侍女たちの前でさえ、おし隠しておりますのに、（どうして）そのような宮中などで学識をひけらかしたりするでしょうか。

私のところの式部の丞《じょう》という人（惟規《のぶのり》）が、まだ少年で漢籍を読んでいました時、（私はそばで）聞き習っていて、その人（惟規）は理解に手間どったり、すぐ忘れてしまうところをも、（私は）不思議なほど習得がはやかったものですから、漢籍の学問に熱心であった父は、

「残念なことだ。（この娘《こ》が）男子《おのこご》でなかったことが、（私の）不幸というものだ。」

と言って、いつも嘆いておられました。

それでも、

「男でさえ学識をひけらかす人は、どうでしょうか。先行《さきゆ》きあまりぱっとしないようですよ。」

と、次第に人が言うのを耳にするようになってからは、「一《いち》」という文字をさえ、きちんと書くことをしませんで、まったく無学（の状態）で無様《ぶざま》であります。かつて読んだ漢籍といったものは、目にしないようになっていましたのに、いっそう、このような（陰口を）聞きましたので、どんなにか人も（こんな陰口を）伝え聞いて（私のことを）嫌うことでしょう

と、恥ずかしいので、お屏風の上に書いてある字句をさえ読まないふりをしていましたところ、中宮さまが御前で（私に）、『白氏文集《はくしもんじゆう》』のあちこちをお読ませになったりして、（漢詩文の）その方面のことをお知りになりたげなご意向でありましたので、たいそうこっそりと、女房たちが伺候《しこう》していない間隙《かんげき》を見はからっては、一昨年の夏頃から、「楽府《がふ》」という書物二巻を、整わないながらもお教え申し上げておりますが、隠しています。中宮さまも内密にしていらっしゃいましたが、殿も帝もその様子をお気づきになって、漢籍類を立派にお書かせになって、殿は（中宮さまに）献上なさる。ほんとうにこのように（中宮さまが私に）漢籍をお読ませになっていることなどを、あるいはあの口うるさい内侍《ないし》は、まだ聞き及ぶことができないでいるのでしょう。聞き知ったならば、どんなにか悪口を言うことでしょうと（考えると）、まったく世の中というものは煩わしいことが多く、憂鬱なものでございますねえ。

〈語釈〉

○左衛門《さいもん》の内侍《ないし》　内裏女房の掌侍《ないしのじょう》橘隆子。前出（第二六・二七・三五節など）。「かねてより、上《うへ》の女房、宮にかけてさぶらふ五人」（第二七節）の中の一人に数えられていて、中宮女房兼務の内裏女房であることが知られる。**○すずろに**　わけもなく。無闇やたらに。**○え知りはべらぬ**　わけもなく嫌っていたことを知るよしもなかった、の意。下文に付けて解し、身に覚えのない陰口とする説もある。**○しりうごと**　陰口。漢字表記は「後言」。
○内裏《うち》の上《うへ》　主上。天皇。一条天皇のこと。**○人に読ませたまひつつ**　女房に音読させて、それを聞くのである。**○日本紀《にほんぎ》をこそ読みたるべけれ**　「日本紀」は、『日本書紀』の呼称であるが、ここは『日本書紀』から『日本三代実録《さんだいじつろく》』に至る六国史《りっこくし》の総称とみられる。「読みたるべけれ」は、底本「よみたまへけれ」であるが、敬語の用法などからみて、『花鳥余情《かちょうよせい》』（一条兼良《いちじょうかねら》著の『源氏物語』の古注釈書）の所引の本文を参照して改める、『解』以来の処置に従った。**○才《ざえ》**　学問、特に漢学・漢詩文の学識。**○才《ざえ》がる**　学識をひけらかす。底本の「さえかある」を、語義のうえから改めた。**○日本紀《にほんぎ》の御局《みつぼね》**　日本紀《にほんぎ》の女房さん、くらいの意。一条天皇の評言を聞きかじって名づけた、揶揄《やゆ》を含んだあだ名。**○いとをかしく**　この「をかし」は、笑止《しょうし》だ、滑稽だ、の意。**○このふるさとの女**　自分の里（実家）の侍女。「この」は、自分（話し手）に近い場所や人などをさす語。**○さる所**　そのような、つまり宮中のような、公《おおやけ》の場所。**○才《ざえ》さかし出《い》で**　学識をひけらかす。**○この式部《しきぶ》の丞《じょう》といふ人**　自分のところの式部《しきぶ》の丞《じょう》（式部省の第三等官）という人。紫式部の弟の惟規《のぶのり》のこと。「といふ人」は、やや婉曲《えんきょく》に言ったもの。**○書《ふみ》読みはべりし時**　漢籍を読み習っていた時。父為時の教えを受けつつ、漢籍の勉強をしていたのであろう。**○聞きならひつつ**　父の指導による弟の漢籍の素読を、式部はいつも近くで聞いていたのである。**○書《ふみ》に心を入れたる親**　漢詩文の学問に熱心な父親為時。為時は、『本朝麗藻《ほんちょうれいそう》』（平安時代寛弘期の詩の粋《すい》を収めた漢詩集）に十三首入集など、漢詩文にすぐれた文人として知られていた。**○男子《をのこご》にて持たらぬこそ幸《さいはひ》なかりけれ**　この子（紫式部）が男子でなかったことは私（為時）の不幸というものだ。男子であったら、存分の指導を加えて文人として立身させてやることができるのに、女子ではそれが叶《かな》わないからである。**○才《ざえ》がりぬる人**　学識をひけらかす人。学問を鼻にかけている人。**○いかにぞや**　どうしたものか。感心しない、の意を含んだ疑問の語。**○はなやかならず**　うだつが上がらない。先行《さきゆ》きあまりぱっとしない。**○「一《いち》」といふ文字**　漢字のうち最も字画の少ない文字。漢字などまったく知らないということを強調したもの。**○書きわたし**　きちんと正確に書くこと。**○てづつ**　不調法。無様《ぶざま》。ここは、無学の状態をいう。**○読み書《ふみ》などいひけんもの**　かつて読んだ漢籍の類。「いひけんもの」は、遠い過去のものとしている姿勢を強調した表現。**○御屏風《びやうぶ》の上《かみ》に書きたること**　お屏風の上部の画賛として書かれている詩文。**○『文集《もんじふ》』**　白居易（白楽天）の詩文集『白氏文集《はくしもんじゆう》』のこと。**○さるさまのこと**　その方面のこと、つまり漢詩文に関すること。**○をととしの夏ごろより**　この消息文的部分の時点を寛弘六年（一〇〇九）とみて、一昨年の夏とは同四年（一〇〇七）の夏のこととみられる。**○「楽府《がふ》」といふ書二巻《ふみにくわん》**　「楽府《がふ》」とは詩の一体をいうが、これは、『白氏文集《はくしもんじゆう》』の巻三・四の二巻を占める「新楽府《しんがふ》」五十篇のことをさす。**○しどけながら**　「しどけなし」は、整わない。とりとめない。謙遜の意を込めて用いている。**○殿《との》も内裏《うち》も**　殿（道長）も帝（一条天皇）も。**○御書《ふみ》どもをめでたう書かせたまひて**　漢籍類を立派に書写させなさって。この「御書《ふみ》」はおそらく、能書家に書写させた『白氏文集《はくしもんじゆう》』の「新楽府《しんがふ》」五十篇であろう。ご進講に用いている手元の本とは別に、新たに書写・造本された豪華本が道長から中宮に献上されたものとみられる。**○かのもの言ひの内侍《ないし》**　あの口やかましい左衛門《さいも》の内侍《ないし》。こういう人に知られたくないので、「いとしのびて」、「隠しはべり」などの行動になったのである。**○いかにそしりはべらん**　どんなにか私を非難・中傷することでしょう。**○ことわざしげく**　煩瑣なことがいかにも多く。

〈解説〉

前節にひき続き、処世の態度について述べたものであるが、ここでは特に才《ざえ》（学問、特に漢詩文の学識）の処し方をめぐって、自身の立場を具体的に明らかにしたものである。『源氏物語』を読んだ主上（一条天皇）が、「まことに才《ざえ》あるべし」と好意的に評してくれたこと、父為時をして「男子《をのこご》にて持たらぬこそ幸《さいはひ》なかりけれ」と嘆かせたこと、『白氏文集《はくしもんじゆう》』の「楽府《がふ》」を中宮にご進講したこと等々は、『枕草子』のいわゆる自賛段に類似する「われぼめ」のごとくにみられもするが、そこにねらいが置かれているわけではない。「一」という文字すら読めぬふうをよそおわねばならないほどの、きびしい自制的態度を持してきた。にもかかわらず、才識をひけらかしているかに誤解しているらしい「心憂《こころう》きしりうごと」に接した情けなさを表出するところに力点があるのである。ここにおいても式部は、「すべて世の中ことわざしげく、憂《う》きものにはべりけり」と、厭世的気分に沈み込んでいかざるを得ない。宮仕え生活に心からなじむことのできないでいる紫式部の心的背景が、こういうところからも窺い知られるのである。

五四　いかに、今は言忌《こといみ》しはべらじ

――求道《ぐどう》への思いと逡巡《しゅんじゅん》――

いかに、今は言忌《ことい み》しはべらじ。人、と言ふともかく言ふとも、ただ阿弥陀仏《あみだぼとけ》にたゆみなく、経《きやう》をならひはべらむ。世のいとはしきことは、すべてつゆばかり心もとまらずなりにてはべれば、聖《ひじり》にならむに、懈怠《けだい》すべうもはべらず。ただひたみちに背《そむ》きても、雲に乗らぬほどのたゆたふべきやうなんはべるべかなる。それに、やすらひはべるなり。としもはた、よきほどになりもてまかる。いたうこれより老《お》いほれて、はた目暗《めくら》うて経読《きやうよ》まず、心もいとどたゆさまさりはべらんものを、心深き人まねのやうにはべれど、今はただ、かかるかたのことをぞ思ひたまふる。それ、罪《つみ》深《ふか》き人は、またかならずしもかなひはべらじ。前《さき》の世知《よし》らるることのみ多《おほ》うはべれば、よろづにつけてぞ悲しくはべる。

〈現代語訳〉

さあ、今はもう言葉を慎《つつし》むこともいたしますまい。他人がとやかく言ったとしても、（私は）ただ阿弥《あみ》陀仏《だぼとけ》をひたすら信じて、お経を習いましょう。この世の煩わしいことは、すべてほんのすこしばかりも執着しなくなってしまいましたから、出家の身になったとしても、仏道修行を怠るはずはありません。ただ、一途に世を背《そむ》いて出家したとしても、来迎《らいごう》の雲に乗らない間の気持がぐらつくようなことがあるかも知れません。そのため、（出家の）決心がつきかねているのです。齢《とし》にしましても、（出家には）恰好《かっこう》の年ごろになってきています。たいそうこれ以上に老いぼれてしまっては、また目がかすんでしまってお経も読めず、気持もいっそう怠惰《たいだ》になってしまうでしょうから、信心深い人のまねのようではありますが、今はただ、極楽往生のことばかりを考えているのです。（しかし）それとても、（私のように）罪深い人間は、必ずしもかないますまい。前世（からの罪業《ざいごう》）が思い知られることばかり多いものですから、何事につけても悲しゅうございます。

〈語釈〉

○**いかに**　人に呼びかける感動詞。さあ。何と。○**言忌**《ことい み》　不吉な言行を慎むこと。○**阿弥**《あみ》**陀仏**《だぼとけ》　往生を願うすべての衆生《しゅじょう》を救おうと本願を立て、西方に極楽を成就した仏。その名号《みょうごう》を唱えれば、すべて人は死後、極楽浄土に生まれるという。○**たゆみなく**　阿弥陀仏に帰《き》依《え》（信じてすがること）して、の意。○**聖**《ひじり》　神通力のある人、高徳の僧、修験者などをいう語であるが、ここは女性の出家者（尼）をいう。○**懈怠**《けだい》　怠けること。精進《しょうじん》の対。○**雲に乗らぬほど**　阿弥《あみ》陀仏《だぼとけ》の来迎《らいごう》を得て雲に乗り極楽に行かないうち。○**たゆたふ**　迷って気持がぐらつくこと。**〇やすらひ**　「やすらふ」は、停滞する。躊躇する。**〇としもはた、よきほどになりもてまかる**　自分の年齢も出家にちょうどよい年恰好《としかっこう》になってきている、の意。「なりもてまかる」は、だんだんとなってきている、とのニュアンスの語。紫式部の年齢は不明ながら、一説としてある天延元年（九七三）出生とすれば、この年（寛弘六年＝一〇〇九）、三十七歳と数えられる。**〇目暗《めくら》うて**　目がかすんでしまって。これは老眼現象のこととみられる。**〇心深き人まね**　心深き人のひとまね、の意。「心深き人」とは、信心の深い人。信仰心の厚い人。**〇かかるかたのこと**　心深き人のまねというのであるから、信心に励み、極楽往生を願うこととみられる。**〇罪深《つみふか》き人**　私のように罪障の深い人間。仏教では、本来的に女性は罪深いもので成仏《じょうぶつ》（極楽浄土に生まれ変わること）しがたい存在とされた。それらを反映して、『源氏物語』（夕霧巻）にも、「女人《にょにん》の悪《あ》しき身を受け（女性《にょしょう》という罪深い身に生まれついて）などとある。**〇かなひはべらじ**　極楽往生がかなうますまい、の意。**〇前《さき》の世知《よ》らるる**　前世《ぜんせ》の宿業《しゅくごう》が知られて。現世は前世の宿業（前世に行い、現世にその応報を招いた善悪の行為）の結果として定まっているという仏教思想に基づくもの。

〈解説〉

これは、宮仕え生活の中での経験と思索、それを通じて深めてきた人生認識の上に示された、到達点としての境地である。「いかに、今は言忌《ことい》みしはべらじ」と、決然と言い放ち、「世のいとはしきことは、すべてつゆばかり心もとまらずなりにてはべれば」と、いかにも透徹した境地が披瀝される。ここには、一途に仏道に帰依《きえ》しようとする確固とした求道心《ぐどうしん》の開示が見て取れる。が、世を背《そむ》いて出家しても、そこにおいてまた迷いが生じないかと、ためらいの思いが頭をもたげる。しかし、ためらい、たゆたいながらも、ひたすら極楽往生を願わないわけにはいかないと、自分に言い聞かせる。それにしても、「罪深《つみふか》き人」と自己認識される女人《にょにん》のわが身は、たしかに罪深きものであり、前《さき》の世のことが思われて、迷いと逡巡《しゅんじゅん》は去らない。それなるがゆえに、「よろづにつけてぞ悲しくはべる」ということとなる。求道《ぐどう》の思いを深めながらも、迷いとためらいと、そして悲哀に包まれているのが、いま到り着いた境地なのである。

求道の思いを深めながらも、逡巡と迷妄と悲哀につつまれている紫式部のこの境地には、この年の自身の齢のことが多分にかかわっているのではあるまいか。というのは、〈語釈〉欄にも記したように、天延元年（九七三）出生説をとれば、この年（寛弘六年＝一〇〇九）式部は三十七歳、重厄とされる年齢に当たる。自作の『源氏物語』において、藤壺の宮が「灯火《ともしび》などの消え入るやうに」病没する（薄雲巻）のは、「のがるまじき年」とされる「三十七」であるし、紫の上の場合は、年齢操作を加えてまで「三十七」の年に、蘇生はするものの危篤状態に陥っている（若菜下巻）。であってみれば、自身のこの年齢に無関心であったはずはあるまい。一途に求道の念を深め、透徹した境地を示しつつも、逡巡と迷妄につつまれ、悲哀に閉ざされる心境は、やはり己れの重厄の齢を意識してのものと看て取れるのである。

五五　御文《ふみ》にえ書き続けはべらぬことを

――文《ふみ》の結びとして――

御文《ふみ》にえ書き続けはべらぬことを、よきもあしきも、世にあること、身の上《うへ》のうれへにても、残らず聞こえさせおかまほしうはべるぞかし。けしからぬ人を思ひ、聞こえさすとても、かかるべいことやははべる。されど、つれづれにおはしますらん、また、つれづれの心を御覧《ごらん》ぜよ。また、おぼさんことの、いとかうやくなしごと多からずとも、書かせたまへ。見たまへん。夢にても散りはべらば、いといみじからむ。耳も多くぞはべる。このごろ反古《ほんご》もみな破《や》り焼《や》き失《うしな》ひ、雛《ひひな》などの屋《や》づくりに、この春しはべりにし後《のち》、人の文《ふみ》もはべらず、紙にはわざと書かじと思ひはべるぞ、いとやつれたる。ことわろきかたにははべらず、ことさらによ。御覧じては疾《と》うたまはらん。え読みはべらぬところどころ、文字落《もじお》としぞはべらん。それはなにかは、御覧じも漏《も》らさせたまへかし。かく世の人ごとの上《うへ》を思ひ思ひ、果《は》てにとぢめはべれば、身を思ひ捨てぬ心の、さも深《ふか》うはべるべきかな。何せんとにかはべらん。

〈現代語訳〉

お手紙にはとても書き続けられませぬことですが、（ここには）よいことも悪いことも、世間のできごとや、わが身の憂いごとであっても、残らずお話ししておきたいのです。はなはだ感心しない人のことを念頭に置いて申し上げるにしても、こんなにまで（辛辣に）書いてよいはずがありましょうか。だが、（あなたさまは）所在なくいらっしゃるでしょうし、また（私の）所在ない心の内《うち》をご覧になってください。それにまた、お思いになっていることで、これほど無益なことが多くなくても、お書きになってください。拝見いたしましょう。（この手紙が）うっかり世の人目に触れるようなことになったら、それこそ大変でしょう。人の耳も多いことです。近頃は不要になった手紙類もみな破ったり焼いたりして手元からなくなってしまい、雛遊びの人形の家づくりに、この春使ってしまいましてから後は、人からの手紙もありませんし、新しい紙にはわざわざ書くまいと思っておりますのも、ずいぶんみすぼらしいことです。（とはいえ、けっして）粗略に扱ったわけではありません。わざとこのようにしたのです。（この手紙を）ご覧になりましたら、すぐにお返しください。あちこち読めません箇所や、文字の抜けた箇所などもありましょう。そんな所はかまわずに、お読みとばしください。こうして世間の人の批評を気にしながら、最後に締めくくりを付けてみますと、わが身を思い捨て切れない執着が、いかにも深いことだと思われます。（いったい我ながら）どうしようというのでありましょうか。

〈語釈〉

○御文《ふみ》　お手紙。「このついでに」（第四六節）以下、前節（第五四節）までを、誰かにあてた手紙と位置づけたうえでの言い方。この「御文」は、通常一般の手紙とみる見解もある。その場合は、当該部分（第四六節〜第五四節）は、通常の手紙とは異なる特殊な手紙という位置づけとなろう。**○身の上《うへ》のうれへ**　わが身の憂いごと（憂愁の思い）。**○けしからぬ人**　はなはだ感心しない人。あまりよくない人。**○かかるべいことやははべる**　「かかるべいこと」は、これほど辛辣なこと。「かかるべきこと」の音便。「やは」は反語。**○いとかうやくなしごと**　ひどくこのように無益なこと。自分の言をへりくだって言う。**○耳も多くぞはべる**　聞き耳を立てる人が多い。「耳（みみ）も」の部分、底本は「又〱も」。「又」を「み」の誤りとみて、改めた。**○反古《ほんご》**　文字などを書いた後、不要になった紙。ここは不要になった手紙の類。ほんぐ・ほぐ・ほうぐ・ほうご、などの訓《よ》みがある。**○雛《ひな》などの屋《や》づくりに**　雛遊びの人形の家を造るために。雛の屋《ひいなや》に関しては、『源氏物語』（紅葉賀巻）に、「いつしか雛《ひひな》をし据ゑて、（中略）また小さき屋《や》ども作り集めてたてまつりたまへる」などとある。**○紙にはわざと書かじ**　新しい紙にはわざわざ書くまい。当時は、手紙の反古紙の裏を利用して手紙を書くことがあった。**○いとやつれたる**　反古紙を利用して書いたものの、処分などにより反古紙が払底《ふってい》してしまったために、みすぼらしいことになったことをいう。**○わろきかたにははべらず**　けっして粗略に扱ったわけではありません。**○疾《と》うたまはらん**　早くこちらにください。つまり、すぐに返してください、の意。**○え読みはべらぬところどころ、文字落《もじお》としぞはべらん**　読めない（読みにくい）箇所や文字落《もじお》とし（脱字）があろうというのも、自分の書いたものに対する謙遜である。**○世の人ごとの上《うへ》**　世間の人たちの批評や非難。**○果《は》てにとぢめはべれば**　書いてきた手紙の締めくくりを付けてみますと、の意。**○身を思ひ捨てぬ心**　わが身を捨て切れないでいる我執・執着。**○何せんとにかはべらん**　自分がいったい何をしようというのか、どちらの方向に行こうとするのか、の意。不安と迷いの気持が示されている。

〈解説〉

「このついでに」（第四六節）以下、「よろづにつけてぞ悲しくはべる」と結ぶ前節（第五四節）までを、誰かにあてた手紙と位置づけた上での、結文の体裁を採っている。通常の手紙には到底書くことのできないような赤裸々なことを、この手紙には書いておきたいと思って書いた。それだけに世間に漏れては大変なので、読んだらすぐにお返し願いたいとも記す。すこぶる迫真に富んだ表現となっている。

この部分ははやくから、消息文の竄入《ざんにゅう》（誤ってまぎれ込むこと）であるとみる説（木村架《か》空《くう》『評釈紫女手簡』明治三十二年）があり、消息（手簡）の宛てられた先は誰かということとがかかわりつつ、現在に尾を引いている。が、昭和三十年代、秋山虔氏が諸説に詳細な吟味を加えたうえで出された、「消息文としてかかれたと見るよりは消息文という形式によってかかれたといえるのではないか」（『大系』）という見解は示唆に富み、その後、検討が加えられつつ、「積極的に書簡体仮託という結論へ踏み切るべきもの」（『新釈』）との支持なども得て、一つの方向を決定づけて今日に及んでいる。確かに、日記体部分から「このついでに」への滑らかな接続、以下における発展的な進行と整然とした構成をみると、無関係な手紙文が不用意に紛れ込んだとは考えられず、むしろ意図的な叙述の展開の結果と判断されるのである。それゆえ、手紙の宛て先は誰であるかの詮議も、所詮は不要にして無益なものとなる。あるいは、反古紙の不足などという状況も、それ自体がほとんど虚構なのであろう。

多用され、漸増の傾向を示す「はべり」は、次第に鋭く、しかも辛辣になっていく、批判の筆鋒《ひっぽう》を表面的に和らげ、緩衝のために、すすんで採り用いた手段であったのであろう。そして、結びとしての本節は、その総まとめとして、以上の文章がある人に宛てた手紙文であったことを明確にしてみせ、装いの仕上げをしたというわけなのであろう。

五六　十一日の暁《あかつき》、御堂《みだう》へ渡らせたまふ

——中宮の御堂詣《みどうもう》で——

十一日の暁《あかつき》、御堂《みだう》へ渡らせたまふ。御車には殿の上《うへ》、人々は舟に乗りてさし渡りけり。それにはおくれて、ようさりまゐる。教化《けうげ》行《おこな》ふところ、山、寺の作法《さほふ》うつして大懺悔《おほいさんげ》す。しらいたうなど多う絵にかいて、興じあそびたまふ上達部《かんだちめ》、多くはまかでたまひて、すこしぞとまりたまへる。後夜《ごや》の御導師《だうし》、教化《けうげ》ども、説相《せつさう》みな心々、二十人ながら宮のかくておはしますよしを、こちかひきしな、言葉《ことば》絶《た》えて、笑はるることもあまたあり。

事果《ことは》てて、殿上人舟に乗りて、みな漕ぎ続きてあそぶ。御堂の東《ひんがし》のつま、北向きに押し開けたる戸の前、池につくりおろしたる階《はし》の高欄《かうらん》を押さえて、宮の大夫《だいぶ》はゐたまへり。殿あからさまにまゐらせたまへるほど、宰相《さいしやう》の君など物語して、御前《おまへ》なれば、うち解《と》けぬ用意《ようい》、内《うち》も外《と》もをかしきほどなり。

月おぼろにさし出《い》でて、若やかなる君達《きんだち》、今様歌《いまやううた》うたふも、舟に乗りおほせたるを、若うをかしく聞こゆるに、大蔵卿《おほくらきやう》の、おほなおほなまじりて、さすがに声うち添《そ》へんもつつましきにや、しのびやかにてゐたる後《うし》ろでの、をかしう見ゆれば、御《み》簾《す》のうちの人もみそかに笑ふ。

「舟のうちにや老《おい》をばかこつらん。」

と、言ひたるを聞きつけたまへるにや、大夫、

「徐福文成誑誕多《じよふくぶんせいきやうたんおほ》し。」

と、うち誦《ず》じたまふ声も、さまも、こよなう今めかしく見ゆ。

「池の浮草《うきくさ》、」

と、うたひて、笛など吹きあはせたる、暁《あかつき》がたの風のけはひさへぞ、心ことなる。はかないことも、所がら折がらなりけり。

〈現代語訳〉

十一日の明け方に、（中宮さまは）御堂《みどう》へお渡りになる。御車には殿の北の方（が同乗され）、女房たちは舟に乗って（池を）棹《さお》さして渡った。（私は）それには遅れて、夜になる時分に参上する。（ちょうど）教化《きょうげ》を行うところであり、叡山《えいざん》や三井寺《みいでら》の作法そのままに大懺《おおいさん》

悔《げ》を行う。白い百万塔などをたくさん絵に描《か》いて、遊び興じていらっしゃる上達部《かんだちめ》も、大部分は退出なさって、わずかな人だけが残っておられる。後夜《ごや》の御導師《どうし》は、教化《きょうげ》における説教の仕方はみなそれぞれ異なっているが、二十人の僧がすべて中宮さまがこのように（ご立派な様子で）ご臨席あそばしていることを、熱心に申し上げるなかで、時に言葉につまって（女房たちから）笑われることも度々《たびたび》ある。

法会《ほうえ》が終わって、殿上人たちは舟に乗って、みな次々に池に漕ぎ出して管弦の遊びをする。御堂《みどう》の東の端の、北向きに押し開けてある妻戸の前に、池に面して造りおろしてある階段の欄干に手をもたせて、中宮の大夫はいらっしゃる。殿がちょっと（中宮さまの御前に）参上なさっている間、（中宮の大夫は）宰相《さいしょう》の君などとお話を交わすが、（中宮さまの）御前なので、気を許さぬように心づかいするなど、（御簾《みす》の）内も外も風情のある様子である。

月がほんのりと出て、若々しい君達《きんだち》が、今様歌《いまよううた》をうたうにつけても、（君達は）みな舟に乗り込んでいるので、（いかにも）若々しく楽しく聞こえてくるのだが、（その中に）大蔵卿《おおくらきょう》が年がいもなく割り込んだものの、さすがに（若い人々に）声を合わせるのも気がひけるのか、ひっそりと座っていらっしゃる後ろ姿が、滑稽に見えるので、御簾の中の女房たちも、忍び笑いをする。

「舟の中で老いを嘆いているのでしょうか。」

と、（私が）言ったのを、聞きつけなさったのか、中宮の大夫が、

「徐福文成誑誕多《じょふくぶんせいきょうたんおお》し。」

と、吟詠なさる声も、その様子も、格別現代風に見える。（舟の中の君達が、）「池の浮草《うきくさ》、」などとうたって、笛などを吹き合わせているのだが、（その音《ね》を運んでくる）明け方の風の様子までが、何か特別な感じがする。（このような）ほんのちょっとしたことでも、場所柄、時節柄によるものであったのだ（と趣深く感じられる）。

〈語釈〉

〇十一日の暁《あかつき》 唐突に出てくる、この「十一日の暁」が、いったいいつのことなのかをめぐって、諸説が展開されている。舟遊びが行われる季節、月の出の時期との関係、仏事・法会の内容等々の検討、考証から、寛弘五年（一〇〇八）五月二十二日（「十一日」は「二十二日」の誤写とみて）の記事と結論づける『全注釈』の説を受けて、同年同日に土御門殿《つちみかどどの》で行われた法華《ほっけ》三十講《さんじっこう》結願の日の記事の断簡（『集成』、『新大系』）とする方向に傾いている。さらに別解があることについては、この節末の〈解説〉で触れる。**〇御堂《みだう》** 土御門邸内の御堂。**〇御車には殿の上《うへ》** 中宮がお乗りになる御車に「殿の上」（道長の北の方）が同車なさるのである。**〇ようさり** 夜になる時分。**〇教化《けうげ》** 法会の際、仏前で諷誦《ふうじゅ》（声を上げて読むこと）される一種の賛歌。**〇山、寺** 「山」は、比叡山延暦寺《えんりやくじ》、「寺」は、三井寺《みいでら》（園《おん》城寺《じょうじ》）。**〇大懺悔《おほいさんげ》** 阿弥陀《あみだ》懺法《せんぽう》（「懺法《せんぽう》」は罪科を懺悔《さんげ》して罪滅する作法）の一つで、阿弥《あみ》陀経《だきょう》を読み上げて、極楽浄土を賛嘆する法会。**〇しらいたうなど多う絵にかいて** 底本は「しらいたうなとおほうゑによひて」で、文意不明で正解を得ない。「しらいたう」を、白い百万塔かとみて、今はかりに、白い百万塔などをたくさん絵に描いての意としておく。○**後夜《ごや》の御導師《だうし》**　後夜を担当する僧。「後夜《ごや》」は、一日に六回（六時《ろくじ》）行う勤行《ごんぎやう》の一つで、寅《とら》の刻（午前四時頃）に行われる。○**説相《せつさう》**　説法や賛嘆の仕方。○**かくておはしますよし**　中宮がこのようにご立派でいらっしゃることを、の意と解する。寛弘五年五月二十二日の法華三十講結願の日の記事との断定のうえで、中宮のご懐妊のこととする解もある。○**こちかひきしな**　底本に誤脱あってか、意不通。説相《せつそう》の仕方とみられるので、かりに、熱心に申し上げるなかで、としておく。○**言葉《ことば》絶《た》えて**　「みな心々」とあるように、めいめい独自性を出そうとするなかで、時々滑らかさを欠き、言葉が詰まってしまうのであろう。

○**宮の大夫《だいぶ》**　中宮の大夫藤原斉信《ただのぶ》。第六節以降、「宮の大夫」のほか、中宮の大夫・大宮の大夫・大夫・大納言・右衛門督《えもんのかみ》などとして、多出。○**宰相《さいしやう》の君**　中宮の女房で、敦成《あつひら》親王の乳母《めのと》。第四節以降、「宰相の君」のほか、弁の宰相の君・宰相の君讃岐・讃岐の宰相の君などとして、多出。○**内《うち》も外《と》も**　御簾《みす》の内側の宰相の君も、外の宮の大夫も。

○**月おぼろにさし出《い》でて**　月がおぼろに顔を出して。これを月の出とみると、直ちに時期・季節にかかわってくる。が、今まで隠れていた月が雲間から顔を出したのかも知れない。

○**若やかなる君達《きんだち》**　若々しい殿方たち。頼通《よりみち》・教通《のりみち》・兼隆《かねたか》・雅通《まさみち》らとみられる。○**今様歌《いまやうた》**　神楽歌《かぐらうた》・催馬楽《さいばら》・朗詠《ろうえい》などの伝統歌謡に対して、新しく流行するようになった歌謡をいう。

○**大蔵卿《おほくらきやう》**　従三位参議大蔵卿の藤原正光《まさてる》。寛弘六年時、五十三歳。「大蔵卿」は、大蔵省の長官。○**おほなおほな**　本気で。やっとの思いで。○**後《うし》ろで**　後ろ姿。○**御簾《みす》のうちの**

人　御簾の中にいる女房たち。
○**「舟のうちにや老《おい》をばかこつらん」**　舟の中で老いた身を嘆いているのでしょうか。『白氏文集』巻三の「海漫々《かいまんまん》」と題する詩の一句の「童男丱女舟中《どうなんくわんぢよしうちゆう》ニ老《お》ユ」を踏まえ、舟中の年老いた大蔵卿の様子をたとえた、紫式部が発した秀句。詩は、秦《しん》の道士徐福《じよふく》が始皇帝の命により、不老不死の薬をさがし求めて旅立ったが、めざす蓬萊山《ほうらいさん》に至らぬうちに、随行した童男や丱女《かんじよ》（幼女）たちが舟の中で老いてしまったという故事をうたったもの。○**「徐福文《じよふくぶん》成誑誕多《せいきやうたんおほ》し」**　紫式部が踏まえた「童男丱女舟中ニ老ユ」に続く詩句。『白氏文集』の一句を踏まえて式部が発した秀句を受けて、即座に中宮大夫斉信《ただのぶ》が唱和して吟誦《ぎんしよう》したもの。「徐福」は、上掲のように秦の道士。「文成」は、前漢の道士少翁《しようおう》のこと。「誑誕《きやうたん》」は、でたらめ。人を欺《あざむ》くことば。
○**「池の浮草《うきくさ》」**　今様歌《いまようた》の一節かとみられる。○**所がら折がら**　場所柄。時節柄。それによって、格別情趣深く感じられることをいう。

〈解説〉

〈語釈〉の項にも記したように、唐突の感をまぬがれない「十一日の暁」を、いかに解するかが難問として横たわる。前節までの、消息体部分は、寛弘六年（一〇〇九）正月三が日の記事から発展してきたものであるから、時間軸に従ってもとに戻れば、同年正月「十一日」のこととなろう。しかし、この記事内容は、おぼろ月の下での舟遊び、快い暁がたの風の様子など、季節感からして正月のことではない。とすれば、同年の初秋あたりのことかと考えられ、いくつかの推定説がある。いずれにせよ、前節までの記事からの、時間的・内容的な脈絡がみられず、断簡とみなされることとなる。断簡となれば、寛弘六年にこだわる必要がなくなり、推定の幅が広がる。そこに、〈語釈〉の項に紹介したような寛弘五年説が出てくる。

だが、これが寛弘五年五月二十二日（「十一日」は「二十二日」の誤写とみて）に、土御《つちみ》門殿《かどどの》で行われた法華《ほっけ》三十講《さんじっこう》結願の日の記事の断簡とすれば、本日記の首欠説との関係が気にかかってくる。すなわち、『栄花物語』（はつはな巻）の記事や「日記歌」の記述などから知られる、寛弘五年五月に土御門殿で行われた法華三十講にかかわる日記記事があり、本来それが日記の首部を成していたが、現存日記はその首部が欠落しているとする首欠説とのかかわりである。上掲の寛弘五年説は、かりに首欠説に加担しなくても、法華三十講にかかわる日記記事は、本来存在したということを前提として成り立つものであろう。当該記事は、本来存在した法華三十講の日記記事の断簡ということになろうが、論理の整合性ははたしていかがであろうか。（『全注釈』は、想定される「前紫式部日記」の部分が作者によって、恣意的にここに挿入された、と説く。）

とは言え一方、一概に残篇・断簡としてしりぞけてしまうのも、発展性がなく、あまり生産的な方向ではあるまいとも思われる。前向きに対処し、そこに統一の論理を探り、配列の意義を見いだしたいと願うものの、さりとてたちどころに、作者が意図したかと思われる論理が、明確に看て取れるというわけにはいかない。あるいはこの「十一日の暁」は、寛弘五年九月十一日の敦成親王誕生の記事と緊密に照応する関係にあるとみて、日記に書かれざる敦良《あつなが》親王の誕生を暗示するものとする読み取り方が、近時、示されてもいる。が、なぜに敦良親王の誕生については、そのような謎めいた暗示にとどめねばならなかったのかの理由が見いだせず、疑問なしとしない。

いずれにせよ、いま直ちには整合性ある論理は得られそうにもなく、引き続いての考察と探究を必要としている。

五七　源氏の物語、御前《おまへ》にあるを

――道長との歌の贈答、二題――

源氏の物語、御前《おまへ》にあるを、殿の御覧《ごらん》じて、例のすずろ言《ごと》ども出《い》できたるついでに、梅の下《した》に敷かれたる紙に書かせたまへる。

すきものと名《な》にし立てれば見る人の折らで過《す》ぐるはあらじとぞ思ふ　(15)

たまはせたれば、

「人にまだ折られぬものをたれかこのすきものぞとは口ならしけん　(16)

めざましう。」

と、聞こゆ。

渡殿《わたどの》に寝たる夜、戸をたたく人ありと聞けど、おそろしさに、音《おと》もせで明かしたるつとめて、

夜もすがら水鶏《くひな》よりけになくなくぞ真木《まき》の戸口《とぐち》にたたきわびつる　(17)

かへし、

ただならじとばかりたたく水鶏《くひな》ゆゑあけてはいかにくやしからまし　(18)

〈現代語訳〉

『源氏の物語』が（中宮さまの）御前にあるのを、殿がご覧になって、いつものように、とりとめもない冗談などを言い出されたついでに、梅の実の下に敷かれてある紙にお書きになる。

あなたは浮気者という評判が高いので、見かけた人は誰でも口説《くど》かずに放っておくことはありますまい。（15）

（その歌を私に）くださったので、

「私はまだどなたにも口説《くど》かれたことはありませんのに、いったい誰が、浮気者だなどと言いふらしたのでしょう。（16）

心外なことです。」

と申し上げる。

渡殿《わたどの》（の局《つぼね》）に休んだ夜、（局の）戸を叩《たた》く人がいて（その音を）聞いたけれど、恐ろしさのあまり、何の応答もせずに夜を明かした、その翌朝に（殿から）、

一晩中、水鶏《くいな》にもまして泣く泣く（開けてくれない）真木《まき》の戸口を叩き続けながら、嘆き明かしたことです。（17）

返《かえ》しの歌、

ただごとではあるまいとばかりに（激しく）戸を叩きますが、水鶏《くいな》（同様に、たいしたお気持ちではない）ゆえに、戸を開けたならば、どんなに悔《くや》しい思いをしたことでしょう。（18）

〈語釈〉

○**源氏の物語**　紫式部執筆の『源氏物語』が、その書名をもって『日記』に記される第五三節に続く二回目の例である。御冊子《みぞうし》づくりの条（第三三節）においては、「冊子」「物語」と記されるのは『源氏物語』と推察されたが、書名は記されなかった。いま中宮の御前にある『源氏物語』は、あの折、書写・製本され、内裏還啓時に持参された物語なのであろう。なお、書名は、本来的にはこのごとく「源氏の物語」とみられる。○**すずろ言《ごと》**　とりとめもない言葉。冗談。雑談。○**梅の下《した》に敷かれたる紙**　梅の実を載《の》せた薄様《うすよう》の紙とみられる。○**「すきものと」の歌**　「すきもの」は、浮気者。好色者。「すきもの」に、「好き者」と「酸《す》き物」（梅の縁語）とが掛けられている。「名に立」つは、評判になる意。「折らで」の

「折り」に、実のついた梅の枝を手折《たお》る意と、女性を手に入れる意を掛ける。
○「人にまだ」の歌　「折られぬ」「すきもの」は、前歌を受けて同様な技法（掛詞・縁語）を用いる。「口ならし」は梅の実の酸っぱさに口を鳴らす意と、人に言いふらす意とを掛ける。
○めざましう　心外だ。不愉快である。下に「おぼゆ」などが省略された形。なお、この贈答歌は、常樹《つねき》本（国学者橘常樹の自筆本）以外は『紫式部集』に入っていないが、家集巻末の「日記歌」に、『日記』とほぼ同様の詞書《ことばがき》でみえる。
○渡殿《わたどの》　主として寝殿《しんでん》と対屋《たいのや》をつなぐ渡り廊下。仕切って女房の局《つぼね》とした。**○戸をたたく人ありと聞けど**　誰か戸を叩いているなと、その音を聞いていたが、の意。**○音《おと》もせで**　何ら応答もしないで。**○つとめて**　その翌朝。
○「夜もすがら」の歌　「夜もすがら」は終夜。一晩中。「水鶏《くひな》」は、水辺に住む小鳥で、その鳴き声が戸を叩く音に似ている。その水鶏より「けに」（ひどく。激しく）鳴く、つまり戸を叩く。「真木《まき》」は、檜《ひのき》・松・杉・槙《まき》など、堅い板材のこと。「なく」に「鳴く」と「泣く」を、「たたく」に戸を叩く意と、水鶏の鳴く意とを、それぞれ掛ける。
○「ただならじ」の歌　「ただならじ」は、ただではおくまい。ただごとではあるまい。「とばかり」は、と言わんばかりに、の意と、戸ばかりを（むやみに戸を）、の意とを掛ける。「水鶏《くひな》ゆゑ」は、水鶏はただ鳴く（叩く）だけ、そのようにあなたさまにも実意がないので、の意。「あけて」に戸を開ける意と、夜が明ける意とを掛ける。「くやし」は、後悔する。なお、この贈答歌は家集（『紫式部集』）に、「夜更《よふ》けて戸を叩きし人、翌朝《つとめて》」「かへし」

の詞書《ことばがき》で収められている。また、『新勅撰集』（恋五）には、「夜更《よふ》けて妻戸《つまど》を叩きはべりけるに、あけはべらざりければ、朝《あした》につかはしける／法成寺入道前摂政太政大臣」「返し／紫式部」の詞書で入集している。

〈解説〉

「梅」「水鶏」などから、夏の季節のことと推されるものの、前節と内容的なつながり、論理的な連環を欠き、やはり断簡と認めざるを得まい。しかも、散文叙述は、歌（家）集の詞書の域を出るものではなく、歌（家）集類からの部分的・断片的な編入（ないしは誤入）を思わせる。

ところで、中宮の御前にある『源氏物語』が、〈語釈〉の項に触れたように、土御門殿滞在中に、中宮の指示のもとで紫式部が中心となって書写・造本し、内裏還啓時に持参されたものであるとすると、この記事の年時は、翌寛弘六年の夏のこととなろう。梅の実が、酸味を求める懐妊中の中宮の食用であったとみられることから、敦成《あつひら》親王懐妊中の寛弘五年の夏を想定する考察も多いが、寛弘六年の夏もまた、中宮は同年十一月二十五日誕生の敦良《あつなが》親王を懐妊中であって、同様の状況が考えられ、上述のことの妨げとはならない。

なお、『尊卑分脈《そんぴぶんみやく》』（南北朝期成立の諸家系図）には、紫式部について「御堂関白道長妾《しよう》云々」と記されている。が、この贈答歌にみられるようなことが背景となって産み出された、付会《ふかい》（こじつけ）に基づく俗説であろう。

底本には、この記事の後、続く寛弘七年分の記事につなげて、「寛弘六年十月四日一条院焼亡、十九日行幸左大臣枇杷亭、十一月廿五日第三皇子誕生、十二月廿六日中宮入内」との注記がある。この注記（勘物《かんもつ》）は、寛弘六年の十月以降の重要事項を、書写者（第三者）が列挙したものとみられるが、「正月一日、言忌《こといみ》もしあへず」と始まる、若宮の御戴餅《いただきもちい》の儀の記事（第四五節）以下、消息体部分を経て、「十一日の暁」の記事（第五六節）、道長との歌の贈答二題（第五七節）までを、寛弘六年の十月以前のことと考えた上での注記かとみられる。

五八　ことし正月三日まで

——若宮たちの御戴餅《いただきもちひ》など——

ことし正月三日まで、宮たちの御戴餅《いただきもちひ》に日々にまうのぼらせたまふ、御供に、みな上臈《じやうらふ》もまゐる。左衛門《さゑもん》の督抱《かみいだ》いたてまつりたまうて、殿、餅《もちひ》は取り次ぎて、上《うへ》にたてまつらせたまふ。二間《ふたま》の東《ひんがし》の戸に向かひて、上《うへ》のいただかせたてまつらせたまふなり。下《お》りのぼらせたまふ儀式、見物《みもの》なり。大宮はのぼらせたまはず。

ことしの朔日《ついたち》、御まかなひ宰相《さいしやう》の君。例のものの色合《いろあひ》などことに、いとをかし。

蔵人《くらうど》は、内匠《たくみ》、兵庫《ひやうご》つかうまつる。髪《かみ》あげたるかたちなどこそ、御まかなひはいとことに見えたまへ、わりなしや。くすりの女 官《にようくわん》にて、文屋《ふや》の博士《はかせ》、さかしだちさひらぎゐたり。膏薬《たうやくくば》配れる、例のことどもなり。

〈現代語訳〉

今年（寛弘七年）は正月三日まで、若宮たちが御 戴《いただきもちい》餅の儀式のために、毎日（清涼殿に）おのぼりになる、そのお供に、みな上臈《じようろう》女房たちも参上する。左衛門《さえもん》の督《かみ》が（若宮たちを）お抱き申し上げなさって、殿が、お餅は取り次いで、帝にお差し上げになる。二間《ふたま》の東の戸に面した所で、帝が（若宮たちのお頭《つむり》にお餅を）戴《いただ》かせなさるのである。（三日の間、毎日、若宮たちが、清涼殿との間を）参上・退下なさる儀式は、（すばらしい）見物《みもの》である。母宮さまは、ご参上なさらない。

今年の元日は、（中宮さまの御薬の儀の）御陪膳《ばいぜん》役は宰相の君である。例によって衣装の色合など格別で、実にすばらしい。女蔵人《によくろうど》としては、内匠《たくみ》と兵庫《ひようご》が奉仕する。髪あげをした容貌などは、御陪膳役のほうが格別立派にお見えになるが、いたし方のないことである。御薬の儀の女官《によかん》として（その役を務めている）文屋《ふや》の博士は、賢《かしこ》ぶって振舞っていた。膏薬《とうやく》が（人々に）配られるのは、例年行われることである。

〈語釈〉

○ことし　寛弘七年（一〇一〇）。**○宮たち**　敦成《あつひら》親王と敦良《あつなが》親王。敦良親王は、『日記』に、その記事は見られないが、寛弘六年十一月二十五日誕生。**○御戴餅《いただきもちひ》**　幼児の頭に餅をのせて成長を祝う、元日または正月の吉日に行われる儀式。**○まうのぼらせたまふ**　宮たちが儀式のために清涼殿におのぼりになる。**○左衛門の督《さゑもんのかみ》**　藤原頼通《よりみち》。道長の長男。従二位、権中納言。当年十九歳。「殿の三位の君」（第四節）、「春宮の権の大夫」（第二二節）として前出。寛弘六年三月、任権中納言・左衛門の督。**○いただかせ**　宮の頭に餅をのせるのである。**○下《お》りのぼらせたまふ儀式**　正月三が日、若宮たちが清涼殿に昇降なさる儀式。**○大宮**　母宮の中宮彰子。

○朔日《ついたち》　一月一日。元日。**○御まかなひ**　中宮に御薬（屠蘇酒）を供する際のお給仕役。**○宰相《さいしやう》の君**　中宮女房。敦成親王の乳母《めのと》。藤原道綱《みちつな》の娘。第四節に初出以降、多出。**○ものの色合《いろあひ》**　衣服の色合い（配色）。他の女房が単色の衣装であるのに対して、陪膳役のみが色彩豊かな服装であり、一人目立つ存在であった。上接の「例の」は、例年のごとく、の意。**○蔵人《くらうど》**　女蔵人《によくろうど》。御薬の儀に奉仕する女官。**○内匠《たくみ》、兵庫《ひやうご》**　二人とも中宮女房。「内匠」は、「内匠《たくみ》の蔵人《くらうど》」（第四四節）として前出。**○いとことに見えたまへ**　陪膳役の宰相の君が色彩豊かな衣装をはじめ、髪あげした容姿が一段ときわだっていることをいう。「見えたまへ」は、上の「こそ」に呼応して、お見えになるけれど、と逆接となる語法。**○わりなしや**　仕方のないことだ。宰相の君だけが目立つ反面、他の女房たちが圧倒されていることへの感想。**○くすりの女官《にょうくわん》**　御薬の儀にたずさわる女官。**○文屋《ふや》の博士《はかせ》**　博士命婦《はかせのみょうぶ》の文屋《ふや》時子。**○さひらぎゐたり**　「さひらぎ」は語義不明ながら、上の「さかしだち」（賢《かしこ》ぶって）とのかかわりから、才気ばしって振舞う意と解しておく。**○膏薬《たうやく》配《くば》れる**　正月三日の行事として、典薬寮《てんやくりょう》から膏薬が供され、帝が右手の薬指で左の手のひらに塗ることを行った。膏薬の訓《よ》みは「カウヤク」であるが、「皇焼く」に通じるところから名を嫌って、「タウヤク」（唐薬）と称したという（『江家次第《ごうけしだい》』）。ここは、帝のそれに準じて中宮も行い、その膏薬《とうやく》が女房たちにも配られたことをいうものとみられる。

〈解説〉

「ことし」というのは寛弘七年のこと、「宮たち」というのは、敦成《あつひら》親王に加えて、寛弘六年十一月二十五日誕生の敦良《あつなが》親王のことであること、〈語釈〉の項に記したとおりである。一瞥《いちべつ》して、すぐに、敦成親王誕生のことはあれほど詳細に描かれたのに、なぜ敦良親王のことについては記されることがないのか、と疑問が生じる。記述されていたものが散逸してしまい、これは残欠なのか、あるいはまた、敦成親王の記事と重複するので省略したのか。敦成親王の御五十日《いか》の記事（第三一節）があったのと、このあと（第六〇節）に、「二の宮の御五十日」の記事があることからすれば、重複を避けたとする論理（あるいは理由）は成り立ち得まい。かくして、納得できる解答は、すぐには求めがたい。

しかも、この記事を含めて、以後の記事には、式部自身の心に抱く憂愁の念が影をひそめ、いっさい吐露・披瀝されていないのも気にかかることである。やはり成立の問題、執筆意図のことなどが、微妙にかかわっているように思われる。

五九　二日、宮の大饗《だいきやう》はとまりて
――臨時客・子《ね》の日の遊びなど――

二日、宮の大饗《だいきやう》はとまりて、臨時客、東面《ひむがしおもて》とり払ひて、例のごとしたり。上達部《かんだちめ》は、傅《ふ》の大納言、右大将《うだいしやう》、中宮の大夫、四条の大納言、権中納言、侍従の中納言、左衛門の督《かみ》、有国《ありくに》の宰相、大蔵卿《おほくらきやう》、左兵衛の督《かみ》、源《げん》宰相、向かひつつゐたまへり。源《げん》中納言、右衛門の督《かみ》、左右《ひだりみぎ》の宰相の中将は長押《なげし》の下《しも》に、殿上人の座《ざ》の上《かみ》に着きたまへり。

若宮抱《いだ》き出《い》でたてまつりたまひて、例のことども言はせたてまつり、うつくしみ聞こえたまひて、上《うへ》に、

「いと宮抱きたてまつらん。」

と、殿ののたまふを、いとねたきことにしたまひて、

こえたまふ。と、さいなむを、うつくしがりきこえたまひて、申したまへば、右大将《うだいしやう》など興《きよう》じき

上《うへ》にまゐりたまひて、上《うへ》、殿上《てんじやう》に出《い》でさせたまひて、御あそびありけり。殿、例の酔《ゑ》はせたまへり。わづらはしと思ひて、かくろへゐたるに、

「なぞ、御父《てて》の、御前《おまへ》の御あそびに召《め》しつるに、さぶらはで急ぎまかでにける。ひがみたり。」

など、むつからせたまふ。

「ゆるさるばかり歌一《うたひと》つつかうまつれ、親のかはりに。初子《はつね》の日なり、よめよめ。」

と、せめさせたまふ。うち出《い》でんに、いとかたはならむ。こよなからぬ御酔《ゑ》ひなめれば、いとど御色合《いろあひ》きよげに、火影《ほかげ》はなやかにあらまほしくて、

「年ごろ、宮のすさまじげにて、一所《ひとところ》おはしますを、さうざうしく見たてまつりしに、かくむつかしきまで、左右《ひだりみぎ》に見たてまつることそうれしけれ。」

と、おほとのごもりたる宮たちを、ひき開けつつ見たてまつりたまふ。

「野辺《のべ》に小松のなかりせば、」

と、うち誦《ず》じたまふ。あたらしからんことよりも、折節《をりふし》の人の御有様、めでたくおぼえさせたまふ。

またの日、夕つかた、いつしかと霞《かす》みたる空を、つくり続けたる軒《のき》のひまなさにて、ただ渡殿《わたどの》の上《うへ》のほどをほのかに見て、中務《なかつかさ》の乳母《めのと》と、よべの御口《くち》ずさみをめできこゆ。この命婦《みやうぶ》こそ、ものの心得《こころえ》て、かどかどしくははべる人なれ。

〈現代語訳〉

(正月)二日、中宮さまの大饗《だいきょう》はとりやめになって、臨時客が、東廂《ひがしびさし》の間《ま》を開け放って、例年のとおり行われた。(列席の)上達部は、傅《ふ》の大納言、右大将、中宮の大夫、四条の大納言、権《ごん》中納言、侍従《じじゅう》の中納言、左衛門《さえもん》の督《かみ》、有国《ありくに》の宰相《さいしょう》、大蔵卿《おおくらきょう》、左兵衛《さひょうえ》の督《かみ》、源宰相《げんさいしょう》らが、向かい合って着座していらっしゃった。源《げん》中納言、右衛門《えもん》の督《かみ》、左右《ひだりみぎ》の宰相《さいしょう》の中将は、長押《なげし》の下手《しもて》で、殿上人の座の上席に着座なさった。

(殿が)若宮をお抱きしてお出ましになられて、いつものご挨拶の片言《かたこと》などを言わせ申し上げて、おかわいがりになられて、北の方に、

「弟宮をお抱き申しましょう。」

と殿がおっしゃるのを、(若宮は)ひどくやきもちをおやきになって、

「ああん。」

といやがるのを、(また) お可愛がり申し上げなさって、(あれこれおなだめ) 申し上げなさると、右大将《うだいしょう》などはおもしろがりおはやしになる。

(その後、公卿《くぎょう》たちは) 清涼殿に参上して、帝が、殿上の間にお出ましになられて、管弦の御遊びが催された。殿はいつものようにお酔いになられている。めんどうに思って、隠れて座っていると、(みつけられて、)

「どうして、あなたの親父殿《おやじどの》は、御前の御遊びに召し出しておいたのに、伺候《しこう》もしないで急いで下がってしまったのか。ひねくれていますねえ。」

などと、ご機嫌ななめでいらっしゃる。

「(父の咎《とが》が) 許されるほどの (すぐれた) 歌一首詠んで差し出しなさい、親の代わりに。(今日は) 子《ね》の日のことだし、さあ詠みなさい、詠みなさい。」

と、お責めになる。(だが) すぐに詠み上げたとしても、いかにもみっともないことであろう。格別ひどいお酔いぶりでもなさそうなので、いっそうお顔の色合いも美しく、灯火に輝き映える実にすばらしいお姿で、

「この何年か、中宮さまがぽつねんとお一人でいらっしゃるのを、お寂《さび》しかろうと拝見していたのですが、(今では) このように手も回らないほど、左にも右にも (若宮たちを) 拝見することは実にうれしいことです。」

と (おっしゃって)、おやすみになっている若宮たちを、(御帳台《みちょうだい》の垂絹《たれぎぬ》を) 何度もひき開け

ては お覗《のぞ》き申し上げる。（そして、）

「野辺《のべ》に小松のなかりせば、」

と、お口ずさみになる。（なまじ）新しく歌などを詠むよりも、その折にかなった（古歌の吟誦《ぎんしよう》をなさる）殿のご様子が、申し分なくすばらしいと思われる。

その翌日の夕方、はやくも（春めいて）霞がかかった空を、ずらりと立ち並んだ（殿舎の）軒が隙間《すきま》もないほどなので、ただ渡殿《わたどの》の上あたりをわずかに眺めて、中務《なかつかさ》の乳母《めのと》と、昨夜の（殿の）ご吟誦ぶりをお褒《ほ》め申し上げる。この命婦《みようぶ》は実に、ものの道理をよくわきまえていて、とくに才気に富んだ人なのです。

〈語釈〉

○二日　正月二日。**○宮の大饗《だいきやう》**　中宮の大饗。正月二日、後宮に拝賀に訪れた親王・公卿《くぎよう》・殿上人らに、中宮が饗宴《きようえん》や禄《ろく》を賜うこと。**○とまりて**　停止となって。とりやめとなって。産後の中宮の健康を考慮してのことと思われる。**○臨時客《りんじきやく》**　公式の招待客ではなく、期せずして拝賀に訪れた客に賜う饗宴。**○傅《ふ》の大納言**　藤原道綱《みちつな》。「傅《ふ》」は、東宮傅《とうぐうふ》（皇太子の補導役）のこと。この時点の皇太子は、居貞《いやさだ》親王（冷泉天皇皇子。母は藤原超《ちよう》子《し》。後の三条天皇）。**○右大将《うだいしやう》**　藤原実資《さねすけ》。前出（第三一節）。寛弘六年三月、任大納言。**○中宮の大夫**　藤原斉信《ただのぶ》。第六節以降、「宮の大夫」「大夫」として多出。「中宮の大夫」の呼称は初出。**○四条の大納言**　藤原公任《きんとう》。第一九節のほか、「左衛門の督《かみ》」（第二八節）として前出。寛弘六年三月、任権大納言。**○権中納言**　藤原隆家《たかいえ》。前出（第一四・三一節）。

寛弘六年三月、任中納言。**○侍従の中納言**　藤原行成《ゆきなり》。前出（第三六節）。**○左衛門の督《かみ》**　藤原頼通《よりみち》。前出（第五八節）。**○有国《ありくに》の宰相**　参議藤原有国。この年、六十八歳。**○大蔵卿《きやう》**　藤原正光《まさてる》。前出（第五六節）。**○左兵衛の督《かみ》**　藤原実成《さねなり》。「藤宰相」（第一八節）以降、多出。任左兵衛の督は、寛弘六年三月。**○源《げん》宰相**　源頼定《よりさだ》。「左の頭の中将」（第一二節）、「頭の中将頼定」（第一五節）として前出。寛弘六年三月、任参議。**○源《げん》中納言**　源俊賢《としかた》。前出（第一八節）。**○右衛門の督《かみ》**　藤原懐平《かねひら》。底本「左衛門の督」は誤写とみられる。懐平の任右衛門の督は、寛弘六年三月。**○左右《ひだりみぎ》の宰相の中将**　左の宰相の中将は、源経房《つねふさ》（第六節以降、多出）。右の宰相の中将は、藤原兼隆《かねたか》（第一一節以降、多出）。

○若宮　敦成《あつひら》親王。**○例のことども**　幼児語による客へのご挨拶。**○上《うへ》**　殿の上、の意。道長の北の方倫子。**○いと宮**　弟宮の意とみられる。敦良《あつなが》親王。**○ねたきことにしたまひて**　兄宮（敦成親王）が、やきもちをやいたことをいう。**○「ああ。」と、さいなむ**　「ああ。」と声を上げて、制止する仕草をする。**○申したまへば**　道長が兄宮を可愛がりあやす言葉を言う。

○上《うへ》にまゐりたまひて、上《うへ》　前の「上」は、清涼殿。後の「上」は、主上・天皇。**○なぞ**　「なにぞ」の略。どうして。**○御父《てて》**　紫式部の父為時《ためとき》のこと。「てて」は、「ちち」の転。

○ひがみたり　ひねくれている。為時の行為を非難して言う。

○ゆるさるばかり　父の非《ひ》が許されるほどのすばらしい。**○初子《はつね》の日なり**　今日は初子の日である。「初子の日」は、正月最初の子《ね》の日。この日は、小松を引き、若菜を摘み、宴を催し祝う。病厄《びょうやく》をのがれ、延寿《えんじゅ》をもたらすとされた。**○こよなからぬ御酔《ゑ》ひ**　ほどよいお酔いぶり。「こよなからぬ」は、あまりひどくない、の意。**○火影《ほかげ》はなやかに**　灯火に照らし出された（道長の）華やかな姿。**○一所《ひとところ》おはしますを**　お子さまがない中宮が一人寂しそうにしていたことをいう。**○かくむつかしきまで**　このようにお二人のお子さまに手が回りかねるほどに。急に中宮の身辺がにぎやかになったことを強調したもの。**○ひき開けつつ**　御帳台《みちょうだい》の垂絹《たれぎぬ》をひき開けて、の意。「ひき上げて」ではない。

○「野辺《のべ》に小松のなかりせば、」「子《ね》の日する野辺に小松のなかりせば千代のためしになにを引かまし」（『拾遺集』・春・壬生忠岑《みぶのただみね》）の上句。歌意は、子《ね》の日の行事をする野辺にもしも小松がなかったならば、千代の長寿にあやかるしるしとして、いったい何を引いたらよいのだろうか、というもの。若宮たちを小松になぞらえて、この若宮たちこそわが繁栄の証《あかし》と、表現したもの。**○あたらしからんこと**　新たに賀の歌を詠むこと。**○折節《をりふし》の人の御有様**　折節に適《かな》った古歌を吟誦なさる殿のご様子。折節は、その時節の意で、この場合、「子《ね》の日」に当たり、若宮たちを「小松」にたとえ、「千代のためし」をひびかせ祝意を込め、その場と時にみごとに適っていることをいう。

○いつしか　いつの間にか。早くも。**○つくり続けたる軒《のき》のひまなさ**　ぎっしりと建物が立ち並んで軒を接している状態をいう。**○中務《なかつかさ》の乳母《めのと》**　源致時《むねとき》の娘、隆子。中宮古参の女房で、「中務の命婦《みょうぶ》」とも称された。敦良《あつなが》親王の乳母《めのと》。「中務の君」として前出（第一一節）。

○よべの御口《くち》ずさみ　昨夜の殿の「野辺《のべ》に小松のなかりせば」という、時に適った吟誦。

○この命婦《みやうぶ》こそ　底本は「こそ」が「そ」とある。下の「なれ」との呼応上、改めた。**○ものの心得《こころえ》て**　ものの道理をよくわきまえていて。**○かどかどしくははべる**　「かどかどし」は、才気がある。利発である。「は」は強意。

〈**解説**〉

正月二日の臨時客の様子を描き、ちょうどその日が初子《はつね》に当たることから、子《ね》の日のことに及ぶ。この日の記事全体を通じて、筆の中心は、若宮たちに寄せる道長の満悦ぶりに置かれている。敦成親王を抱いていつくしみ、弟宮をも抱こうと言う道長、御帳台《みちようだい》の中の若宮たちの寝姿を、何度も覗き見る道長、そして「野辺《のべ》に小松の」と折節に適《かな》った吟誦をする道長、これら一連の描写は、主家の中心人物の、いかにも満ち足りた様子をとおして、繁栄きわまりない主家の現況を顕現せしめるものである。「火影《ほかげ》はなやかにあらまほしくて」、「折《をり》節《ふし》の人の御有様、めでたくおぼえさせたまふ」、「よべの御口《くち》ずさみをめできこゆ」などの道長賛美は、それらをさらに増幅し、強調づけるものとなって、有効に作用している。

こうした点、寛弘五年分の日記部分とほぼ共通するものがある。が、異なるのは、前述のごとく式部自身の憂愁の念の表出がいっこうになされないことである。

六〇　あからさまにまかでて

――二の宮の御五十日《いか》――

あからさまにまかでて、二の宮の御五十日《いか》は、正月十五日、その暁にまゐるに、小少将《こせうしやう》の君、明《あ》け果《は》ててはしたなくなりたるにまゐりたまへり。例の、同じところにゐたり。二人の局《つぼね》を一つに合はせて、かたみに里なるほども住む。ひとたびにまゐりては、几帳《きちやう》ばかりを隔《へだ》てにてあり。殿ぞ笑はせたまふ。

「かたみに知らぬ人も語らはば、」など、聞きにくく。されど、たれもさるうとしきことなければ、心やすくてなん。

日たけてまうのぼる。かの君は、桜の織物の袿《うちき》、赤色の唐衣《からぎぬ》、例の摺裳《すりも》着たまへり。紅梅に萌黄《もえぎ》、柳の唐衣《からぎぬ》、裳《も》の摺目《すりめ》など今めかしければ、とりもかへつべくぞ若やかなる。上人《うへびと》ども十七人ぞ、宮の御方《かた》にまゐりたる。いと宮の御まかなひは橘《たちばな》の三位。取り次ぐ人、端《はし》には小大輔《こたいふ》、源式部《げん》、内《うち》には小少将。

帝《みかど》、后《きさい》、御帳《みちやう》のうちに二所《ふたところ》ながらおはします。朝日の光りあひて、まばゆきまで恥《は》づかしげなる御前《おまへ》なり。上《うへ》は、御直衣《なほし》、小口《こぐち》たてまつり、宮は、例の紅《くれなゐ》の御衣《ぞ》、紅梅、萌黄《もえぎ》、柳、山吹の御衣《ぞ》、上《うへ》には葡萄染《えびぞめ》の織物の御衣《ぞ》、柳の上白《うへじろ》の御小《こ》袿《うちき》、紋《もん》も色もめづらしく今めかしき、たてまつれり。あなたはいと顕証《けそう》なれば、この奥にやをらすべりとどまりてゐたり。

中務《なかつかさ》の乳母《めのと》、宮抱《いだ》きたてまつりて、御帳《みちやう》のはざまより南《みなみ》ざまに率《ゐ》てたてまつる。こまかにそびそびしくなどはあらぬかたちの、ただゆるるかに、ものものしきさまうちして、さるかたに人教《をし》へつべく、かどかどしきけはひぞしたる。葡萄染《えびぞめ》の織物の袿《うちき》、無紋《むもん》の青色《あをいろ》に、桜の唐衣着たり。

その日の人の装束《さうぞく》、いづれとなく尽《つ》くしたるを、袖口《そでぐち》のあはひわろう重ねたる人しも、御前《おまへ》の物とり入るとて、そこらの上達部《かんだちめ》、殿上人《てんじやうびと》に、さし出《い》でてまぼられつることとぞ、のちに宰相《さいしやう》の君など、口惜《くちを》しがりたまふめりし。さるは、あしくもはべらざりき。ただあはひのさめたるなり。小大輔《こたいふ》は、紅一重《くれなゐひとかさ》ね、上《うへ》に紅梅の濃き薄き五つを重ねたり。唐衣、桜。源《げん》式部は、濃きに、また紅梅の綾《あや》ぞ着てはべるめりし。織物ならぬをわろしとにや。それあながちのこと。顕証《けそう》なるにしもこそ、とり過《あやま》ちのほの見えたらん側目《そばめ》をも選《え》らせたまふべけれ、衣《きぬ》の劣りまさりは言ふべきことならず。

餅《もちひ》まゐらせたまふことども果《は》てて、御台《みだい》などまかでて、廂《ひさし》の御簾《みす》上《あ》ぐるきはに、上《うへ》の女房は、御帳《みちやう》の西面《にしおもて》の昼《ひ》の御座《おまし》に、おし重ねたるやうにて並《な》みゐたる。三位をはじめて、典侍《ないしのすけ》たちもあまたまゐれり。

宮の人々は、若人《わかうど》は長押《なげし》の下《しも》、東《ひむがし》の廂《ひさし》の南の障子《さうじ》はなちて御簾《みす》かけたるに、上臈《じやうらふ》はゐたり。御帳《みちやう》の東《ひむがし》のはざま、ただすこしあるに、大納言の君、小少将の君ゐたまへるところに、たづねゆきて見る。

上《うへ》は、平敷《ひらしき》の御座《おまし》に、御膳《おもの》まゐり据《す》ゑたり。御前《おまへ》のもの、したるさま、言ひ尽《つ》くさむかたなし。簀子《すのこ》に、北向きに西を上《かみ》にて、上達部《かんだちめ》。左《ひだり》、右《みぎ》、内《うち》の大臣殿《おほいどの》、春宮《とうぐう》の傅《ふ》、中宮の大夫、四条の大納言、それより下《しも》は、え見はべらざりき。

御遊《あそ》びあり。殿上人は、この対《たい》の辰巳《たつみ》にあたりたる廊《らう》にさぶらふ。地下《ぢげ》は定《さだ》まれり。景斉《かげまさ》の朝臣《あそん》、惟風《これかぜ》の朝臣、行義《ゆきよし》、遠理《とほまさ》などやうの人々。上《うへ》に、四条の大納言拍《はう》子《し》とり、頭《とう》の弁《べん》琵琶《びは》、琴《こと》は□、左の宰相《さいしやう》の中将笙《さう》の笛とぞ。双調《さうでう》の声にて、「安名《あな》尊《たふと》」、次に「席田《むしろだ》」、「此殿《このとの》」などうたふ。曲《ごく》のものは、鳥《とり》の破《は》・急《きふ》をあそぶ。外《と》の座《ざ》にも調子などを吹く。歌に拍子《はうし》うち違《たが》へてとがめられたりしは、伊勢の守《かみ》にぞありし。右の大臣《おとど》、

「和琴《わごん》、いとおもしろし。」

など、聞きはやしたまふ。ざれたまふめりし果《は》てに、いみじき過《あやま》ちのいとほしきこそ、見る人の身さへ冷《ひ》えはべりしか。

御贈物、笛歯《ふえは》二《ふた》つ、筥《はこ》に入れてとぞ見はべりし。

〈現代語訳〉

ほんのちょっと里下がりして、二の宮の御五十日《いか》のお祝いが正月十五日（なので）、その日の明け方に帰参したところ、小少将の君は、すっかり夜が明けてきまりが悪くなってしまった頃に帰参なさった。いつものように（私たちは）同じ局《つぼね》にいた。二人の局《つぼね》を一つに合わせて、互いに（どちらかが）里下がりしている間も（そこに）住んでいる。（二人が）同時に参内した時には、几帳《きちやう》だけを中仕切《なかじき》りにしている。（そんな様子を）殿はお笑いになる。

「お互いに知らない人でも誘い入れたら、（どうするのか）」などと、聞きづらいことをおっしゃる。だが、二人ともそのようなよそよそしいことはないから、安心である。

日が高くなってから（中宮さまの御前に）参上する。あの（小少将の）君は、桜重《さくらがさ》ねの織物の袿《うちき》に、赤色の唐衣《からぎぬ》を着て、いつもの摺裳《すりも》をつけておられた。（私は）紅梅に萌黄《もえぎ》重ね（の袿《うちき》）に、柳重《やなぎがさ》ねの唐衣《からぎぬ》（を着て）、裳《も》の摺《す》り模様なども当世風なので、（小少将の君と）取り替えたほうがよさそうなくらい若々しい。帝《みかど》づきの女房たち十七人が、中宮さまの御方に参上している。弟宮のご陪膳《ばいぜん》役は橘の三位（である）。取り次ぎ役は、端《はし》には小大輔《こたゆう》と源《げん》式部、内《うち》には小少将（の君がお仕えする）。

帝《みかど》と中宮さまが、御帳台《みちょうだい》の中にお二方《ふたかた》とも（それぞれ）いらっしゃる。朝日のように光り輝いて、まばゆいくらいに晴れがましい御前（の様子）である。帝《みかど》は、御直衣《のうし》に小口《こぐち》の袴《はかま》をお召しになり、中宮さまは、いつもの紅《くれない》の（単衣《ひとえ》の）お召物に、紅梅、萌黄《もえぎ》、柳、山吹の（重《かさ》ね袿《うちき》の）お召物で、その上には、葡萄染《えびぞ》めの織物の（表着《うわぎ》の）お召物、（さらに）柳の上《うえ》白《じろ》の御小袿《こうちき》で、紋様《もんよう》も色合いも目新しく当世風なのをお召しになっていらっしゃる。あちらはとても人目につきやすいので、（私は）こちらの奥にそっと入りこんでじっとしていた。

中務《なかつかさ》の乳母《めのと》が、弟宮をお抱き申し上げて、御帳台《みちょうだい》の間から南面《みなみおもて》のほうにお連れ申し上げる。（中務の乳母は）よく整ってすらりとしているほどではない容姿で、ただゆったりと、重々しい様子をして、乳母《めのと》として人を教育するのにいかにもふさわしい、才気の備わった様子をしている。葡萄染《えびぞ》めの織物の袿《うちき》と、紋様のない青色（の表着《うわぎ》）に、桜重《さくらがさ》ねの唐衣《からぎぬ》を着ていた。

その日の女房たちの服装は、誰もみな優劣などつけ難いほどに美麗を尽くしたものであったが、（それでも）袖口の配色を不用意に重ねた女房があいにくと、御前のものを取り入れる際に、大勢の公卿《くぎょう》や殿上人《てんじょうびと》の前に姿を見せた結果、じろじろと見られてしまったことと、後になって宰相《さいしょう》の君などが、残念がっておいでのようだった。とはいうものの、（それほど）悪いというほどではありませんでした。ただ（ちょっと）配色が引き立たなかっただけである。小大輔は、紅の単衣《ひとえ》に、その上に紅梅重ねの（袿《うちき》の）濃いのや薄いのを五枚重ねていた。唐衣《からぎぬ》は、桜重《さくらがさ》ね（である）。源《げん》式部は、濃い紅梅（の重《かさ》ね袿《うちき》）に、さらに紅梅重ねの綾《あや》の（表着《うわぎ》を）着ていたようでした。（唐衣《からぎぬ》が）織物でなかったのをよくないというのであろうか。それは（禁色《きんじき》なので）無理というもの。（もっと）公式の場であったら、欠点がはた目に少しでも見えたような場合であっても、それを指摘なさるのもよいであろうが、（このような場では）衣装の優劣はとやかくいうべきでない。

（若宮に）お餅を進上なさる儀式なども終わって、ご食膳などをとり下げて、廂《ひさし》の間《ま》の御簾《みす》を巻き上げる、そのそばに、帝《みかど》づきの女房は、御帳台の西側の昼《ひる》の御座《おまし》のあたりに、押し重なったように並んで座っている。（橘の）三位をはじめとして、典侍《ないしのすけ》たちも大勢参上していた。

中宮方の女房たちは、若い女房は長押《なげし》の下段に（いて）、東の廂《ひさし》の南側の障子を取りはずして御簾《みす》をかけてある所に、上﨟女房《じょうろう》は座っている。御帳台《みちょうだい》の東側のほんのすこしすき間のある所に、大納言の君と小少将の君が座っていらっしゃる所へ、（私は）さがして行って（そこで、ご祝宴を）拝見する。

帝《みかど》は、平敷《ひらしき》のご座所に（いらっしゃって、そこに）ご食膳が運ばれてお並べ申し上げた。（その）ご食膳《かみざ》の調度や飾りつけの立派さは、言いあらわしようもない。（南の）簀子《すのこ》に北向きに西を上座にして、公卿《くぎょう》がた（が着座する）。左、右、内の大臣がた、東宮の傅《ふ》、中宮の大夫、四条の大納言（の順で）、それより下座《しもざ》は（私の席からは）見えませんでした。

管弦の遊びが催される。殿上人は、この（東の）対《たい》の東南にあたる廊《ろう》に伺候《しこう》している。地下《じげ》の席は決まっている。景斉《かげまさ》の朝臣《あそん》、惟風《これかぜ》の朝臣、行義《ゆきよし》、遠理《とおまさ》などというような人々（である）。殿上《てんじょう》では、四条の大納言が拍子をとり、頭《とう》の弁《べん》が琵琶、琴《こと》は□、左の宰相の中将が笙《そう》の笛ということである。双調《そうじょう》の調子で「安名尊《あなとうと》」を、次に「席田《むしろだ》」、「此殿《このとの》」などをうたう。楽曲のものは、迦陵頻《かりょうびん》の破《は》と急《きゅう》とを演奏する。屋外の（地下《じげ》の）座でも調子（の笛）などを吹く。歌に拍子を打ち間違えて、とがめられたりしたのは、伊勢の守であった。右大臣は、

「和琴《わごん》が実にすばらしい。」

などとほめそやしなさる。戯れていらっしゃったようだが、その果てに、ひどい失態（をして、その）気の毒なことといったら、それを見ている人の体までが冷えきってしまうほどでありました。

（殿から帝への）御贈物は笛「歯二つ《はふた》」で、筥《はこ》に納めて（献上なさった）と拝見しました。

〈語釈〉

〇二の宮　敦良《あつなが》親王。一条天皇の皇子としては、第三皇子であるが、中宮彰子所生の皇子としては、敦成《あつひら》親王に次ぐ二番目の皇子であるため、このように呼称されたものとみられる。**〇御五十日《いか》**　誕生五十日目のお祝い。**〇小少将の君《こせうしやう》**　源時通《ときみち》の娘。道長の北の方・倫子の姪にあたる。第九節以降、多出。**〇はしたなく**　きまりが悪い。みっともない。**〇例の、同じところに**　いつものように、同じ局《つぼね》（部屋）に。式部は土御門邸においても、小少将の君と同室のことが多かった。**〇「かたみに知らぬ人も語らはば、」**　二人がお互いに見知らぬ人（男性）を別々に誘い入れたらどうするのか、の意。下に「いかがはせむとする」などの問いかけの語が省略されている。男性同士が鉢合わせする場面、あるいは一方が見知らぬ男性と顔を合わせるようなはしたなさ、などを想定しての冗談とみられる。**〇聞きにくく**　下に「のたまふ」などが省略されている。ふしだらな男関係など、ありもしない悪い冗談なので、聞きにくいのである。**〇さるうとうとしきこと**　そのようなうとうとしい、つまりやましいことなどないことをいう。**〇かの君**　小少将の君のこと。親愛の気持を込めた表現。**〇桜の織物の袿《うちき》**　桜重ね《さくらがさね》（一説、表は白、裏は紫）の織物の袿《うちき》。**〇赤色の唐衣《からぎぬ》**　赤色の織物の唐衣。赤色は禁色《きんじき》（位階・身分によって着用を定められた衣服の色）であり、小少将の君は禁色《きんじき》を許された女房として、これを着用した。○**例の摺裳**《すりも》　いつもの摺裳《すりも》。「摺裳」は、染め草でいろいろな模様を摺《す》り出した裳《も》。これも禁色《きんじき》を許された女房の服装である。○**紅梅に萌黄**《もえぎ》　紅梅重《こうばいがさ》ね（表は紅、裏は紫）の袿《うちき》に萌黄重《もえぎがさ》ね（表裏ともに萌黄）の表着《うわぎ》。これ以下、式部自身の服装。○**柳の唐衣**《からぎぬ》　「柳」は柳重《やなぎがさ》ね（表は白、裏は青）。○**とりもかへつべくぞ若やかなる**　自分自身の服装が若々しいので、若い小少将の君と取り替えたいほどであることをいう。○**上**《うへ》**人**《びと》　天皇づきの女房たち。○**いと宮**　弟宮。敦良《あつなが》親王。○**橘**《たちばな》**の三位**　橘徳子。一条天皇の乳母《めのと》。従三位・典侍《ないしのすけ》。前出（第一五・二一・二七節）。○**小大輔**《こたいふ》**、源**《げん》**式部**　ともに中宮の女房。前出（第一九・二〇節ほか）。

○**御帳**《みちやう》**のうちに二所**《ふたところ》**ながらおはします**　御帳台《みちようだい》が二つあり、帝・后がそれぞれの御帳台にいらっしゃったのである。○**朝日の光りあひて**　朝日のように光り輝いて。○**小口**《こぐち》　裾に括《くく》り紐を付けた小口袴《こぐちばかま》。○**紅**《くれなゐ》**の御衣**《ぞ》　紅の単衣《ひとえ》とみられる。○**紅梅、萌黄**《もえぎ》**、柳、山吹の御衣**《ぞ》　重《かさ》ね袿《うちき》の色目。「山吹」は、表は朽葉《くちば》、裏は黄。○**葡萄染**《えびぞめ》**の織物の御衣**《ぞ》　葡萄《えびぞ》染め（たて糸を赤、よこ糸を薄紫）に織った織物の表着《うわぎ》。○**柳の上白**《うへじろ》**の御小袿**《こうちき》　「柳」は、柳重《やなぎがさ》ね（表は白、裏は青）。したがって「上白《うへじろ》」（上が白の意）は不審。○**あなた**　東廂《ひがしびさし》の間《ま》の女房の座とみられる。○**顕証**《けそう》　あらわであること。まる見えなこと。○**この奥**　御帳台《みちようだい》の奥まった所。

○**宮抱**《いだ》**きたてまつりて**　この「宮」は、敦良《あつなが》親王。○**御帳**《みちやう》**のはざま**　帝の御帳台《みちようだい》と中宮の御帳台との間。○**そびそびしく**　背丈がすらりとしているさま。底本「そいそいしく」を改めた。**○さるかたに人教《をし》へつべく**　乳母《めのと》として人を教育するのにいかにもふさわしく、の意。「人をしへつべく」の部分、底本の「人をしつべく」を改めた。**○かどかどしきけはひ**　才気に富んだ様子。この中務の乳母《めのと》のことを前節（第五九節）でも、「かどかどしくははべる人」と褒《ほ》めていた。**○葡萄染《えびぞめ》の織物の袿《うちき》**　葡萄染《えびぞ》めの織物の袿《うちき》。「うちき」の部分、底本には「こうちき」とあるが、小袿《こうちき》（裳・唐衣を省略した略装）と唐衣《からぎぬ》とを併用することは考えられないので、絵巻本文の「うちき」に従い、改めた。**○無紋《むもん》の青色《あをいろ》**　紋様《もんよう》のない、つまり無地の青色の表衣《うわぎ》。**○桜の唐衣**　桜重《さくらがさ》ね（表は白、裏は二藍《ふたあい》）の唐衣。**○袖口《そでぐち》のあはひ**　袖口に見える重ねの配色。**○わろう重ねたる**　重ねの配色を不用意にしたこと。**○さし出《い》でて**　袖口を差し出した結果、の意。**○宰相《さいしやう》の君**　第四節以降、多出。**○紅一重《くれなゐひとかさ》ね**　紅の単衣《ひとえ》一枚。**○紅梅の濃き薄き**　紅梅重ね（表は紅、裏は蘇芳《すおう》）の袿の濃いのや薄いのを。**○唐衣《からぎぬ》、桜**　桜の唐衣に同じ。**○濃きに**　濃い紅梅重《こうばいがさ》ねの袿《うちき》に。**○それあながちのこと**　唐衣が織物でないのがよくないというのは、無理というもの、の意。織物の唐衣《からぎぬ》は禁色《きんじき》を許された者しか着用できないからである。**○顕証《けそう》なるにしもこそ**　「顕証」は、さきにも注したように、あらわなこと、人目につくこと、の意であるが、ここは表だった晴れの場などをいう。ここの叙述により、敦良《あつなが》親王の御五十日《いか》の儀は、それほどの晴儀ではなかったことが分かる。

○餅《もちひ》まゐらせたまふことども　若宮にお餅を差し上げる儀式など。『御堂関白記』（寛弘七年一月十五日条）には、この日、餅を道長が調じて献じ、帝が若宮の口に含ませた、とある。

○御台《みだい》　ご食膳。　**○上《うへ》の女房**　帝づきの女房。　**○昼《ひ》の御座《おまし》**　帝の常の御座所。　**○三位を
はじめて、典侍《ないしのすけ》たちもあまた**　「三位」は、前出の橘の三位のこと。「典侍」は、内侍司《ないしづかさ》の次官を務める内裏女房。
○長押《なげし》の下《しも》　廂《ひさし》の間《ま》と簀子《すのこ》との間の下長押《しもなげし》の下段のところ。　**○東《ひむがし》の廂《ひさし》の南の障子《さうじ》**　東廂《ひがしびさし》と母屋《もや》との間の障子（襖）を取りはずして。　**○御帳《みちやう》の東《ひむがし》のはざま**　帝の御帳台《みちやうだい》と東廂《ひがしびさし》の間《ま》との境の空間。　**○たづねゆきて**　さがして行って。　**○見る**　御五十日《いか》の祝宴の様子を拝見する、の意。
○平敷《ひらしき》の御座《おまし》　床にじかに畳二枚を敷き、その上に茵《しとね》（敷物）を置いて設けた御座《おまし》。　**○御《お》前《まへ》のもの**　御食膳の調度や飾りつけ。　**○したるさま**　作りざま。　**○言ひ尽《つ》くさむかたなし**　そのすばらしさといったら、表現のしようもない。　風流を凝《こ》らし、善美《ぜんび》（善いことと美しいこと）を尽くしてあった。　**○北向きに西を上《かみ》にて**　北向きに西のほうを上座《かみざ》にして。　**○左《ひだり》、右《みぎ》、内《うち》の大臣殿《おほいどの》**　左大臣は道長、右大臣は顕光《あきみつ》、内大臣は公季《きんすえ》。　**○春宮《とうぐう》の傅《ふ》**　藤原道《みち》綱《つな》。　**○中宮の大夫**　藤原斉信《ただのぶ》。　**○四条の大納言**　藤原公任《きんとう》。　以上の上達部《かんだちめ》（公卿《くぎょう》）の配列は、位階の順になっている。
○御遊《あそ》び　管弦の御遊《ぎよゆう》。　**○この対《たい》の辰巳《たつみ》**　自分のいるこの東の対《たい》の東南。　**○地下《ぢげ》は定《さだ》まれり**　地下《じげ》の者の席や役割は決まっている。「地下」は、清涼殿に昇殿を許されない、原則として六位以下の官人。　**○景斉《かげまさ》の朝臣《あそん》、惟風《これかぜ》の朝臣、行義《ゆきよし》、遠理《とほまさ》など**　これらは地下《じげ》の人々であり、いずれも敦成親王家の家司《けいし》である。「景斉《かげまさ》の朝臣《あそん》」は、藤原景斉《かげまさ》。「惟風《これかぜ》の朝臣」

は、藤原惟風《これかぜ》。「行義《ゆきよし》」は、平行義《ゆきよし》。「遠理《とほまさ》」は、藤原遠理《とおまさ》。**○上《うへ》に**　殿上では。**○頭《とう》の弁《べん》**　源道方《みちかた》。蔵人の頭・右大弁。前出（第二八節）。**○琴《こと》は□**　底本は琴の奏者を記していない。誤脱とみて空白とした。**○左の宰相《さいしやう》の中将**　源経房《つねふさ》。第六節以降、多出。**○双調《さうでう》の声**　雅楽の調子、十二律の一つで、呂《りよ》の声調。**○「安名尊《あなたふと》」、次に「席田《むしろだ》」、「此殿《このとの》」**　いずれも催馬楽《さいばら》の曲名で、呂《りよ》の歌。**○曲《ごく》のもの**　楽曲のみのもの。**○鳥《とり》の破《は》・急《きふ》**　「鳥」は、唐楽の迦陵頻《かりようびん》の通称で、序・破・急の三曲がある。この時は、そのうちの破と急を演奏したものとみられる。**○外《と》の座《ざ》**　庭上の地下《じげ》の座。**○とがめられたりしは、伊勢の守《かみ》にぞありし**（拍子を打ち間違えて）とがめられたのは、伊勢の守であった。底本は「とかめらるいせのうみ」であるが、文意の上から絵詞本文により改めた。**○ざれたまふめりし果《は》てに**　悪酔いしてふざけていた挙句《あげく》。**○いみじき過《あやま》ち**　大変な失態。『御堂関白記』（寛弘七年一月十五日条）に記載のある、酩酊《めいてい》した右大臣顕光《あきみつ》が、威儀の御膳《おもの》の鶴の装飾を取ろうとして折敷《おしき》をこわしてしまったことをいう。**○いとほしきこそ**　顕光《あきみつ》の失態を難じているのでなく、その気の毒な様子に同情を寄せている。**○御贈物**　道長から帝への贈物。**○笛《ふえ》歯《は》二《ふた》つ**　底本には「ふゑ二」とあるが、『御堂関白記』（同上条）の「横笛歯二」により、「歯」の文字を補った。なお、この「横笛歯二」は、『御堂関白記』により、四日前の一月十一日、道長が花山院の御匣殿《みくしげどの》から賜った「只今第一の笛」であったことが知られる。「歯《は》二《ふた》つ」は、その名笛の名とみられる。

〈解説〉

敦良《あつなが》親王の御五十日《いか》の儀の様子が描かれる。奉仕の女房たちの服装が中心に、列座の人々や女房たちの配置などが、やや詳細に叙され、もって盛大に行われた儀の雰囲気が現出される。しかし、御遊のことも描かれるものの、伊勢の守が拍子を打ち間違えて、とがめられたことや、右大臣が失態をしでかしたことなどが点綴《てんてい》されるなどして、全体として儀を取り巻く祝意の発現が、何となく希薄に感じられる。帝と中宮を讃える「朝日の光りあひて、まばゆきまで恥《は》づかしげなる御前《おまへ》なり」との叙述がありはするが、めでたき主家の人々の動きとその描写が、ほとんどないことが気になる。わけても、道長の活気に満ちた喜びの姿がない。主家の当主道長の満悦至極の様子は、前節に描写したことにより、ここでは省筆したのかもしれないが、ともかく敦成《あつひら》親王の御五十日《いか》の儀の記事（第三一・三二節）と比べて、差異ないし落差のようなものが感じられる。これは、記事の重複を避けた結果というようなことでは、説明づけられないであろう。

この「二の宮の御五十日《いか》」の記事で、本日記は終末を迎えるのであるが、これが中断（あるいは残欠）なのか完結なのか、議論の多いところである。上述のことを含めて、すぐには解決を導き出し得ない成立上の問題が残っていることは確かである。

なお、底本には、この後に「寛弘七年十一月廿八日遷新造一条院、中宮同行啓」の注記があり、続いて、寛弘七年分の公卿一覧が付載されている。

『紫式部日記』作品解説

『紫式部日記』の特徴

『紫式部日記』は、紫式部の、いわば宮仕え日記である。しかし、七、八年間に及ぶかとみられる出仕生活のうちの、わずか二、三年のことが記されているにすぎない。ただし、近世の『紫家七論《しかしちろん》』（安藤為章《あんどうためあきら》）による、もと数十巻あった日記の残欠であるとする説があり、この残欠説に対しては、すでに同時代に反論を加えた『紫式部日記解《かい》』（足立稲直《あだちいなお》）があるが、現在にもその余韻が及んでいる。とは言え、数十巻に及ぶ大部の日記であったとする見解は、さすがに影をひそめてしまったものの、それとは別に首欠説が存在する。首欠とする見解は、『紫式部集』巻末の「日記歌」や、『栄花物語』（はつはな巻）などにみえる、土御《つちみ》門《かど》殿において行われた法華《ほっけ》三十講《さんじっこう》五巻の日のことを書いた記事が冒頭にあったのではないかとするものである。しかしながら、第一節の「解説」にも触れたように、「秋のけはひ入り立つままに、土御門殿の有様、いはむかたなくをかし」と始まる文章が、冒頭をいろどるのにいかにもふさわしいことが、首欠説に疑問を投げかける。しかも、この一文は、以下に繰り広げられる主家の慶祝事を賛嘆的に描き出す『日記』の序章として、きわめて効果的であることも加わり、動かぬイメージを形成しているのである。

さて、わずか二、三年のことが記されているにすぎないこの『日記』の筆は、一条天皇の第二皇子敦成《あつひら》親王の誕生と、その祝儀の模様を描き出すところに、ほぼ絞られていて、鮮明に輪郭をみせ、執筆意図もそこに置かれているかにみえる。一条天皇の第二皇子とは言え、敦成親王は彰子中宮の初めての御子であり、道長にとって初の外孫である。『栄花物語』のひそみにならって言えば、まさに道長家にとっての栄華の初花（初めて咲いた花）なのである。この御子の誕生と祝儀のことを描くことは、とりもなおさず、主家（御堂関白家《みどうかんぱくけ》）の限りない繁栄を賛美し、ことほぐことにほかならない。そうであるならば、この『日記』は明確に女房日記の性格を有していると言うことができよう。女房日記とは、女房の身分にある者がその立場から書き記した主家のための日記のことである。さらに敷衍《ふえん》するならば、それは主として後宮近侍の女房によって筆録される、主人と主家の繁栄を象徴する慶祝事・賀儀の記録であり、しかも単なる行事記録にとどまらず、盛況の雰囲気を主眼とした情況記録であると説明づけられる。したがって、女房日記の基本的な性格は、主家・主人の賛美におかれている。紫式部にとって主人は中宮彰子であり、主家は御堂関白家である。女房の立場から主家と主人の繁栄を賛美し、心から慶祝するこの『日記』は、女房日記そのものとみなしてよいかにみえる。

ところが単純でないのは、慶祝と賛美の筆のあちこちに、宮仕え生活に馴染むことのできない苦しさをはじめとする憂愁の思いが、吐息のごとくに漏らされている点にある。一条天皇の行幸を迎えるため、華麗さをいやましにしてゆく土御門邸内にあって、「なぞや」（いったいこれはどうしたことか）と自らをいぶかりつつも「もの憂く、思はずに、嘆かしきことのまさるぞ、いと苦しき」（気が重く、思うにまかせずに、嘆かわしいことが多くなるのが、実に苦しい）と、憂苦の念に沈んでいかねばならず（第二四節）、また行幸当日は、絢爛豪華な鳳輦《ほうれん》の御輿《みこし》には目がとまらず、苦しげな駕輿丁《かよちょう》の姿に注視されてしまい、そこに宮仕えに生きなずむわが姿が重ね合わせられ、悲哀の思いに陥っていく（第二六節）。そして、無意識のうちに宮仕えの日常に馴致《じゅんち》してしまっている己れを、「うとましの身のほどや」（いとわしい身の上であることよ。＝第四三節）とまで思わずにいられない。こうした思念はやがて、人生そのものの懐疑へと深まっていっていることが看て取れる。これらの感懐や思念は、『紫式部日記』の文脈にはいかにも収まっているが、女房日記の枠内のものではあり得ない。もはやこれは、女房日記そのものではないと言わざるを得ない。

日記作品としての性格

端的に言えば、この『日記』は、女房日記を基層にもつ日記作品であるとみるのが実情にかなっていよう。主家の要請により、紫式部が意欲的に筆録し、主家に献じられた、仮称すれば「敦成親王生誕慶祝記」のごとき女房日記がまずあり、そこに私的感懐を織り交ぜて仕上げたのが、作品としての『紫式部日記』であろう。なぜ、そのような二重構造を有することとなったのか、それについては以下のように考えたらよいかと思われる。

主家繁栄の記録たる女房日記の筆録は、主家からの要請によってなされたのであろう。それは適任であり、信任が厚ければこそのことであり、その命を受けた紫式部にとって光栄このうえないことであったはずである。主家の栄華の初花としての敦成親王の誕生は、一介の女房の身にとっても無上の喜びとすることであり、意欲的にすすんで筆を執《と》ることができたはずである。そこに表出した慶祝の気持ちは、いつわりのない自らの真情の吐露でもあったにちがいなく、要請を発した主家の期待に、見事に応えるものであったであろう。女房としての紫式部は、有能にして主家の信頼厚い人物であったとみられる。出仕当初は、「いと艶《えん》に恥《は》づかしく、人見えにくげに、そばそばしきさまして、物語このみ、よしめき、歌がちに、人を人とも思はず、ねたげに見おとさむもの」（ひどく風流ぶっていて、気づまりで、近寄りにくく、よそよそしい態度をして、物語好きで、思わせぶりにしていて、何かというとすぐ歌を詠み、人を人とも思わないで、憎らしげに人を見くだすような人）と、周囲から誤解ないしは警戒視され、中宮からも「いとうちとけては見えじ」（とてもうちとけて接することはできないだろう）と思われていたという。それが意外にも、「あやしきまでおいらかに」（不思議なほどおっとりとしていて）と見直され、自分では「ほけ痴《し》れたる人」（すっかりぼけた人間）、「おいらけもの」（おっとりした者）となって日常を過ごし、それが自分の習性となったということを記述している（第五一節）。

このように式部の日常は、表面穏やかに人に接し、それによって人々の信頼と、主家からの信任を厚くしていき、そうしたなかで有能さを発揮していったものとみえる。中宮のもとめにより『白氏文集』の「楽府《がふ》」のご進講を始めたのは、初出仕を寛弘三年（一〇〇六）の年末のこととすると、初めて迎えた「(寛弘四年の)夏ごろより」ということとなり、比較的はやく信任をかち得るとともに有能さを、次々に発揮していった模様が看取される。してみると、『日記』に吐露・表出されている憂愁の思い、悲愁の念は、式部固有の心の範疇のことであって、出仕の日常における表情や言動に表れる次元のものではなかったはずである。しかし、日常表面に表れる性質のものではなかったにせよ、この憂愁の思い、悲愁の念は、これも第五一節にみられるように、夫宣孝《のぶたか》との死別以来身についたものが持ち越されたもので、それが出仕生活の日常を通じて確実に醸成されてきたことが知られる。「なぞや」(第二四節)と自らいぶからざるを得ないほどに湧出するそうした心情は、いかんとも抑えがたいものであって、表出せずにはやみがたい性質の思いであった。いかんとも抑えがたいその心情の吐露・表出の場として選び取ったのが、ほかならぬ主家賛美を基調とするこの『日記』であったとみられる。繁栄きわまりない主家の慶事を讃える思いに、うそ偽りはなく、心からの賛美であることに変わりはないが、その日常を通じて人知れず醸成されてきた私的心情であってみれば、それをあわせ表出することが、むしろ実情に適うことともなろう。そうした思いが、主家賛美の女房日記を基盤として、憂苦の私的心情を盛り込んだ日記作品の形成へと向かわせたのではなかろうか、と考えられるのである。

もっとも、表出される憂愁の念は、主家賛美のなかに吸収され、溶解していく性質のものとか、あるいは吐露される憂愁の念は主家賛美を強化・強調する作用を有しているなどの見解もある。たしかに、冒頭文(第一節)の中宮賛美にみられる、「憂き世のなぐさめには、かかる御前《おまへ》をこそたづねまゐるべかりけれと、現《うつ》し心をばひきたがへ……」のくだりからは、そのような見方も導き出せようが、前述の一条天皇の土御門邸行幸前後のくだりに至ると、そのような見解を阻《はば》む様相が展開されるようになる。やはり、主家賛美と憂苦の念は、並立し、共存するものとして、それぞれ位置を占めているとみられる。さらに言及するならば、主家賛美と憂苦の念の両者は、いわば不統一の統一、あるいは不調和の調和とでも言うべき均衡を保って、この『日記』の主要部をかたちづくっているとみるべきかと思われる。

日記作品としての展開

ところが、寛弘五年分から翌六年正月に至った日記作品は、意外な展開をみせる。人の「かたち」（容姿・容貌）から、「心ばせ」「心ばへ」（人柄・心性）へと転じる、いわゆる消《しよう》息文的部分《そこぶみ》への展開である。これはおそらく、あらかじめ構想されたことにもとづく展開ではなく、書き進める営みのなかから発生してきた方向性であったのだろう。ここでは、主家に継起する寛弘六年の諸事を記し、そのなかに固有の憂愁の思いを表出することは、もはやなされない。消息文的部分は、女房として身を置く宮仕えの場の情況や実情の分析と見解の披瀝、ひるがえってわが身の現況に移り、求道《ぐどう》の心を述べて収束をみる。

しかもこれは、すでに消息文的部分という呼称を用いているように、「はべり」を多用する手紙文の文体で綴られている。この文体ゆえに、手紙文の竄入《ざんにゆう》（誤ってまぎれ込むこと）かと疑われもしてきたが、現在はむしろ、式部が積極的に採り用いた方法としての文体とみる見解に落ち着いてきている。斎院の女房中将の君への反論・批判のみならず、同僚女房らへの批評、さらには清少納言・和泉式部への辛辣《しんらつ》な論評など、繰り広げることとなった鋭い筆鋒《ひっぽう》を緩和させる作用を考慮しての意識的な措置とみられるのである。

　そもそも、この『日記』には、日記体部分の地の文にも「はべり」が用いられている。たとえば「かけまくもいとさらなれば、えぞ書き続けはべらぬ」、「また包みたるもの添へてなどぞ聞きはべりし。くはしくは見はべらず」などのごとくである。日記体部分のこれらの「はべり」は、あるいは『日記』の基層となったかとみられる、前段階の女房日記に用いられていたそれが反映しているのかも知れない。しかしながら、その使用頻度は著しく異なる。すなわち、「はべり」の使用比率は、日記体部分の地の文のそれを一とすれば、消息文的部分のそれはほぼ十三で、一対十三となり、その差は顕著である。しかも、消息文的部分に入り急増した「はべり」は、漸増の傾向を示しており、手紙文の結びの体裁をもつくだり（第五五節）に至っては、初めの部分（第四六節）のほぼ三倍もの使用率となっている。このことは明らかに、鋭さを増す筆鋒に見合うものであって、上述のことの証ともなっている（この件に関しては、第五五節の「解説」もあわせ参看されたい）。

　敦成親王誕生の慶事を描き、もって繁栄する主家を賛美する女房日記を素材として、そこに私的憂愁の思いを織り込んで形成された『日記』は、消息文的部分という思わぬ展開によって、自己表出の場をいっそう拡大させ、発展させることにより終結を迎えたのである。つまり消息文的部分は、主家賛美の女房日記に私的憂苦の念を織り込んで形成された自己表出の場からさらに展開をみせ、発展を遂げた形態とみられる。『日記』のいわば「本体」(主要部)はここまでであり、ここにひとまずの完結をみたといってよいかと思われる。続く、年時不明の「十一日の暁」の記事、道長との二組の贈答歌、そして寛弘七年正月の記事は、一概に断簡・残欠として遠ざけることには慎重でなければなるまいが、上記「本体」とは性格を異にしているかにみえる。断簡・残欠のゆえか、あるいは省略されたのか、第三親王敦良《あつなが》親王(中宮彰子の第二子)誕生のことがみえないこと自体、「本体」部分とは論理を異にしていると言わざるを得まい。これらのことは当該各節の「解説」でも触れているので、参照願いたい(この件では、第五六節)。ともあれ、このことは、本『日記』の全体像の認定、作品像の把握ないしは評価等々に大きくかかわって重要であり、引き続いての探究と考察が要請される事柄である。

紫式部の職務・職掌

さて、女房としての紫式部の職務・職掌は何であったのか。このことも、本『日記』の作品としての性格を考えるうえで、等閑視されてよいことではあるまい。

ある説によると、紫式部の役目は、皇子誕生という慶事に際し、その前後の有様をまとめて記す役目を帯びていたのではあるまいか、とされる。こうした見解は、先述の主家の要請による女房日記の筆録という私見と重ね合わせるとき、大変示唆に富むものである。が、ひるがえって考えるとき、はたしてそのような単独の、あるいは専属の職掌があって、式部がその任務にあたっていたのかとなると、疑問なしとしない。

やはり、女房日記の類の筆録は、その適性や能力による、女房に付加された任務であったとみるべきであろう。したがって紫式部とて、大納言の君・小少将の君・宰相の君などの朋輩女房らと同様に、主家の行事や儀式においては女房としての何らかの通常の担当任務があったはずである。「そのことは見ず」（第一五節）、「くはしくは見ず」（第一八節）、「くはしくは見はべらず」（第二一節）、「そなたのことは見ず」「くはしうは見はべらず」（ともに、第三一節）などは、課せられた職務として詳細に観察しなければならないことに対する断り（ないし弁解）とみられもしようが、逆にそうではなく、それほどの詳細・厳密さを要求されていたわけではなかったことの証左ともなるのではなかろうか。ましてや、職務としての任務を帯びていたとしたならば、「人の呼べば局《つぼね》におりて、しばしと思ひしかど寝《ね》にけり」（第九節）とか、「うちやすみ過ぐして、見ずなりにけり」（第二九節）などという行為は許されることではなく、職務怠慢のそしりを免れまい。また、「柱がくれにて、まほにも見えず」（第二七節）などとのことも、職務としてしかるべき位置（場所）を与えられていれば生じることはあるまい。通常の任務のなにほどかの軽減はあったかも知れないが、式部に主家から期待を寄せられていたのは、通常の勤仕のなかでの慶事の観察と、後日におけるその筆録であったものとみられる。それに、後述するところでもあるが、式部に要請された慶祝記としての女房日記は、詳細・厳密な事実記録ではなく、自由裁量にゆだねられた盛況の情況記録であったと考えられるのである。

またこれとは別に、紫式部は他の一般の女房とは違った、中宮の家庭教師ともいうべき特殊な専門職にあったとする説もある。これもまことに興味ある指摘であって、耳を傾けるに値するものの、はたして実態はどうであろうか。ことは式部が中宮に『白氏文集』のご進講をしていることから発してくるのであろうが、そのことは、「いとしのびて、人のさぶらはぬもののひまひまに」（たいそうこっそりと、女房たちが伺候《しこう》していない間隙《かんげき》を見はからって）行い、それを隠しており、中宮もまた内密にしていたと記されている（第五三節）。それが公認されている式部の任務であり、当初から義務づけられていた職務であるならば、人目を気にする必要はなかったはずである。やがて、殿（道長）や内裏《うち》（一条天皇）もそのことを知るようになったともあるが（第五三節）、式部に当初から課せられていた任務であったならば、先刻ご承知のことであって、この時になって初めて気づくことなどではあるまい。ましてや、左衛門《さいもん》の内侍《ないし》に気兼ねすること（第五三節）など、まったく不要なはずである。

やはり、紫式部もまた他の女房らと同様、女房としての日常の任務を担当して勤仕していたものとみるのが自然であろう。『源氏物語』の作者としての資質と声望を評価されての出仕ではあったであろうが、はじめから特殊の任務を課せられてのものではなく、出仕後に発揮した特性が、主家の期待に見事に応えることとなったとみるのが実情に適っているかと思われる。

そもそも、中宮近侍の女房に課せられ、紫式部もまた女房として重視したものは何であったのか。消息文的部分において、上臈・中臈女房たちの引っ込み思案の常態に批判を加えるなかで、「宮の御ため、ものの飾《かざ》りにはあらず」（第四八節）といっているが、この「宮の御ため、ものの飾《かざ》り」ということこそ、紫式部自身がめざし、女房たち誰もがめざさなければならないことではなかったか。少なくとも紫式部はそう考えていたのであろう。「ものの飾り」とは、この場合、中宮の引きたて役ほどの意であるが、中宮の周辺を華やかに彩り、ご立派である中宮のいっそうの引き立て役となることにほかなるまい。これこそ近侍の女房たちにひとしく課せられていた日常の任務であったはずである。道長をはじめとする主家の人々はもとより、中宮自身もそのことを望んでいたはずである。女房への信任・信頼も、当然その観点からなされていたとみるべきであろう。

女房に課せられた心掛けとでもいうべきこうしたことを任務として日常を過ごし、行事・儀式などの時には、各自役柄を得てそれを務めるのである。儀式のなかで与えられた各自の役目を見事に果たすこともまた、「宮の御ため、ものの飾り」の具現であったことは、言うまでもなかろう。繰り返すこととなるが、このようななかで紫式部にあっては、慶祝記たる女房日記の筆録のことが課せられていたのであろう。それは、いわば付加された価値・特性の発揮にほかならなかったのである。

『紫式部日記』の記録性

この『日記』は、他の日記作品に比して、記録性が濃厚であるとみられている。たしかに、敦成親王の誕生をはじめとして、その祝儀・儀式の記事が多く、その感はまぬがれ得ない。しかしながら、この『日記』の記事をつぶさにみると、記録にはちがいなかろうが、記録ということの内実の相違に気づかざるを得ない。つまり、事実の記録を目的として、儀式・行事などの次第・内容を克明に録す漢文表記による古記録の類とのちがいである。

具体例として、一条天皇の土御門殿への行幸の条をみておこう。寛弘五年（一〇〇八）九月十一日に誕生した若宮（敦成親王）の成育が順調な同十月十六日に行われたこの行幸は、紫式部の主家道長家（御堂関白家）にとっての一大行事であり、準備万端整えたうえでの奉迎であった。『日記』は、黄菊がさまざまに植えたてられて華麗さを増していく邸内の準備怠りない模様から描き出し、当日のことに及び、部分的には私的感懐（憂愁の念）が吐露されたりもしているが、長大な叙述量をもってその日の盛大さを現出せしめている。とは言え、ことの次第が克明に順序だてられて描き出され、記録されているわけではない。たとえば、諸記録が記すところの行幸次第、供奉の諸卿の名前、土御門邸到着時とそれ以後の行事（奏楽・祝宴・舞楽等）の進行次第、親王宣下・叙位・加階の諸儀式のこと等が逐一記されているわけではないのである。紫式部が意をそそぐのは、ことの次第よりもその情況である。それぞれの役に奉仕する女房たちの、主として服装・服飾の詳細な描写に重点が置かれ、加えて、「髪《かみ》あげうるはしき姿、唐絵《からゑ》ををかしげに描《か》きたるやうなり」（髪あげをした端麗な姿は、中国風の絵をいかにも美しく描いたようである）、「姿つき、もてなし、いささかはづれて見ゆるかたはらめ、はなやかにきよげなり」（姿かたちや振舞い、扇からすこしはずれて見える横顔は、華やかで清楚である）、「夢のやうにもこよひのだつほど、よそほひ、むかし天降《あまくだ》りけんをとめごの姿も、かくやありけんとまでおぼゆ」（まるで夢のようにうねり歩く様子やその衣装は、むかし天から降りてきたという天女の姿も、このようであったろうかとまで思われる。＝いずれも、第二六節）などの描写と一体となって、事柄の盛大にして華麗な情況を現出せしめている。

この行幸において、公的にはいかにも重要、かつ主要であったかに思われる、一条天皇の若宮とのご対面、道長の北の方倫子の従一位への加階などには、格別関心を払っていないかにみえる。若宮に親王宣下がなされ、敦成《あつひら》と命名されたことについても、後に「あたらしき宮の御よろこびに」（第二八節）と間接的に触れられてはいるものの、やはり、叙述の直接の対象とはしていないことが看て取れるのである。

もとより、それらに関心を向けずに軽視したというわけでもあるまい。諸記録類の筆録対象たる公的な事柄よりも、紫式部の関心は、それらの対象外となる内部に向けられている。たとえば、当日の夜の御遊《ぎょゆう》の席上、公任《きんとう》ら公卿たちが「万歳《ばんぜい》、千秋《せんしゅう》」と声をそろえて慶祝の朗詠をするなかにあって、道長が感涙にむせびつつ、「あはれ、さきざきの行幸を、などて面目《めいぼく》ありと思ひたまへけん。かかりけることもはべりけるものを」（ああ、これまでの幾度《いくたび》かの行幸を、どうして名誉なことだと思ったのでありましょう。この度《たび》のような、こうした光栄なこともありましたのに）と、酔い泣きしたことに焦点を当てて、それを「……いとめでたけれ」（実にすばらしいことだ）と賛美の筆で描き出しているところなどは、まさにそのことの典型例と言えよう（なお、このことに関しては、第二六・二七・二八節「解説」も、あわせ参照されたい）。

主家の繁栄を象徴する一つ一つの慶事・祝事の次第や細部を記録するのではなく、そのことがいかに盛大に行われ、華麗に展開したかを、その情況をもって現出せしめるのが女房日記の使命であり、女房日記とは元来そうした性質のものであった。紫式部のそれは、資質と個性を発揮して、伝統的なものにいっそうの磨きをかけたものとなったとみられる。漢文表記の記録類が事実記録であるのに対して、本『日記』をはじめとする女流の日記作品における《記録》は情況記録であると言ってよいかと思う。この情況記録ということは、日記作品にとどまらず、近似性のある『枕草子』や「歌合日記」にも通じることであるとともに、それればかりではなく、さらに『源氏物語』のなかの記録的な描写場面にも共通してみられる、女流の文筆の特性ではないかと考えられる。その背景には、伝統的に存在した女房日記というものの影響が、必ずやあったものと考えられ、女房日記の波及するところ、けっして少なしとしないのである。

ともあれ、慶祝記としての紫式部の女房日記は、主家の期待に見事に応え、生彩を放ったものとみられる。そして、前述のごとき経緯により、それを基盤、または素材として、私的感懐を織り込んで成ったのが、ほかならぬこの『紫式部日記』であったと、ひとまず結論づけられよう。

以上の「作品解説」の補いとして、関連する次の三点の拙著・拙稿を挙げておく。参看してくだされば幸甚である。

・『女房日記の論理と構造』（平成八・一〇、笠間書院）
・「事実記録と情況記録―女流日記における〈記録〉―」（『講座　平安文学論究』第十一輯、平成八・四、風間書房）
・「女房としての紫式部―『紫式部日記』から―」（『源氏物語研究集成』第十五巻、平成一三・一〇、風間書房）

紫式部関係略年譜

	西暦	年齢	事歴	関係事項
天延元	九七三	一	紫式部誕生（推定）。他に、天禄元・天元元・天延二・三年説等がある。	
二	九七四	二		一二月『蜻蛉日記』の記事、最終年。
三	九七五	三	この年、弟惟規出生か。同、母為信女没か。	
天元四	九八一	九	**この頃、父為時、惟規に漢籍を教え、式部が男子でないことを嘆く。**	
永観二	九八四	一二	一〇月 為時、蔵人となる（式部丞）。	
寛和二	九八六	一四		七月 一条天皇即位（摂政兼家・皇太后詮子）。
永延二	九八八	一六		この年、道長長女彰子誕生。
正暦元	九九〇	一八	三月 宣孝御嶽参詣。八月 宣孝、筑前守に任ず。	一月 道隆女定子入内。一〇月、中宮となる。五月 道隆、関白、ついで摂政となる。

四	九九三	二一		冬　清少納言、定子後宮へ出仕。
長徳元	九九五	二三	春頃　宣孝帰京。	四月　道隆薨去。五月　道綱母没。道長、内覧の宣旨を賜り、六月、右大臣。
二	九九六	二四	一月　為時、越前守となる。晩夏　越前下向。冬　大雪に遭い京を恋う。	四月　伊周（大宰権帥）・隆家（出雲権守）左遷。七月　道長、左大臣。
三	九九七	二五	宣孝、式部に求婚。和歌の贈答を重ねる。	四月　伊周・隆家赦免され、召還。
四	九九八	二六	八月　宣孝、山城守（右衛門権佐）となる。春頃　式部、越前から単身帰京（長徳三年冬説もある）。	
長保元	九九九	二七	一月　宣孝と結婚（長徳四年晩秋・冬説もある）。	一一月　彰子入内。敦康親王誕生（母、定子）。
二	一〇〇〇	二八	長女賢子誕生（長保元年説もある）。	二月　中宮定子、皇后に。彰子、中宮となる。
三	一〇〇一	二九	四月　宣孝没す。この頃、『源氏物語』起筆か。	一二月　皇后定子、出産後崩御。

長保五	一〇〇三	三一		四月　『和泉式部日記』の記事、始まる。
寛弘元	一〇〇四	三二		一月　『和泉式部日記』の記事、終わる。
三	一〇〇六	三四	一二月二九日夜　**式部、中宮彰子後宮に出仕**（寛弘元・二年説もある）。	
四	一〇〇七	三五	一月　惟規蔵人となる。四月　興福寺の桜の取入れ役を伊勢大輔に譲る。 夏頃　**式部、彰子中宮に『白氏文集』の「楽府」を進講。**	
五	一〇〇八	三六	五月五日　法華三十講五巻日、詠歌。 八月　『紫式部日記』この頃から記事始まる。 **道長と女郎花の和歌を交わす。** 八月二六日　**昼寝姿の宰相の君に物語的美を見る。** 九月九日　**道長室倫子より菊の着せ綿を贈られる。** 一〇月　**近づく行幸に賑わう邸内で憂愁を水鳥**	この年、『更級日記』作者、菅原孝標女誕生。 四月二三日　土御門邸法華三十講開始。 七月一六日　彰子、土御門邸に再退下。同二〇日　彰子、御産のための修善。 八月二六日　彰子、薫物を調合す

			の歌に託して独詠。 一一月一日　公任「若紫やさぶらふ」と式部に戯れる。この頃『源氏物語』の清書本作製。二〇日　五節舞姫を見る。女の身のあり方に思いをいたす。 一二月二九日　式部、内裏に帰参。初出仕の頃を回想し、「心のうちのすさまじ」さを独詠。	る。 九月一一日　彰子、敦成親王を出産。産養。 一〇月一六日　一条天皇、土御門邸に行幸。若宮に親王宣下、敦成と命名。翌一七日　若宮、初剃、職事定め。一一月一日　若宮、五十日儀。一七日　彰子・若宮、内裏還啓。二〇日　五節舞姫。二八日　賀茂の臨時祭。一二月二〇日　若宮、百日儀。大晦日　内裏にて、引き剝ぎあり。
六	一〇〇九	三七	一月三日　若宮の戴餅の儀。同僚女房を批評する。 夏頃　道長と和歌の贈答。夜、道長が局を訪問。（寛弘五年の記事の竄入とも） この年、紫式部重厄か。	二月　彰子・若宮呪詛事件発覚。 六月一九日　彰子、懐妊のため土御門邸に退下。一〇月五日　内裏焼失。同一九日　帝、枇杷第に還御。 一一月二五日　彰子、敦良親王を

寛弘七	一〇一〇	三八	一月一五日　**敦良親王五十日儀。**『紫式部日記』の記事、ここで終わる。	出産。 一月一～三日　**敦成・敦良親王戴餅の儀。**
八	一〇一一	三九	二月　為時、越後守となる。この年、惟規、蔵人を辞し越後に赴き没す。	六月一三日　一条天皇譲位・三条天皇践祚・敦成親王立坊。一九日一条天皇出家。二二日　崩御。
長和元	一〇一二	四〇	一月　司召の頃、往時を偲んで彰子に献歌。	二月一四日　彰子、皇太后となる。
二	一〇一三	四一	五月　実資の彰子訪問に応対する。 冬頃　『紫式部集』編纂か。この頃までに『源氏物語』全巻完成か。	
三	一〇一四	四二	一月　越後の父に歌を贈る。下旬、彰子の病のため清水寺参詣。伊勢大輔と出会い和歌を唱和。六月　為時、任半ばで越後守を辞し、帰京。この頃、紫式部死亡とする説あり。	
五	一〇一六	四四	四月二九日　為時、三井寺で出家。	一月　後一条天皇（敦成親王）践祚。道長摂政。
寛仁元	一〇一七	四五		八月　敦良親王立坊。

二	一〇一八	四六		一月　彰子、太皇太后となる。
三	一〇一九	四七	紫式部、この年まで生存か。以後のこと不明。	三月　道長出家。
四	一〇二〇			九月　『更級日記』の記事始まる。
万寿三	一〇二六			一月　彰子落飾、上東門院と称す。

※太字は、『紫式部日記』の記事

KODANSHA

本書は、二〇〇二年に講談社学術文庫のために訳し下ろしされた『紫式部日記』上下巻を一冊にまとめ、新版としたものです。

宮崎荘平（みやざき　そうへい）

1933-2024年。東京都立大学大学院人文科学研究科博士課程修了。博士（文学）。国文学（中古文学）専攻。新潟大学名誉教授。著書に『平安女流日記文学の研究』（正続）『清少納言と紫式部―その対比論序説』『女房日記の論理と構造』『成尋阿闍梨母集 全訳注』など。

講談社学術文庫

定価はカバーに表示してあります。

新版《しんぱん》 紫式部日記《むらさきしきぶにっき》 全訳注《ぜんやくちゅう》

宮崎荘平《みやざきそうへい》

2023年6月8日　第1刷発行
2024年5月17日　第3刷発行

発行者　森田浩章

発行所　株式会社講談社
東京都文京区音羽 2-12-21 〒112-8001
電話　編集（03）5395-3512
販売（03）5395-5817
業務（03）5395-3615

装　幀　蟹江征治

印　刷　株式会社広済堂ネクスト

製　本　株式会社国宝社

本文データ制作　講談社デジタル製作

ISBN978-4-06-529470-3

「講談社学術文庫」の刊行に当たって

これは、学術をポケットに入れることをモットーとして生まれた文庫である。学術は少年の心を養い、成年の心を満たす。その学術がポケットにはいる形で、万人のものになることは、生涯教育をうたう現代の理想である。

こうした考え方は、学術を巨大な城のように見る世間の常識に反するかもしれない。また、一部の人たちからは、学術の権威をおとすものと非難されるかもしれない。しかし、それはいずれも学術の新しい在り方を解しないものといわざるをえない。

学術は、まず魔術への挑戦から始まった。やがて、いわゆる常識をつぎつぎに改めていった。学術の権威は、幾百年、幾千年にわたる、苦しい戦いの成果である。こうしてきずきあげられた城が、一見して近づきがたいものにうつるのは、そのためである。しかし、学術の権威を、その形の上だけで判断してはならない。その生成のあとをかえりみれば、その根は常に人々の生活の中にあった。学術が大きな力たりうるのはそのためであって、生活をはなれた学術は、どこにもない。

開かれた社会といわれる現代にとって、これはまったく自明である。生活と学術との間に、もし距離があるとすれば、何をおいてもこれを埋めねばならない。もしこの距離が形の上の迷信からきているとすれば、その迷信をうち破らねばならぬ。

学術文庫は、内外の迷信を打破し、学術のために新しい天地をひらく意図をもって生まれた。文庫という小さい形と、学術という壮大な城とが、完全に両立するためには、なおいくらかの時を必要とするであろう。しかし、学術をポケットにした社会が、人間の生活にとってより豊かな社会であることは、たしかである。そうした社会の実現のために、文庫の世界に新しいジャンルを加えることができれば幸いである。

一九七六年六月

野間省一

文学・芸術

23
吉川幸次郎著（解説・興膳　宏）
中国文学入門
三千年というとほうもなく長い中国文学の歴史の特質は何かを、各時代各ジャンルの代表的作品例に即して、また、西洋文学との比較を通してわかり易く解明。ほかに、『中国文学の四時期』など六篇を収録。

95
東山魁夷《かいい》著
日本の美を求めて
日本画壇の第一人者、あくなき美の探究者東山画伯が、日本の風景への憧憬と讃歌を綴る随想と講演あわせて五篇を収録する。自然との邂逅とその感動が全篇を貫いて響き、日本美の根源へと読者を誘う好著。

122
井本農一《のういち》著
芭蕉入門
芭蕉が芸術の境地を確立するまでには、さまざまの試行錯誤があった。その作品には俳諧の道を一筋に追い求めた男のきびしい体験が脈打っている。現代人に共感できる人間芭蕉を浮き彫りにした最適の入門書。

269
上坂《うえさか》信男全訳注
竹取物語
日本の物語文学の始祖として古来万人から深く愛された「かぐや姫」の物語。五人の貴公子の妻争いは風刺を盛った民俗調が豊かで、後世の説話・童話にも発展する。永遠に愛される素朴な小品である。

325
川口久雄全訳注
和漢朗詠集《わかんろうえいしゅう》
王朝貴族の間に広く愛唱された、白楽天・菅原道真の詩、紀貫之の和歌など、珠玉の歌謡集。詩歌管絃に秀でた藤原公任の感覚で選びぬかれた佳句秀歌は、自然の美をあまねく歌い、男女の愛怨の情をつづる。

414・415
阿部俊子全訳注
伊勢物語（上）（下）
平安朝女流文学の花開く以前、貴公子が誇り高く、颯爽と行動してひたむきな愛の遍歴をした。その人間悲哀の相を、華麗な歌の調べと絢い合わせ纏め上げた珠玉の歌物語のたまゆらの命を読み取ってほしい。

《講談社学術文庫　既刊より》

日本の古典

207～209
次田真幸全訳注
古事記（上）（中）（下）

本書の原典は、奈良時代初めに史書として成立した日本最古の古典である。これに現代語訳・解説等をつけ、素朴で明るい古代人の姿を平易に説き明かし、神話・伝説・文学・歴史への道案内をする。（全三巻）

269
上坂《うえさか》信男全訳注
竹取物語

日本の物語文学の始祖として古来万人から深く愛された「かぐや姫」の物語。五人の貴公子の妻争いは風刺を盛った民俗調が豊かで、後世の説話・童話にも発展する。永遠に愛される素朴な小品である。

274～277
佐藤一斎著／川上正光全訳注
言《げん》志《し》四《し》録《ろく》（一）～（四）

江戸時代後期の林家の儒者、佐藤一斎の語録集。変革期における人間の生き方に関する問題意識で貫かれた本書は、今日なお、精神修養の糧として、また処世の心得として得難き書と言えよう。（全四巻）

325
川口久雄全訳注
和《わ》漢《かん》朗《ろう》詠《えい》集《しゅう》

王朝貴族の間に広く愛唱された、白楽天・菅原道真の詩、紀貫之の和歌など、珠玉の歌謡集。詩歌管絃に秀でた藤原公任の感覚で選びぬかれた佳句秀歌は、自然の美をあまねく歌い、男女の愛怨の情をつづる。

335～337
中田祝夫《のりお》全訳注
日本霊《りょう》異《い》記《き》（上）（中）（下）

日本霊異記は、南都薬師寺僧景戒の著で、日本最初の仏教説話集。雄略天皇（五世紀）から奈良末期までの説話百二十篇ほどを収めて延暦六年（七八七）に成立。奇怪譚・霊異譚に満ちている。（全三巻）

414・415
阿部俊子全訳注
伊勢物語（上）（下）

平安朝女流文学の花開く以前、貴公子が誇り高く、颯爽と行動してひたむきな愛の遍歴をした。その人間悲哀の相を、華麗な歌の調べと絢い合わせ纏め上げた珠玉の歌物語のたまゆらの命を読み取ってほしい。

《講談社学術文庫　既刊より》